외국어 번역 고소설 선집 10

번안소설 2
― 심청전 ―

역주자

장정아   부산대학교 인문학연구소 전임연구원
이은령   부산대학교 불어불문학과 교수
이진숙   세명대학교 산학협력단 연구원
이상현   부산대학교 인문학연구소 HK교수

이 책은 2011년도 정부(교육과학기술부)의 재원으로 한국학중앙연구원
(한국학진흥사업단)의 지원을 받아 수행된 연구임(AKS-2011-EBZ-2101)

외국어 번역 고소설 선집 10
번안소설 2
― 심청전 ―

초 판 인 쇄   2017년 11월 20일
초 판 발 행   2017년 11월 30일

역 주 자   장정아·이은령·이진숙·이상현
감 수 자   정출헌·권순긍·최성희·강영미
발 행 인   윤석현
발 행 처   도서출판 박문사
책 임 편 집   최인노
등 록 번 호   제2009-11호

우 편 주 소   서울시 도봉구 우이천로 353 성주빌딩 3층
대 표 전 화   02) 992 / 3253
전   송   02) 991 / 1285
홈 페 이 지   http://www.jncbms.co.kr
전 자 우 편   bakmunsa@hanmail.net

ⓒ 장정아 외, 2017. Printed in KOREA

ISBN 979-11-87425-72-4   94810   정가 36,000원
     979-11-87425-62-5   94810(set)

외국어 번역 고소설 선집 10

번안소설 2
― 심청전 ―

장정아·이은령·이진숙·이상현 역주

정출헌·권순긍·최성희·강영미 감수

박문사

　한국에서 외국인 한국학에 대한 연구는 지금까지 주로 외국인의 '한국견문기' 혹은 그들이 체험했던 당시의 역사현실과 한국인의 사회와 풍속을 묘사한 '민족지(ethnography)'에 초점이 맞춰져 왔다. 하지만 19세기 말 ~ 20세기 초 외국인의 저술들은 이처럼 한국사회의 현실을 체험하고 다룬 저술들로 한정되지 않는다. 외국인들에게 있어서 한국의 언어, 문자, 서적도 매우 중요한 관심사이자 연구영역이었기 때문이다. 그들 역시 유구한 역사를 지닌 한국의 역사·종교·문학 등을 탐구하고자 했다. 우리가 이 책에 담고자 한 '외국인의 한국고전학'이란 이처럼 한국고전을 통해 외국인들이 한국에 관한 광범위한 근대지식을 생산하고자 했던 학술 활동 전반을 지칭한다. 우리는 외국인의 한국고전학 논저 중에서 근대 초기 한국의 고소설을 외국어로 번역한 중요한 자료들을 집성했으며 더불어 이를 한국어로 '재번역' 했다. 우리가 『외국어 번역 고소설 선집』 1~10권을 편찬한 이유이자 이 자료집을 통해 독자들이자 학계에 제공하고자 하는 바는 크게 네 가지로 요약된다.

　첫째, 무엇보다 외국인의 한국고전학 논저 중에서 가장 큰 비중을 차지하는 사례가 바로 '외국어 번역 고소설'이기 때문이다. 한국의 고소설은 '시·소설·희곡 중심의 언어예술', '작가의 창작적 산물'이라는 근대적 문학개념에 부합하는 장르적 속성으로 인하여 외국인들에게 일찍부터 주목받았다. 특히, 국문고소설은 당시 한문 독자층을 제외한 한국 민족 전체를 포괄할 수 있는 '국민문학'으로 재조명되며,

그들에게는 지속적인 번역의 대상이었다. 즉, 외국어 번역 고소설은 하나의 단일한 국적과 언어로 환원할 수 없는 외국인들 나아가 한국인의 한국고전학을 묶을 수 있는 매우 유효한 구심점이다. 또한 외국어 번역 고소설은 번역이라는 문화현상을 실증적으로 고찰해볼 수 있는 가장 구체적인 자료이기도 하다. 두 문화 간의 소통과 교류를 매개했던 번역이란 문화현상을 텍스트 속 어휘 대 어휘라는 가장 최소의 단위로 살필 수 있기 때문이다.

둘째, 이 선집을 순차적으로 읽어나갈 때 발견할 수 있는 '외국어번역 고소설의 통시적 변천양상'이다. 고소설을 번역하는 행위에는 고소설 작품 및 정본의 선정, 한국문학에 대한 인식 층위, 한국관, 번역관 등이 의당 전제될 수밖에 없다. 따라서 외국어 번역 고소설 작품의 계보를 펼쳐보면 이러한 다양한 관점을 포괄할 수 있는 입체적인 연구가 가능해진다. 시대별 혹은 서로 다른 번역주체에 따라 고소설의 다양한 형상을 발견할 수 있다. 예컨대 민속연구의 일환으로 고찰해야 할 설화, 혹은 아동을 위한 동화, 문학작품, 한국의 대표적인 문학 정전, 한국의 고전 등 다양한 층위의 고소설 인식을 살펴볼 수 있다. 이러한 인식에 맞춰 그 번역서들 역시 동양(한국)의 이문화와 한국인의 세계관을 소개하거나 국가의 정책에 도움을 주고자 하는 한국에 관한 지식을 제공하기 위해서 출판되는 양상을 살필 수 있다.

셋째, 해당 외국어 번역 고소설 작품에 새겨진 이와 같은 '원본 고소설의 표상' 그 자체이다. 외국어 번역 고소설의 변모양상과 그 역사는 비단 고소설의 외국어 번역사례로 국한되는 것이 아니다. 당대 한국의 다언어적 상황, 당시 한국의 국문·한문·국한문 혼용이 혼재되었던 글쓰기(書記體系, écriture), 한국문학론, 문학사론의 등장과 관련해서도 흥미로운 연구지점을 제공해주기 때문이다. 예를 들어 본다면, 고소설이 오늘날과 같은 '한국의 고전'이 아니라 동시대적으로 향유되는 이야기이자 대중적인 작품으로 인식되던 과거의 모습 즉, 근대 국민국가 단위의 민족문화를 구성하는 고전으로 인식되기 이전, 고소설의 존재양상을 발견할 수 있다. 이 원본 고소설의 표상은 한국 근대 지식인의 한국학 논저만으로 발견할 수 없는 것으로, 그 계보를 총체적으로 살필 경우 근대 한국 고전이 창생하는 논리와 그 역사적 기반을 규명할 수 있다.

넷째, 외국어 번역 고소설 작품군을 통해 '고소설의 정전화 과정'을 살펴보는 것이다. 20세기 근대 한국어문질서의 변동에 따라 국문 고소설의 언어적 위상 역시 변모되었다. 그리고 그 흔적은 해당 외국어 번역 고소설 작품 속에 오롯이 남겨져 있다. 고소설이 외국문학으로 번역의 대상이 된다는 사실은, 이본 중 정본의 선정 그리고 어휘와 문장구조에 대한 분석이 전제됨을 의미하기 때문이다. 사실 고소설 번역실천은 고소설의 언어를 문법서, 사전이 표상해주는 규범화된 국문 개념 안에서 본래의 언어와 다른 층위의 언어로 재편하는 행위이다. 하나의 고소설 텍스트를 완역한 결과물이 생성되었다는 것은, 고소설 텍스트의 언어를 해독 가능한 '외국어=한국어'로 재편하는 것에 다름 아니다.

즉, 우리가 편찬한 『외국어 번역 고소설 선집』에는 외국인 번역자만의 문제가 아니라, 번역저본을 산출하고 위상이 변모된 한국사회, 한국인의 행위와도 긴밀히 관계되어 있다. 근대 매체의 출현과 함께 국문 글쓰기의 위상변화, 즉, 필사본·방각본에서 활자본이란 고소설 존재양상의 변모는 동일한 작품을 재번역하도록 하였다. '외국어 번역 고소설'의 역사를 되짚는 작업은 근대 문학개념의 등장과 함께, 국문고소설의 언어가 문어로서 지위를 확보하고 문학어로 규정되는 역사, 그리고 근대 이전의 문학이 '고전'으로 소환되는 역사를 살피는 것이다. 우리의 희망은 외국인의 한국고전학이란 거시적 문맥 안에서 '외국어 번역 고소설' 속에서 펼쳐진 번역이라는 문화현상을 검토할 수 있는 토대자료집을 학계와 독자에게 제공하는 것이다.

　물론 우리가 편찬한『외국어 번역 고소설 선집』이 이러한 목표에 얼마나 부합되는 것인지를 단언하기는 어렵다. 이에 대한 평가는 우리의 몫이 아니다. 이 자료 선집을 함께 읽을 여러 동학들의 몫이자 함께 해결해나가야 할 과제라고 말할 수 있다. 이들 외국어 번역 고소설을 축자적 번역의 대상이 아니라 문명·문화번역의 대상으로 재조명될 수 있도록 연구하는 연구자의 과제를 들 수 있을 것이다. 더불어 당대 한국의 이중어사전, 해당 언어권 단일어 사전을 통해 번역용례를 축적하며, '외국문학으로서의 고소설 번역사'와 고소설 번역의 지평과 가능성을 모색하는 번역가의 과제를 이야기할 수도 있을 것이다.

목차

제1장

〈심청전 불역본〉(1895)
홍종우, 『다시 꽃 핀 마른 나무』

Hong Tjyong Ou, *Le Bois Sec Refleuri,* 1895.

홍종우

▮ 해제 ▮

LE BOIS SEC REFLEURI(1895)는 홍종우(洪鍾宇, 1854~?) 본인이 번역한 『심청전』불역본이다. 사실 이 번역본은 원본에 충실한 직역이라는 관점에서 본다면, 모리스 쿠랑이 잘 비평했듯이 『심청전』을 번역한 작품이라기보다는 이를 기반으로 한 번안 혹은 재창작이다. 하지만 그 근간에는 홍종우가 접했던 한국 고소설과 한국문화가 놓여 있다. 또한 홍종우는 『심청전』을 통해 한국에 대한 역사를 소개하고자 했다. 사실 그의 이러한 시도는 <심청전 불역본> 서문에서 잘 드러난다. 그는 서구권에 있어서는 최초로 『동국통감』이란 한국의 사서를 통해 한국의 역사를 말한 인물이었다. 홍종우는 『심청전』을 불어로 번역하면서 상당한 내용 변화를 꾀하고 있을 뿐만 아니라 여기에 영웅 군담소설 한 편의 내용을 결합하여 거의 새로운 작품으로 탈바

꿈시켜놓고 있다. 그런 까닭에 애스톤(W. G. ASTON)은 홍종우
의 번역이 원전에 충실하지 못한 飜案으로 평가한 바 있다. 작품
배경을 平壤으로 설정하고 있는 것에서도 홍종우의 그런 태도
를 짐작할 수 있다. 일반적인 황주 도화동이 아닌 평양으로 수
도로 설정하고, 그곳에서 사건의 발단이 이루어지도록 만든 까
닭은 箕子가 周武王에 의해 조선에 봉해진 뒤 평양에서 문명정
치를 펼쳤다는 역사적 사실과 깊은 관련이 있는 것으로 보인다.
홍종우는 불역본 서문에서 조선의 역사를 개관하며 箕子의 東
來說을 굳게 믿고 있었고, 그가 전개한 문명정치를 매우 강조하
고 있다. 이 작품의 결말을 심청이 箕氏의 황후가 되고, 간신에
의해 내쫓겼던 기씨가 다시 왕위에 올라 문명 정치를 펼치는 것
으로 끝맺는 것도 그런 태도와 밀접한 관련이 있다.

┃참고문헌 ─────────
김윤식, 「다시 꽃핀 마른 나무에 대하여」, 『한국학보』7(2), 1981.
이상현, 「서구의 한국번역, 19세기 말 알렌(H. N. Allen)의 한국 고소
        설 번역― '민족지'로서의 고소설, 그 속에 재현된 한국의 문
        화」, 부산대 점필재연구소 고전번역학센터 편, 『한국 고전번
        역학의 구성과 모색』, 점필재, 2013.
이상현, 『한국고전번역가의 초상, 게일의 고전학 담론과 고소설 번역
        의 지평』, 소명출판, 2013.
Boulesteix, F., 이향·김정연 역, 『착한 미개인 동양의 현자』, 청년사,
        2001.
장정아, 「재외 한국문학의 번역장과 『향기로운 봄(Printemps parfumé)』 :
        홍종우 로니 그리고 19세기 말 프랑스 문단」, 『번역과 횡단.
        한국 번역문학의 형성과 주체』, 현암사, 2017.

장정아, 「외국문학텍스트로서 고소설 번역본 연구(Ⅰ)－불역본『춘향
    전』Printemps parfumé에 나타나는 완벽한 '춘향'의 형상과
    그 의미－」, 『열상고전연구』제48집, 2015.
장정아·이상현·이은령, 「외국문학텍스트로서 고소설 번역본 연구(II) :
    홍종우의 불역본『심청전』Le Bois sec refleuri와 볼테르 그리
    고 19세기 말 프랑스문단의 문화생태」, 『한국프랑스학논집』
    제95집, 2016.
장정아, 「'민족지'로서의 고소설 번역본과 시선의 문제－홍종우의 불
    역본『심청전 Le Bois sec refleuri』을 중심으로」, 『불어불문
    학연구』제109집, 2017.
조재곤, 『그래서 나는 김옥균을 쏘았다』, 푸른역사, 2005.

I

A l'époque où la ville de Hpyeng-Yang était encore la capitale de
la Corée, ,elle comptait parmi ses habitants un haut dignitaire de la
cour, du nom de Sùn-Hyen, qui ne devait sa situation élevée qu'à sa
seule intelligence. Très-riche, Sùn-Hyen ne méprisait personne,
cherchant au contraire à obliger tous ceux qui s'adressaient à lui. Son
plus grand bonheur était précisément de soulager les misères d'autrui.
Aussi était-il très-aibé de peuple, qui voyait en Sùn-Hyen son
protecteur le plus désintéressé et avat en lui une confiance absolue.

평양이 아직 꼬레¹의 수도이던 시절, 거기 거주자들 중에는 순

---

1 한국(의)'을 나타내는 프랑스어 'Corée'·'coréen'을 '꼬레(의)'로 옮긴다. 『다시

현²이라는 이름의 궁정 고관이 있었다. 그가 그 자리까지 오른 건 그의 지성 때문만은 아니었다. 아주 부자였던 순현은 누구도 무시하지 않았고, 반대로 그에게 청원을 했던 이들에게 모두 친절을 베풀려고 노력했다. 그의 가장 큰 행복은 타인의 불행을 해결해주는 바로 거기에 있었다. 그리하여 순현은 백성들로부터 매우 사랑을 받았다. 백성들은 그를 가장 공정한 보호자로 여겼고, 그를 절대적으로 신뢰했다.³

Or un jour tout changea. La fortune longtemps favorable à Sùn-Hyen, l'abadonna tout àcoup. D'heureux et de puissant, notre héros devint le plus infortuné et le plus misérable des hommes. Voici à la suite de quelles circonstances.

Le roi de Corée donnait un grand banquet. Ses principaux convives

---

『꽃핀 마른 나무』의 역자가 그 서문에서 한국의 역사를 『동국통감』에 의거하여 기술한 것은 본인을 통해 호감의 대상으로서 처음 소개되길 바라는 자기 나라와 민족이 역사적으로 정체성을 보증받은 하나의 '역사적 공동체'임을 보여주고자 한 데 그 이유가 있다고 보기 때문이다. '통사'에서 중시되는 것은 '계승의식'인 것이다. 실제로 그 서문에서 'Corée'와 'coréen'은 한 시대에 국한된 국호가 아니라, 다섯 단계로 나눌 수 있는 '하나의' 역사를 가진 나라에 대한 통칭으로 사용되고 있음을 확인할 수 있다.

2 순현(Sùn-Hyen): 심청의 아버지 '심현(沈賢)'을 音譯한 것이다. 심봉사 이름은 완판본과 경판 20장본에는 심학규로 되어 있고, 한남본 계열인 경판 24장본과 26장본에는 심현으로 되어 있다. 이런 점으로 보아 홍종우는 한남본 계열의 『심청전』을 저본으로 삼아 번역한 것이 확인된다. 이보다 앞서 1889년 『심청전』을 최초로 축약·번역했던 알렌 역시 한남본 계열인 宋洞新刊本을 저본으로 삼았었다.

3 서두는 이후 사건 전개에서 잘 드러나는 것처럼, 기존의 『심청전』과는 매우 다르다. 『심청전』의 전개에서 후대본으로 내려올수록 심봉사가 '양반의 후예'였음이 강조되는 경향이 있기는 하지만, 불역본처럼 높은 고관(高官)으로 설정된 경우는 없다. 이런 특이한 설정은 『심청전』의 기본 줄거리를 빌려오면서 이를 영웅군담소설과 결합하기 위한 조치였다고 판단된다.

étaient les gouverneurs de province et les dames de la cour. La fête
fut très-joyeuse; ce n'étaient que chants d'allégresse, au son d'une
musique harmonieuse. Quand on vint en informer Sùn-Hyen, celui-ci.
au lieu de se réjouir, fut en proie à une grande tristesse. Pour s'arracher
à ses préoccupations, il résolut d'aller voir son ami San-Houni, un
des plus grands savants de la Corée. Sùn-Hyen sortit accompagné de
son intendant.

    그러던 어느 날 모든 것이 변했다. 순현에게 호의적이었던 오랜
행운은 갑자기 그를 버렸다. 행복하고 힘있던 우리의 주인공은 사람
들 중에 가장 불행하고 비참한 이가 되었다. 이제 어떤 상황이 펼쳐
졌는지 살펴보자.
    꼬레의 왕이 거대한 연회를 열었다. 연회의 주빈은 지방 수령들과
궁정 여인들이었다. 잔치는 매우 흥겨웠다. 조화로운 음악소리에 실
린 환희의 노랫가락이 가득했다. 누군가가 그 잔치를 알리러 왔을
때, 순현은 기쁨 대신 커다란 슬픔에 휩싸였다. 그 근심에서 벗어나
고자, 그는 친구 상훈이[4]를 찾아가기로 마음 먹었다. 상훈이는 꼬레
에서 가장 박식한 이들 중 하나였다. 순현은 집사를 대동하고 길을
나섰다.

En chemin, son attention fut subitement attirée par un grand

---

[4] '상훈이'는 'San-Houni'의 대역어이다. '상훈'에 주격조사 '이'가 붙은 표현이겠
으나, 작품 속에서 이렇게 일관되게 표현되어 있으므로, '순현'의 친구로 등장
하는 인물 'San-Houni'를 그대로 '상훈이'로 표기하기로 한다.

rassemblement. <Allez-voir ce que c'est dit-il à son intendant>. Celui-ci s'éloigna en courant pour exécuter l'ordre de son maître. Il s'ouvrit un chemin à travers la foule rassemblée et put bientôt se rendre compte de ce qui se passait. On venait de relever plusieurs personnes, mortes sur la voie publique. Dès que l'intendant eut vu ce spectacle, il revint promptement vers son maître, et le mit au courant de l'événement.

길을 가던 중 순현의 관심이 갑자기 사람들이 많이 몰려있는 쪽으로 끌렸다.

"가서 무슨 일인지 보고 오너라."

그가 집사에게 말했다. 집사는 달려가 주인의 명을 따랐다. 그는 군중을 가로질러 길을 열었고, 무슨 일이 있었는지 곧 알 수 있었다. 사람들이 와서 길가의 시체 몇 구를 치웠다. 집사는 그 광경을 보고서 재빨리 주인에게 돌아갔고, 현장으로 주인을 모셨다.

Sùn-Hyen se sentit profondément ému en apprenant la chose. Mais, sans perdre de temps, il fit appeler un agent de police, auquel il demanda :

- Savez-vous à quoi il faut attribuer la mort de ces malheureux?

- Oui Seigneur ; ils son morts de faim.

- Pourquoi ne pas les relever alors, et les laisser ainsi au milieu de la rue, reprit Sùn sur un ton de reproche.

- Je vais sur le champ taire ce que vous m'indiquez, Seigneur, dit l'agent qui se dirigea d'un pas empressé vers l'attroupement.

순현은 그 모습을 보고 심히 동요했다. 하지만 시간을 지체하지 않고, 곧바로 관군을 불러 물었다.

"저 불쌍한 이들의 죽음에 어떤 연유가 있는지 아느냐?"

"네, 대감. 굶어 죽은 것입니다."

"그렇다면 어찌하여 저들을 치우지 않고 길 가운데 저렇게 방치해 두었느냐?"

순[5]은 비난 조로 다시 물었다.

"말씀대로 곧 처리하겠습니다, 나리."

관군은 말하고, 군중을 향해 서둘러 걸음을 옮겼다.

Sùn de son côté, n'alla pas chez son ami San-Houni. Il se rendit au palais, et fut immédiatement introduit auprès du roi.

Le monarque fit à Sùn un excellent accueil en lui disant :

- Il y a très-longtemps que vous ne m'avez pas fait le plaisir de venir me voir.

- Sire, répondit Sùn, je ne quitte que rarement ma maison.

- Et qu'est-ce qui vous retient ainsi chez vous?

- Mes occuparions, Sire, ou la maladie. Si je suis venu vous trouver aujourd'hui, c'est que j'avais une communication très-importante à vous faire. Plusieurs de vos sujets viennent de mourir de faim sur la

---

5 '순'은 'Sùn'의 대역어이다. '순현'(Sùn-Hyen)을 가리킨다. 혼용되고 있다.

voie publique. La chose me parut d'abord incroyable. Je ne pouvais supposer que si mon roi connaissait la triste situation de ses sujets, il se livrerait aux plaisirs comme vous le faites, Sire. Pourtant, j'ai dû me rendre à l'évidence. Il y a quelques minutes à peine, j'ai vu de mes propres yeux, trois malheureux morts d'inanition.

순은 친구 상훈이의 집에 가지 않았다. 그는 궁으로 가, 즉시 왕을 알현했다.

왕은 순을 열렬히 환대하며 말했다.

"정말 오랜만이군, 그대가 나를 보러와 기쁨을 느끼게 된 지가 말일세."

"전하, 순이 답했다, 집을 거의 떠나지 않고 있었습니다."

"무엇이 그대를 그렇게 집에 붙잡아 두고 있었는가?"

"일이 많았습니다, 전하. 아프기도 했습니다. 오늘 전하를 찾아뵌 이유는 매우 중요한 일을 고하기 위해서입니다. 전하의 수많은 백성들이 대로에서 굶어죽는 일이 생겼습니다. 그일을 보면서도 우선은 믿을 수 없었습니다. 제가 할 수 있었던 건, 전하께서 백성들의 이 같은 슬픈 사정을 아신다면, 지금 하고 계시듯 유흥을 즐기실 수 있을까하는 생각뿐이었습니다. 저에게는 확신이 필요하였습니다. 불과 몇 분 전에 저는 제 눈으로, 세 구의 불쌍한 시체를 보았습니다."

Ces paroles impressionnèrent profondément le roi, qui, d'une voix émue demanda à Sùn :

- Que faut-il faire, selon vous? Je ne puis croire que ce malheur provienne de ce que je mène une existence de fête et de plaisirs.

- Sire, reprit respectueusement Sùn, c'est là au contraire qu'est le mal. Qui est-ce qui paie les frais de cos distractions? C'est votre peuple, et les gouverneurs au lieu de faire leur devois, mènent, eux aussi, joyeuse vie. Croyez en la parole de votre vieux serviteur dont vous connaissez le dévouement à vos intérêts.

- Je vous remercie de me dire. Je tàcherai de réparer mes fautes.

Sur ces mots, Sùn prit congé du souverain et rentra chez lui, où il raconta à sa femme ce qui venait de se passer.

이 말은 왕에게 깊은 인상을 주었다. 왕은 충격 받은 목소리로 순에게 물었다.

"그대라면 무엇을 하겠는가? 그 불행이 내가 벌이고 있는 잔치와 여흥에서 기인한 것만 같도다."

"전하, 경의를 담아 순이 다시 말했다, 바로 그것이 잘못된 것입니다. 이 여흥의 경비를 누가 부담합니까? 바로 전하의 백성입니다. 대신들은 그들의 책무를 다하는 대신 삶을 즐길 뿐입니다. 전하께서는 전하에 대한 저의 헌신을 잘 알고 계십니다. 그러니 오랜 신하의 말을 믿어주십시오."

"알려줘서 고맙네, 왕이 말했다. 나는 내 잘못을 바로잡도록 애쓰겠네."

이 말을 끝으로, 순은 알현을 마치고 집으로 돌아와, 그의 아내에게 그간 있었던 일들을 이야기했다.

- Vous avez noblement agi dit-celle-ci. Mais, j'ai comme un pressentiment que votre dévouement au roi vous coûtera cher.

- Pourquoi demanda Sùn.

- Le roi ne suivra pas votre conseil, car voici ce qui va se passer. Les gouverneurs mis en cause par vous, ne se laisseront pas ainsi accabler. C'est sur vous que retombera leur colère. Oui, je redoute les suites de tout cela.

- Rassurez-vous, ma chère, Le roi a fait le meilleur accueil à mes paroles, et jusqu'ici il n'a jamais méprisé mes conseils.

- Je souhaite de tout mon cœur que vous ayez raison. Laissons donc faire le temps.

　　"당신은 대신답게 처신했군요, 아내가 말했다, 하지만 전하에 대한 당신의 그 헌신으로 인해 당신이 비싼 대가를 치르게 될 것 같은 예감이 들어요."

　　"왜지요" 순이 물었다.

　　"전하는 당신의 충언을 따르지 않으실 겁니다. 그렇게 되도록 되어있으니까요. 당신이 문제삼은 대신들이 그렇게 당하고만 있지는 않을 거예요. 그들의 분노를 당신에게 다시 쏟아부을 거예요. 그래요, 전 그 모든 일들이 두려워요."

　　"안심하세요, 부인. 전하는 내 말씀을 정말로 경청했어요. 그리고 지금까지 단 한 번도 내 조언을 무시한 적이 없어요."

　　"당신 말이 맞기를 온 마음으로 빌어요. 시간이 해결해 주겠죠."

Cependant le roi se laissait aller au repenrtir. Sa conduite lui causait des remords, et ne coulant pas tarder davantage à suivre les conseils de Sùn, il fit mander son premier ministre.

Celui-ci, accourut aussitôt. Il se nommait Ja-Jyo-Mi. C'était un homme auquel sa dureté de caractère avait valu une terrible réputarion. Il avait formé le dessein d'usurper le trône, mais ne s'en était ouvert à personne jusqu'à ce jour.

그러는 동안 왕은 깊이 반성하고 있었다. 순의 말이 그를 후회로 이끌어, 지체 없이 순의 충언을 따르기로 했다. 그는 재상을 소환했다. 재상이 즉시 달려왔다. 그의 이름은 자조미로, 냉혹한 성품 탓에 나쁜 평판을 받는 인물이었다. 그는 왕위를 찬탈하려는 계획을 세우고 있었지만, 그날이 올 때까지 그 누구에게도 비밀로 하고 있었다.

Le roi demanda à son ministre :

- N'avez-vous rien de nouveau à m'apprendre?

- Absolument rien, Sire.

À ces mots, le roi s'écria d'un ton très-animé :

- Comment, vous premier ministre, vous ne savez même pas qu'il vient de mourir plusieurs personnes sur la voie publique, et que leur mort est attribuée au manque de nourriture. S'il y a quelqu'un qui doive être bien renseigné sur ce qui se passe dans mon royaume, c'est pourtant bien vous.

- Sire, de qui tenez-vous cette nouvelle.

- De M. Sùn-Hyen.

- Ah! Cela n'empêche cependant pas, que j'aie peine à y croire. Je viens en effet de recevois les rapports de la police, et je n'y vois pas un mot au sujet de ce évènement. Aussi, suis-je de plus en plus étonné.

- Quoi qu'il en soit dit le roi, je veux que la fête de ce soir, ne continue pas un instant de plus.

- Vos ordres von être exécutés Sire. Dès que je les aurai transmis, je me rendrai à mon bureau et prendrai des informations au sujet de ce que vous venez de m'appendre.

왕이 재상에게 물었다.

"나에게 고할 새로운 소식은 없는가?"

"전혀 없습니다. 전하."

이 말을 듣고 왕은 매우 화가 난 목소리로 외쳤다.

"어떻게, 재상이라는 사람이, 수많은 백성이 죽은, 그것도 식량부족으로 죽은 일을 모를 수 있단 말인가. 내 왕국에서 일어나는 일을 가장 잘 알아야 하는 사람이 있다면, 그건 바로 당신이네."

"전하, 누구한테서 그 소식을 들으셨습니까?"

"순현이네."

"아! 그것도 제가 그걸 믿기 힘들다는 것을 막지는 못합니다. 사실 저도 관군으로부터 보고를 받았습니다만, 그 사건에 대해서는 한마디도 없었습니다. 그러기에 더더욱 놀라울 따름입니다."

"무슨 일이 있건 간에⋯⋯, 왕이 말했다, 오늘 저녁 연회는 한순간도 더는 지속되지 않길 바라네."

"즉시 분부 거행하겠습니다, 전하, 즉시 분부를 전하고 저는 집무실로 가서 방금 말씀하신 사건에 대해 조사를 하도록 하겠습니다."

S'inclinant respectueusement devant le monarque Ja-Jyo-Mi s'éloigna. Quelques minutes à peine étaient écoulées, que le palais où retentissaient jusqu'alors des bruits de fête, rentra dans le plus complet silence.

Le premier ministre, de retour dans son bureau, se mit à réfléchir sur la situation. Il était très-inquiet craignant de se voir dépossédé de son rang, à la suite des révélations de Sùn-Hyen. C'est ce dernier qui est la cause de tout, c'est de lui qu'il faut tirer vengeance. Pour empêcher que de pareils faits se reproduisent, il n'y a qu'un moyen : c'est de se débarasser de Sùn en l'exilant. Ce dangereux personnage une fois parti, rien ne pourra contrarier Ja-Jyo-Mi, dans l'exécution de ses ambitioux projets, et il pourra facilement monter sur le trône.

왕 앞에서 경의를 표하고 자조미는 물러갔다. 겨우 몇 분이 흘렀을까, 그때까지 잔치 소리로 그득했던 왕궁이 완전히 조용해졌다.

집무실로 돌아온 재상은 이 상황에 대해 생각하기 시작했다. 그는 순현의 폭로로 자기 지위를 잃을까 두려워하며 몹시 불안해했다. 모든 일의 원인은 바로 순현이며, 그가 바로 복수를 해야 할 대상이었다. 이 같은 일이 다시 일어나지 않게 하려면 한 가지 방법밖에 없었다. 바로 순을 유배지로 쫓아버리는 것이었다. 이 위험한 인물 자조미가 자신의 야심찬 계획을 일단 실행에 옮기면, 어떤 것도 그를 막을 수는 없을 것이며, 그는 쉽게 왕좌에 오를 것이다.

Telles sont les réflexions du premier ministre. Mais il fallait trouver un prétexte à l'exil de Sùn. Ja-Jyo-Mi eut bientôt arrêté son plan.

Il résolut d'écrire lui-même à San-Houni, une lettre, pleine d'amères critiques et de menaces contre le roi. Cette lettre il la signera du nom de Sùn-Hyen. Puis il la remettra, au roi en lui disant qu'elle a été trouvée sur la voie publique par un agent de police.

이것이 재상의 계획이었다. 하지만 순을 유배시킬 구실을 찾아야 했다. 자조미는 곧 자신의 계획을 마무리 지었다. 그는 상훈이에게 왕에 대한 위협과 신랄한 비판을 가득 담은 편지 한통을 직접 써서 보내기로 결심했다. 그 편지에 그는 순현이라는 서명을 할 것이었다. 그리고는 그 편지를 왕에게 가져가서, 관군이 길에서 발견한 것이라 말할 계획이었다.

Aussitôt dit, aussitôt fait. La lettre est écrite. Ja-Jyo-Mi, s'étant déguisé, sort, laisse tomber sa missive en passant auprès d'un agent de police, et s'éloigne rapidement. Quand l'agent de police qui s'est baissé pour ramasser le paquet se relève, il ne voit plus personne. Il va porter sa trouvaille à son chef, pour que celui-cu prenne connaissance de la lettre et la fasse restituer à son auteur.

말이 떨어지기가 무섭게 일이 실행되었다. 편지가 쓰여졌다. 자조미는 변장을 하고 나가서 관군 한명 옆을 지나면서 자기가 쓴 편지를 떨어뜨리고 재빨리 사라졌다. 관군이 몸을 숙이며 그 종이 뭉치를 줍고 다시 몸을 일으켰을 때 그는 아무도 보지 못했다. 그는 그 발견물을 상관에게 가져갈 것이고, 상관은 편지임을 알게되고 그것을 쓴 이에게 돌려주려고 할 것이었다.

Le chef de la police lut en effet la lettre. Grand fut son étonnement. Voulant faire preuve de son zèle, il sourut au palais, et d'un air mystérieux demanda a être reçu immédiatement par le roi.

Le monarque, fit introduire sur le champ le chef de la police, qui lui apprit ce qui venait d'avoir eu lieu. On s'imagine la surprise du roi. Voulant éclaircir la chose, il fit de nouveau appeler son premier ministre.

Ja-Jyo-Mi accourut avec empressement. Dès qu'il fut arrivé, le roi lui tendit la fameuse lettre, en lui demandant s'il croyait que Sùn-Hyen en fut vraiment l'auteur.Le premier ministre feignit de lire la missive. Il vit que roi était dans l'incertitude, et résolut d'en profiter pour accabler Sùn-Hyen.

포도청장이 정말로 편지를 읽었다. 그의 놀라움은 크나컸다. 자신의 열의를 보이길 바라며 그는 궁으로 달려가서 의미심장한 어조로 왕의 알현을 청했다. 포도청장은 즉시 안내되었고, 왕은 일어난 일을 그로부터 알게 되었다. 왕의 놀라움을 상상해보자. 진상을 밝히길 바라며, 왕이 다시 재상을 불렀다.

자조미가 즉시 달려왔다. 그가 도착하자마자 왕은 그 엄청난 문제

25

의 편지를 그에게 내밀며, 순현이 정말로 그 편지의 주인이라고 믿는지 물었다. 재상은 편지를 읽는 척 했다. 그는 왕이 확신을 하지 못하고 있다는 것을 알아채고는, 순현을 압박하기 위해 그것을 이용하기로 했다.

- Sire, dit-il, il arrive souvent qu'on soit trompé par ceux qu'on se croit les plus dévoués. En ce qui concerne Sùn, je le crois parfaitement capable de cette infamie. Je sais depuis longtemps qu'il ne songe à rien moins qu'à prendre votre place sur le trône. Quant aux troubles dont il est venu vous entretenir, c'est lui-même qui les a suscités.

- Cela suffit, mon fidèle Ja-Jyo-Mi, dit le roi. Qu'on jette Sùn en prison, il sera ensuite jugé.

Le premier ministre, joyeux de son triomphe, fit à l'instant arrêter Sùn. Le roi prévenu, alla trouver lui-même le prisonnier.

- Reconnaissez-vous cela, lui demanda-t-il avec colère, en lui montrant la lettre?

Rien ne saurait donner une idée de l'étonnement de Sùn. Il comprit qu'il était victime d'une macbination infâme, mais telle était sa stupéfaction, qu'il ne put proférer une parole. Il éclata en gémissements.

"전하, 그가 말했다, 가장 충성스럽다고 믿은 자들로부터 배신을 당하는 일은 흔히 일어납니다. 순으로 말하자면, 저는 그가 이러한 비열한 짓을 했다고 확신합니다. 저는 아주 오래전부터 그가 전하의 왕좌를 탐냈다는 것을 알고 있었습니다. 그가 전하께 고한 그 일만

하더라도 그건 그가 지어낸 것입니다.”

“그것으로 충분하다. 내 충성스런 자조미여.”

왕이 말했다.

“순을 감옥에 가두어라. 곧 재판을 할 것이다.”

재상은 승리의 기쁨에 차, 곧장 순을 감금했다. 보고를 들은 왕은
직접 그 죄수를 보러갔다.

“이것을 알아보겠느냐?”

왕이 편지를 죄수에게 보이며 화난 목소리로 물었다. 순은 너무
놀라 아무 생각도 할 수 없었다. 그는 자신이 비열한 음모의 희생자
가 되었다는 것을 알았지만, 그러한 경악스러운 상황에서 단 한마디
도 할 수 없었다. 신음소리만 내뱉을 뿐이었다.

Cependant le roi lui dit encore :

- Je n'aurais jamais attendu cela de vous.

- Sire, je n'ycomprend rien, dit le malheuceux Sùn.

Ces mots exaspérèrent le roi. Ah, vous n'y comprenez rien,
s'écria-t-il. Mais, me direz vous quel est l'auteur de cette lettre?

- En tous cas, ce n'est pas moi Sire.

- Naturellement. Mais veuillez m'écouter. Vous savez ce que c'est
que la fumée.

- Oui, Sire.

- Eh bien, quand on met du bois dans lsa cheminée, et qu'on ne
l'allume pas, il ne s'élève pas de fumée. Au contraire, si on l'allume,
il se produira immanquablement de la fumée. Je veux dire par là, que

si vous n'étiez pas animé à mon égard d'intentions hostiles, vous n'eussiez pas adressé cette lettre à votre ami.

- Sire, je vois d'où me vient ce malheur. Les révélations que je vous ai faites m'ont attiré l'inimitié de certains personnages qui ont intérêt à ma perte. Je vous jure que je suis innocent.

- C'est tout ce que vous avez à dire pour votre défense? Cela suffit.

그러자 왕이 다시 물었다.

"나는 결코 이것이 그대의 것이라고 예단하지 않을 것이다."

"전하, 저는 전혀 모르는 일입니다" 불쌍한 순이 말했다.

이 말이 왕을 화나게 했다.

"그래, 전혀 모르겠다는 거지, 왕이 소리쳤다, 그러면 이 편지 주인이 누구인지 내게 말해보라."

"어찌 된 일인지 모르겠으나, 저는 아닙니다, 전하."

"당연히 그렇게 말하겠지. 하지만 잘 들어라. 그대는 연기가 무엇인지 아느냐?"

"네, 전하."

"그래, 좋다. 누군가 굴뚝에 나무를 넣고 불을 지피지 않으면, 연기가 나지 않지. 반대로, 불을 붙인다면 틀림없이 연기가 날 것이다. 지금 내가 말하고자 하는 것은, 그대가 만약 나에게 불손한 의도를 품지 않았다면 그대의 친구에게 이 편지를 보내지 않았을 것이란 말이다."

"전하, 저는 이 불행이 어디서부터 제게 왔는지 알겠습니다. 제가 전하께 드린 말씀으로 인해 몇몇 이들이 저에게 증오심을 품었고 그것이 저를 실족케 했습니다. 전하께 확언하건데, 저는 무죄입니다."

Le roi laissant Sùn, en proie au désespoir, s'éloigna. Il ordonna au premier ministre de bannir Sùn, et de lui assigner comme lieu d'exil Kang-Syn. San-Houni, compromis dans vette affaire, fut exilé à Ko-Koum-To.

Rentré chez lui, sous la conduite d'un agent de police, Sùn informa son épouse de ce qui lui arrivant. La malheureuse femme fut au comble du désespoir. <Que t'avais-je dit, l'autre jour> dit-elle à son mari. Mais elle se ressaisit bien vite et envisagea d'un œil calme le malheur qui venait de fondre sur eux. Celui-ci lui donna le bon exemple, en ajoutant :

- Résignons-nous, ma chère amie. Sans doute, il nous sera pénible de vivre ainsi loin de notre roi. Mais au moins, nous aurons la tranquillité, à l'avenir.

On s'occuppa sans retard des préparatifs du départ. Sùn fit appeler les familles pauvres, auxquelles il distribua l'argent qu'il possédait.

Bientôt, le moment de partir arriva. Sùn-Hyen et sa femme, durent s'arracher des bras de leurs parents et de leurs amis éplorés.

왕은 순을 내버려두고 절망에 사로잡혀 자리를 떠났다. 그는 재상에게 순을 유배지로 보내라 명했고, 그리하여 강진이 그의 유배지로 결정되었다. 상훈이는 그 사건으로 인해 고금도[6]로 유배되었다.

---

6 고금도(ko-koum-do): 전남 완도군에 속한 섬인데, 예로부터 군자가 많아 이렇게 불렸다고 한다. 그만큼 유배지로 유명했던 섬이다. 고금도에 가기 위해서는 정약용의 유배지로 널리 알려진 강진군에서 배를 타고 약 10분 정도 가야한다. 참고로 고금도는 불역본 작자인 홍종우가 어린 시절을 보낸 섬이기도 하다. 이후

관군의 감시 하에 집으로 돌아온 순은 자신에게 일어난 일을 아내에게 알렸다. 그 불행한 아내는 깊이 절망했다.

"제가 전에 당신에게 말한 일이 일어났군요."

그녀가 남편에게 말했다. 그렇지만 그녀는 빨리 회복되어, 그들에게 엄습한 불행을 평정심 속에서 생각했다. 그들의 불행이 다음과 같은 경우에는 좋을 수도 있었다.

"우리 새로 시작해요. 여보. 전하와 멀리 떨어진 곳에서 살아간다는 것이 아마 힘들겠지만, 적어도 앞으로는 고요히 살게 될 거예요."

그들은 지체 없이 떠날 준비를 했다. 순은 가난한 사람들을 불러, 자신이 가지고 있던 재산을 나누어주었다. 곧, 떠날 순간이 되었다. 순현과 그의 아내는 눈물에 젖은 부모님과 친구들의 품에서 한참을 머물렀다.

II

Le transport de Sùn-Hyen et de sa femme dans l'île de Kang-Tjyen, s'était effectué rapidement. Ils ne tardèrent pas à se trouver seuls sur la terre de l'exil, leurs surveillants étant retournés dans la capitale.

Ce qui chagrinait surtout Sùn, c'était l'idée que sa femme allait s'ennuyer à mourir, en cet endroit désert. Il en parla à son épouse, qui lui répondit avec beaucoup d'amabilité : <Soyez sans inquiétude à

전개되는 작품의 배경이 대체로 남쪽 바닷가인 점도 자신의 어린 시절 경험과 관련 있는 것으로 보인다.

mon sujet. Décidée à vous suivre partout où vous irez, je ne trouverai jamais le temps long, tant que je serai avec vous.>

순현과 그의 부인이 강천[7] 섬으로 이동한 속도는 무척 빨랐다. 그들은 곧 자기들만 유배지에 남았다. 감시자들은 수도로 돌아간 것이다. 특히 순을 괴롭힌 것은 이 한적한 곳에서 부인이 죽을 정도로 지겨워했다는 점이었다. 그 점에 대해 순이 부인에게 말하자, 부인이 매우 상냥하게 답했다. "나에 대해선 걱정하지 말아요. 당신이 가는 곳이면 어디든 따라가고자 결심했으니, 당신과 함께 있는 한, 시간이 길다고 느끼지 않을 거예요."

Effectivement les jours s'écoulèrent pour nos deux exilés, aussi vite que s'ils avaient vécu au milieu de leurs parents et de leurs amis. Bientôt, la belle saison annonça son retour.

Sùn dit un jour à sa femme :

- Voici déjà le printemps. Il fait beau aujourd'hui. Si nous en profitions pour aller faire une excursion?

- avec plaisir mon ami.

- Eh bien! allons dans la montagne.

Les voilà partis. A les vois, on ne dirait pas qu'ils ont été accablés par l'adversité. Ils se laissent aller tout entiers au charme du paysage qui les environne, et se sentent l'âme délicieusement émue. Madame

---

7 강천(kang-tjyen): 1장에서는 'Kang-Syn'이라고 표기한 바 있다. 표기상의 약간 차이는 있지만, 정약용이 오랫동안 유배생활을 했던 전남 '강진(康津)'이다.

Sùn, surtout semble au comble du bonheur.

우리의 두 유배자에게는 마치 그들이 가족과 친구와 함께 살았던 때만큼 하루하루가 빨리 흘러갔다. 곧 아름다운 계절이 돌아왔다. 순이 어느 날 아내에게 말했다.

"벌써 봄이오. 오늘 날씨가 좋으니, 소풍 가겠소?"

"너무 좋아요, 여보."

"좋소! 산으로 갑시다."

그들은 그렇게 소풍을 떠났다. 그들을 보면 역경에 짓눌려있다고 말할 수 없을 것이다. 그들은 주위 풍경의 매혹에 완전히 스스로를 내어맡기고, 그들의 영혼은 달콤한 감동으로 충만함을 느낀다. 순 부인이 특히 행복에 겨운 듯하다.

- Comme tout est tranquille, dit-elle à son mari. J'époruve un vrai plaisir à me promener ainsi seule avec toi. Quand nous habitons la capitale, je ne pouvais t'accompagner dans tes promenades.

- Tu as raison ; j'étais obligé de me conformer à l'habitude reçue.

- Nous voici au pied de la montagne, dit-elle encore. Quel admirable panorama se déroule devant nos yeux! Contemplons-le un instant. Le souffle poétique envahit mon âme. Ecoute ces strophes :

<Le temps est beau ; le feuillage touffu cache les fleurs.

Que les papillons cherchent avidement. On dirait qu'ils comptent les feuilles.

Le serpent engourdi par la chaleur, est voluptueusement couché dans les branches.

La grenouille sautille sur les branches des saules et se laisse bercer par le vent.

Le rossignol vole de tous côtés, happant au passage les mouches qu'il porte à sa nichée.>

- Oui, ajouta-t-elle, ces animaux sont plus heureux que nous.

- Qu'est-ce qui te fait dire cela? demanda Sùn.

- C'est que ces animaux ont ine progéniture, tandis que nous, nous sommes privés d'enfants.

- Console-toi, ma chère. Nous ne sommes pas encore à un àge où une union ne peut plus être bénie. Aie confiance dans l'avenir. Mais, je crois qu'il est temps de rentrer. Le soleil est à son déclin, et tu dois être fatiguée.

"모든 것이 얼마나 고요한지요" 그녀가 남편에게 말했다.

"이렇게 당신과 둘만 산책하면서 진정한 기쁨을 경험하는군요. 우리가 수도에 살 때는 당신이 산책할 때 함께 할 수 없었잖아요."

"당신 말이 맞소. 그땐 기존의 관습에 맞추어야만 했으니."

"우리가 함께 산에 직접 오르다니오."

그녀가 다시 이야기했다.

"우리 눈앞의 전경을 봐요. 얼마나 경이로운지! 이 순간 이 풍광을 관조하도록 해요. 시적인 영감이 내 영혼을 엄습해오는군요. 다음 시구를 들어보세요.

아름다운 날씨로구나.

나뭇잎은 무성하여 꽃들을 숨기고

나비들은 탐욕스레 꽃을 찾는구나.

혹자는 나뭇잎을 센다고도 할 수 있겠다.

뱀은 더위에 늘어져 나뭇가지에서 기분 좋은 잠을 자고.

개구리는 버드나무 가지 위로 뛰어올라 바람에 몸을 맡기고는 흔들리고,

꾀꼬리들은 사방으로 날아다니며 파리들을 둥지로 옮겨가는구나.

"그래요, 그녀가 덧붙였다, 이 동물들이 우리보다 더 행복하여요."

"무엇 때문에 그렇게 말하는 거요?"

순이 물었다.

"저 동물들은 새끼가 있잖아요. 하지만 우리는 아이가 없으니까요."

"기운 내요, 내 사랑. 아직 아이를 낳지 못할 나이도 아니잖소. 그런데 돌아갈 시간인 것 같소. 이제 해도 지고 있고, 당신도 피곤할 테니."[8]

Les deux époux regagnet lentement leur demeure, tous deux très rêveurs.

A quelque temps de là, l'épouse de Sùn fit un rêve. Elle vit la lune se détacher du lormament et venir se poser sur son propre corps. Réveillée en sursaut par l'étrangeté de cette vision, elle alla immédiatement l'apprendre à son mari.

---

8 『심청전』에는 나이 마흔이 되도록 자식이 없던 곽씨부인이 자신의 불효를 한탄하다가 명산대천을 찾아가서 기도하여 잉태하는 것으로 되어 있다. 홍종우는 이런 미신적 요소를 삭제하는 대신 봄날 새들이 날아다니는 광경을 보다가 자식이 없는 자신의 처지를 한탄하는 것으로 바꿔놓고 있다.

- Oui, dit celui-ci, c'est assez bizzare. Mais n'aie aucune inquiétude. C'est la fatigue qui t'a occasionné ce cauchemar.

La vérité était que la noble dame portait un enfant dans ses flancs.

Elle ne tarda pas en effet, à mettre au monde une fille à laquelle on donna le nom de Tcheng-Y. Sùn était au comble de la joie. Malheureusement sa femme tomba gravement malade. Bientôt il n'y eut plus d'espoir de la sauver, et le médecin dut se contenter d'adoucir les souffrances de la malade. Trois jours à peine s'étaient écoulés depuis la naissance de la petite Tcheng-Y, que sa mère quittait ce monde.

이들 부부 두 사람은 몽상에 깊이 잠긴 채 천천히 집으로 돌아갔다. 그로부터 얼마 후, 순의 아내가 꿈을 꾸며 보았다. 달이 하늘에서 떨어져나와 그녀의 몸속으로 들어온 것이다. 그 기이한 광경에 놀라 잠에서 깬 그녀가 즉시 가서 남편에게 꿈을 알렸다.

"그렇네요, 남편이 말했다, 아주 이상하군요. 하지만 걱정은 하지 마시오. 피곤해서 악몽을 꾸신 것 같소."

사실은 그 양반댁 부인이 아기를 잉태한 것이었다.

머지않아 실제로 딸이 태어났고, 아기의 이름은 청이라고 지었다.[9] 순은 최고로 기뻤지만, 불행히도 부인이 심각한 병에 걸렸다. 부인을 살릴 수 있다는 희망이 곧 완전히 사라지고, 의사가 할 수 있

---

9 『심청전』에서는 곽씨부인이 대를 이을 아들이 아니라 딸을 낳은 것을 죄스럽게 생각하고 있는데, 홍종우는 그 대목을 삭제함으로써 전통적인 남존여비 관념으로부터 탈피하고자 했다. 실제로 불역본에서 여성인물은 매우 능동적이고 주체적인 모습으로 형상화되고 있다. 그리고 '청이'(Tcheng-Yi)의 이름도 '상훈이'와 같은 구조를 갖고 있음을 알 수 있다.

는 것은 환자인 부인의 고통을 덜어주는 것 뿐이었다. 그 예쁜 어린 청이가 태어난 지 겨우 사흘 만에 청이 모친은 이 세상을 떠났다.

Elle avait très bien senti les approches de la mort, et quelques instants avant d'expirer elle avait dit à son mari :

- Mon cher ami je vais te quitter. Je sais que ton chagrin sera immense, mais je te prie de ne pas trop t'abandonner à ta douleur. Avant tout il faut songer à notre enfant et tu devras lui chercher une nourrice.

D'un suprême effort, la moribonde attire à elle le petit être, et lui donne le sein : <Hélas, dit-elle, avec un profond soupir, c'est la première et la dernière fois que je t'ai ainsi près de moi.>

죽음이 다가오고 있음을 절감하고 있던 청이 모친이 숨을 거두기 직전 남편에게 말했다.

"내 사랑, 나는 곧 당신을 떠날 거예요. 당신의 슬픔이 클 거라는 걸 알지만, 당신을 고통 속에 내버려두지는 마세요. 무엇보다 우리 딸 아이를 생각해야해요. 아이에게 유모를 찾아주어야 할 거예요."

빈사의 고통 속에서도 청이 모친은 마지막 힘을 다해, 그 어린 것을 끌어당겨 젖을 물렸다.

"아, 깊은 한숨을 쉬며 그녀가 말했다, 너를 이렇게 내 가까이에 두는 것이 처음이자 마지막이로구나."

Cependant Sùn, en proie à la plus profonde douleur disait à son épouse :

- Ma chère femme, est-il vrai que tu veuilles me quitter? Nous avons toujours protégé les malheureux, et les dieux nous laissent accabler par la mauvaise fortune. C'est vraiment trop d'injustice.

Sa femme n'entendit pas ces derniers mots. Déjà la mort avait posé sa main sur elle. Sùn s'en aperçut, mais n'en voulut pas d'abord croire ses yeux. Il appelle son épouse avec des pleurs dans la voix, mais hélas! ses paroles restent sans réponse.

- Me voilà donc seul, s'écrie-t-il,au comble du désespoir. Que deviendrai-je, avec cette enfant?

Il chercher sa fille du regard, et la voit encore suspendue au sein de sa mère. Cette vue redouble la douleur de Sùn. Il prend la pauvre enfant et la confie aux soins d'une nourrice. Puis, à moitié fou, il dut s'occuper de l'ensevelissement de sa femme.

그러는 동안 순은 깊은 고통에 사로잡힌 채 아내에게 말했다.

"내 사랑하는 부인, 정말로 당신이 나를 떠나는 거요? 우리는 항상 불행한 일들을 이겨왔는데, 신들은 결국 우리를 불운에 짓눌리게 하는구려. 이건 정말이지 너무 불공평하오."

그의 아내는 결국 그의 말들을 듣지 못했다. 이미 죽음이 그녀의 손을 잡은 것이다. 순은 아내의 죽음을 알아차렸지만 그 사실을 직시하고 싶지 않았다. 그는 울음이 가득한 목소리로 아내를 불렀으나, 슬프도다! 대답이 없었다.

"이렇게 혼자가 되었구나."

절망의 정점에서 그가 외쳤다.

"이 아이를 위해 무엇을 해야 한단 말인가?"

자기 딸을 찾는 그의 시선 끝에, 여전히 엄마 가슴에 매달려 있는 아이가 보였다. 그 광경은 순의 고통을 배가시켰다. 그는 그 가엾은 여자 아이가 유모의 보살핌을 받도록 했다.[10] 그러고는 반 정신이 나 가서, 아내의 장례식에 몰두했다.

Tout cela s'était passé si vite, que Sùn croyait avoir rêvé. Il lui fallait bien cependant se rendre à la triste évidence. Chaque jour on le voyait se diriger vers l'endroit où reposait sa femme. Ces visites fréquentes entretenaient son chagrin, et sa douleur ne pouvait se calmer.

Notre héros toujours en pleurs, ne pouvant trouver aucun repos, vit bientôt fondre sur lui un nouveau malheur. Pour avoir versé trop de larmes, Sùn devint aveugle.

모든 것이 너무도 빨리 지나가, 순은 꿈을 꾸고 있는 것이라 믿었다. 매일 사람들은 자기 아내가 쉬고 있는 곳으로 향하는 그를 보았다. 아내 무덤을 그렇게 자주 찾는 것은 그의 슬픔을 지속시켰고, 그리하여 그의 고통은 결코 잦아들지 않았다. 늘 눈물 속에 있던 우리의 주인공은 어떤 휴식도 찾을 수 없었고, 마침내 새로운 불행이 그

---

10 『심청전』에서는 홀로 남은 부친이 젖동냥을 하여 어린 딸을 키우는 것으로 되어 있는데, 여기서는 유모를 구해 그로 하여금 양육하는 것으로 바꿔놓고 있다. 순현을 조정에서 높은 벼슬을 한 인물로 설정한 작품 서두와 부합하는 대목이다.

를 덮쳤다. 너무 많은 눈물을 쏟아, 순이 봉사가 된 것이다.[11]

Ce coup terrible ne le terrassa pas. Il continua à mener la même vie. Son plus grand regret était de me pouvoir contempler les traits de sa fille. C'est que Tcheng-Y grandissait. Elle venait d'atteindre sa treisième année, et c'était elle qui était obligée de pourvoir à l'entretien de son père infortuné, privé de toute ressource. Elle n'avait qu'un moyen pour empêcher Sùn, de mourir de faim, c'était de mendier. Elle accomplissait ce triste devoir sans fausse honte. Cependant son intelligence s'éveillait.

그 끔찍한 타격이 그를 무너뜨리지는 못했다. 그는 계속해서 여느 때와 같은 일상을 이어갔다. 그의 가장 큰 아쉬움은 자기 딸의 모습을 볼 수 없는 것이었다. 청이는 자라고 있었던 것이다.[12] 청이는 열세 살이 되었고, 그리하여 자기가 불행한 아버지를 부양해야 했다.

---

11 심청의 아버지가 눈이 멀게 된 까닭을 밝히고 있는 대목이다. 『심청전』에서는 보통 가세가 불행하여 나이 스무 살 무렵 눈이 먼 것으로 되어 있어, 눈을 멀게 된 이유가 구체적으로 밝혀져 있지 않다. 하지만 홍종우는 부인의 죽음을 너무 슬퍼하여 울다가 눈이 멀었다는 것으로 바꿔놓고 있다. 나름의 합리적 근거를 가지고 개작한 것이라 할 수 있다. 그보다 먼저 『심청전』을 개작한 알렌도 이런 식으로 심봉사의 눈이 멀게 된 것으로 그리고 있고, 그의 가난도 눈이 멀어 가산을 하나씩 팔았던 까닭으로 그리고 있다. 참고로 蔡萬植은 『심청전』을 『심봉사』라는 이름으로 개작하면서, 양반의 후예로서 가세가 기운 집안을 일으켜 세우기 위해 과거공부를 너무 열심히 하다가 눈병이 나서 결국 눈이 멀게 된 것으로 개작한 바 있다. 모두 근대소설의 합리성을 염두에 두고 『심청전』을 개작하려던 모습들을 보여주는 대목이다.
12 『심청전』에서 매우 유명한 심봉사의 젖동냥 대목을 과감하게 생략해 버리고 있다. 부인이 죽자 유모에게 양육을 부탁했다는 앞의 개작 내용과 깊은 관련이 있다.

재산이라고는 없었으므로, 순이 굶어죽는 것을 막기 위해 그녀가 할
수 있는 하나의 방법은 구걸이었다. 그녀는 치욕도 느끼지 않고 그 슬
픈 의무를 이행해갔다. 그러는 동안 그녀의 지성이 깨어나고 있었다.

Un jour elle dit à son père :

- Il y a quelque chose qui me frappe, et que je ne comprends pas
bien.

- Qu'est-ce donc, mon enfant?

- Eh! bien, mon père, pourquoi, tandis que les autres vivent au
milieu de leurs parents et de leurs amis, sommes nous ainsi réduits à
la solitude?

- Hélas! ma fille, il est bien vrai que nous sommes abandonnés à
nous-mêmes. Il n'en a pas toujours été ainsi. Il fut un temps où
j'habitais la capitale avec ta pauvre mère, et où nous étions entourés
d'un cercle de parents et d'amis. J'occupais une haute situation. Notre
famille appartient à la meilleure noblesse, et a toujours entretenu de
très bons rapports avec la cour royale. Mais un jour, à la suite d'une
dénonciation calomnieuse, le roi me croyant coupable, m'exila ici.
Mon ami San-Houni, compromis dans la même affaire, dut s'exiler à
Ko-Koum-To. Il a partagé mon malheur, car lui aussi descend d'une
excellente famille. Je songe avec chagrin que depuis mon arrivée
dans cette île, je suis sans nouvelle de mon vieil ami.

- C'est que sans doute, il ne lui est pas possible de communiquer
avec vous, dit l'enfant pour consoler le vieillard. Elle ajouta :

Excusez-moi, mon père, il est temps que je sorte pour travailler.

- Va, mon enfant ; et rentre de bonne heure.

어느 날 그녀가 아버지에게 말했다.

"갑자기 생각난 게 있는데요, 잘 이해가 되지 않아요."

"딸아, 뭐 말이냐?"

"음, 아버지, 다른 이들은 가족도 친구도 있는데, 왜 우리는 이렇게 외로운 거예요?"

"아아! 딸아, 우리가 우리밖에 없는 건 사실이란다. 하지만 항상 이랬던 것은 아니다. 한때, 나는 너의 불쌍한 어머니와 함께 가족과 친구들에 둘러싸여 수도에서 살았었단다. 그때 나는 높은 지위에 있었지. 우리 집안은 지체 높은 양반네였고, 항상 궁정과 좋은 관계를 맺고 있었지. 하지만 어느 날, 중상모략 하는 무리의 고발이 있었고, 왕은 내가 죄를 지었다고 믿고는 이리로 유배를 보내신 거지. 같은 사건으로 내 친구 상훈이는 고금도로 유배를 가야했단다. 그는 내 불행을 나누어 가진 거지. 그 역시 지체높은 가문의 후손이거든. 이 섬에 온 이후로 내 오랜 벗의 소식을 들을 수 없다는 건, 생각할 때마다 슬프단다."

"그 분께서도 아버지와 연락할 수 있는 방법이 아마 없을 거예요."

늙은 아버지를 위로하느라 아이가 말했다. 그리고 덧붙였다.

"죄송해요, 아버지. 일 나가야 할 시간이에요."

"가보려무나, 딸아. 일찍 들어오너라."

La petite Tcheng-Y, s'éloigna d'un pas rapide. Elle se rendit d'abord au cimetière pour prier un instant sur la tombe de sa mère. Tcheng-Y était aussi travailleuse qu'intelligente. Elle consacrait ses nuits à l'étude, et le jour, elle allait de maison en maison pour recueillir des aumônes. Souvent, dans ses rèveries, elle songeait à sa mère qu'elle n'avait jamais eu le bonheur de connaître.

Un jour, elle était allée comme d'habitude pleurer sur la tombe de celle qui lui avait donné le jour. Elle s'y était attardée, et n'était pas rentrée à la maison à la même heure que d'habitude.

어린 청이가 빠른 걸음으로 집을 나섰다. 그녀는 먼저 묘지에 가서 어머니의 무덤 앞에서 잠깐 기도했다. 청이는 영리하고 일도 잘했다. 그녀는 밤에는 공부를 했고, 낮에는 이집 저집으로 동냥을 다녔다. 때때로 꿈속에서 그녀는 그녀를 안다고 하는 행복을 한번도 가져본 적 없는 자기 어머니 꿈을 꾸었다.

어느 날, 그녀는 평소처럼 자신을 낳아준 이의 무덤에 가서 울었다. 거기서 시간을 지체하여, 평소와 같은 시간에 집으로 돌아갈 수 없었다.

Sùn, ne voyant pas revenir sa fille était très-inquiet. A la fin, il résolut d'aller à la rencontre de Tcheng-Y. S'appuyant sur son bâton, il se mit en route. Malheusement, arrivé au bord d'un lac qui se trouvait près de là, il fit un faux pas, et tomba à l'eau.

Sùn poussa un cri de détresse, et se mit à se lamenter.

- Me voici voué à une mort certaine, disait-il, et ma pauvre fille qui me cherche peut-être de tous côtés!

Par bonheur, les gémissements du malheureux homme furent entendus par le disciple d'un anachorète qui vivait retiré dans la montagne, à peu de distance du lac. Il accourut et retira Sùn de l'eau.

순은 딸이 돌아오지 않자 너무 적정이 되었다. 결국, 그는 청이를 마중 나가기로 마음을 먹었다. 지팡이에 몸을 의지하고, 그가 길을 나섰다. 집 근처 호숫가에 다다른 그는 불행히도 발을 헛디뎌 물에 빠졌다.[13]

순은 비탄에 빠져 소리지르며 통탄하기 시작했다.

"나는 이제 확실히 죽는구나, 그가 말했다, 내 불쌍한 딸이 온 사방으로 나를 찾아다닐 텐데!"

다행히도, 호숫가 바로 옆을 지나던 산 속 은거 수도자의 제자[14]가 이 불행한 남자의 비통한 탄식을 들었다. 그는 달려가서 순을 물에서 끌어냈다.

Il lui demanda :

- Où habitez-vous?

- Tout près d'ici.

- Mais comment se fait-il que vous sortiez seul, étant aveugle?

---

13 『심청전』에서는 늦게까지 돌아오지 않는 심청이 걱정 되어 집을 나섰다가 다리에서 떨어져 개울에 빠지는 것으로 되어 있는데, 홍종우는 연못에 빠진 것으로 바꾸어 놓고 있다.

14 『심청전』에서의 '화주승(化主僧)'을 홍종우는 불어 독자가 이해할 수 있도록 '산속에 은거하는 수도자의 제자'로 번역하고 있다.

Vous vous exposez ainsi aux plus grands dangers.

- Oui, je le sais. Aussi je ne sors jamais seul.

Aujourd'hui je me suis hasardé hors de ma maison pour aller au devant de ma fille. Celle-ci n'est pas rentrée à l'heure habituelle, et alors je me suis mis en route. Voilà comment je suis arrivé à tomber dans le lac, dont je ne serais plus jamais sorti, sans votre intervention. Vous m'avez sauvé la vie.

- Je n'ai fait que mon devoir, dit le disciple.

그리고는 물었다.

"어디 사시지요?"

"여기서 매우 가까운 곳이요."

"그런데 어떻게 이리 혼자 나오신 겁니까? 보이지도 않는데요. 하마터면 큰일 날 뻔 했습니다."

"네, 알고 있어요. 그래서 평소에는 절대 혼자 나오지 않습니다. 오늘은 딸을 마중가기 위해 갑자기 나온 것이지요. 딸아이가 늘 오던 시간에 오지 않아서요. 그래서 제가 길을 나선 것입니다. 그렇게 호수에 빠지게 되었습니다. 당신 도움이 없었다면 결코 빠져 나오지 못했을 거예요. 제 목숨을 살려주셨습니다."

"할 일을 한 것 뿐 입니다." 그 제자가 말했다.

Il prit Sùn par le bras, et l'accompagna jusqu'à se demeure.

En route il lui demanda :

- Ajouterez-vous foi, à ce que je vais vous dire.

- Certainement.

- Eh! bien, je vous prédis, ou plutôt je lis sur votre visage, que vos malheurs ne dureront pas toujours. Dans trois ans vous reconvrerez la vue, et de plus vous deviendrez premier ministre. Aucune fortune n'égalera la vôtre. Pour atteindre ce but, il vous faudra prier Tchen-Houang(l'empereur du ciel).

- Ai-je bien entendu. demanda Sùn au comble de l'étonnement et de la joie.

- Rien n'est plus vrai, répondit gravement le disciple.

- Mais que dois-je faire, renseignez-moi!

- Il faut que vous me donniez trois cents sacs de riz. Je prierai à votre place.

- Hélas! je ne puis vous donner ce que vous me demandez.

- Cela ne fait rien ; je ne demande pas la livraison immédiate de ces trois cents sacs. Il suffit que vous preniez l'engagement par écrit, de vous acquitter quand vous en aurez les moyens.

- J'accepte, à ces conditions, reprit Sùn. Le disciple lui tendit un livre, sur lequel le pauvre aveugle apposa sa signature.

- Je suis forcé de vous quitter, dit alors le disciple.

- Alors, au revoir, et à bientôt.

그는 순의 팔을 잡고, 집까지 동행했다.
길에서 그가 순에게 물었다.
"드릴 말씀이 있으니 한번 생각해보시지요."

"그러지요."

"아! 그대의 얼굴을 보고 말씀 드리는 건데, 그대의 불행이 계속되지는 않을 겁니다. 삼년 안에 시력을 되찾을 것이고, 거기다 재상이 되실 것입니다. 어떠한 행운도 이에 견줄 수는 없을 겁니다. 이를 위해서, 그대는 천황(하늘의 황제)께 기도를 하셔야할 겁니다."[15]

"그게 정말입니까?" 정말로 놀라고 기뻐하며 순이 물었다.

"정말이고 말고요." 그 제자가 진지하게 대답했다.

"그러면 제가 무엇을 해야 합니까. 알려주십시오!"

"저에게 쌀 삼백 석을 주셔야합니다. 제가 그대를 대신하여 기도를 하겠습니다."

"저런! 저는 말씀하신 것을 드릴 수가 없습니다."[16]

"문제될 거 없습니다. 지금 당장 쌀 삼백 석을 달라는 것이 아닙니다. 먼저 서면으로 약속을 해주기만 하면 됩니다. 그리고 방법이 생길 때 이행하면 되지요."

"그런 조건이라면 알겠습니다."

순이 대답했다. 그 제자가 종이를 내밀었고, 불쌍한 맹인은 그 위에 서명을 했다.

"저는 이만 가보아야 합니다." 그 제자가 말했다.

"그러면 안녕히 가십시오. 또 뵙지요."

---

15 순현을 구해준 수도자가 눈을 뜨는 것 외에 그의 미래까지 예언하고 있어 『심청전』과 다른 양상을 보인다. 이는 곧이어 전개될 영웅군담소설과 깊이 연관된 서사적 複線이라 할 수 있다.

16 『심청전』에서는 심봉사가 앞뒤 가리지 않고 몽운사 화주승에게 공양미 삼백 석을 내겠다고 장담하고 있다. 하지만 여기서는 자신의 가난한 처지를 돌아볼 줄 아는, 나름 사려 깊은 인물로 순현을 그리고 있다.

Resté seul, Sùn réfléchit à ce que lui avait dit le disciple. La perspective de revoir la lumière du jour, et d'arriver au faîte des honneurs, remplissait son âme d'une douce émotion. D'autre part, l'obligation de fournir trois cents sacs de riz, diminuait concidérablement sa joie. Lui dont la fille était obligée de mendier pour ne pas le laisser mourir de faim, n'arriverait jamais à remplir l'engagement qu'il avait contracté. Il regrettait même d'avoir donné une promesse qu'il ne pourrait jamais tenir.

혼자 남게 된 순은 그 제자가 한 말을 곰곰히 생각했다. 빛을 다시 보게 되고, 영예의 자리에 오르게 된다는 생각을 하자 그의 영혼은 감격으로 가득 찼다. 그렇지만 한 편으로는 쌀 삼백 석을 마련해야 한다는 생각을 하자 그의 기쁨은 확 줄었다. 굶어죽지 않기 위해 구걸을 해야하는 그의 딸의 벌이로는 도저히 그가 서약한 금액을 채우지 못할 터였다. 그는 결코 지킬 수 없는 약속을 해버린 자신이 후회 되었다.

Sùn, fut tiré de ses rêveries par l'arrivée de sa fille.
- D'où, vous vient cette mélancolie, mon père? demanda l'enfant. Est-ce parce que je suis en retard aujourd'hui, que vous semblez si triste?
Je vous demande mille fois pardon. J'étais allée au cimetière, et de là, recueillir des aumônes. On m'a donné quelque nourriture, comme vos doigts vous permettront de le constater. M'avez-vous pardonné?

47

- Ce n'est pas toi, ma chère enfant qui me rend triste. Ecoute, ce qui m'est arrivé. Ne te voyant pas revenir, et pris d'inquiétude, je voulus aller à ta rencontre. En route, je tombai dans un lac, et me croyais perdu, quand je fus sauvé par le disciple d'un anachorète. Cet homme me ramena ici, et me dit pendant que nous marchions : <Je vous prédis que vous cesserez d'être aveugle et que vous deviendrez un jour premier ministre du roi>. Malheureusement je devrai fournir trois cents sacs de riz et ne pourrai jamais le faire. Voilà ce qui me rend triste.

- Ne vous inquiétez pas trop mon père. Je tàcherai de trouver un moyen qui vous permette de tenir votre promesse.

딸이 집에 도착해서야 순은 이런저런 생각에서 빠져나왔다.

"왜 이렇게 우울해 보이세요, 아버지? 딸이 물었다, 제가 너무 늦게 돌아와서 이렇게 슬퍼보이시는 거예요? 용서해주세요. 어머니 무덤에 갔다가, 거기서 동냥을 했어요.[17] 먹을 거리를 조금 주셨어요. 손가락으로 더듬어질 거예요. 용서해주실거지요?"

"내가 슬픈 건 너 때문이 아니란다, 아이야. 나한테 일어난 일을 좀 들어보렴. 네가 돌아오지 않아 걱정이 돼 너를 마중가고자 했지.

---

17 완판본 계열의 『심청전』에서는 삯바느질을 하며 눈먼 아버지를 봉양하던 심청이 장승상 댁 부인이 더 있다가 가라고 붙잡는 바람에 귀가가 늦은 것으로 되어 있다. 그런데 여기서는 어머니 산소에 기도하러 갔다가 늦는 것으로 되어 있다. 이처럼 장승상 댁 부인이 등장하지 않는 것은 홍종우가 한남본 계열 『심청전』을 저본을 삼아 개작·번역했다는 또 다른 증거이다. 한남본 계열에는 장승상 댁 부인의 존재가 설정되어 있지 않기 때문이다.

길을 가던 중에 호수에 빠졌어. 죽는 줄만 알았는데, 한 수도자의 제
자가 나를 구해주었단다. 그 사람이 나를 집까지 데려다주고는 우리
가 어떻게 될 건지 말해주더구나. '제가 예언하기를, 당신은 볼 수 있
게 될 것이고, 어느 날 왕의 재상이 될 것입니다'라고 말이야. 그런데
불행하게도 쌀 삼백 석을 바쳐야 하는데, 절대로 그건 불가능이잖
아. 그래서 내가 슬퍼한 것이란다."

　"너무 걱정 마세요, 아버지. 아버지 그 약속을 지킬 수 있는 방법
을 제가 찾아볼게요."

Après le repas, la jeune fille remonta dans sa chambre. Elle se mit
à réfléchir à ce que lui avait raconté son père. Ne pouvant réussir à
s'endormir, elle sortir et alla prendre un bain dans la rivière. Après
cela, elle se mit en devoir de dresser dans la jardin la table des
sacrifices, sur laquelle elle plaça un vase rempli d'eau. Elle alluma
encore des brûle-parfums, ainsi que deux lumières, et commença à
prier le ciel. Ses prières se prolongèrent jusqu'à la pointe du jour.

Alors seulement Tcheng-Y, rentra dans sa chambre. Ses prières se
prolongèrent jusqu'à la pointe du jour. Brisée par la fatigue, elle
s'endormit presque aussitôt. Elle rêva qu'un vieillard lui disait :
<Tout à l'heure il passera quelqu'un près de vous. Cette personne
vous proposera quelque chose. N'hésitez pas à accepter car c'est une
occasion unique>.

저녁을 먹은 후, 그 어린 소녀는 자기 방으로 다시 올라갔다. 그녀

는 아버지가 해준 이야기를 곰곰이 생각했다. 잠들 수가 없어 그녀
는 집을 나가 강가로 목욕하러 갔다. 그후에, 그녀는 정원에 제단을
차리고는 그 위에 물이 가득한 그릇 하나를 놓았다. 그녀는 다시 향
두 개를 피우고, 하늘에 기도하기 시작했다. 그녀의 기도는 새벽까
지 이어졌다.

그리고 청이는 자기 방으로 돌아갔다. 피곤에 지쳐 그녀는 거의
곧바로 잠이 들었다. 꿈속에서 한 노인이 나타나 그녀에게 말했다.

"곧 누군가가 네 곁에 나타날 것이다. 그 사람이 무언가를 네게 제
안할 터이다. 지체 없이 받아 들이거라. 그것이 유일한 기회이니라."

A son réveil, l'enfant se rappelant ce rêve, demeura longtemps
pensive. Et cependant, le songe allait bientôt se réaliser.

A l'époque où se passe cette histoire, des marchands coréens
traversaient chaque année pour les besoins de leur commerce, la mer
Jaune qui s'étend entre la Chine et la Corée. La traversée était très-
difficile à cause de la rapidité du courant en un certain endroit. A
chaque voyage on avait à déplorer la perte de quelque bateau. Croyant
écarter le danger, les marchands avaient recours à une pratique
très-ancienne, très-barbare. Dans chaque ville où ils s'arrêtaient, ils
achetaient une jeune fille. Celle-ci était précipitée dans les flots, et on
pensait avoir ainsi conjuré le péril.

Or, ce jour là, Tcheng-Y, à peine sortie de chez elle, recontra
précisément un de ces marchands, à la recherche d'une victime
humaine. Ce marchand demanda à la jeune fille, si elle ne savait pas,

où il pourrait trouver ce qu'il cherchait.

꿈에서 깬 그 아이는 꿈을 떠올리며 오랫동안 생각에 잠겼다. 그런데 그 꿈이 곧 현실이 될 것이었다.

이 이야기가 전개되는 시대에 꼬레의 상인들은 무역을 하기 위해 매년 꼬레와 중국 사이에 펼쳐져있는 황해를 건너다녔다. 어떤 지점의 유속은 너무 빨라 항해가 무척 어려웠다. 항해 때마다 몇 척의 배를 잃고 한탄하는 일이 벌어졌다. 위험을 떨치겠다 생각하며 상인들은 매우 오래되고 야만적인 방법에서 도움을 구했다. 그들은 정박하는 도시마다 젊은 처녀를 샀다. 처녀는 파도 속으로 던져졌고, 그렇게 위험에서 벗어났다고 그들은 생각했다.

그런데 바로 그날 청이가 집을 나서자마자 인간 제물을 찾던 상인들 중 한 명을 만나게 된 것이다.[18] 상인은 청이에게 혹시 제물로 바칠 처녀를 구할 수 있는 곳을 아는지 물었다.

A cette demande Tcheng-Y répondit :

- Vous n'avez pas besoin d'aller plus loin. Si vous voulez me prendre, j'accepte de remplir le rôle dont vous m'avez parlé. Que me donnerez-vous en échange de ma vie?

- Tout ce que vous exigerez.

---

18 인당수에 제물로 바칠 처녀를 구하러 다니던 중국 남경상인의 대목을 이렇게 그리고 있다. 순현이 유배온 강진은 예로부터 도자기 産地로 유명하여 중국으로 왕래하는 뱃길의 중요한 거점이었다. 그런 점에서, 작품의 배경이 황주 도화동에서 전남 강진으로 바뀌어졌지만, 장소 설정의 근거가 나름 설득력을 갖추고 있다.

- Et si je vous demandais trois cents sacs de riz?

- J'accepterais le marché. Mais, j'ai des associés. Il faut que je m'entende avec eux, et je ne pourrai vous rendre réponse que dans quelques jours.

- J'attendrai donc.

- A bientôt. dit le marchand.

그 질문에 청이가 답했다.

"멀리 갈 필요 없으십니다. 저라도 괜찮으시다면, 당신이 말한 그 역할을 제가 하지요. 제 목숨의 대가로 무엇을 주실 겁니까?"

"당신이 원하는 것은 뭐든지요."

"그러면 쌀 삼백 석은 어떠신지요?"

"좋습니다. 하지만 동료들이 있습니다. 그들과 의논해야하니, 며칠만 주시면 답을 드릴 수 있을 겁니다."

"그럼 기다리겠습니다."

"곧 뵙겠습니다." 상인이 말했다.

Heureuse d'avoir conclu attendit impatiemment le retour du marchand. Un matin, elle le vit se diriger vers la maison qu'elle habitait. Aussitôt elle alla à sa rencontre.

- L'affaire est-elle conclue? lui demanda-t-elle sans trahir la moindre émotion.

- Oui, Mademoiselle. Vous aurez vos trois cents sacs de riz. Les voulez-vous sur le champ.

- Mais oui, avec plaisir. Cependant, attendez un moment. Il faut que j'aille prévenir mon père.

Tcheng-Y rentra dans la maison. Elle ne savait comment s'y prendre pour faire part à son père de sa fatale détermination.

Lui dire la vérité, se disait-elle, c'est le condamner à mourir de chagrin. Je me rappelle son inquiétude, le jour où je fus un peu en retard. Que sera-ce s'il ne me voit pas revenir. Mais le voilà……

그녀에게는 너무나 중요한 일을 해결할 수 있다는 기쁨으로, 그녀는 초조하게 상인을 기다렸다. 어느날 아침, 그녀는 자신이 살고 있는 집으로 상인이 오는 것을 보았다. 그녀는 그를 맞으러 갔다.

"일이 성사되었습니까?"

그녀는 감정을 조금도 드러내지 않고 물었다.

"네, 아가씨. 아가씨는 쌀 삼백석을 받게 될 것입니다. 즉시 받길 원하십니까?

"물론입니다, 감사합니다. 그런데, 조금만 기다려주십시오. 아버지께 먼저 말씀드려야 합니다."

청이는 집 안으로 들어갔다. 그녀는 이 슬픈 결정을 어떻게 아버지께 전해야 할 지 알 수 없었다.

'아버지께 진실을 말하면, 그녀가 혼잣말을 했다, 슬픔으로 돌아가실지 몰라. 내가 조금 늦었던 날 얼마나 걱정을 하셨는지 생각해봐. 만약 더는 날 볼 수 없게 되면, 무슨 일이 일어날지. 그렇지만 일은 벌어졌고...'

La jeune fille se jette au cou de son père et lui dit d'une voix joyeuse :

- Mon père, j'ai trouvé un moyen de vous procurer les trois cents sacs de riz que vous avez promis au disciple. Faisons d'abord venir votre débiteur.

Quand le disciple fut là, Tcheng-Y le conduisit chez le marchand et lui fit remettre les trois cents sacs de riz. Elle lui demanda en échange le papier signé par son père, et après l'avoir remercié de ce qu'il avait sauvé la vie à Sùn-Hyen, elle le pria instamment de continuer ses prières à Tchen-Houang, en faveur de l'aveugle. Le disciple s'y engagea et prit congé de la jeune fille.

그 어린 소녀는 아버지의 품으로 뛰어들어 기쁜 목소리로 말했다.

"아버지, 제가 아버지께서 그 제자에게 약속하신 쌀 삼백 석을 마련할 방도를 찾았어요. 우리 얼른 그걸 갚도록 해요."

그 제자가 왔고, 청이는 그를 상인 집으로 데려가, 쌀 삼백 석을 받게 했다. 그녀는 그에게 아버지가 서명한 종이를 교환하자고 청했고, 순현의 목숨을 구해준 것에 감사한 후, 그에게 앞 못 보는 아버지를 위해 계속해서 천황께 기도해 달라고 청했다. 그 제자는 그점에 대해 약속하고 청이와 작별했다.

Celle-ci toute radieuse de son sacrifice, courut retrouver son père. Elle lui remit l'engagement qu'il avait signé.

- D'où tiens-tu cette pièce? demanda Sùn.

- Du disciple, auquel j'ai fait donner les trois cents sacs de riz que vous lui aviez promis.

- Mais, comment t'es-tu procuré tout ce riz, ma fille?

- D'une façon, bien simple. Je me suis vendue, l'autre jour?

- Que dis-tu! Ah! malheureuse, tu veux donc ma mort?

- Ne vous chagrinez pas ainsi, mon père, et laissez-moi aller jusqu'au bout de ce que j'ai à vous dire. Il est vrai que je me suis vendue, mais je n'irai pas loin d'ici, et pourrai vous voir tous les jours. Vous n'avez donc pas lieu de vous désoler. C'est avec la plus grande joie que j'ai fait le sacrifice de ma liverté afin d'assurer votre bonheur. Quand nous aurons ramassé assez d'argent, je rembourserai le prix du riz, alors, redevenue libre, rien ne m'empêchera de rester à jamais auprès de vous.

청이는 자신의 희생으로 일을 해결하고서 아주 기쁜 기색으로 달려가 아버지를 찾았다. 그녀는 아버지에게 그가 서명한 서약서를 주었다.

"이게 어디서 났느냐?" 순이 물었다.

"그 제자한테서 받았어요. 아버지께서 약속하신 쌀 삼백 석을 제가 드렸거든요."

"하지만 어떻게 네가 그 쌀을 전부 마련하였느냐, 딸아?"

"방도가 있었어요, 아주 간단해요. 제가 저번에 팔렸지 않았겠어요?"

"뭐라고! 아! 가련한 아이야, 정녕 너는 내가 죽기를 바라느냐?"

"그렇게 슬퍼하지 마세요, 아버지. 제가 다 말씀드리도록 해주세요. 제가 팔린 건 사실이지만, 여기서 멀리 가는 게 아니어서, 매일 아버지를 뵐 수 있을 거예요. 그러니 비탄해하지 마세요. 제가 팔려서 아버지의 행복을 보장받을 수 있다면 그건 가장 큰 기쁨이에요. 나중에 우리가 돈을 많이 벌면, 다시 쌀값을 갚으면 되고, 그럼 전 다시 자유로워질 거예요, 그러면 그 어떤 것도 제가 영원히 아버지 곁에 있는 걸 막을 순 없을 거예요."

La jeune fille, heureuse d'avoir rassuré un moment son père, sourut ensuite chez le marchand, s'informer de la date de son départ.

Le marchand lui répondit qu'on ne s'embarquerait pas avant trois mois. Durant tout ce temps la jeune fille fut constamment préoccupée de l'état de dénûment dans lequel son père allait se trouver après son départ. Qu'allait devenir le pauvre aveugle seul et sans ressources? Cette pensée hantait nuit et jour l'esprit de Tcheng-Y. Aussi, dans sa pitié filiale s'efforçait-elle de ramasser quelqu'argent et quelques provisions qui permissent à l'aveugle de vivre sans soucis pendant quelque temps.

청이는 그 순간 아버지를 안심시킨 것에 안도하며, 날짜를 알기 위해 상인의 숙소로 달려갔다.

상인은 석 달 후에 배가 떠날 거라고 말했다. 그 시간 동안 내내 소녀는 자신이 떠난 뒤 아버지에게 닥칠 궁핍한 생활이 계속 걱정되었다. 재산도 없고, 앞도 못 보고, 도움도 못 받는 아버지께 무슨 일이 일어날 것인가? 그 생각이 밤낮으로 청이의 정신을 떠나지 않았다.

그리하여 이러한 효심으로, 그녀는 아버지가 한동안이라도 걱정 없이 살 수 있는 약간의 돈과 식량을 모으는 일에 몰두했다.[19]

Bientôt les trois mois furent écoulés. Le marchand vint rappeler sa promesse à la jeune fille. Celle-ci demanda à parler une dernière fois à son père, auquel elle n'avait pas encore revélé la triste vérité. Le marchand y consentit volontiers et accompagna même Tcheng-Y.

- Mon père, dit celle-ci à l'aveugle, il faut que je vous quitte.

- Me quitter ma fille, et où veux-tu aller?

- Mon père, je vous ai trompé l'autre jour. Ce n'est pas ma liberté, c'est ma vie que j'ai donnée en échange des trois cents sacs de riz que vous deviez au disciple. Oui, je me suis vendue, corps et âme, et je dois aller au fond de la mer Jaune prier les dieux d'accorder une traversée favorable aux navigateurs.

Tcheng-Y avait tendrement enlacé son père pour lui faire ce fatal aveu. Néanmoins, l'aveugle ne put supporter cette secousse, et tomba évanoui.

곧 석 달이 흘렀다. 상인이 와서 청이에게 약속을 상기시켰다. 그녀는 아버지께 마지막으로 말할 수 있게 해달라 청했다. 그녀는 그때까지 슬픈 진실을 밝히지 않은 것이다. 상인은 기꺼이 허락하며

---

19 『심청전』에서는 자기가 죽으러 떠나가고 난 뒤, 홀로 지낼 부친 걱정을 하며 슬퍼하는 장면이 곡진하게 그려지고 있다. 여기서는 그런 정황과 함께 부친이 홀로 지낼 돈과 양식을 준비하는 주도면밀한 모습까지 추가하여 형상화하고 있다.

청이와 동행하기까지 했다.

"아버지, 청이가 눈 먼 아버지께 말했다, 이제 떠나야 해요."

"떠난다고, 내 딸아? 그래 어디를 가려는 것이냐?"

"아버지, 지난번에 제가 거짓말을 했어요. 아버지가 그 제자에게 빚진 쌀 삼백 석과 바꾼 건 제 자유가 아니라 제 목숨이에요. 네, 전 팔려가요. 몸과 영혼 모두요. 그러니까 제가 황해 바다 깊은 곳으로 뛰어들어야 하는 거예요. 항해자들이 안전하게 건널 수 있도록 신들께 기도올리는 거지요."

청이는 다정하게 아버지를 끌어안고, 이 슬픈 고백을 하였다. 그러나 그 장님은 충격을 이기지 못하고 정신을 잃었다.

Quand il fut un peu revenu à lui, il dit d'une voix qu'on entendait à peine : <Malheureuse enfant, est-il bien vrai que tu veuilles aussi m'abandonner? Faudra-t-il qu'après avoir vu mourir ta mère, je te voie disparaître de la terre avant moi? Dis-moi, que ce n'est pas vrai, ma fille! Dis-moi que c'est un rêve! Regarde ton vieux père aveugle, et songe à ce qu'il deviendrait s'il ne t'avait plus! Non, n'est-ce pas, tu ne veux pas mourir!>.

Sùn-Hyen éclate en sanglots. Sa fille essaye vainement de retenir ses propres larmes. Elle aussi, pleure et sent son cœur brisé. Le marchand témoin de cette scène est lui-même ému par ce spectacle déchirant. Il attire à lui la jeune fille et lui dit.

<Je vous donnerai encore cent sacs de riz, et nous ne partirons que dans trois jours>.

Tcheng-Y le remercia avec effusion, et le reconduisit jusqu'à la porte. Puis, quand elle fut en possession des cent sacs de riz, elle alla trouver le premier magistrat de la ville. Celui-ci consentit à se charger de l'entretien du vieil aveugle, en échange des cent sacs de riz qu'il reçu en dépôt.

　　잠시 후 정신을 차린 그가 고통스러운 목소리로 말했다.
　　"불쌍한 아이야, 정말로 나를 버리려 하느냐? 네 어미가 죽는 것도 보았는데, 너까지 나를 앞서 세상 떠나는 걸 보아야 하겠느냐? 말해 보거라, 사실이 아니라고, 딸아! 이건 꿈이라고 말해다오! 이 늙은 앞 못 보는 애비를 보아라, 그리고 네가 없으면 어떤 일이 벌어질지 생각해 보거라! 안 된다. 안 돼. 정녕 너는 죽고 싶은 것이냐!"
　　순현이 흐느끼며 외친다. 그의 딸은 그의 눈물을 닦으려 헛되이 애쓴다. 그녀 역시 울고, 가슴이 부서지는 걸 느낀다. 이 광경을 지켜보는 상인 역시 이 비통한 모습에 마음이 움직인다. 그는 순현에게서 딸을 떼어놓으며 말한다.
　　"쌀 백석을 더 드리겠습니다. 그리고 우리는 사흘 후 떠날 것입니다."
　　청이는 진심으로 그에게 감사하며, 문까지 그를 배웅했다. 그러고나서 쌀 백석을 받았을 때 마을 현감을 찾아갔다. 그는 청이가 맡긴 쌀 백석으로 늙은 봉사 순현을 부양하기로 하였다.[20]

---

20 뱃사람들이 준 쌀 백 석을 고을 수령에게 맡겨 부친을 부탁한다는 대목은 홍종우가 개작한 내용이다. 참고로 알렌의 번역서에는 부녀가 이별하는 장면을 불쌍하게 여긴 어떤 낯선 사람이 나귀를 타고 와서 쌀 50석을 주는 것으로 되어 있다. 완판계열 『심청전』에서는 뱃사람이 삼백 석 외에 더 준 쌀을 탐내 심봉사를 도와주겠다고 찾아온 뺑덕어미가 재산을 탕진하는 인물로 등장하지만, 경판본

Jusqu'au moment où le marchand revint la chercher, la jeune fille ne quitta plus son père, tâchant de lui prodiguer les plus douces consolations. Quand l'heure de la séparation sonna, ce fut déchirant. Sùn-Hyen, s'attachant déséspérément à sa fille disait en sanglotant : <Je veux mourir avec toi ; je ne te laisserai pas partir seule>. Les cris du pauvre aveugle avaient attirés de nombreux voisins, qui pleuraient eux-mêmes devant ce spectacle.

상인이 청이를 다시 찾아올 때까지 그 소녀는 아버지를 떠나지 않고, 가장 다정하게 그를 힘껏 위로하였다. 이별의 시간이 왔고, 그 순간은 비통했다. 순현은 딸에게 절망적으로 매달려서는 울부짖으며 말했다.

"나도 같이 죽자, 혼자는 못 보낸다."

이 가여운 장님의 외침은 수 많은 이웃들의 마음을 움직였고, 그들 역시 이 광경 앞에서 울었다.

A la fin le marchand, saisissant la jeune fille lui dit :

- Allons partons.

Accablé par la douleur, Sùn, s'affaissa, ce qui rendit la jeune fille libre de ses mouvements.

- Adieu, mon père, lui dit-elle. Calmez votre douleur. Nous nous retrouverons dans un monde meilleur où rien ne manquera à notre

---

에는 뺑덕어미가 설정되지 않음으로써 그런 대목이 아예 없다. 때문에 홍종우는 심청이 떠난 뒤, 순현의 삶을 모호하게 처리하고 만다.

bonheur.

Tcheng-Y, s'éloigna alors, après avoir renouvelé ses recommandations qu premier magistrat. Ce dernier resta quelques moments auprès de l'infortuné père et essaya de le consoler, sans pouvoir y réussir.

끝내 상인이 청이를 잡고 말했다.

"갑시다."

고통에 짓눌려, 순은 털썩 주저앉았고, 잡은 손을 떼고, 딸을 놓아 주었다.

"안녕히 계세요, 아버지, 그녀가 말했다, 고통스러운 마음을 가라앉히세요. 어느 것도 우리의 행복을 방해하지 않는 더 좋은 세상에서 다시 만날 거예요."

청이는 현감과의 약속을 그에게 한 번 더 상기시킨 후 그렇게 떠났다. 현감은 잠시 이 불쌍한 아버지 곁에 남아 위로하려 애썼지만, 소용이 없었다.

III

La savant San-Houni, ami intime de Sùn-Hyen, avait dû à cette amitié même une condamnation à l'exil. Il lui fallut donc quitter la capitale de la Corée, et il éprouva d'autant plus de regrets, que sa femme Tjeng-Si, dont il n'eut voulu se séparer à aucun prix, était dans un état de grossesse très-avancé. Mais à quoi servent l'innocence et les regrets, quand un premier ministre a réussi à cous rendre odieux au manorque! San-Houni était banni, il dût se mettre en route pour l'île de Ko-Koum-To, qui lui avait été assignée comme lieu de résidence.

순현의 친한 벗 상훈이는 현명한 이었고, 순현과의 바로 그 우정 때문에 유배를 가야 했다.[21] 그는 꼬레의 수도를 떠나야만 했고, 그 어떤 값을 치루더라도 헤어지고 싶지 않은 자기 부인 정씨가 임신한 상태였기 때문에 더 걱정이 되었다. 하지만 무죄나 걱정이 무슨 소용인가, 재상은 왕을 불쾌하게 만드는 데 성공했다. 상훈이는 추방되어 자신의 유배지로 지정된 고금도 섬으로 길을 떠나야 했다.

C'était un assez long voyage. Il y avait à faire une traversée de plusieurs jours. Des particuliers se chargeaient, moyennant une redevance, de transporter les voyageurs à destination. San-Houni se mit en quête d'un batelier. Son choix ne fut pas heureux. Le plus violent contraste existait entre le caractère de Sù-Roung et celui de Sù-Yeng, les deux frères avec qui San-Houni avait fait prix pour la traversée. Il devait en résulter les plus grands malheurs.

---

21 2장에서 순현이 딸 심청에게 자신이 이렇게 먼 변방에서 외롭게 살게 된 내력을 들려 줄 때 했던 친구 상훈이의 상황이다. 이후부터 『심청전』과는 전혀 상관없는 상훈이와 관련된 이야기가 전개되는데, 기본 골격은 철저하게 영웅군담소설을 따르고 있다. 홍종우가 작품 서두에서 심봉사를 영웅소설의 주인공처럼 설정한 개작 의도가 분명하게 드러나기 시작하는 부분이다.

그것은 꽤나 먼 여정이었다. 길을 가는 데 여러 날이 걸렸다. 이 여
행자들을 목적지까지 이동시키는 데 드는 비용은 개인 부담이었다.
상훈이는 사공을 찾기 시작했다. 그의 선택은 옳지 않았다. 가장 극
단적인 대립은 수황과 수영의 성격에서 나타났다. 그들은 상훈이가
그 여정의 비용을 지불하기로 한 두 형제였다. 그 두 형제의 성격 차
이에서 가장 큰 불행이 야기될 것이었다.

Tant qu'on fut en face des côtes, tout alla bien. Mais lorsque nos
voyageurs furent en pleine mer, le sinistre Sù-Roung dévoila ses
projets.

- Je sios épris de la femme de votre passager, dit-il à son frère. Il me
la faut. Le mari me gêne. Je le supprimerai.

- Vous êtes insensé, repliqua Sù-Yeng. Croyez-vous que je laisse
jamais s'accomplir un pareil forfait.

- Ah, oui, vous êtes jaloux de moi, cria Sù-Roung furieux.

- Pas le moins du monde, mais vos projets me révoltent.

일행이 해안에 있을 때까지는 모든 것이 괜찮았다. 하지만 우리의
여행자들이 바다 한 가운데에 있었을 때, 수황이 음산하게 자신의
계획을 털어놓았다.

"나는 네가 모시는 분의 부인에게 반했다, 수황이 자신의 아우에
게 말했다, 나는 그녀가 필요해. 그 남편이 거슬리니 없애야겠다."

"미쳤군요," 수영이 답했다.

"그 같은 중죄를 저지르도록 내가 내버려 둘 거라 믿는 겁니까?"

"아, 그래. 넌 나를 질투하는구나," 수황이 화를 내며 소리쳤다.
"전혀요, 하지만 그 계획에는 절대로 반대입니다."

Sù-Roung n'insista pas. Cependant il était facile de voir qu'il
n'avait nullement renoncé à son entreprise.

Ce qu'il y avait de plus terrible, c'est que San-Houni et sa femme
avaient tout entendu. Grande était leur anxiété. Ils songeaient avec
épouvante au péril qui les menaçait, et se demandèrent comment ils
pourraient bien y échapper.

Ils n'eurent pas le temps de réfléchir beaucoup.

Sù-Roung venait d'appeler les rameurs et leur dit :

- Allons, saisissez-vous de cet homme et de son domestique.
Prenez leur l'argent qu'ils ont sur eux, puis tuez-les. La femme seule
doit survivre.

수황은 고집하지 않았다. 하지만 자신의 계획을 결코 포기한 것이
아니라고 보는 게 맞았다.

가장 끔찍한 것은, 상훈이와 그의 아내가 모든 것을 들었다는 것
이다. 그들의 불안은 컸다. 그들은 자신들을 위협하는 위험에 대해
공포스럽게 생각하며 어떻게 그 위험에서 벗어날지 자문했다.

그들에게는 생각할 시간이 많지 않았다. 수황이 사공들을 불러 말
했다.

"자, 여러분들은 저 남자와 그의 하인을 알고 있지요. 그들이 지닌
돈을 빼앗아 가지시오, 그리고 그들을 죽이시오. 부인만은 살려두어야

하오."

Sù-Yeng voulut intervenir :

- Je comprends que vous leur preniez leur argent, mais laissez-leur au moins la vie sauve.

- Mêlez-vous de vos affaires, s'écria Sù-Roung irrité ; je suis le maître ici. Je vous ordonne de vous retirer.

Sù-Yeng dut obéir à cette injonction. Aussitôt San-Houni et son domestique furent mis à mort. Cet assassinat fut commis sous les yeux-mêmes de la femme de l'infortuné savant. Elle était folle de douleur. Ne voulant pas survivre à son époux, elle se précipita dans la mer en s'écriant : <Malgré tout, je suivrai mon mari>.

Mais Sù-Roung enjougnit à ses matelots de se jeter à l'eau pour ramener la malheureuse. Au bout de quelques minutes, Tjeng-Si était remontée saine et sauve sur le bateau

Alors, l'assassin, jugeant inutile de continuer à navigueur dans la direction de Ko-Koum-To, fit virer de bord. Le bateau revint à son point de départ.

수영이 끼어들고자 했다.

"당신들이 저들 돈을 가져가는 건 괜찮습니다만, 적어도 저들 목숨은 살려주십시오."

"끼어들지 마." 수황이 화가 나 소리쳤다.

"내가 여기 책임자니까, 너는 이 일에서 빠져."

수영은 이 명령을 따를 수밖에 없었다. 곧, 상훈이와 그의 하인이 죽음에 처해졌다. 이 살인은 그 불운한 현자의 부인 눈 앞에서 진행되었다. 그녀는 공포로 미쳤버렸다. 남편 없이 살기를 원치 않아 부인은 바다로 뛰어들며 소리쳤다.

"무슨 일이 있어도, 나는 내 남편을 따를 것이다."

그러자 수황이 자기 선원들에게 물로 뛰어들어 그 불쌍한 여자를 건져내라고 명령했다. 몇 분 후, 정씨부인은 탈 없이 다시 떠올랐고 배 위로 건져 올려졌다. 그때 그 살인자는 고금도를 향해 계속 항해하는 게 무의미하다고 판단하여 해안으로 배를 돌렸다. 배는 출발점으로 다시 돌아왔다.

Sù-Roung débarqué le premier, fit sur le champ mander une vieille femme à laquelle il dit :

- Prenez une barque et rendez-vous à bord de mon bateau. Vous y trouverez une dame que vous conduirez chez vous. Soyez très aimable avec elle ; prodiguez-lui les encouragements et les consolations, car elle est très affligée.

La vieille se mit aussitôt en demeure de faire ce que Sù-Roung débarquait son butin. En signe de satisfaction, il convia les complices de son crime à un festin. La fête fut très animée. On but énormément, et bientôt tous les convives furent en proie à l'ivresse. Seul Sù-Yeng avait conservé sa raison. Il avait été désespéré de la tournure qu'avaient prises les choses et de son impuissance à empêcher le crime de s'accomplir. Aussi résolut-il de profiter de la situation pour porter secours, si c'était possible, à la malheureuse captive de son frère. Il quitta donc le festin, sans qu'aucun des assistants s'en aperçut. D'un pas rapide, il gagna le domicile de la vieille femme.

수황은 첫 번째로 하선하여 즉시 한 노파를 불러 말했다.

"작은 배를 하나 구해서 내 배 끝에 대도록 하시오. 거기서 당신 집으로 모시고 갈 부인을 한 분 보게 될 것이오. 그분을 아주 잘 모시도록 하시오. 원기를 북돋우고 마음을 위로하며 잘 모시오. 그분은 아주 상심하셨으니 말이오."

노파는 즉시 수황이 시킨 대로 했고, 그러는 동안 수황은 그의 전리품을 배에서 내렸다. 만족감의 표시로, 그는 자기가 저지른 범죄의 공범자들을 연회에 초대했다. 연회는 매우 흥겨웠다. 사람들은 술을 어마어마하게 마셨고, 곧 모든 손님들이 취했다. 오로지 수영만이 정신을 차리고 있었다. 그는 일이 돌아가는 추세와 범죄를 막지 못했다는 무력감에 절망하고 있었다. 그러므로 그는 가능하다면 형의 포로가 된 불행한 그 여인을 도와주기 위해 상황을 이용하기로 결심했다. 그는 그렇게 참석자들이 아무도 눈치 채지 못하게 연회를 떠났다. 빠른 걸음으로 그는 노파의 집에 다다랐다.

Au moment d'entrer, il s'arrêta pour écouter ce qui se disait et, au milieu des gémissements de Tjeng-Si, il entendit ces paroles.

- De quel pays êtes vous?

- De la capitale.

- Vraiment. Tiens, moi aussi j'ai habité Hpyeng-Yang.

- Alors comment se fait-il que vous vous trouviez ici?

La vieille femme (car c'était elle qui conversait ainsi avec Tseng-Si) poussa un profond soupir :

- Hélas! si j'habite ici depuis dix ans, c'est bien contre mon gré. Je suis comme vous une victime de Sù-Roung, qui a assassiné mon mari. J'attends l'heure de la vengeance, mais elle est bien lente à venir! Ce monstre restera-t-il donc toujours impuni?

Attendrie par ce récit, Tseng-Si, oubliant son propre malheur, versa des larmes de compassion.

들어가려는 순간, 그는 멈춰서서 정씨부인의 탄식 사이로 전해지는 말소리를 들었다. 그가 들은 말은 다음과 같다.

"당신은 어느 지역에서 오셨나요?"

"수도에서요."

"정말이십니까. 저 역시 평양에서 살았답니다."

"그럼 어떻게 이곳에 오게 된 겁니까?"

노파는(그녀가 바로 정씨부인과 대화를 하던 사람이다) 깊은 한숨을 내쉬었다.

"아! 저는 제 의사와는 아무 상관없이 십 년째 이곳에서 살고 있습니다. 저 역시 당신처럼 수황이 내 남편을 살해했지요. 저는 복수할 시간을 기다리고 있지만 그 시간은 아직 오지 않고 있어요! 그 괴물은 어찌하여 벌도 받지 않고 계속 살까요?"

이 이야기에 충격을 받은 정씨부인은 자신의 불행은 잊은 채, 연민의 눈물을 흘렸다.

C'est à ce moment même que Sù-Yeng, entrant dans la chambre où se trouvaient les deux femmes, leur dit d'une voie émue : Ne vous désespérez pas trop. Vous serez peut-être bientôt délivrées. Mais il n'y a pas une minute à perdre. Vous qui connaissez le pays puisque vous l'habitez depuis longtemps, vous montrerez le chemin à Madame qui vient seulement d'arriver. Tenez, prenez cet argent ; il vous permettra de vous nourrir en route. Mais encore une fois, n'attendez pas davantage.

바로 그때 두 여인이 있는 방으로 수영이 들어가, 동요된 목소리로 말했다.

"너무 절망하지 마세요. 당신들은 곧 풀려날 겁니다. 당신들을 구해 줄 누군가가 있습니다. 바로 내 형제의 범죄에 끔찍함을 느끼는 저입니다. 잘 들으세요. 만약 당신들이 탈출하고 싶다면 지금보다 더 좋은 기회는 없습니다."

"가능할까요? 당신의 형이 있는데."

"두려워마세요. 그는 지금 취해서 잠들었기 때문에 당신들을 추격하는 것은 불가능합니다. 하지만 지체해서는 안 됩니다. 여기 오래 사셨으니 이곳을 잘 알고 계시겠지요. 방금 이곳에 도착한 이 부인에게 당신이 길을 안내해 주십시오. 자, 여기 이 돈을 받으세요. 가는 길에 이걸로 여비를 하십시오. 일단 길을 나서면, 더는 지체하지 마십시오."

Les deux femme se jettent au pied de leur sauveur et le remercient en pleurant. Sù-Yeng les relève, et les presse de nouveau de partir. Qu'elles prennent l'avance, de façon à échapper à Sù-Roung, dont la colère s'il les rattrappait serait terrible.

Cédant aux instances de Sù-Yeng, les deux femmes se mettent en route. Leur sauveur les accompagne quelque temps. Bientôt elles sont seules. Elles marchant aussi vite que leurs forces le leur permettent. Au bout de deux heures, Tjeng-Si fatiguée demanda à s'arrêter pendant quelques instants. Sa compagne y consentit volontiers. Les deux fugitives s'assirent pour reposer leurs membres fatigués.

두 여인은 자신들을 구해준 이의 발치에 몸을 던져 눈물로 감사를 표했다. 수영은 그들을 일으켜세워, 빨리 떠나라 재촉했다. 그녀들은 서둘러야 했다. 수황으로부터 도망친 것이기 때문에, 수황이 그녀들을 다시 붙잡는다면 그 분노가 끔찍할 터였다.

수영의 간청을 따르기로 한 두 여인은 길을 나섰다. 그녀들을 구해준 이가 얼마간 동행했다. 곧 그녀들만 남았다. 그녀들은 힘이 허락하는 한 최대한 빨리 걸었다. 두 시간이 지나 피곤해진 정씨부인이 잠시 쉬어가자 했다. 동행한 여인은 기꺼이 동의했다. 이들 두 도망자는 앉아서 피곤한 사지를 쉬었다.

A un moment donné, la plus âgée des deux dit à l'autre.

- Je voudrais vous demander quelque chose?
- Parlez, que puis-je faire pour vous?

- Eh bien, vous me feriez le plus grand plaisir si vous consentiez à me donner vos chaussures en échange des miennes.

Cette demande parut très vivement intriguer Tjeng-Si. Elle ne comprenait pas dans quel but elle lui était faite. D'ailleurs la vieille femme ne lui laissa pas le temps de réfléshir.

- Vous êtes, lui dit-elle, comme moi, très fatiguée. Mais, vous êtes encore jeune, par conséquent capable d'endurer de plus grandes fatigues que moi, qui suis déjà âgée. Partez en avant. Si Sù-Roung arrive ‑ et il ne peut tarder ‑ je lui dirai que j'ignore dans quelle direction vous êtes allée. Remettez-vous donc en route, mais laissez-moi vos souliers, si vous voulez m'être agréable.

잠시 후, 둘 중 나이가 더 많은 여인이 다른 이에게 말했다.

"청을 들어줄 수 있나요?"

"말씀하세요, 무엇을 해 드릴까요?"

"음 저기, 당신 신발과 내 신발을 바꾸는 데 동의한다면 너무 좋을 것 같아요."

정씨부인은 이 요청에 몹시 난처해했다. 그녀는 그 연장자가 어떤 목적으로 그렇게 하자는지 이해하지 못했다. 게다가 그 노파는 그녀가 생각할 시간도 주지 않았다.

"당신도 나처럼, 노파가 말했다, 매우 피곤할 테죠. 하지만 당신은 아직 젊으니 이미 늙은 나보다 훨씬 피곤을 잘 견딜 수 있을 거예요. 먼저 떠나세요. 만약 수황이 도착하면-그는 곧 올거예요- 나는 당신이 어느 방향으로 갔는지 모른다고 말할 거예요. 그러니 당신은 길을 떠나도록 해요. 신발은 두고서요. 그러면 난 기쁠 거예요."

Tjeng-Si se leva aussitôt. Elle remercia sa compagne de son excellent conseil, puis lui remit ses chaussures, sans comprendre à quel mobile la vieille femme obéissait en lui adressant cette demande.

Déjà elle s'éloignait, quand la vieille lui dit encore :

- Attendez, je vais vous indiquer la route que vous aurez à suivre pour échappera Sù-Roung. D'abord, vous marcherez tout droit devant vous. Arrivée à une forêt de bambous, repose-vous un moment. Ensuite vous continuerez à marcher jusqu'à ce que vous rencontriez un temple de la doctrine de Ro-ja, A partir de cet endroit vous serez hors de danger. Surtout conformez-vous exactement à mes indications.

- Je suivrai vos conseils de point en point.

- C'est bien. Maintenant partez. Adieu.

정씨부인이 곧 몸을 일으켰다. 그녀는 노파의 훌륭한 조언에 감사를 표하고는 이유를 모르는 체 노파가 자기에게 요구한 대로 자기 신발을 노파에게 주었다.

이미 정씨부인이 길을 나섰고, 그때 노파가 부인에게 말했다.

"기다려요. 수황을 피하기 위해 당신이 가야 할 길을 알려줄게요. 먼저, 당신 앞에 있는 길을 쭉 따라가세요. 대나무 숲에 다다르면 잠시 쉬어요. 그리고 호자사가 나올 때까지 계속해서 걸어가세요. 그 지역부터는 위험하지 않을 거예요. 무엇보다 내가 알려준 길로 정확하게 가세요."

"알려주신 대로 갈게요."

"좋아요. 이제 출발하세요. 잘가요."

Quand Tjeng-Si se fut un peu éloignée, la vieille femme se leva à
son tour. Prenant les souliers de sa compagne, elle se dirigea vers un
lac qui se trouvait tout près de là. Elle déposa les souliers de Tjeng-Si
au bord de l'eau, fit une courte prière entremêlée de pleurs et se
précipita dans les flots.

Cependant Tjeng-Si, tout en marchant, avait entendu les dernières
plaintes de la vieille femme. Aussitôt, elle revint sur ses pas et arriva
à son tour au bord du lac. Elle aperçut d'abord ses souliers placés en
évidence sur la rive, puis le cadavre de la vieille femme flottant sur
l'eau. Ce spectacle la remua jusqu'aux entrailles.

- Pourquoi cette pauvre femme s'est-elle noyée, se demanda-t-elle.
Serait-ce⋯⋯ Mais oui⋯⋯ Cette insistance à me damander mes
chaussures⋯⋯ La malheureuse! elle avait déjà formé le projet de
mourir avant de me dire de partir. Elle n'a pas voulu que sa mort fut
inutile, et c'est pour faire croire à mon propre décès qu'elle a déposé
mes chaussures au bord de ce lac! Infortunée! Tu t'est dévouée pour
moi. Puisses-tu en être récompensée là-haut!

정씨부인이 조금 멀어지자 이번에는 노파가 자리에서 일어났다.
노파는 정씨부인의 신발을 신고 그곳에서 아주 가까이에 있는 호수
를 향했다. 그녀는 정씨부인의 신발을 물가에 놓고는 눈물 섞인 기

도를 짧게 올리고 물결 속으로 몸을 던졌다.

그러는 동안 정씨부인은 걸어가다 노파의 마지막 탄식을 들었다. 그리하여 이번에는 그녀가 발길을 돌려 호숫가로 갔다. 그녀는 먼저 눈에 띄게 호숫가에 놓인 자신의 신발을, 그 다음 물 위에 떠 있는 노파의 시체를 발견했다. 이 광경을 보고 정씨부인은 뼛속까지 전율했다.

"어째서 이 불쌍한 여인은 스스로 물에 빠져죽었단 말인가, 부인이 혼잣말했다, 그러니까... 이 신발은 그녀가 달라했던 내 신발... 불쌍한 여인...! 그녀는 나에게 떠나라 말하기 전부터 이미 죽을 계획을 세웠던 거구나. 그녀는 자기 죽음이 헛되지 않기를 바랐던 거야. 그래서 내 신발을 호숫가에 두고 내가 죽은 것으로 생각하게끔 한 거야! 그대는 나를 위해 희생하였구려. 저 세상에서라도 보답할 수 있기를!"

Si elle n'eut écouté que son cœur, Tjeng-Si fut restée encore longtemps à se lamenter sur le sort de sa malheureuse compagne. Se rappelant les recoomandations de cette dernière, elle se remit en route. Bientôt elle arriva à la forêt de bambous. A ce moment elle se sentit en proie à une douleur étrange. Elle trembalit, frissonnait, souffrant atrocement. Elle comprit qu'elle allait être mère. Terrible situation que la sienne. Seule, loin de tous, qu'allait-elle devenir! La voilà qui a un fils. Elle saisitn le pauvre petit être, le couvre de larmes et de baisers.

- Pauvre enfant, lui dit-elle, que vais-je faire de toi. Tu n'as plus de père, et ta mère ne sait elle-même ce qu'elle va devenir.

노파의 마음을 이해했기에 정씨부인은 그 불행한 동행자의 운명에
더 오래 통탄해했다. 그리고는 노파의 충고를 떠올리며 길을 나섰다.
곧 그녀는 대나무 숲에 도착했다. 그 순간 그녀는 생소한 고통에
사로잡히는 것을 느꼈다. 몸이 떨렸고, 소스라쳐졌고, 극심하게 고
통스러웠다. 그녀는 자기가 곧 엄마가 될 거라는 걸 깨달았다. 끔찍
한 상황이었다. 모두에게서 멀리 떨어진 채, 홀로 엄마가 되어야 하
다니! 그녀는 아들을 낳았다. 그녀는 눈물과 입맞춤으로 그 불쌍하
고 사랑스러운 아기를 끌어안았다.

"불쌍한 아기야, 부인이 아기에게 말했다, 내가 널 어떻게 해야 할
까. 넌 아버지도 없고 네 어미는 앞으로 어떻게 될지 스스로도 모르
는데 말이다."

Heureusement pour Theng-Si quelqu'un avait entendu ses plaintes.
C'était une religieuse de temple dont lui avait parlé la vieille femme.
Cette religieuse, ayant distingué des gémissements, s'était dirigée du
côté d'où ils semblaient parvenir. Elle ne fut pas peu étonnée en se
trouvant en face d'une femme qui venait de mettre au monde un
enfant. Lui prodiguant les premiers soins, elle lui demanda à la suite
de quelles circonstances elle était venue accoucher en cet endroit?

Tjeng-Si raconta brièvement sa lamentable histoire. La sœur fut
profondément émue en écoutant le récit de tant de malheurs. Elle
s'intéressait vivement au sort de Tjeng-Si.

정씨 부인에게는 다행스럽게도, 누군가 그녀의 탄식을 들었다.

노파가 말했던 절의 비구니였다. 비구니는 탄식소리를 듣고, 모자 일행이 도착하게 되었을 곳에서 온 것이다. 그녀는 거의 놀라지 않고, 방금 아이를 낳은 여인 앞에 있었다. 그녀는 부인을 돌보아주면서, 어떤 이유로 이런 곳에서 아이를 낳게 된 것인지 물었다.

정씨 부인은 용감하게 그들의 눈물어린 이야기를 했다. 비구니는 너무나 불행한 그 이야기를 듣고는 몹시 놀랐다. 그녀는 정씨 부인의 운명에 상당히 관심을 보였다.

- Que comptez-vous faire? lui demanda-t-elle.

- Hélas! je suis bien embarrassée. Seule, sans ressources, comment éléverai-je mon enfant? Il va folloir que je l;abandonne. Mais, je ne pourrai vivre plus longtemps, et je suis décidée à mourir.

- Ce serait très mal agir. Suivez plutôt mon consil. Donnez votre enfant à quelque personne charitable, et venez vivre avec moi.

- Je ne demande pas mieux. Mais pourquoi ne voulez-vous pas me laisser emmener mon fils?

- Parce que l'on ne reçoit pas d'enfants chez nous. Certes, il est douloureux pour vous d'abandonner cet entant qui vient à peine de naître. Mais, puisque vous ne pouvez pas faire autrement, il faut vous résigner. Si vous continuiez votre route en portant votre fils, vous retomberiez bientôt entre les mains des brigands. Du reste, rien ne dit que vous ne puissiez pas retrouver un jour votre enfant. Devebue homme, il vous aidera à venger son père.

"어떻게 할 생각입니까?" 비구니가 부인에게 물었다.

"아아! 저는 너무 당황스러워요. 혼자서 아무 도움 없이 어떻게 이 아이를 키우겠어요? 아이를 포기해야만 할 것 같아요. 하지만 그러면 저는 더 이상 살 수 없을 거예요. 죽을 수밖에 없겠죠."

"그건 너무 잘못된 일일 테지요. 차라리 제 말을 따라보세요. 아이를 인정 많은 사람에게 보내고 나와 가서 함께 살아요."

"더 바랄 게 없겠어요. 그런데 어째서 제가 아이를 데려가도록 생각하지는 않으시는지요?"

"우리가 사는 곳에서는 아이를 받지 않거든요. 이제 막 태어난 이 아이를 버리는 게 분명히 당신에게는 고통스러울 테지요. 그렇지만, 그대는 달리 할 수 있는 게 없으니, 단념하셔야 해요. 만약 당신이 아이를 데리고 계속 길을 간다면, 곧 그 불한당들의 아귀에 다시 잡히게 될 거예요. 게다가 언젠가 당신의 아이를 다시 만날 수도 있지 않겠어요? 이 아이가 어른이 되면 당신을 도와 아버지의 복수를 할 거예요."

Tjeng-Si fut boen obligée de se rendre aux conseils de la religieuse. Elle enveloppa tant bien que mal l'enfant, en lui faisant des langes de ses propres vêtements. Puis elle voulut qu'il y eut un signe qui lui permit un jour de reconnaître son fils. Elle prit le bras de l'enfant et à l'aide d'une auguille, elle traça sur ce bras des lettres formant le nom de San-Syeng. Puis elle repassa ces lettres avec de l'encre de Chine. Enfin, détachant la bague qu'elle portait au doigt, elle la glissa dans les langes qui emmaillottaient l'enfant. Cela fait, elle se mit en route avec la sœur. Elle devaient d'abord aller jusqu'à la ville voisine déposer l'enfant au coin d'une rue, puis revenir au temple.

정씨 부인은 비구니의 충고를 들을 수밖에 없었다. 그녀는 자신의 옷으로 사랑스럽고도 불쌍한 자기 아이를 감쌌다. 그리고나서 그녀는 언젠가 자기 아들을 알아볼 수 있도록 하는 징표가 아이에게 있었으면 했다. 부인은 아이의 팔을 잡고 바늘로 팔 위에 '상성'이라는 이름의 자모를 새겼다. 그리고는 먹물로 그 글자를 다시 새겼다. 마지막으로 손가락에 끼고 있던 반지를 빼서 아이를 싸고 있는 옷 속에 넣었다.[22] 다하고 나서 부인은 비구니와 함께 길을 나섰다. 그녀는 우선 아이를 길가에 내려놓을 근처마을까지 가야했고, 그리고 나서 절로 가야했다.

Bientôt Tjeng-Si aperçut les premières maisons de la ville où elle devait se séparer de son fils. Ainsi, cet enfant dont elle et son mari avaient depuis si longtemps souhaité la naissance, il lui fallait l'abandonner, comme si elle eut été une mère dénaturée! En quelques jours elle avait épuisé la coupe des malheurs. Son mari assassiné sous ses yeux ; son fils laissé au coin d'une rue. Tous ces sentiments agitaient convulsivement le cœur de la pauvre mère. Plus morte que vive, elle déposa à terre son enfant après l'avoir embrassé une dernière fois. Faisant un dernier appel à son courage, elle s'éloigna en versant des larmes abondantes, que les vagissements du pauvre

---

22 이름을 먹물로 몸에 새긴 것과 옷 속에 넣어둔 반지는 뒷날 정씨 부인이 버렸던 자식을 찾는 계기가 된다. 영웅군담소설에서 자주 활용되는 삽화이다.

petit venaient encore redoubler.

Elle marchait avec beaucoup de peine, brisée par tant d'émotions et de chagrins. La religieuse écoutait ses plaintes, se sentant elle-même émue jusqu-au fond du cœur.

- Priez le ciel, dit-elle à Tjeng-Si. Vous retrouverez un jour votre fils. Oui, il vous sera rendu quand il sera homme. Je vous en donne l'assurance. Mais, résignez-vous à cette longue séparation ; prenez courage.

곧 정씨부인은 아들과 헤어져야 하는 마을 입구에서 집들을 발견했다. 그녀와 남편이 그렇게 오래 전부터 기다려왔던 아이이건만, 그녀는 그 아이를 버려야했다. 마치 비정한 엄마인 것처럼 말이다. 며칠 사이에 그녀는 연이은 불행으로 기진맥진했다. 남편은 자신의 눈앞에서 살해당했고, 아들은 길모퉁이에 버려지는 것이다. 이 모든 감정들이 불쌍한 이 어미의 가슴을 경련을 일으키듯 흔들었다. 살아 있다기보다는 오히려 죽은 것 같은 그녀는 마지막으로 아이를 끌어안은 후 땅에 내려놓았다. 마지막 용기를 내어, 그녀는 눈물을 펑펑 쏟으며 떠났고, 불쌍한 아이의 을음소리는 두배로 커졌다. 그녀는 크나큰 고통을 느끼며 걸었다.

그녀는 번민과 슬픔에 부서졌다. 비구니는 부인의 한탄을 들으며 가슴 바닥까지 흔들렸다.

"기도하세요, 비구니가 부인에게 말했다, 언젠가 아들을 다시 찾을 거예요. 네, 그가 어른이 되면 당신에게 돌아올 거예요. 장담합니다. 하지만 이 긴 이별을 감수해야만 합니다. 용기를 내세요."

Ⅳ

Cependant Sù-Roung, une fois les vapeurs de son ivresse dissipées, avait tout à coup pensé à sa captive. Il courut chez la vieille femme à laquelle il avait confié la garde de la veuve de San-Houni. Grand fut son étonnement de trouver la maison vide. Il eut beau se mettre en colère, crier, hurler, personne ne répondit à ses appels.

A la fin, suffoquant de rage, il alla trouver son frère.

- Avez-vous vu ces deux femmes?

- Non, Je ne les ai pas encore aperçues depuis que je suis ici.

- Elles ont disparu, mais je saurai bien les retrouver.

그러는 동안, 수황이 취기에서 벗어나 갑자기 자신의 포로를 생각했다. 그는 상훈이의 미망인을 부탁했던 노파의 집으로 달려갔다. 텅 빈 집을 발견한 그의 놀라움은 엄청났다. 그는 화가 치밀어 소리치고 울부짖었지만 누구도 그의 부름에 대답하지 않았다.

결국 분노로 숨이 막혀 그는 아우를 찾아갔다.

"그 두 여인을 보았느냐?"

"아니요. 여기 온 후로 한 번도 보지 못했습니다."

"그들이 사라졌다. 하지만 다시 찾을 수 있을 것이다."

Aussitôt Sù-Roung se met en route. Son frère le suit. Il redoute que Sù-Roung ne se laisse aller à un éclat, s'il parvient à rejoindre les fugitives. Sù-Yeng veut être là pour les protéger, s'il leur arrive malheur.

Marchant très vite, les deux frères arrivèrent bientôt sur les bords du lac dont nous avons déjà parlé. Là, ils virent les souliers de Tjeng-Si déposés sur la rive, et le cadavre flottant au milieu du lac.

Sù-Roung lui-même. très ému par ce spectacle, s'écria :

- La malheureuse s'est noyée!

- Mon frère, répondit Sù-Yeng, vous n'avez pas voulu m'écouter ; vous êtes puni. Vous avez voulu vous rendre maître de cette femme. Elle vous échappe malgré tous vos efforts. C'est un grand malheur pour nous!

  - Vous allez dire que c'est de ma faute, reprit Sù-Roung avec rage. C'est vous le coupable. Pourquoi avez-vous laissé s'échapper ma captive?

곧 수황이 길을 나선다. 아우가 뒤를 따른다. 포로들을 다시 잡으면 수황이 폭발하리라 아우 수영은 걱정하고 있다. 그들이 불행에 처하게 된다면, 수영은 그들을 보호해주고 싶어한다.

매우 빨리 걸어서, 두 형제는 우리 이야기에 이미 나왔던 호숫가에 곧 도착했다. 그곳에서 그들은 호숫가에 놓인 정씨 부인의 신발과 호수 한가운데에 떠있는 시체를 보았다.

그 광경에 너무 놀란 수황이 소리쳤다.

"저 비참한 여인이 물에 빠져 죽었구나!"

"형님, 수영이 답했다, 내 말을 듣지 않으시려하더니, 벌 받으셨습니다. 형님은 저 여인의 주인이 되고 싶었지요. 형님의 모든 노력에도 그녀는 도망치고 말았습니다. 우리에게는 너무 큰 불행입니다."

"너는 이것이 내 잘못이라고 말하려는 거냐, 수황이 화가나서 다시 말했다, 이것은 네 잘못이다. 왜 너는 내 포로가 도망치도록 내버려둔 것이냐?"

La dispute dura encore quelques temps, sur ce ton, entre les deux frères. Au lieu de retourner sur leurs pas, ils se dirigèrent vers la ville voisine. Ce furent eux qui aperçurent les premiers l'enfant que Tjeng-Si avait laissé là quelques instants auparavant. Très content de cette aventure, Sù-Roung prit le petit être, et l'emporta avec lui. Il le confia à une nourrice, en lui recommandant d'en prendre le plus grand soin.

Sù-Roung questionna à diverses reprises son frère au sujet de la disparition des deux femmes. Ne pouvant rien apprendre sur ce sujet, il n'en parla bientôt plus.

두 형제간의 논쟁이 이런 어조로 다소 이어졌다. 그들은 발걸음을 돌리는 대신 이웃마을로 향했다. 조금 전 정씨부인이 놔두고 간 신생아를 처음으로 발견한 사람이 이들이었다. 뜻밖의 일에 너무도 만족해하며 수황은 그 어린 존재를 데리고 갔다. 그는 유모에게 아기를 맡기며 최고로 정성스럽게 키워달라고 부탁했다. 수황은 아우에게 두 여인의 실종에 대해 여러차례 질문했다. 하지만 그 점에 대해 전혀 알 수 없었으므로, 그는 곧 더는 그 이야기를 하지 않았다.

Maintenant, l'assassin de San-Houni consacrait tout son temps à l'éducation de l'enfant qu'il avait recueilli. Il le traitait comme s'il eut été son propre fils. Il faut dire que l'enfant ne lui donnait que des sujets de satisfation. Il était très beau, très intelligent et se développait rapidement. Un jour, il demanda à Sù-Roung.

- Mon père, où donc est ma mère?

- Ta mère, répondit Sù-Roung, très embarrassé par cette question, ta mère est morte quelque temps après ta naissance.

이제, 상훈이를 죽인 그 살인자는 자기가 거둬들인 아기의 교육에 자신의 시간을 온통 쏟았다. 그는 그 아기를 자신의 친자식인양 돌 보았다. 그 아이는 그에게 기쁨만을 주었다고 해야할 것이다. 아이 는 매우 훌륭한 외양에, 아주 영리하고, 성장 속도도 무척 빨랐다. 어 느 날 아이가 수황에게 물었다.

"아버지, 도대체 우리 어머니는 어디 계세요?"

"어머니는 말이다, 이 질문에 매우 당황스러워하며 수황이 답했 다, 네 어머니는 네가 태어나고 얼마 후 돌아가셨단다."

Sù-Roung conduisait lui-même à l'école son fils adoptif. Le jeune écolier ne tarda à se distinguer entre tous ses camarades. Ceux-ci ne furent pas sans en concevoir de la jalousie et du dépit. Pour se venger, ils ne trouvèrent rien de mieux que de reprocher à leur condisciple de n'avoir pas de parents.

- Moi pas de parents. répondit l'enfant indigné. Mais j'ai encore mon père et c'est un grand malheur pour moi si j'ai perdu ma mère sans avoir pu la connaître. Je ne vois pas ce que signifient vos reproches.

- Cela signifie que tu ne sais rien sur ton propre compte. Sù-Roung n'est pas du tout ton père. C'est tout simplement un brigand ; il t'a trouvé au coin d'une rue, et t'a recueilli.

Cette révélation troubla profondément l'enfant. Il en fit part à Sù-Roung.

- Ne t'inquiète pas de cela, mon enfant, lui répondit celui-ci. Tes camarades son jaloux de toi, et inventent ces racontars pour te conrarier. Cela ne vaut pas la peine qu'on s'y arrête.

수황은 입양한 그 아들을 학교에 보냈다. 그 어린 학생이 다른 모든 급우들과 구별되는 데는 얼마 걸리지 않았다. 다른 학생들은 질투와 분노를 느끼지 않을 수 없었다. 복수하기 위해서, 그들은 그 아이에게 부모가 없다는 사실을 가지고 비난하는 것보다 더 나은 방법을 찾지 못했다.

"나는 부모가 없어." 그 아이가 분개하며 응수했다.

"그래도 나는 아버지가 있어. 그리고 내가 얼굴을 알아보기도 전에 우리 어머니를 잃은 건 나의 크나큰 불행이야. 나는 너희들이 비난하는 게 무슨 뜻인지 모르겠어."

"네 자신을 설명할 수 없다는 걸 비난하는 거지. 수황은 너의 아버지가 아니잖아. 그는 그냥 불한당이야. 그가 널 길가에서 발견해서 거둔거야."

이러한 폭로가 그 아이를 매우 충격에 빠뜨렸다. 그는 수황에게 이 이야기를 했다.

"그 점에 대해서는 걱정 말거라, 아들아. 네 학우들이 너를 질투해서 너를 곤란하게 하려고 그런 이야기를 지어낸 거란다. 염두에 두고 고통받을 만한 일이 아니다."

Le fils de Tjeng-Si fut un peu rassuré pas ces paroles. Mais d'autres circonstances éveillèrent de nouveau ses soupçons. Ce fut ainsi, qu'il découvrit par hasard le nom de San-Syeng inscrit sur son bras. Un autre indice lui fut fourni le jour où il trouva au milieu de vieux bibelots une bague. Il cacha précipitamment le précieux objet dans sa poche, et se dit en lui-même :

- Au fond, ce que mon camarade m'a dit est peut-être vrai.

A partir de ce moment, San-Syeng fut constamment préoccupé de savoir quels étaient ses véritables parents. Afin de mieux résoudre ce difficile problème, il résolut de voyager, pendant qu'il arriverait peut-être à retrouver la trace de ceux à qui il devait le jour.

정씨부인의 아들은 그 말에 조금 안심을 하였다. 하지만 또 다른 상황이 새롭게 의심을 일깨웠다. 그것은 바로, 자기 팔에 '상성'이라는 이름이 새겨져 있는 것을 그가 발견한 것이다. 또 다른 표시가 어느 날 그에게 나타났는데, 오래된 포대기에서 반지 하나를 찾아낸 것이다. 그는 부랴부랴 그 귀중한 물건을 주머니에 숨기고, 혼잣말했다.

"결국 친구가 내게 말한 게 사실인 것 같아."

그날부터 상성은 자기 진짜 부모가 누구인지 알려고 계속 고민했다. 그 어려운 문제를 보다 잘 해결하려고 그는 여행을 떠나기로 했

다. 자신을 세상에 내보낸 이들의 자취를 여행 중에 찾게 되리라 생
각하면서 말이다.

Dès qu'il eut atteint sa dix-septième année, San-Syeng demanda à Sù-
Roung la permission d'entreprendre un voyage, afin de perfectionner
son instruction. Sù-Roung ne fit aucune opposition. Il eut mieux
aimé que son fils adoptif eut un compagnon de route. Néanmoins, il
consentit à laisser partir San-Syeng seul. L'absence du jeune homme
devait durer deux ans.

17세가 되자마자, 상성은 자신이 배운 것을 연마해 보겠다며 수
황에게 여행 떠나는 걸 허락해 달라 했다. 수황은 어떠한 반대도 하
지 않았다. 수황은 길동무를 붙여줄 정도로 입양한 자기 아들을 정
말로 사랑했다. 어쨌든 그는 상성이 홀로 길 떠나는 데 동의했다. 그
젊은이는 2년간 돌아오지 않을 것이었다.

상성이 잠깐만 들르자고 마음먹은 마을에 도착한 것은 떠난 지 몇
주가 흐른 뒤였다. 그때까지 여행은 아무 사고 없이 흘렀다. 그리고
이제 모험의 순간이 찾아온 것이다. 이 모험의 첫 부분은 꽤나 불쾌
했다. 상성은 길거리에서 아이들이 놀고 있는 것을 보고 발걸음을
멈추었다. 그리고는 갑자기 우리의 이 여행자는 몸을 떨었다.

Il venait d'entendre l'un des gamins demander à un de ses petits
camarades :

- Connais-tu le voleur Sù-Roung?

- De nom, oui ; mais je ne l'ai jamais vu. A quel propos me demandes-tu cela?

- C'est qu'on raconte une histoire extraordinaire sur le compte de ce personnage. Un de mes amis a été à l'école avec le fils, ou plutôt avec l'enfant adoptif de ce voleur. Il paraît en effet que Sù-Roung ayant trouvé cet enfant au coin d'une rue l'a emporté chez lui et l'a élevé. Grâce à ses rapines, cet homme est très riche. Il vient d'envoyer son fils adoptif faire un grand voyage. Voilà ce que m'a raconté mon camarade.

San-Syeng n'avait pas perdu un mot de cette conversation. Sa curiosité était excitée au plus haut point. Il s'avança vers l'enfant qui avait parlé de la sorte et lui demanda :

- Pardon mon ami, pourriez-vous me dire votre nom? Connaissez-vous Sù-Roung.

- Monsieur, je ne connais cet homme que pour en avoir entendu parler souvent.

Cette réponse ne satisfit guère San-Syeng. Cependant, croyant que l'enfant était intimidé, il ne voulut pas pousser plus loin son interrogatoire pour le mement, et s'éloigna.

개구쟁이들 중 한 명이 친구들 중 한 명에게 하는 말을 그가 들은 것이다.

"너 수황이라는 도둑 알아?"

"응, 이름은 들어봤어, 한 번도 본 적은 없지만. 그런데 그걸 왜 내게 물어?"

"누가 그 사람에 대해서 이상한 이야기를 해줬거든. 내 친구 중 한 명이 그 도둑의 아들, 아니 그 입양 아들이랑 같은 학교에 다녔대. 사실은 수황이 길 모퉁이에서 그 애를 발견하고는 집에 데려다 키운 것 같다는 거야. 도둑질을 해서 그 사람이 그렇게 부자가 된 거래. 그 입양 아들이 이제 막 긴 여행을 떠났대. 이게 내 친구가 해준 이야기야."

이 대화에서 한마디도 상성은 흘려들을 수 없었다. 그의 궁금증이 절정에 달했다. 그는 이 이야기를 한 아이에게 다가가서 물었다.

"저기 실례합니다, 이름이 뭔지 알려줄 수 있겠습니까? 수황을 안다고 하셨죠?"

"아저씨, 저는 사람들이 종종 하는 이야기로만 그 사람을 알아요."

이 대답은 상성을 만족시키지 못했다. 그렇지만 아이가 겁먹은 것 같아 보여서, 그 자리에서 더는 추궁할 수 없어, 그 자리를 그는 떠났다.

San-Syeng arriva ensuite dans la ville de Tjeng-Jou. Il décida d'y faire en séjour de quelques jours, afin de se reposer de ses fatiguer. Avant de chercher un logement il se promena dans la cille pour en visiter les curiosités. Ses regards furent attirés par une grande maison, entourée d'un vaste jardin. Il se dirigea donc de ce côté, et s'arrêta tout à coup saisit d'admiration.

Dans le jardin, il venait d'apercevoir une jeune fille d'une beauté extraordinaire. Impossible de s'approcher d'elle, car le jardin où elle se promenait était entouré d'un mur continu. San-Syeng s'en attrista. Il s'éloigna de quelques pas mais, cédant à je ne sais quelle impulsion, il revint sur ses pas. La jeune fille était toujours là. Elle dirigeait sur le promeneur son regard candide ; ce qui causa au jeune homme une douce émotion. Il est vrai que ses yeux n'avaient jamais vu un pareil spectavle. Une figure ravissante, aussi fraîche qu'un fruit à moitié mûr ; des yeux dont l'éclat rivalisait avec celui des étoiles ; des cheveux qui retombaient dans le dos, semblables à des nuages disparaissant derrière une montagne. Ajoutez à cela, une main très petite, et une démarche plus légère que le vol d'un oiseau. L'émerveillement de San-Syeng était à son comble. Il ne quittait pas des yeux la jeune fille. Celle-ci, tout en se promenant, jetait de temps en temps un coup d'œil sur celui qui la contemplait.

그후 상성은 전주[23] 마을에 도착했다. 피로를 풀기 위해 그는 그곳에 당분간 머물기로 결정했다. 숙소를 찾기 전에, 그는 호기심이 이끄는 대로 그 마을을 산책했다. 그의 시선은 거대한 정원으로 둘러싸인 저택에 이끌렸다. 그리하여 그는 그 옆으로 갔고, 불현듯 감탄하며 멈춰 섰다.

정원에서 그는 너무나 아름다운 소녀를 발견한 것이다. 그녀가 거니는 정원은 담벼락으로 완전히 둘러싸여 있어서 그는 그녀에게 다가갈 수 없었다. 상성은 슬펐다. 그는 몇 발짝 멀어졌다가, 알 수 없는 어

---

23 전주(Tjen-Jou): 8장 이후 'Tjin-Jou'로 표기되어 경남 진주(晉州)로 볼 여지가 많지만, 전북 전주(全州)로 보는 게 타당할 듯하다. 강진에서 서울로 올라가는 상생의 여정을 고려해도 그렇고, 백성들이 민란을 일으켜 귀족의 집에 불을 지른다는 삽화를 보아도 호남 지역일 가능성이 높기 때문이다. 홍종우는 19세기 말, 호남지역에서 크게 일어났던 갑오농민항쟁을 연상하고 있었던 것으로 보인다.

떤 충동에 이끌려 발길을 돌렸다. 소녀는 여전히 거기 있었다. 그녀는 지나가던 그 남자에게 천진한 눈길을 던졌다. 그 눈길은 젊은이에게 부드러운 감정을 일으켰다. 그는 한 번도 그 같은 모습을 본 적이 없었다. 반쯤 익은 과일처럼 상큼한 황홀한 모습, 별 빛과 견줄 정도로 빛나는 두 눈, 산 뒤로 사라지는 구름처럼 등 뒤로 흘러내리는 머리카락. 거기에 덧붙여, 아주 작은 손과 새의 날갯짓보다 더 가벼운 발걸음. 상성의 감탄은 극에 달했다. 그는 소녀에게서 눈을 뗄 수가 없었다. 소녀는 산책을 하다가, 자신을 응시하는 이에게 이따금씩 시선을 던졌다.

San-Syeng était dans une véritable extase. Longtemps, il resta à la même place, après que la belle inconnue eut disparu. A la fin, il se décida à s'éloigner pour aller chercher un gîte. Il espérait aussi recueillir quelques renseignements au sujet de l'adorable apparition qui le tenait encore sous le charme.

Aussi son premier soin, en arrivant à l'hôtel, fut-il de demander :

- A qui donc appartient cette maison qui est entourée d'un si beau jardin? Son propriétaire est sans doute un personnage important?

- Oui, c'est le domaine d'une famille très-riche, dont le chef, Yeng-Yen-Sa, est malheureusement mort. Les seuls habitants de cette grande maison sont la femme et la fille de ce seigneur.

- La fille est-elle mariée?

- Non, Monsieur. Elle a à peine dix-sept ans.

상성은 진정한 황홀감에 빠져있었다. 이름 모를 아름다운 소녀가 사라질 때까지 오랫동안 그는 같은 자리에 서 있었다. 결국 그는 숙소를 구하기 위해 그곳을 떠나기로 마음먹었다. 동시에 그는 매혹적으로 자신을 사로잡은 아름다운 소녀에 대해 몇몇 정보를 얻고 싶었다. 그리하여 여관에 도착하자마자 그는 자신의 최대 관심사에 대해 물었다.

"저 아름다운 정원으로 둘러싸인 집은 누구의 것인지요? 집 주인은 아마 지체 높은 분이겠지요?"

"네, 아주 부유한 가문의 집이지요. 그 집 주인 영연사라는 분은 불행하게도 돌아가셨습니다. 그 대 저택에 사는 사람이라고는 부인과 딸 뿐입니다."

"따님은 결혼했나요?"

"아니요, 선생님. 그 댁 따님은 겨우 17살입니다."

La curiosité de San-Syeng était satisfaite pour le moment. Resté seul, il donna libre cours à ses pensées. D'abord il résolut de prolonger son séjour à Tjen-Jou. Il brûlait du désir de revoir sa belle inconnie. Chaque jour il allait se promener, durant des heures entières, aux environs du jardin où il avait aperçu pour la première fois la jeune fille à laquelle il pensait constamment. Hélas! la jolie promencuse restait enfermée chez elle. Notre héros en était triste à mourir. Un soir où son chagrin, ravivé encore par le souvenir de ses parents, l'étreignait d'avantage, il chercha à distraire par la musique.

그 순간 상성의 호기심이 충족되었다. 그는 혼자 남아 자유롭게 생각이 흘러가도록 두었다. 우선 그는 전주에 조금 더 머무르기로 했다. 그는 그 아름다운 낯선 소녀를 다시 보고 싶은 욕망에 타올랐다. 그는 줄곧 생각하고 있는 그 소녀를 처음 본 정원 주변으로 매일 가서 오래 산책했다. 맙소사! 그 예쁜 소녀는 집 안에 틀어박혀 있는 것이 아닌가! 우리의 주인공은 죽을 정도로 슬펐다. 거기에다 부모님의 기억까지 떠올라 더욱 슬퍼진 어느 날 저녁 그는 음악으로 슬픔을 달래기로 했다.

Il prit donc une flûte, et revenant près du jardin, il improvisa la poésie suivante :

- <Fils du monde, je ne connais ni le ciel ni la terre.

<Je voyage seul, désespéré, cherchant en vain ceux qui m'ont donné le jour.

<Dans un jardin, il y a une fleur d'une beauté éclatante.

<Cette fleur je voudrais la cueillir, mais les branches qui la portent sont si hautes que je ne puis l'atteindre.

<Aussi mon désir le plus ardent serait de mourir et devenu papillon d'aller me poser sur cette fleur adorable.>

그는 피리를 들고 소녀의 집 정원 근처로 가서 다음의 시를 읊었다.
"세상에 버려진 아들,
나는 하늘도 땅도 알지 못하네.
홀로 여행하며, 절망에 빠져, 나를 낳은 이들을 헛되이 찾네.
정원에는 꽃 한 송이 아름답게 빛나고,
그 꽃 꺾고 싶으나 너무 높은 가지 손이 닿지 않네.

죽을 만큼 불타는 내 욕망,

그 아름다운 꽃 위로 나비 되어 나를 데려가네."[24]

San-Syeng exécuta ensuite sur son instrument l'air auquel on pouvait adapter cette poésie. Il le fit avec beaucoup de sentiment.

Cependant, la jeune fille avait tout entendu. Profondément troublée, elle se demandait ce que pouvaient signifier les mots charmeurs qui avaient frappé son oreille.

- Si ce jeune homme, se dit-elle, ne connaît ni la terre ni le ciel, cela veut dire qu'ila perdu ses parents. S'il demande à être changé en papillon afin de pouvoir aller voleter auprès d'une fleur, c'est qu'il aime une jeune fille.

Très intriguée, elle envoya son domestique s'enquérir qui pouvait bien être l'auteur des vers qu'elle venait d'entendre. Quand elle fut au courant, elle se demanda immédiatement si son voisin n'était pas le jeune homme qu'elle avait vu quelques jours auparavant se promener auprès du jardin.

이어서 상성은 악기로 이 시를 곡에 실었다. 곡조에는 한껏 감정이 실렸다. 그런데 그 소녀가 이를 모두 들었다. 깊이 감동한 그녀는 자기 귀를 울리는 매혹적인 시어들의 뜻을 혼자 생각했다.

"만약 저 젊은이가, 그녀가 혼잣말 했다, 하늘도 땅도 알지 못한다면,

---

24 시의 전반부에서는 부모를 찾아 떠도는 자신의 신세를 한탄하고, 후반부에서는 저택 안의 여인을 만날 수 없어 안타까워하는 자신의 심경을 노래하고 있다.

그건 부모님을 잃었다는 뜻일 거야. 한 송이 꽃을 향해 날아갈 수 있도록 나비로 바뀌기를 원한다는 건 그가 한 소녀를 사랑한다는 뜻일 거야."
　너무나 궁금해진 그녀는 하녀를 보내 자신이 방금 들었던 시의 작가임직한 이를 알아보라 했다. 하녀가 달려가고 난 후, 그녀는 정원 주변을 산책하던 이웃이 시를 지은 젊은이가 아닐까 생각했다.

Encore impressionnée de ce qu'elle venait d'entendre, elle prit son instrument de musique et improvisa à son tour les vers suivants :

- <Les araignées tissent leur toile, d'une branche à l'autre, au-dessus de la fleur. Le papillon ne vient pas.

<J'ai creusé un lac au milieu du jardin pour attirer les cygnes, mais c'est en vain.

<J'ai planté dans mons jardin un arbre pour servir de refuge an rossignol. Mais l'oiseau aimé reste insensible à mes appels, tandis qu'il accourt une foule d'oiseaux déplaisants.

<Aujourd'hui, cependant, j'ai entendu le chant du rossignol. Il est enfin arrivé, bientôt il sera près de moi.

<L'âge de seize ans, est la plus belle époque de la vie. Si je veux être heureuse, il ne faut pas que j'attende plus longtemps.

　본인이 들은 음악에 여전히 감동을 받아서, 그녀는 자기 악기를 들고서 이번에는 본인이 다음의 즉흥시를 읊었다.
　"거미가 거미줄을 치는구나.
　그 꽃 위로 뻗어있는 이 가지에서 저 가지로.

나비가 오지 못하는구나.

백조를 유혹하려고 정원 한 가운데 호수를 팠건만 헛되도다.

밤 꾀꼬리에게 피난처를 마련해 주려고

내 정원에 나무를 심었지.

하지만 내가 사랑한 그 새는 내 부름을 못 들은 듯 머물러 있고,

소란스러운 새떼들만 오는구나.

그렇지만 오늘 나는 밤 꾀꼬리 노랫소릴 들었다네.

마침내 내게 왔네. 곧 머물 것이라네.

열여섯, 인생의 가장 아름다운 시절이라네.

내가 행복해지고자 한다면 더 오래 기다리지는 않아야 하리.”

Ces paroles avaient rempli San-Syeng d'une émotion indicible. Elles lui semblaient une réponse à ses propres strophes, et il se sentait enivré de bonheur.

- Demain soir, se disait-il, mon âme sera satisfaite, car je viendrai ici, et verrai celle qui me charme ainsi.

Il rentra ; mais ce fut en vain qu'il chercha le sommeil.

De son côté, la jeune fille avait l'esprit très préoccupé de ce qui venait de se passer. Elle aussi s'endormit difficilement. Son père lui apparut dans un rêve, et lui dit : <Ma fille, il est descendu dans l'hôtellerie la plus proche de notre maison un voyageur sur lequel j'appelle ton attention. C'est le fils du savant San-Houni, le meilleur de mes amis. Je désire tu épouses ce jeune homme>.

이 시어들은 형용할 수 없게 상성의 마음을 가득 채웠다. 마치 자기 시구에 대한 화답 같아 그는 행복에 취했다.

"내일 저녁, 내 영혼은 충만해질 거야. 이곳에 와서, 나를 이토록 매혹시킨 그녀를 볼 테니."

그는 돌아왔다. 하지만 잠을 청하는 건 헛될 뿐이었다.

한편, 소녀 역시 방금 일어난 일로 정신이 없었다. 그녀 역시 힘들게 잠들었다. 꿈에 아버지가 나와서 그녀에게 말했다.

"딸아, 우리 집에서 가장 가까운 여관에 한 여행객이 머물고 있단다. 나는 네가 그에게 관심을 가졌으면 좋겠구나. 그는 바로 나의 가장 좋은 친구 현자 상훈이의 아들이다.[25] 나는 네가 그 젊은이와 결혼했으면 한다."

Comme elle objectait qu'elle ne connaissait pas ce personnage.

- Si ma fille, lui répondit son père. Tu l'as déjà vu au jardin. Il appartient à une très noble famile. Adieu ma fille.

La jeune fille voulut retenir son père ; mais, à son grand chagrin, ses efforts furent inutiles. Elle s'éveilla tout en larmes. Puis elle se mit à réfléchir au sujet de son rêve. - Comment me conformerai-je aux ordres de mon père, se demandait-elle. Il faut que je trouve un moyen pour entrer en relations avec ce jeune homme. J'irai au jardin ce soir, peut-être verrai-je celui que mon père m'a ordonné d'épouser.

---

25 여인의 죽은 부친이 상성의 부친 상훈이와 가까운 친구사이였다는 사실을 꿈에서 비로소 듣게 된다. 이처럼 친한 친구의 아들과 딸이 결혼하게 된다는 설정은, 영웅군담소설에서 흔히 발견되는 내용이다. 이들과 함께 심청의 부친 순현까지 마음 맞는 친구들이었다는 점도 같은 맥락이다.

그녀가 그 사람을 알지 못하므로 반대를 하자 아버지가 대답했다. "딸아, 너는 그를 이미 정원에서 보았단다. 그는 아주 지체 높은 양반 가문의 자제이다. 잘 있거라."

소녀는 아버지를 다시 잡고 싶었다. 그러나 너무나 슬프게도 그녀의 노력은 헛되었다. 그녀는 온통 눈물에 젖어 깼다. 그리고는 꿈 내용을 곰곰이 생각하기 시작했다. 어떻게 아버지의 뜻을 따를 수 있지, 그녀가 자문했다, 그 청년과 관계를 맺기 위해서는 방법을 찾아야 해. 오늘 저녁 정원에 가면 어쩌면 아버지가 내게 결혼하라시던 그 이를 볼 수 있을 거야.

Elle ne fut pas trompée dans son attente. Lorsqu'à la tombée de la nuit elle descendit dans le jardin, elle aperçut San-Syeng. Mais au lieu d'aller à la rencontre du jeune homme, elle rentra précipitamment dans la maison.

San-Syeng avait été stupéfait et désolé par cette brusque disparition. Désespérant de pouvoit parler à celle qu'il aimait, il résolut de lui écrire. Le lendemain soir, il retournait au jardin avec une lettre. De nouveau, la jeune folle lui apparut quelques minutes. Il passa devant elle et laissa tomber à terre la lettre qu'il avait apportée. Puis il sortit du jardin.

그녀의 예상은 빗나가지 않았다. 밤이 되자, 그녀는 정원으로 내려갔고, 상성을 발견했다. 하지만 그 청년을 만나러 가는 대신 그녀는 서둘러 집으로 들어갔다. 상성은 그녀가 갑자기 사라지자 어리둥절하고 속상했다. 사랑하는 그녀에게 말을 건넬 수 없어 절망한 그

97

는 그녀에게 편지를 쓰기로 작정했다.

다음 날 저녁, 그는 편지를 가지고 정원으로 다시 갔다. 또 다시 그
아리따운 소녀가 그 앞에 잠시 나타났다. 그는 그녀 앞으로 가서 그
가 가져간 편지를 땅에 내려놓았다. 그리고는 정원을 떠났다.

La jeune fille s'empressa deramasser ce papier.

Elle put y lire ce qui suit :

Mademoiselle, excusez mon audace. Je n'ai que quelques mots à
vous dire. Savez-vous ce que c'est que le papillon? C'est un insecte
qui recherche les fleurs. La nuit, attiré par la lumière des lampes qu'il
prend pour des fleurs, il va se précipiter dans la flamme et en meurt.

- Voici une comparaison qui se rapporte directement à moi, pensa
la jeune fille. Je répondrai demain soir à ce jeune homme.

소녀는 서둘러 그 종이를 집어 들었다.

그녀는 거기서 다음을 읽을 수 있었다.

"아가씨, 저의 무례를 용서해 주십시오. 제가 당신께 드릴 말씀은
몇 마디 말일 뿐입니다. 그대는 나비가 무엇인지 아십니까? 그것은
꽃을 찾는 곤충이지요. 밤이면, 꽃을 찾으려 들고 있던 등잔 불빛에
이끌려 불꽃 속으로 몸을 던지고는 죽어버리지요."

'이것은 바로 나와 관련된 비유야, 소녀가 생각했다, 내일 저 사내
에게 답해야지.'

Lorsqu'effectivement San-Syeng fut revenu au jardin, il vit la jeune fille lever par deux fois la main, et désigner du doigt la lune. Après cela, elle se retira.

San-Syeng rentra chez lui très intrigué. Elle m'a fait des signes, pensait-il, mais que signifient ces signes. Longtemps il réfléchit, faisant hypothèse sur hypothèse. A la fin, il se frappa joyeusement le front en s'écriant : <Je crois que j'ai trouvé. La jeune dille a levé deux fois la main. C'est qu'elle veut parler du nombre dix. Elle m'a du doigt désigné la lune, cela signifie le soir. Elle voulait me dire qu'elle m'attendait demain soir à dix heure.>

실제로 상성이 정원에 다시 왔을 때, 그는 소녀가 손을 두 번 들어 올리며 손가락으로 달을 가리키는 것을 보았다. 그런 연후에 그녀는 자리를 떠났다.

상성은 매우 혼란에 빠져서는 숙소로 돌아왔다.

'그녀가 나에게 신호를 보냈어, 그가 생각했다, 하지만 그 신호가 무슨 뜻일까.'

추측에 추측이 더해졌다. 결국 기쁘게 이마를 치며 그가 외쳤다. "드디어 찾았다! 소녀가 손을 두 번 들어 올렸어. 그녀는 숫자 열을 이야기 하고 싶은 거야. 그녀는 손가락으로 달을 가리켰지. 그건 저 녁을 뜻하는 거고. 그녀는 내일 저녁 열시[26]에 나를 기다리겠다고 내

---

26 저녁 열시: 청춘남녀가 시를 주고받으며 서로의 감정을 전달하는 방식은, 고전 소설 가운데 애정정기소설(愛情傳奇小說)에서 자주 활용되던 수법이다. 여기 서도 그런 전기소설의 전통을 이어받고 있다. 하지만 두 손을 펴서 열 손가락으 로 열 시를 암시하고, 달을 가리켜 밤을 암시하는 방식은 구비설화의 체취가 물 씬 풍긴다. 하지만 전통적 방식으로 시간을 헤아리는 戌時(지금의 10시 쯤)로서

게 말하고 싶었던 거야."

Il attendit avec impatience l'arrivée de la nuit suivante. Bien avant l'heure fixée, il était dans le jardin, se demandant avec anxiété s'il ne s'était pas trompé dans l'interprétation qu'il avait donnée aux signes dela jeune fille. A dix heures, celle-ci entrait dans le jardin. Elle s'avançait gaie et souriante, s'arrètant pour prendre un brin d'herbe qu'elle mettait entre ses lèvres. On eut dit qu'elle jouait de la flûte, si doux était le son qui s'échappait de sa bouche. D'autres fois, elle ramassait une branvhe morte et s'amusait à en frapper les feuilles dont elle jonchait le sol. San-Syeng la contemplait avec bonheur et ne faisait pas un mouvement. On eut dit un chat guettant une souris.

그는 초조하게 밤이 오기를 기다렸다. 자기가 소녀의 신호를 잘못 해석한 것이 아닐까 걱정스럽게 자문하며 그 시간이 되기 한참 전, 그는 그 정원에 있었다. 열 시가 되자 소녀가 정원으로 들어섰다. 그녀는 밝게 웃으며 다가오다 멈춰서서는 풀잎을 따서 입술로 물었다. 그녀의 입술에서 베어나온 소리가 어찌나 부드러운지 그녀가 피리를 분다고 말할 정도였다. 그러는 한편, 그녀는 죽은 나뭇가지를 주워서는 그녀가 땅위에 흩뿌려 놓은 나뭇잎들을 헤집으며 장난을 쳤다. 상성은 행복하게 그녀를 바라보았고, 조금도 움직이지 않았다.

가 아니라 시계에 의거한 시간을 헤아리는 방식으로 제시되는 것에서 홍종우의 근대적인 면모를 확인할 수 있다.

생쥐를 살피는 고양이 같았을 것이다.

Arrivée à quelques pas de lui, la jeune fille s'arrêta comme effrayée, et fit un mouvement de recul. Alors San-Syeng s'avança vers elle. <Comme elle est belle>, pensait-il. Telle était son émotion qu'il ne trouva pas un mot à dire. La jeune fille de son côté restait muette. <Il faudrait, pensait San-Syeng, que mes premières paroles pussent exprimer tout l'amour que j'éprouve pour elle, mais j'en suis incapable. De quel sentiment est-elle animée à mon égard? Comment m'en rendre compte? A-t-elle un cœur tendre et aimant, ou bien la méchanceté a-t-elle déjà pénétré dans cette jeune âme? Ayons recours à un stratagème.>

Soudain, la jeune fille vit San-Syeng s'affaisser sur le sol. Sans un instant d'hésitation, elle se précipita son secours, soulevant sa tête de ses mains, époussetant ses habits salis par la chute. Elle aida le jeune homme à se relever, et le conduisit à un banc qui se trouvait près de là.

그와 몇 발 떨어진 곳까지 이르자, 소녀는 놀란 듯 멈추고는 뒷걸음질을 쳤다. 그때 상성이 그녀를 향해 다가갔다. '얼마나 아름다운 소녀인가.' 그가 생각했다. 그의 감정을 형언할 단 한 마디의 말도 찾을 수 없을 정도였다. 소녀는 그의 곁에 아무 말 없이 있었다. 상성이 생각했다. '그녀를 향한 내 사랑을 다 말할 수 있어야 해. 하지만 그럴 수 없어. 그녀는 나에 대해 어떤 감정을 느낄까? 나를 어떻게 생각

할까? 그녀는 호감과 사랑의 마음을 가지고 있을까 아니면 그녀 마
음에 들어간 게 이미 불쾌감일까? 방법을 찾아야 해.'[27]

갑자기 소녀는 상성이 땅 위에 주저앉는 것을 보았다. 주저할 틈
도 없이, 그녀는 달려가서 그를 도왔다. 손으로 그의 머리를 받친 것
이다. 쓰러지는 바람에 더럽혀진 그의 옷도 털었다. 그녀는 그 사내
가 일어나는 것을 도왔고, 곁에 있는 긴 의자로 그를 데려갔다.

Alors San-Syeng, comme s'il revenait à lui, dit : - Pardonnez-moi,
Mademoiselle, je suis confus de toute la peine que je <u>dois</u> donne.

- Vous ne m'avez pas donné la moindre peine, Monsieur, répondit
la jeune fille ; je suis très heureuse d'avoir pu vous être de quelque
secours. Je vous demanderai seulement la permission de vous
adresser une question. Où habitez-vous?

- J'habite Nam-Hai, Mademoiselle.

- Y a-t-il longtemps que vous avez quitté cette ville?

- Il y a six mois, à peu près, Mademoiselle.

- Et avez-vous vu beaucoup de choses intéressantes pendant votre
voyage?

- Oui, Mademoiselle.

- Vous avez sans doute encore vos parents?

- Non, Mademoiselle, je les ai perdus depuis longtemps. Et vous,

---

27 청춘남녀의 첫 만남의 장면을 이런 장면처럼 풋풋하면서도 곡진하게 묘사하는
대목을 고전소설에서 찾기는 어렵다. 홍종우가 불어를 사용하는 서구인을 독자
로 상정하여 개작한, 곧 근대소설에서의 연애 모습을 투영하여 그리고 있는 대
목으로 보인다.

possédez-vous encore votre père et votre mère?

- Mon père est mort et je vis avec ma mère. N'est-ce pas vous qui êtes venu jouer de la flûte, tout près d'ici, l'autre soir?

- C'est moi, Mademoiselle. Ne m'avez-vous pas répondu sur votre instrument?

- Si, monsieur.

- Je vous en suis infiniment reconnaissant. Mon âme déborde pour vous d'une gratitude infinie. Vous avez daigné m'écouter, vous m'avez répondu, et ce soir vous me procurez le plus grand des plaisirs en me permettant de m'entretenir avec vous.

- Mais pourquoi, Monsieur, vous êtes-vous trouvé mal, tout à l'heure.

- Mademoiselle, c'est mon amour pour vous qui m'a fait perdre la tête. Oserai-je, à mon tour, vous demander pourquoi vous n'avez pas répondu à ma lettre? Vous m'avez fait des signes ; j'ai compris que vous m'invitiez à revenir ce soir à dix heures. Etait-ce bien cela?

- Oui, Monsieur, vous avez très bien deviné ma pensée. Savez-vous que avez fait preuve d'une grande intelligence? Vous avez pris mon cœur, sans le moindre effort, comme le pêcheur qui attrape un poisson surpris de se voir ainsi capturé!

그때 상성이 마치 다시 정신을 차린 듯이 말했다.

"죄송합니다, 아가씨. 제가 아가씨께 이리 폐를 끼치다니 너무 죄송합니다."

"당신은 제게 조금의 폐도 끼치지 않았습니다, 소녀가 답했다, 당신에게 조금이나마 도움을 드릴 수 있어 무척 다행입니다. 제가 당신께 원하는 건 그저 한 가지 질문을 당신께 드리는 겁니다. 어디 사십니까?"

"남해[28]에 삽니다, 아가씨."

"그 마을을 떠난 지 오래 되었나요?"

"거의 6개월 전입니다, 아가씨."

"그러면 여행 중에 재미나는 것들은 많이 보셨나요?"

"네, 아가씨."

"그럼 아마도 부모님이 아직 계시겠군요."

"아니요, 아가씨. 오래전에 돌아가셨습니다. 그러는 당신은 아버지 어머니가 아직 계신가요?"

"아버지는 돌아가셨고 어머니와 함께 살고 있어요. 얼마 전 바로 이 근처에서 피리를 분 사람이 당신 아닌가요?"

"제가 맞습니다. 당신은 악기로 화답하지 않았나요?"

"네, 맞아요."

"저는 당신께 정말 감사드립니다. 제 영혼은 당신에 대한 무한한 감사로 넘칩니다. 당신은 나를 들어주었고, 화답해 주었습니다. 그리고 오늘 저녁 당신과 이야기하도록 허락해 주었으니, 당신은 내게 더 없는 기쁨을 주고 있습니다."

"그런데 조금 전에 편찮으셨나요?"

---

28 남해(Nam-Hai): 경남 남해(南海)라면 전남 고금도와는 거리가 매우 멀다. 그럼에도 자신이 살던 곳을 남해라 부르고 한 것은, 고금도를 포함한 남쪽 바닷가에서 왔다는 넓은 의미로 사용하고 있는 듯하다. 또는 강진과 맞붙어 있는 전남 해남(海南)의 착오일 가능성도 있다.

"아가씨, 제가 정신을 잃은 것은 바로 당신을 향한 제 사랑 때문입니다. 이번에는 제가 감히 묻지요. 왜 제 편지에 답장을 하지 않으신거지요? 제게 신호를 보내셨잖아요. 오늘 저녁 10시에 저를 초대한것이라고 저는 이해했습니다. 그게 맞는지요?"

"네, 맞아요. 제 생각을 아주 잘 맞히셨어요. 당신이 매우 영리하다는 걸 알고 계세요? 당신은 제 마음을 가졌어요. 최소의 노력도 없이 말이죠. 마치 붙잡혀있는 스스로를 보면서 놀라는 한 마리 물고기를 낚은 낚시꾼처럼요!"

A ces mots, San-Syeng, prenant la main de la jeune fille, la couvrit de baisers.

- Je n'ai pas cherché à vous surprendre, Mademoiselle, lui dit-il. C'est mon amour seul, mon amour sans bornes pour vous qui m'a poussé à agir ainsi. Mais, il se fait tard. Votre mère pourrait s'apercevoir de votre absence et concevoir des inquiétudes. Séparons-nous. Demain, à la même heure, nous nous reverrons.

La jeune fille inclina la tête en signe d'assentiment et s'éloigna.

이 말을 듣고서, 상성은 소녀의 손을 잡고 그녀에게 입맞춤[29]을 하였다.

---

29 입맞춤 : 고전소설에서 서로 사랑하는 남녀의 애정표현을 '키스'로 시작하는 것은 동양의 전통적인 방식에 비추어 볼 때 매우 낯설다. 역시 서구인의 근대적 애정표현을 차용하고 있는 대목이다. 때문에 애스턴도 "홍종우의 『다시 꽃 핀 마른 나무 : 꼬레 소설』에 관한 서평"에서 이런 대목들을 들어 홍종우의 불역본이 자국의 전통을 서구의 구미에 맞게 멋대로 고쳤다고 비판한 바 있다.

"당신을 놀라게 할 생각은 없었습니다, 아가씨, 그가 그녀에게 말했다, 나를 이렇게 만든 것은 당신에 대한 한 없는 사랑, 바로 그 사랑 뿐입니다. 하지만, 지금 시간이 너무 늦었군요. 어머니께서 당신이 없는 것을 알아채시고 걱정 하시겠어요. 헤어집시다. 내일, 같은 시간에, 다시 만나요."

소녀는 고개를 숙이며 동의를 표하고서 떠났다.

Dans sa chambre, elle songea longuement aux événements de la soirée.

<J'aime ce jeune homme, pensait-elle ; il est si beau et a l'air si intelligent. En lui donnant mon cœur, je n'ai d'ailleurs fait que suivre les consils de mon père. Aussi ne dois-je avoir aucun remord au sujet de ma conduite. Je me marierai avec celui que j'aime, accomplissant ainsi le vœu de mon père.>

Des réfléxions analogues agitaient l'esprit de San-Syeng.

<Comme elle est belle et bonne, se disait-il. Je l'aime éperdûment. Jamais je ne pourrai attendre jusqu'à demain soir pour la revoir. Que cette nuit et cette journée vont me paraître longues!

자기 방에서 그녀는 그날 밤에서 있었던 일을 오래 생각했다.

'내가 그 사내를 사랑하는구나, 그녀가 생각했다, 그는 무척 잘 생겼고, 매우 총명해 보여. 그는 나에게 마음을 주었고, 게다가 난 아버지의 말씀을 따라야 하는 걸. 그러니 내 처신에 대해 조금의 후회도 해서는 안 돼. 나는 내가 사랑하는 사람과 결혼할 거야. 그렇게 아버

지와의 약속을 지키는 거지.'

비슷한 생각들이 상성의 정신을 뒤흔들었다.

'그녀는 얼마나 아름답고 착한가, 그가 혼자 말했다, 나는 그녀를 미친 듯이 사랑해. 그녀를 다시 만나려고 내일까지 절대 기다릴 수 없어. 이 밤과 낮은 너무나 긴 것 같아!"

Les heures passèrent cependant, et le moment vint pour San-Syeng d'aller retrouver la jeune fille à laquelle il avait donné son cœur. Elle vint à lui la figure rayonnante de joie et de bonheur. Après qu'ils eurent échangé quelques paroles, la jeune fille dit à San-Syeng.

- Rentrons à la maison. Nous serons beaucoup mieux pour causer. Je vous recevrai dans ma chambre, où personne ne nous dérangera.

- Mais ne craignez-vous pas que votre mère ne s'aperçoive de quelque chose?

- Ma mère est très âgée et très faible : nous n'avons rien à redouter d'elle.

어쨌든 시간은 흘렀고 상성이 자신의 마음을 주었던 그 소녀를 다시 만날 순간이 왔다. 그녀는 기쁨과 행복으로 빛나는 모습으로 그에게 왔다. 몇 마디 말을 나눈 후 소녀가 상성에게 말했다.

"집으로 가요. 그곳이 더 얘기하기 나을 거예요. 당신을 내 방으로 데려갈게요. 그곳에서는 누구도 우리를 방해하지 못할 거예요."

"하지만 당신의 어머니가 무언가 알아채실까 두렵지 않아요?"

"어머니는 나이가 아주 많아 무척 약하세요. 그 분에 대해서는 전혀 걱정하지 않아도 되어요."

San-Syeng suivit la jeune fille. Il fut frappé d'admiration, en voyant avec quel goût et quelle intelligence elle avait arrangé sa chambre. Il lui en fit ses compliments et ajouta : - Comme vous êtes heureuse.

- Et vous, Monsieur, n'êtes-vous pas heureux?

- Hélas, j'ai perdu mes parents et je suis seul sur terre. La vie n'a pas de charmes pour moi. Vous m'avez causé le premier plaisir de ma vie et je vais être obligé de repartir.

- Pourquoi voulez-vous repartir. Ne m'avez-vous pas dit que vous m'aimiez?

- Oui, je vous aime de toutes me forces. Mais c'est un nouveau malheur pour moi, puisque je ne pourrai jamais vous épouser.

- Que dites-vous là, mon ami?

- Je ne pourrai jamais vous épouser parce que vous êtes riche, tandis que moi je n'ai aucune fortune.

- Fi, le méchant, dit la jeune fille, en attirant à elle San-Syeng. Ne savez-vous pas que je vous aime et que rien ne m'empêchera d'être votre compagne? Unissons-nous dès maintenant. Ne me quittez plus. Restez près de moi cette nuit, ma mère ne s'apercevra de rien.

상성은 소녀를 따라갔다. 그는 그녀가 꾸민 방을 보며 그 취향과 영리함에 감탄을 했다. 그는 그녀에게 칭송을 하며 덧붙였다.

"당신은 정말 행복한 사람이군요."

"그럼 당신은 행복하지 않나요?"

"아아, 나는 부모를 잃었고, 이 세상에 혼자예요. 삶은 내게 매력이 없어요. 당신이 내게 일깨워준 것이 내 삶의 첫 번째 기쁨이에요. 그런데 난 다시 떠나야 해요."

"왜 떠나고자 하는 거예요? 당신은 나를 사랑한다고 말하지 않았나요?"

"네, 나는 당신을 내 온 힘을 다해 사랑합니다. 하지만 그것은 내게 새로운 불행이에요. 내가 결코 당신과 결혼할 수 없으니까요."

"무슨 말이죠?"

"나는 결코 당신과 결혼 할 수 없어요. 당신은 부자이지만 나는 어떤 재산도 없으니까요."

"피! 나쁜 사람, 소녀가 상성을 자기 쪽으로 끌어당기며 말했다, 당신은 내가 당신을 사랑하고, 그 무엇도 당신의 동반자가 되려는 나를 막지 못한다는 것을 모르나요? 이제부터 우린 하나예요. 나를 떠나지 말아요. 오늘밤 내 곁에 있어요. 어머니는 아무것도 모르실 거예요."

Leurs lèvres s'étaient unies en un long baiser. L'amour les tenait tout entiers et ils s'abandonnèrent l'un à l'autre. Au matin, San-Syeng se retira. Il se considérait comme le plus heureux des hommes, et se promettait de n'épargner aucun effort pour rendre l'existence agréable à celle qui avait si tendrement accepté d'être sa compagne.

그들의 입술은 하나가 되어 오래도록 입맞춤했다. 사랑은 그들을 완전하게 이어놓았고, 그들은 서로에게 몸을 맡겼다. 아침이 되자 상성이 떠났다. 그는 자신이 가장 행복한 사내인 듯 여겼고, 그리하여 너무나 감미롭게 자신의 동반자가 되어준 그녀에게 사랑스러운 존재가 되기 위해 어떠한 노력도 아끼지 않겠다고 스스로 다짐했다.

Chaque soir, le jeune homme se rendait auprès de son épouse. Une nuit, la mère, ne pouvant dormir, se leva et se promena dans toute la maison. En passant devant la chambre de sa fille, elle entendit, au milieu d'un bruit de baisers, sa fille qui parlait avec quelqu'un. Immédiatement, elle entra dans une grande colère. Elle voulut ouvrir la porte, mais n'y réussit pas. Elle appela alors un domestique et lui dit :

- Prends un sabre et viens te placer devant cette porte. Tu tueras la première personne qui sortira de la chambre.

San-Syeng et son épouse n'avaient pas entendu ces paroles. Ils s'étaient endormis. La jeune femme eut de nouveau un rêve dans lequel elle vit son père. <Ma fille, lui dit celui-ci ; vous courez un grand danger. La vie de ton mari est menacée. Lève-toi et vas voir ce qu'il y a derrière la porte. Trouve un moyen pour faire échapper ton époux et donne-lui mon cheval favori pour qu'il puisse prendre la fuite ; tu lui remettras aussi mon sabre. Vous serez séparés quelque temps, mais vous vous retrouverez.>

매일 저녁, 그 사내는 자기 아내의 곁에 머물렀다. 어느 날 밤, 아
내의 어머니가 잠을 이루지 못하고 일어나 집 안 전체를 거닐었다.
딸의 방 앞을 지나다가 그녀는 입맞춤 소리 가운데 누군가와 이야기
하는 딸의 소리를 들었다. 즉시 어머니는 화가 치밀어 올랐다. 그녀
는 문을 열려고 했지만 성공하지 못했다. 그래서 그녀는 하인 하나
를 불러 말했다.

"검을 가지고 와서 이 방문 앞에 서 있거라. 방에서 나오는 첫 번째
사람을 죽여라."

상성과 그 아내는 이 말을 듣지 못했다. 그들은 잠이 든 것이다. 그
어린 부인은 지난번 아버지를 만났던 꿈을 다시 꾸었다.

"딸아, 아버지가 그녀에게 말했다, 너희는 커다란 위험에 처할 것
이다. 네 남편의 목숨이 위험해. 일어나 가서 방문 뒤에 누가 있는지
살피거라. 네 남편을 피신시킬 방법을 찾고 그에게 도망칠 수 있도
록 훌륭한 말 하나를 내어주거라. 내 검도 그에게 주어라. 너희들은
잠시 동안 떨어져 있겠지만, 곧 다시 만날 것이다."

Réveillée, la jeune femme alla doucement ouvrir la porte. Elle
aperçut le domestique.

- Que fais-tu là, ainsi armé? lui demanda-t-elle.

- Je monte la garde, sur les ordres de votre mère, et je dois tuer la
première personne qui sortira de votre chambre.

- Mais, ma mère est folle. Il n'y a personne chez moi. Je voudrais
justement aller te réveiller pour te demander d'aller faire une
commission. Je voudrais écrire, et ne possède plus une seule feuille

de papier. Veux-tu aller m'en chercher?

- Je ne puis m'éloigner d'ici, Mademoiselle.

- Pourquoi cela? Si tu as peur que le prisonnier imaginaire de ma mère ne s'échapper, laisse-moi ton sabre. Je te remplacerai pendant que tu iras chercher ce que je te demande.> Le domestique se laissa persuader. A peine fut-il parti, que la jeune femme courut vers son époux et lui dit : <Lève-toi vite, sans quoi tu es perdu. Ma mère s'est aperçue qu'il y avait quelqu'un chez moi et a placé devant ma porte un domestique chargé de tuer la personne qui sortirait de ma chambre. Vas m'attendre dans le jardin.>

　　잠에서 깬 그 젊은 부인은 가서 조심스럽게 문을 열었다.

　　그녀는 하인을 발견했다.

　　"그렇게 무장한 채로 거기서 뭘 하는 거지요?" 그녀가 하인에게 물었다.

　　"저는 마님의 명령으로 보초를 서고 있습니다. 저는 맨 처음 아가씨의 방에서 나오는 이를 죽여야 합니다."

　　"하지만 우리 어머니는 정신이 온전치 못해요. 내 방엔 아무도 없고요. 나는 지금 바로 당신을 정신 차리게 해서 심부름을 보내고 싶거든요. 편지를 쓰고 싶은데, 종이가 단 한 장도 없어요. 가서 그걸 내게 찾아다 줄래요?"

　　"저는 여기서 떠날 수 없습니다. 아가씨."

　　"왜요? 만약 내 어머니의 상상 속 죄수가 달아날까봐 걱정된다면, 내게 당신 칼을 주세요. 내가 부탁한 것을 찾으러 당신이 간 사이 내가 대신 지키고 있을게요."

하인은 그 말에 따랐다. 그가 떠나자마자, 그 젊은 부인은 남편에게 달려가 말했다.

"어서 일어나요, 빨리 정신차려야 해요. 어머니가 내 방에 누군가 있다는 걸 알아채셨어요. 그래서 내 방에서 나오는 이를 죽이라고 하인 한 명을 방문 앞에 세워두었고요. 가서 정원에서 나를 기다려요."

San-Syeng se leva en toute hâte et descendit au jardin. Le domestique revint à ce moment. Il reçut l'assurance que personne n'était sorti de la chambre dont il devait garder la sortie.

- Je vais me promener au jardin, ajouta la jeune femme.

Elle se rendit d'abord à l'écurie et détacha le cheval dont lui avait parlé son père. Elle l'amena à San-Syeng. Avant de se quitter, les deux époux s'embrassèrent longuement. Ils pleuraient amèrement d'être forcés de se séparer ainsi. La jeune femme avait pris tous ses bijoux, ainsi que l'argent qu'elle possédait. Elle remit ces objets à San-Syeng, en même temps que le sabre favori de son père. San-Syeng dit accepter de force tout cela. Il détacha de son doigt la bague qu'il avait jadis trouvée sans en connaître la provenance.

- Prends ce souvenir, dit-il à la jeune femme.

C'est le gage certain de mon amour. Tant que je vivrai je ne penserai qu'à toi, et j'espère bientôt revenir te chercher. J'irai à la capitale, puis je me remettrai en route pour te rejoindre. Adieu.

상성은 벌떡 일어나 정원으로 내려갔다. 그때 하인이 돌아왔다. 그는 그가 입구를 지켜야했던 방에서 아무도 나가지 않았다고 확신했다.

"정원으로 산책하러 갈 거예요." 젊은 부인이 말했다.

그녀는 먼저 마굿간으로 가서 아버지가 말해 준 말을 끌고 나왔다. 그녀는 그 말을 상성에게 데리고 갔다. 그가 떠나기 전, 부부인 두 사람은 오랫동안 끌어안고 있었다. 그들은 이렇게 헤어질 수밖에 없어 비통하게 눈물을 흘렸다. 젊은 부인이 장신구 전부와 가지고 있던 돈을 꺼내 들었다. 그녀는 그것들과 아버지의 훌륭한 검을 상성에게 건넸다. 상성은 마지못해 그 모든 것을 받겠다고 말했다. 그는 내력을 알지 못하는 오래된 반지를 손가락에서 뺐다.

"이 기념물을 받아요." 그가 젊은 아내에게 말했다.

"이것은 내 사랑의 확실한 징표예요. 내가 살아 있는 한 그대만을 생각할 거예요. 그러니 곧 당신을 찾으러 다시 올 수 있기를 바랍니다. 나는 수도로 갈 거예요. 그리고 돌아오는 길에 당신을 만나러 들를 겁니다. 잘 있어요."

Il s'éloigna tristement, tandis que la jeune femme, le suivant des yeux, versait des larmes abondantes.

Elle le vit s'engager dans un bois :

- Que ne puis-je incendier cette forêt, s'écriat-elle. San-Syeng avait à contourner une montagne.

- Je voudrais que ces montagnes fussent précipitées dans la mer, se disait la malheureuse. Au moins pourrais-je encore voir mon époux.

그는 슬퍼하며 떠났고, 젊은 부인은 눈물로 온통 젖은 눈으로 그를 뒤따랐다. 그녀는 그가 숲 속으로 들어가는 것을 지켜보았다.

"저 숲을 불태울 수 있다면 좋으련만!" 그녀가 소리쳤다.

상성은 산을 넘어야 했다.

"저 산들이 바다 속으로 꺼져버렸으면." 불행한 여인이 혼잣말했다.

"그렇다면 적어도 내 남편을 계속 볼 수 있을 텐데."

Longtemps elle resta à la même place, en proie à la plus profonde douleur. A la fin, elle se décida à regagner sa chambre, suivant toujours en esprit San-Syeng qui galopait vers la capitale. Il y arriva au moment même où une grande effervescence régnait dans la population, à la suite de la mort du roi et de l'exil du jeune prince dans l'île de Tchio-To ; événements dont il sera parlé dans le chapitre suivant.

오랫동안 그녀는 같은 자리에 머물러 가장 큰 고통에 사로잡혀 있었다. 마침내 그녀는 자기 방으로 돌아가기로 결심했다. 머릿속으로는 말을 타고 수도로 향한 상성을 뒤따르면서 말이다. 같은 시기에 엄청난 혼란이 백성들을 점령했다. 왕의 서거에 이어 젊은 왕이 초도로 유배를 간 것이다. 이 사건들 이야기는 다음 장에서 펼쳐질 것이다.[30]

---

30 이 대목은 마치 고전소설의 장회체(章回體)의 형식을 따라 다음 회에 일어날 일을 예고하는 방식으로 끝맺고 있다. 홍종우가 총 10개의 장으로 나누고 있는 장회체 방식을, 테일러는 보다 명확하게 인지하면서 영어로 재번역한 바 있다.

V

C'était le premier ministre, Ja-Jyo-Mi, qui avait été la cause première de tous les malheurs arrivés à Sùn-Hyen et à San-Houmi. Ce personnage n'ayant plus personne à redouter jouissait maintenant d'un pouvoir absolu. Le roi avait en lui la confiance la plus entière, et se reposait sur lui de tous les soins du gouvernement. Ja-Jyo-Mi en avait profité pour donner toutes les fonctions importantes à ses créatures. C'est ainsi qu'il se débarrassa d'un général qui lui était hostile et le remplaça par un de ses plus dévoués partisans. Tant de puissance ne satisfaisait pas encore l'ambitieux ministre. Pourquoi n'irait-il pas jusqu'au bout, et ne s'asseoirait-il pas sur le trône? Pour le moment ce c'était qu'un rêve, mais Ja-Jyo-Mi espérait bien le réaliser un jour. Il attendait une occasion favorable. Celle-ci ne tarda pas à se présenter.

순현과 상훈이에게 닥친 이 모든 불행의 첫째 원인은 재상 자조미 였다. 이 자가 이제 절대 권력을 휘두를 거라는 것을 의심하는 이는 없었다. 왕은 그를 절대적으로 신뢰했고, 그에게 국정운영에 관한 전권을 주었다. 자조미는 그것을 이용해, 주요 직책 전부를 자신의 심복들에게 주었다. 그렇게 그는 자신에게 적대적인 장군 하나를 쫓 아내고 그 자리에 자신의 충성스런 심복 중 한 명을 앉혔다. 그러한 권력도 그 야심찬 재상을 충족시키지 못했다. 그가 끝까지 가지 못 할 이유가 무엇인가? 그러니까 그가 왕좌에 앉지 못할 이유가 무엇

인가? 그 순간 그것은 꿈에 불과했지만, 자조미는 언젠가 그 꿈을 실
현시키고자 희망했다. 그는 적당한 기회를 기다렸다. 머지않아 그
기회가 찾아왔다.

Le roi tomba subitement malade. Son état était si grave que les
médecins durent avouer leur impuissance à guérir le monarque. Ce
dernier ne se faisait pas d'illusions. Il sentait la mort l'effleurer de
son aile, de son aile faite des larmes de l'humanité.

Quelques instants avant de mourir, il manda le premier ministre,
auquel il parla de la façon suivante :

- Je vais mourir. Mon plus grand regret est de laisser un fils trop
jeune encore pour bien gouverner le pays. Les factieux vont profiter
de la situation pour troubler le royaume. Et pourtant je veux que mon
fils me succède sur le trône. Aussi j'attends de vous une dernière
preuve de dévouement. Promettez-moi de faire profiter cet enfant de
vos conseils ; apprenez-lui à gouverner en suivant le bon chemin ;
achevez son éducation.>

왕이 갑자기 병석에 누웠다. 그의 상태가 너무 심각해서 의원들은
군주를 치유할 수 없음을 실토할 수밖에 없었다. 군주는 환상을 품
지 않았다. 그는 죽음이 자기의 날개, 자비의 눈물로 만들어진 날개
를 파닥이는 것을 느꼈다.

죽음이 얼마 남지 않은 시간, 왕이 재상을 불러 다음과 같이 말했다.

"나는 곧 죽을 걸세. 내 가장 큰 걱정은 이 나라를 잘 다스리기에는

아직 너무 어린 아들을 홀로 남겨두는 거야. 반도(反徒)들은 왕궁을
뒤흔들기 위해 이 상황을 이용할 테지. 그러나 나는 내 아들이 나의
왕좌를 계승하길 원해. 그래서 나는 그대에게 충성의 마지막 증거를
기대하네. 약속해 주시게. 내 아이에게 조언을 아끼지 않겠다고. 그
가 옳은 길을 따라 나라를 다스릴 수 있도록 가르쳐주게. 그의 훈육
을 책임져주게."

Ja-Jyo-Mi jura solennellement qu'il observerait de point en point
les dernières recommandations de son maître. Le moribond désirant
voir son fils, ce dernier accourut. Le monarque serra tendrement
l'enfant dans ses bras ; il semblait vouloir par lui se rattacher à la vie
qui l'abandonnait. Mais l'heur fatale était arrivée. Le roi exhala son
dernier soupor en un sanglot. Son fils, écrasé par la douleur, poussait
des cris désespérés : <Oh! mon père, mon seul soutien, pourquoi
m'abandonnes-tu? Pourquoi me quitter?> A la fin il s'évanouit.

자조미는 자기 주군의 마지막 명령을 빠짐 없이 따를 것을 엄숙히
맹세했다. 위독한 왕이 아들을 보기 원했고, 아들이 달려왔다. 군주
는 자기 아이를 두 팔로 부드럽게 안았다. 자신을 떠나는 삶에 아들
을 통해 다시 붙들려지기를 원하는 듯 보였다. 하지만 운명의 시간
은 도달했다. 왕은 흐느낌 속에서 마지막 숨을 내뱉었다. 왕의 아들
은 고통으로 으스러져 절망적인 외침을 내뱉었다.

"오! 아버지! 내 유일한 버팀목, 왜 나를 버리시나요? 어찌하여 나
를 떠나십니까?"

결국 왕은 스러졌다.

Le premier ministre qui avait assisté à cette scène, chercha à prodiguer au jeune prince d'hypocrites consolations. Ses paroles étaient loinde concorder avec ses pensées. La mort du roi le remplissait de joie, car elle rendait plus facile l'exécution du projet qu'il méditait depuis si lngtemps.

Quand toutes les cérémonies des funérailles eurent été terminées, les gouverneurs des différentes provinces se réunirent. Il s'agissait de désigner le nouveau roi. Les gouverneurs portèrent leur choix sur le fils du roi défunt. Cette décision exaspéra Ja-Jo-Mi. Il protesta hautement, disant que le prince était trop jeune pour s'occuper des affaires du pays. Il fit un tableau effrayant de ce que serait le gouvernement en de pareilles mains, puis ajouta :

- D'ailleurs, le roi mourant m'a désigné pour gouverner jusqu'au moment où son fils sera cepable de remplacer.

재상은 이 장면을 지켜보았고, 애써 어린 왕자에게 거짓 위로를 아낌없이 해주었다. 그가 한 말들은 그의 생각과 전혀 일치하지 않았다. 왕의 죽음은 그를 기쁨으로 가득 채웠다. 왕의 죽음은 그가 아주 오래 전부터 숙고 해온 계획을 가장 쉽게 실행할 수 있도록 해 주기 때문이다.

장례식이 모두 끝나자 각 지방의 대신들이 모두 모였다. 새 왕을 임명하기 위한 자리였다. 대신들은 작고한 왕의 아들을 왕으로 세우기로 했다. 이러한 결정은 자조미를 화나게 했다. 그는 왕자가 국정에 전념하기엔 너무 어리다고 소리높여 항의했다. 그리고 다음의 말을 덧붙였다.

"게다가, 왕은 서거하시면서 아드님이 커서 왕을 대신할 수 있을 때까지 국정운영을 위해 나를 지목하셨습니다."

Le premier ministre attendait un grand effet de cette communication. Les gouverneurs se contentèrent d'échanger entre eux des regards d'intelligence, et ne soufflèrent mot.

Cet accueil glacial ne pouvait laisser à Ja-Jo-Mi le moindre doute au sujet des dispositions des gouverneurs à son égard. Renonçant à la persuation, il résulut d'employer la force. Il fit venir le général dont le concours lui était assuré, et lui dit :

- Vous jeterez en prison tout gouverneur qui me sera hostile.> Le général, s'inclina en signe d'obéissance et de respect. Quoique très effrayés, les gouverneurs ne cédèrent pas à cette nouvelle intimidation. Alors Ja-Jo-Mi condamna plusieurs d'entre eux, et des plus influents, au banissement. Personne ne pouvait s'opposer à l'exécution de ses ordres.

재상은 이 이야기의 크나큰 결과를 기다렸다. 대신들은 그들끼리 영리한 눈빛을 주고받으며 아무 말도 내뱉지 않았다. 이 같은 냉랭한 태도를 보며 자조미는 대신들의 의향을 의심할 수가 없었다. 그들을 설득하는 데 실패한 그는 군대를 이용하기로 결심했다. 그는 자신에게 협력할 것이 분명한 장군을 불러 다음과 같이 말했다.

"나에게 반대하는 대신들은 모두 감옥에 쳐 넣으시오."

장군은 존경과 복종의 의미로 몸을 숙였다. 그것이 얼마나 무서운 일이었든지 간에, 대신들은 이 새로운 협박에 굴복하지 않았다. 그러자 자조미는 그들의 대부분을 감옥에 집어넣고, 가장 영향력 있는 자들은 추방했다. 이제 그 누구도 그의 명령에 불복하지 않았다.

Ayant ainsi dompté l'opposition des gouverneurs, Ja-Jo-Mi s'en fut trouver le jeune roi.

- Prince tout puissant, dit-il en s'inclinant respectueusement, pardonnez-moi si j'ose troubler votre douleur. Le bien du peuple exige que je vienne vous entretenir de certaines choses dont je n'eusse pas sans cela voulu vous parler dès maintenant.

- Parle, dit le jeune roi.

- Vous n'ignorez pas que, d'après les règles établies par le grand philosophe Kong-Tji, nul ne peut régner avant d'avoir atteint un certain âge. Or, malgré votre haute intelligence et vos remarquables aptitudes, vous êtes encore trop jeune pour gouverner seul. Votre père, mon regretté maître, m'a prié, en mourant, de m'occuper des intérêts de l'Etat, en attendant que vous fussiez en mesure de la faire vous-même. C'est avec regret que je vous rappelle cette volonté dernière du roi défunt, car je ravive votre douleur. Mais j'espère que vous vous conformerez aux désirs de votre père et aux conseils de la philosophie.

이렇듯 대신들의 반대를 누르고, 자조미는 젊은 왕을 찾아갔다.

"전능하신 군주시여, 존경의 의미로 몸을 숙이며 그가 말했다, 감히 고통을 상기시켜드려 송구합니다, 백성의 행복은 제가 군주님께 지금부터 드릴 말씀을 막지 못하게 합니다."

"말하시오." 젊은 왕이 말했다.

"가장 위대한 철학자 공자의 말에 따르면 적당한 나이에 이르지 않은 자는 통치를 할 수가 없다는 걸 모르시지는 않을 겁니다. 그러니, 뛰어난 지혜와 놀라운 능력에도 불구하고 군주께서는 홀로 이 나라를 다스리기에는 아직 너무 어리신 듯합니다. 돌아가신 저의 주군이자 선왕께서도 돌아가시면서 저에게 군주께서 스스로 과업을 담당하실 수 있을 때까지 저에게 국정을 보라고 말씀하셨습니다. 이것이 군주께 다시 고통을 상기시킬 것을 알기에, 선왕의 마지막 유지를 말씀드리면서도 참으로 죄송스럽습니다. 하지만 저는 군주께서 선왕의 바람과 현자의 조언을 따르시기를 바랍니다."

Ja-Jo-Mi avait espéré convaincre le jeune prince en employant de pareils arguments. Grand fut donc son étonnement quand le nouveau roi lui répondit :

- Vous interprêtez à votre guise et dans votre intérêt les dernières paroles de mon cher père. Il vous a prié de me guider, de me consiller; mais non pas de me remplacer à la tête de l'Etat. Sachez que j'ai l'intention de gouverner par moi-même. Je n'ai rien à ajouter.

C'était un congé en bonne forme. Ja-Jp-Mi, feignant de se rendre aux ordres de son souverain dit, en se retirant à reculons : <Sire, il

sera fait ainsi que vous l'ordonnez.>

Ainsi l'ambitieux ministre avait rencontré dans l'énergie du jeune roi un obstacle à l'exécution de son projet. Cependant il ne se découragea pas. Puisque le prince ne voulait pas lui céder la place de bon gré, il l'usurperait par la force. Rien n'était plus facile. Tous les fonctionnaires de la capitale étaient dévoués à Ja-Jo-Mi, car c'était de lui qu'ils tenaient leurs places. Le peuple n'était pas à redouter ; car il manquait de chefs. Un beau jour, le roi se vit arrêté et transporté à Tchyo-To. Le premier ministre avait ordonné que le prisonnier fut jour et nuit gardé à vue par les troupes. Et de fait, le prince déchu était l'objet de la surveillance la plus étroite.

Ja-Jo-Mi était pour le moment maître de terrain. Il espérait être bientôt complètement débarrassé du roi légitime, et finir tranquillement ses jours sur le trône qu'il avait traitreusement usurpé.

자조미는 이 같은 이야기를 하며 젊은 군주를 설득하려 했다. 너무나 놀랍게도 새로운 왕은 다음과 같이 그에게 대답했다.

"그대는 내 아버지의 마지막 유언을 그대의 방법과 이득에 따라 해석하는군. 선왕께서는 그대에게 나를 보좌하고 조언하라 하셨지 내 대신 이 나라의 수장이 되라고는 하지 않으셨소. 나는 내 스스로 이 나라를 다스릴 것이오. 그리 아시오. 더 이상 할 말 없소."

점잖은 어조로 물러나라는 것이었다. 왕의 명령을 받드는 척하면서 자조미는 뒷걸음으로 물러나며 말했다.

"전하, 분부하신 대로 따르겠습니다."

이렇게 재상의 야망은 젊은 왕의 열정으로 인해 그 계획 실행에서 장애에 부딪혔다. 그러나 그는 의기소침해하지 않았다. 군주가 흔쾌히 양보하려 들지 않았기 때문에, 그는 무력으로 왕위를 찬탈할 셈이었다. 모든 일이 너무 순조로웠다. 수도의 모든 관리들은 그들의 자리가 자조미에게 달려있었기에 그에게 충성했다. 백성은 수장이 없었던 까닭에 의심하지 않았다. 어느 좋은 날, 왕은 체포되었고 초도[31]로 옮겨졌다. 재상은 군인들을 시켜 그 죄수를 밤낮 감시하게 했다. 실제로, 절망에 빠진 군주는 가장 삼엄한 감시의 대상이 되었다.

이제 자조미는 나라의 주인이 되었다. 그는 적법한 왕을 곧 완전히 제거해 버리고, 자신이 부당하게 찬탈한 왕좌에서 자신의 나날을 조용하게 보내기를 원했다.

Ces évènements avaient jeté un trouble profond dans toute la Corée. Le peuple murmurait, mais sans oser manifester trop ouvertement son mécontentement. La conduite du premier ministre était l'objet de toutes les conversations. Dans les rues, il se formait des rassemblements où l'on discutait avec animation. Un jour que San-Syeng se promenait, il vit un de ces attroupements. Il s'empressa de rentrer à son hôtel et dit à Hang-tjoun (son propriétaire) qui avait autrefois accupé une position importante dans l'arme : Qu'est-il arrivé? J'ai vu les habitants de cette ville, généralement très calmes, en proie à une surexcitation

---

31 초도(Tchyo-To): 전남 여수 앞에 초도(草島)라는 섬이 있는데, 거길 가리키는 지는 자세하지 않다. 다만 사건이 전개되는 정황을 보면, 남해 부근 어느 섬인 것은 맞는 것으로 추정된다.

extraordinaire. Quelle en est la cause?

- Comment, vous ne savez rien? répondit Hang-tjoun. On dit que le premier ministre, qui souissait d'une réputation détestable, vient de mettre le comble à son infamie en exilant le fils du roi défunt. Au lieu d'occuper le trône notre jeune prince est en prison.

이 사건은 꼬레 전역에 깊은 파장을 던졌다. 백성은 수군거렸지만, 감히 불만을 아주 대놓고 표현하지는 못했다. 재상의 행보는 모든 대화의 주제였다. 길에서 열띤 토론을 하는 무리들이 생겼다.

어느 날 상성이 산책을 하다가, 이러한 군중 한 무리를 보았다. 서둘러 숙소로 돌아와 예전에 군 요직에 있었던 숙소 주인 항준에게 말했다.

"무슨 일이 일어난 겁니까? 이 마을 주민들은 대개 아주 조용하잖아요. 그런데 과도하게 흥분한 모습이었어요. 이유가 뭐지요?"

"이런, 아무것도 모르는 겁니까?" 항준이 답했다.

"사람들이 이야기하기를, 평판이 아주 고약한 재상이 선왕의 아들을 추방하면서 그 악행이 극에 달했답니다. 우리의 어린 군주는 왕좌에 앉는 대신 감옥에 있고요."

San-Syeng fut consterné. N'écoutant que son noble cœurs, il résolut de venir par un moyen ou un autre au secours de l'infortuné jeune roi.

Un rêve qu'il eut cette nuit là ne fit que le confirmer dans sa résolution. Il se vit abordé, en songe, par une personne qu'il avait déjà rencontrée au cours de son voyage et qui lui demanda son nom.

- Je m'appelle San-Syeng.

- Eh bien, j'appartiens à la même famille que vous ; je me nomme San-Houni ; j'ai été exilé de la capitale par Ja-Jp-Mi. Je devais me rendre à l'île de Ko-Koum-To, mais j'ai été assassiné en route par le voluer Sù-Roung. Ecoutez, j'ai quelque chose à vous demander. En ce moment, le fils du roi défunt est en exil à Tchyo-To. Il est, lui aussi, une victime de Ja-Jo-Mi. Allez à son secours.

상성은 아연실색했다. 그의 마음은 고귀하였으므로, 이야기를 듣고, 불행한 그 젊은 왕을 도울 이런저런 방도를 찾기로 결심했다.

그날 밤, 그가 꾼 꿈은 그의 결심을 확고하게 했다. 꿈속에서 그는 여행 중에 이미 만난 적이 있는 한 사람을 보았고,[32] 그가 자신에게 이름을 물었다.

"제 이름은 상성입니다."

"좋아, 나는 자네와 같은 가문 사람일세. 내 이름은 상훈이고. 나는 자조미에 의해 수도에서 추방당했지. 나는 고금도라는 섬으로 유배가야 했지만, 가는 길에 수황이라는 도둑에 의해 살해당했다네. 들어보게, 자네에게 몇 가지 부탁할 것이 있네. 지금 선왕의 아들이 초도에 유배되어 있어. 그 역시 자조미의 희생양이지. 가서 그를 도와주게나."

---

32 상훈이는 상성이 태어나기 전에 水賊 수황에 의해 죽었다. 때문에 서로 만날 수 없는 관계이다. 그런데도 여행길에서 본 적이 있다는 말을 하고 있으니, 이는 착오로 보인다.

San-Syeng répondit à son interlocuteur qu'il était tout à fait disposé à seconder le jeune roi.

- Ne pourriez-vous pas, demanda-t-il ensuite, me donner quelques renseignements au sujet de ma famille?

- Il m'est impossible de satisfaire votre désir pour le moment, lui fut-il répondu. Là-dessus, San-Syeng se réveilla. Il se rappelait son rêve dans ses moindres détails.

Quel était donc ce mystère qui planait sur Sù-Roung? San-Syeng avait entendu traiter de voleur celui qu'il avait considéré comme son père, et maintenant on le lui représentait comme un assassin! Tout cela donnait beaucoup à réfléchir au jeune homme. Cependant, le plus pressé pour le moment était d'aller au secours du jeune roi exilé. San-Syeng se mit immédiatement en route pour Tchyo-To.

상성은 그에게 젊은 왕을 구할 결심을 완전히 굳혔다고 대답했다. 그리고는 물었다.

"내 가족에 대해 더 이야기 해주실 수 없나요?"

"지금으로선 대답해 줄 수가 없네."[33] 그가 답했다.

그리고 상성은 잠에서 깼다. 그는 꿈의 내용을 곰곰히 되짚었다.

수황 주위를 떠도는 이 의혹은 도대체 무엇이란 말인가? 상성은 자기 아버지가 도둑이라는 이야기를 들었었다. 그리고 이제는 그가

---

33 상성의 꿈에 나타난 상훈이는 자신이 부친이라는 사실을 숨긴 채, 미래의 일을 지시하는 역할만 하고 있다. 여기서는 자신이 수황에게 죽었다는 점만 밝혔다. 상생이 잃어버린 자신의 부모를 찾아가는 탐색의 여정을 흥미진진하게 만들기 위한 소설적 장치로 이런 설정을 택한 것으로 보인다.

암살자라고까지 말하는 것이다! 이 모든 것에 대해 그 젊은이는 많은 생각을 해야 했다. 하지만 지금 가장 시급한 일은 추방된 젊은 왕을 구하러 가는 것이었다. 상성은 즉시 초도를 향해 길을 떠났다.

C'était une île d'un abord assez facile. Mais, sur les ordres de Ja-Jo-Mi. personne ne pouvait débarquer sans une autorisation du premier ministre. San-Syeng tenta vainement de tromper la surveillance des soldats placés en faction. Il dut bien s-avouer que, pour le moment, il lui était impossible de pénétrer dans l'île. Sans se décourager, il résolut d'attendre, qu'une circonstance favorable lui permit de mettre son projet à exécution.

섬으로 가는 것은 아주 쉬웠다. 하지만 자조미의 명에 따라 아무도 재상의 허가 없이는 섬에 정박할 수 없었다. 상성은 보초를 서고 있는 군인들의 감시를 피해보려 했지만 허사였다. 지금으로선 섬에 침투할 수 없음을 알았다. 하지만 용기를 잃지 않고, 그는 자신의 계획을 실행할 좋은 기회가 오기를 기다리기로 했다.

VI

Revenons sur nos pas. Le lecteur se souvient comment l'admirable Tcheng-Y, fille de l'infortuné Sùn-Hyen, avait consenti, pour prosurer quelques ressources à son père, à être la victime que des marchands coréens devaient offrir à la mer jaune.

우리의 발걸음을 돌리자.[34] 독자는 불운했던 순현의 딸, 사랑스러운 청이가 아버지에게 먹고 살 것을 마련해주기 위해 어떻게 꼬레 상인들의 희생물이 되어 황해에 바쳐져야 했는지 기억할 것이다.

Quand le bateau qui emportait la jeune fille eut gagné le larfe, les marchands, après s'être préparés à la prière, firent venir Tcheng-Y.
- Le moment du sacrifice est venu, lui dirent-ils. Auparavant, retirez-vous un instant. Purifiez votre corps, revêtez-vous de vos plus beaux habits. Nous vous attendrons ici.
Tcheng-Y se conforma ponctuellement à cet ordre. Bientôt elle reparut sur le point. Fraîche comme une rose, on eut dit qu'elle e'sn allait à l'hymen, et non pas à la mort.

그 어린 소녀를 실은 배가 먼 바다로 나가자, 상인들이 기도 준비를 마치고 청이를 오게 했다.
"희생의 순간이 왔소." 그들이 소녀에게 말했다.
"그 전에 먼저 옷을 벗으시오. 몸을 정갈하게 하고, 가장 좋은 옷으로 갈아입으시오. 우리는 여기서 기다리겠소."
청이는 그 주문을 고분고분 따랐다. 곧 그녀가 갑판에 다시 나타났다. 한 송이 장미처럼 청초하여, 그녀는 마치 새 신부 같았지만 사실 그녀가 마주할 것은 죽음이었다.

---

34 홍종우가 『심청전』을 영웅군담소설과 결합하여 완전히 다른 스토리 라인을 서술한 뒤, 다시 심청의 이야기로 돌아오는 대목이다.

Les marchands avaient dressé une grande table au milieu de pont. C'était la table du sacrifice, tendue de blanc. Au milieu un brûle-parfums laissait s'échapper les volutes bleues de la myrrhe ; à chaque extrémité de la table brûlait un cierge, dont la brise faisait vaciller la flamme.

La jeune fille fut placée entre les deux cierges, en face du brûle-parfums. Les marchands s'agenouillèrent et se mirent à prier. Tcheng-Y aussi élevait son âme au ciel. Non pas qu'elle regrettât pour elle-même de quitter la vie. Sa dernière pensée était pour son père qu'elle laissait seul sur terre.

상인들이 갑판 한 가운데에 커다란 상을 놓았다. 그것은 하얀 제단이었다. 가운데에는 향로가 몰약의 파란색 소용돌이를 피워 올리고 있었고, 제단의 각 귀퉁이에는 촛대 하나가 세워져 있어, 바람에 불꽃이 흔들렸다.

소녀는 향로 앞 두 촛대 사이에 자리를 잡았다. 상인들은 무릎을 꿇고 기도를 시작했다. 청이 역시 하늘로 자기 영혼을 띄워 올렸다. 그녀로서는 생을 마감하는 것이 후회스럽지 않았다. 그녀가 마지막으로 생각한 것은 세상에 홀로 남겨두고 온 아버지에 대한 것이었다.

Les prières terminées, la jeune fille, sans manifester la moindre émotion, se jeta résolument à la mer. Tandis que le bateau s'éloignait, Tcheng-Y. qui s'attendait à mourir en quelques secondes, s'apeçut avec stupéfaction qu'elle restait à la surface de l'eau. Dans sa chûte, elle avait rencontré un obstacle, et cet obstacle n'était autre chose qu'une gigantesque tortue de mer. L'animal continua à nager, sans paraître incommodé par ce fardeau imprévu. La jeune fille saisit cette chance inespérée de salut. Elle se laissait emporter par la tortue et éprouvait un tel sentiment de béatitude que bientôt elle s'endormit. Elle fit un rêve. Sa mère lui apparut, transportée là par un nuage. Elle lui dit : - Ma chère fille, sois sans crainte. Ecoute ce que je vais te dire, et surtout, suis bien mes conseils. Ne quitte pas la tortue qui t'a sauvé la vie avant qu'elle t'ait déposée sur un visage. Sur ces mots l'apparition s'évanouit.

기도가 끝나고, 소녀는 어떤 감정도 내비치지 않은 채 과감히 물 속으로 뛰어들었다. 배가 멀어졌고, 잠시 동안 죽기를 기다리던 청이는 자신이 물 표면에 머물러 있다는 것을 발견하고는 경악했다. 추락하면서 그녀는 어떤 장애물과 부딪쳤고, 그 장애물이 거대한 바다거북에 다름 아니었던 것이다. 그 동물은 계속 헤엄쳤고, 뜻밖의 상황에도 별로 신경 쓰는 것처럼 보이지 않았다. 소녀는 기대하지 않았던 구원의 기회를 잡은 것이다. 그녀는 거북에게 몸을 싣고는 어떤 황홀감을 느꼈고 곧 잠들었다.[35]

그녀는 꿈을 꾸었다. 어머니가 구름을 타고 그녀에게 나타났다. 어머니가 청이에게 말했다.

---

35 심청이 거북이의 등에 실려 죽지 않고서 왕비가 된다는 현실적인 내용으로 바꿔놓고 있다. 인당수에 몸을 던진 심청이 용궁에 들어갔다가 환생한다는 비현실적인 이야기를 합리적으로 개작한 대목이다.

"딸아, 두려워 말거라. 내가 하는 말을 잘 들어라. 특히 내 조언을
잘 따라라. 너의 목숨을 구해준 거북이를 떠나선 안 된다. 거북이가
얼굴 위로 너를 내려놓기 전에는 말이다."

이 말을 끝으로 어머니의 환영이 사라졌다.[36]

A son réveil, Tcheng-Y, en promenant ses regards de tous côtés,
aperçut une île. Voilà sans doute ma demeure, se dit-elle. Mon rêve
commence déjà à se réaliser. Suivons bien les indications que m'a
données ma chère mère.

Cependant, la tortue, arrivée près du rivage, s'engagea dans un
long souterrain et ne cessa de nager qu'au bout de quelques heures.
La naïve Tcheng-Y, sautant alors à terre, ne put s'empêcher de dire :
- Merci, tortue, mon sauveur. Tandis que l'animal regagnait la mer, le
jeune fille essaya de se rendre compte de la situation dans laquelle
elle se trouvait. Au milieu de cette obscurité profonde, elle fut,
malgré dlle, saisie d'une grande peur. Hélas! disait-elle, malheureuse
que je suis. J'ai échappé à la mort, mais pour un instant seulement.
Comment sortir de ce souterrain. Tout à coup, elle fut comme éblouie
par un rayon de soleil qui fusait à travers la voûte. Elle se dirigea de
ce côté et aperçut, éclairée par ce rayon lumineux, deux jolies
bouteilles. En évidence, une lettre à l'adresse méme de Tcheng-Y. La
jeune fille avait un peu detemps eu tellement d'aventures que cette

---

36 『심청전』에서는 용궁에서 죽은 어머니를 상봉하는 것으로 되어 있다. 홍종우는
용궁을 삭제함으로써 모녀상봉의 대목을 꿈으로 처리하고 있다.

étrange coïncidence ne l'étonna pas outre mesure. Elle marchait
d'émerveillement en émerveillement.

꿈에서 깬 청이는 주변을 살펴보다 섬 하나를 발견했다.

'아, 저곳이 아마도 내가 머물 곳이로구나, 그녀가 혼잣말을 했다,
내 꿈이 이미 현실로 이루어지기 시작하네. 어머니께서 해주신 말씀
대로 잘 따르자.'

그런데 거북이가 강가에 도착하여서는 지하로 깊이 들어갔고, 몇
시간동안 계속 헤엄을 쳤다. 천진한 청이는 그때 땅위에 폴짝 뛰어
내려서서 서둘러 말할 수밖에 없었다.

"고마워, 거북아. 내 생명의 은인."

거북이가 바다로 다시 돌아가는 동안, 소녀는 지금 그녀가 처한
상황을 이해하려 애썼다. 이 깊은 어둠 속에서 그녀는 자기도 모르
게 커다란 공포에 휩싸였다. 그녀가 말했다.

"맙소사! 그녀가 말했다, 나는 얼마나 불행한가. 죽음에서 도망쳤
지만 단지 잠시 뿐이야. 어떻게 이 지하에서 빠져나가지?"

갑자기 그녀는 둥근 천장으로 들어오는 햇살에 눈이 부셨다. 그녀
는 그 쪽으로 돌진했고, 그 광선에 빛나는 두 개의 예쁜 병을 발견했
다. 틀림없이 청이 자신에게 보내는 편지도 있었다. 소녀는 창졸간
에 말도 안 되게 놀라운 이 이상한 우연이라는 모험에 빠진 것이다.
그녀는 경탄하며 걸음을 옮겼다.

Rompant le cachet de la lettre, elle lut ce qui suit : Buvez le
contenu de ces deux flacons. Grâce à l'un vous ne sentirez plus la

fatigue causée par un si long voyage. L'autre éclaircira vos idées que vos aventures, en apparence étrange, ont sans doute troublées.

Tcheng-Y but les breuvages qu'elle avait devant elle. Aussitôt elle sentit la vigueur renaître dans son corps. Une lucidité parfaite se fit dans son esprit. Elle grimpa le long des parois de la voûte par où pénétrait le soleil. Quand elle se vit arrêtée, elle écarta de ses mains la terre qui lui faisait obstacle. Bientôt elle eut pratiqué une ouverture. La jeune fille, se hissant à travers cet orifice, se trouva dans le tronc creux d'un arbre gigantesque dont les racines plongeaient jusqu'au fond du souterrain.

편지의 봉인을 뜯고서 그녀는 다음의 글을 읽었다.

"이 두 개의 작은 병 안에 든 것을 마시세요. 하나는 오랜 여행으로 피곤해진 당신의 피로를 풀어줄 거예요. 다른 하나는 이상해 보이고 아마도 혼란스러운 당신의 모험에 대한 당신의 생각을 밝혀줄 거예요."

청이는 앞에 놓인 두 병의 음료를 마셨다. 그러자 곧 몸속에서 기운이 솟아 나는 것을 느꼈다. 머릿속에는 완전한 명석함이 자리 잡았다. 그녀는 태양을 향해 뚫려있는 둥근 천장을 향해 암벽을 기어올랐다. 막다른 길에 도달했음을 알았을 때, 그녀는 장애물이었던 땅을 손으로 벌렸다. 곧 입구가 만들어졌다. 소녀는 그 구멍을 가로질러 기어올랐고, 땅밑 바닥까지 뻗어 있는 뿌리를 가진 거대한 나무의 텅빈 줄기 속에 있게 되었다.

Teheng-Y se laissait inonder avec délices par la lumière éclatante du jour.Elle se voyait trans-portée dans un jardin enchanteur. Ce n'étaient qu'arbres à la luxuriante verdure, que fleurs épanouies caressées par l'haleine tiéde des papillons et des oiseaux mouches. L'air était embaumé d'enivrantes senteurs. Un grand mur servait de clôture à ce splendide jardin. Au centre, s'élevait une jolie maison, s'harmonisant délicieusement avec le reste.

Après quelques minutes de repos, la jeune fille, sauta d'un pied leste par dessus les ronces qui embarrassaient le tronc de l'arbre dans lequel elle se trouvait. Puis, elle se mit à marcher au hasard.

청이는 대낮의 눈부신 빛으로 인해 황홀함에 빠져있었다. 그녀는 매혹적인 정원으로 옮겨져 있었다. 그곳에는 작은 새와 나비의 숨결로 부드럽게 피어있는 꽃들과 울창한 초록의 나무들만이 있었다. 공기는 향기로워서 감각을 취하게 했다. 거대한 벽이 울타리가 되어 이 놀라운 정원을 둘러싸고 있었다. 중앙에는 예쁜 집이 솟아 있어, 주위와 감미롭게 조화를 이루고 있었다.

잠시 휴식을 취한 뒤, 소녀는 자기가 있던 나무 줄기를 둘러싸고 있는 나무딸기 밑으로 재빨리 나왔다. 그리고는 발길 닿는 대로 걷기 시작했다.[37]

Or, cette jolie maison, ce jardin féerique, servaient de résidence et

---

37 홍종우는 용궁 대신 별세계와 같은 공간을 설정한 뒤, 그곳을 새로운 왕 기씨가 유배되어 있는 장소로 그려놓고 있다. 『심청전』에서의 비현실성을 제거하는 한편 왕과 심청과의 만남을 자연스럽고도 현실적으로 만들기 위한 변개였던 것이다.

de lieu de promenade au jeune roi que le premier ministre, Ja-Jo-Mi, avait de sa propre autorité exilé, comme nous l'avons vu plus haut. Il y avait déjà plusieurs mois que cette captivité durait. Le jeune prince, en proie à la plus profonde douleur, ne pouvait détacher sa pensée du souvenir de ses parents. Sans cesse, il songeait à son père, à sa mère, qui tous deux l'avaient entouré d'une si tendre affection. Quelquefois il envisageait l'avenir. Il ne voyait d'autre issue à la situation dans laquelle il se trouvait, que la mort.

Pourquoi tiendrait-il à la vie? Cette solitude éternelle n'était elle pas le plus cruel des supplices? Oui, il valait mieux mourir de suite, pensait le jeune prince, si triste qu'à son approche les oiseaux cessaient de chanter.

사실, 이 예쁜 집과 환상적인 정원은 우리가 앞에서 보았던 젊은 왕, 즉 재상 자조미가 자기 권력을 이용해 유배를 보낸 젊은 왕의 거주지이자 산책지로 사용되는 곳이었다. 그가 그곳에 갇힌 지도 벌써 여러 달이 되었다. 가장 큰 고통에 사로잡힌 그 젊은 군주는 부모님의 추억에서 벗어날 수가 없었다. 끊임없이 그는 너무나 따뜻한 애정으로 자신을 감쌌던 아버지와 어머니를 생각했다. 때때로 미래를 그려보아도, 그는 자신이 처해있는 상황에서 죽음 외에 다른 출구를 볼 수 없었다.

'왜 살아야 하나? 이 끝없는 외로움이야 말로 가장 잔인한 형벌 아닌가? 그래, 죽는 게 더 낫겠다,' 젊은 군주는 생각했다.

그의 슬픔이 너무 커서 그가 다가가면 새들도 노래를 그쳤다.

Ce jour là, il était fermement résolu de mettre à exécution son lugubre dessein. Tous les préparatifs étaient faits. Une corde solidement fixée à une branche d'arbre d'un côté, passée autour du cou du jeune prince à l'autre extrémité, tel devait être l'instrument de délivrance. La malheureuse victime de Ja-Jo-Mi fait ses dernières prières. Dans quelques minutes son corps se balancera dans l'espace ⋯⋯ Mais lejeune prince hésite⋯⋯

Il vient d'apercevoir, à quelques pas de lui, une jeune fille qui, semblable à une blanche apparition, se promène dans les allées ombreuses du jardin.

- Quelle est cette jeune fille? se demande le prince. Ne suis-je donc pas seul ici? Je veux éclaircir ce mystère.

Il renonce à l'idée de mourir ; sa tristesse se dissipe. La vue seule de la jeune fille opère cet effet. Il détache la corde qui lui serrait le cou, et se met en mesure de rejoindre la charmante apparition. Peine perdue! La jeune fille, tournant autour d'un arbre, disparait tout à coup comme par en chantement.

바로 그날, 그는 자신의 비통한 계획을 실행에 옮기기로 했다. 모든 준비가 끝났다. 단단한 줄의 한쪽 끝은 나무 가지에 고정되고, 다른 끝은 그 젊은 군주의 목에 둘러져, 그것은 그렇게 해방의 도구가 되게 되어 있었다. 자조미의 그 불행한 희생자는 마지막 기도를 했다. 몇 분 안에 그의 몸은 공중에 흔들릴 것이다… 그런데 그 젊은 군주가 머뭇거린다…

137

그와 몇 발짝 떨어진 곳에서 투명한 환영인 것 같은 한 소녀가 정원의 그늘진 작은 길로 지나가는 것을 본 것이다.

"저 소녀는 무엇일까." 군주가 자문한다.

"그렇다면 내가 이곳에 혼자 있는 것이 아닌가? 이 수수께끼를 풀고 싶군."

그는 죽겠다는 생각을 포기한다, 그러자 슬픔이 사라진다. 그 소녀를 한 번 본 것만으로 이러한 일이 일어난 것이다. 그는 목을 감고 있던 줄을 풀고 그 매혹적인 환영을 다시 보기로 한다. 이런 놓쳐버렸다! 나무 주위를 돌던 소녀가 한순간 마법처럼 사라져버린 것이다.

Le jeune prince était vivement intrigué. Il se demanda s'il n'avait pas rêvé. Mais non. ses yeux avaient bien vu. Comme la nuit commençait à tomber, le prisonnier rentra dans sa maison. Il chercha le sommeil, mais toute la nuit il fut hanté du souvenir de la jeune fille qu'il avait aperçue dans le jardin.

젊은 군주는 너무나 궁금해졌다. 꿈을 꾼 것은 아닌지 스스로에게 묻기도 했다. 아니다. 그의 눈은 정말로 보았다. 밤이 내려앉기 시작하자, 그 수감자는 집으로 돌아왔다. 그는 잠을 청했지만, 정원에서 본 소녀의 기억에서 밤새 벗어날 수 없었다.

Aussi, le jour à peine venu, le jeune prince s'habilla en toute hâte et se rendit dans le jardin.

Un papillon voletait autour de lui. Il voulut le prendre, mais n'y réussit pas. S'obstinant, le jeune prince se mit à courir après le papillon, le suivant dans ses mille et mille détours. Tout à coup l'insecte disparut, il s'était engagé dans la tronc creux d'un arbre. Le jeune homme avait fort bien suivi ce manège, et certain maintenant de tenir sa proie, il s'avançait la main ouverte. Il s'attendait à voir un papillon, ce fut une jeune fille qu'il aperçut. Telle fut la surprise de l'adolescent qu'il se jeta d'abord en arrière. Mais, réprimant bien vite ce mouvement instinctif, il s'avança vers la jeune fille et lui dit.

-Excusez-moi, Mademoiselle, de vous avoir dérangée dans votre retraite. Cela m'est arrivé tout à fait par hasard. Je poursuivais un papillon qui s'est réfugié dans le tronc creux de cet arbre, et c'est en voulant m'emparer de cet insecte que je vous ai aperçue.

Tcheng-Y avait besoin d'entendre ces paroles pour être rassurée. A la vue du jeune homme elle avait été saisie d'une peur extraordinaire, et son émotion l'empêchait de parler.

그렇게 힘들게 날이 밝았고, 젊은 군주는 황급히 옷을 입고서는 정원으로 갔다. 나비 한 마리가 그의 주위를 날아다녔다. 그걸 잡으려했지만 성공하지 못했다. 굴하지 않고 그는 나비 뒤를 좇아 달리기 시작했고, 수도 없이 뱅글뱅글 도는 나비를 쫓았다. 갑자기 나비가 사라졌고, 그는 나무의 텅 빈 줄기 안에 있게 되었다. 그 젊은이는 이번에야말로 나비를 잡겠다고 확신하며 펼친 손을 뻗었다. 그는 나비를 보기를 기대했지만, 그가 발견한 것은 바로 한 소녀였다. 그 사춘기 소년은 너무 놀라 바로 뒤로 넘어졌다. 하지만 그는 그 본능적인 움직임을 재빨리 잘 억제하고 소녀를 향해 다가가서 말했다.

"죄송합니다, 아가씨. 제가 방해를 했나 봅니다. 이건 순전히 우연입니다. 전 이 나무의 속 빈 줄기 속으로 나비가 도망가기에 따라왔거든요. 나비를 잡으려다가 아가씨를 본 거예요."[38]

청이는 확신을 가지기 위해서 이 이야기들을 들어야 했다. 그 젊은이를 보며 그녀는 기이한 두려움을 느꼈고, 그러한 감정 때문에 말을 하지 못했다.

Le jeune roi reprit :

- Je suis désespéré de vous avoir effrayée.

Remettez-vous, Mademoiselle. Oserai-je vous demander où vous habitez?

- Je n'ai ni parents, ni patrie, Monsieur. En me promenat au bord de la mer, je suis tombée à l'eau. Une tortue me reçut sur son dos et me transporta dans cette ile, où je me trouve depuis plusieurs jours.

- Je suis comme vous orphelin, reprit le jeune roi. Fils du défunt roi de la Corée, je me suis vu, à la mort de mon père, exilé par le premier ministre Ja-Jo-Mi. Nous somme tous deux bien malheureux, Mademoiselle. Mais, vous déplairait-il de venir un instant vous reposer dans ma maison?

- Merci, de tout coeur. Mais puisque vous êtes prisonnier, vous ne

---

38 『심청전』에서는 송나라 황제가 용궁에서 연꽃 속에 숨어 있던 심청을 발견하게 된다. 홍종우는 연꽃이 아니라 나비가 인도하는 곳을 따라갔다가 나무 빈 줄기 속에 있던 심청을 만나는 것으로 바꿔 놓고 있다.

devez pas avoir la liberté de vos actions.

- Détrompez-vous, Mademoiselle. Il est bien vrai que je suis prisonnier, mais personne ne trouble ma solitude. On a pensé que derrière ces hautes murailles, autour desquelles on a disposé de nombreuses troupes, il était inutile de m'inffliger d'autres gardiens. Vous pouvez me suivre sans crainte. Venez, cela vous distraira un peu.

젊은 왕이 다시 말했다.

"제가 아가씨를 겁먹게 했나 봅니다. 미안합니다. 안심하세요, 아가씨. 어디 사시는 분인지 감히 여쭈어도 되겠습니까?"

"전 부모님도 안계시고, 고향도 없어요. 바닷가를 산책하다 물에 빠졌어요. 거북이 한 마리가 등에 저를 태우고 이 섬까지 왔답니다. 며칠 전부터 이 섬에 있어요."

"저 역시 당신처럼 고아랍니다." 젊은 왕이 다시 말했다.

"꼬레 선왕의 아들로서 저는 아버지의 죽음을 보았고, 재상 자조미로 인해 유배당했지요. 우린 둘 다 아주 기구하군요, 아가씨. 그러니, 저의 집으로 가서 잠시 쉬시는 게 어떨까요?"

"진심으로 감사합니다. 하지만 죄인이라고 하시니, 마음대로 행동하실 수 없지 않나요?"

"아닙니다, 아가씨. 제가 죄수인 건 맞지만, 아무도 저의 고독을 방해하지 않아요. 저 높은 벽 뒤, 그 벽을 따라 수많은 병사들이 배치되어 있지만, 나 때문에 다른 병사들을 더 두는 건 불필요한 일이죠. 두려워 말고 나를 따라와요. 이리 오세요. 기분이 좀 풀어질 거예요."

Tcheng-Y suivit le jeune homme. La main dans la main, ils se dirigèrent vers la maison qui servait de résidence à l'exilé. En route, ils échangèrent quelques paroles.

-Voici votre chambre, dit le jeune roi, je vous laisse.

Tcheng-Y, demeurée seule, réfléchit à ce qui venait de lui arriver. Ce jeune homme est charmant, et d'une amabilité exquise, pensait-elle. Comme moi, il a eu de grands malheurs. De son côté Ki-si, qui avait totalement oublié qu'un instant auparavant il était décidé à mourir, ne songeait qu'à la jeune fille. Il fut tiré de sa rêverie par l'arrivée du garidien qui venait chaque jour lui apporter sa nourriture.

- C'est bien, dit le jeune roi : déposez tout cela sur cette table, et retirez-vous. Je me servirai moi-même aujourd'hui.

청이는 그 젊은 사내를 따라갔다. 손에 손을 잡은 채 그들은 유배지에서 거처로 정해진 집으로 향했다. 길을 가면서 그들은 대화를 나누었다.

"여기가 당신의 방입니다." 젊은 왕이 말했다.

"저는 물러갈게요."

청이는 혼자 남아, 자신에게 일어난 일에 대해 생각했다.

'저 젊은 사내는 잘 생겼고, 섬세하게 배려해줘, 그녀가 생각했다, 나처럼, 그 역시 큰 불행을 겪었어.'

한편, 기씨[39]는 조금 전 죽겠다던 한 순간의 결심을 완전히 잊어버

---

39 기씨(Ki-Si): 자조미에 의해 유배당한 새 왕의 이름이다. 기씨는 아마 '箕氏'일 것이다. 그렇게 볼 수 있다면, 왕위에서 쫓겨났던 기씨가 상성 등 충신의 도움으로

리고는 소녀에 대한 생각뿐이었다. 매일 그에게 음식을 가져다주는 병사가 도착하자 그는 공상에서 깨어났다.

"좋아." 젊은 왕이 말했다.

"그것 모두 식탁 위에 두고 물러나거라. 오늘은 내가 직접 차리겠다."

Quand le gardien se fut retiré, Ki-si alla trouver la jeune fille.

- Voulez-vous partager mon dîner? lui demanda-t-il?

- Mais oui, Monsieur.

Ils se mirent à table.

- Comme je suis heureux de prendre mon repas en votre société! dit le jeune prince.

- Pourquoi cela, Monsieur?

- Parce qu'il y a si longtemps que je vis seul ici.

- Oui, je comprend tout ce que cela doit avoir de pénible pour vous.

Leur conversation continua sur ce ton. Le repas terminé ; ils descendirent dans le jardin.

Le jeune roi raconta tous ses malheurs à Tcheng-Y, qui très émue, lui répondit. :

- Ne vous chagrinez pas, mon ami. Prenez patience. Plus tard,

---

다시 왕위에 오른다는 뒷이야기는 衛滿에게 멸망하여 사라져버린 箕子의 문명을 다시 일으켜 세워야 한다는 상징으로 읽을 수도 있다. 앞서 작품의 배경을 기자가 정치를 펼친 평양으로 설정하고 있는 것도 이와 무관하지 않다. 기자에 대한 홍종우의 칭송은 불역본 서문에 자세하게 서술되어 있다. 서문에서 자신의 조상은 기자가 데리고 온 9명의 신하 가운데 '홍(洪)'이었다고 자랑스럽게 내세울 정도였다.

remonté sur le trône, vous oublierez tous ces mauvais moments.

- Non, dit le jeune homme, je ne serai jamais roi. Ja-Jo-Mi me fera tuer.

Tcheng-Y, lui donnant gentiment une petite lape sur la joue, dit :

- Cessez de vous désoler. Vous verrez que l'avenir vous sourira.

병사가 물러나자 기씨가 소녀를 찾아갔다.

"저와 저녁식사를 하시겠습니까?" 그가 소녀에게 물었다.

"좋아요."

그들이 식탁에 앉았다.

"당신과 함께 저녁식사를 하다니 얼마나 기쁜지 모릅니다!" 젊은 군주가 말했다.

"왜죠?"

"이곳에 혼자 산지 너무 오래되었거든요."

"그렇군요. 그것이 당신에게 얼마나 고통스러웠을지 이해가 됩니다."

그들의 대화는 이런 식으로 계속 이어졌다. 저녁식사가 끝났다. 그들은 정원으로 내려갔다.

젊은 왕이 청이에게 그의 불행에 대해 모두 이야기하였고, 그녀는 몹시 감정에 북받쳐 그에게 답했다.

"슬퍼하지 마세요. 인내심을 가져요. 훗날, 왕좌에 다시 오르면, 이 불행했던 순간들을 잊게 될 거예요."

"아닙니다." 젊은 사내가 말했다. "나는 결코 왕이 될 수 없을 거예요. 자조미가 나를 죽일 테니까요."

청이는 작은 손을 그의 뺨에 부드럽게 대며 말했다.

"낙담하지 마세요. 미래가 당신에게 미소 짓는 것을 보게 될 거예요."

Ainsi s'écoulèrent plusieurs jours. Un après midi, les deux jeunes gens étaient allés s'asseoir comme de couutume sur un banc dans le jardin. Le jeune prince, riant dédaigneusement, désigna du regard à Tcheng-Y des tombes éparses dans l'herbe ensoleillée.

- Pourquoi riez-vous ainsi? demanda-t-elle.

- Pourquoi? répondit-il, doucement et comme dans un songe. Je ris en songeant à la vie qui n'est qu'une longue suite d'amertumes et de regrets et qui dure si peu! Telle les mouches qui volent le temps d'un rayon de soleil, tels nous ne vivons qu'unvinstant! Nous recherchons les honneurs, la gloire, que sais-je! A quoi bon, puisque la mort qui nous réunit tous en son grand linceul pâle doit nous égaliser. L'amitié et l'amour devraient seuls nous liez les uns aux autres.

그렇게 며칠이 흘렀다. 어느 날 오후, 두 젊은이가 평소와 같이 정원의 긴 의자[40] 위에 앉았다. 젊은 군주가 경멸적인 웃음을 지으며, 청이에게서 시든 풀잎 사이에 버려진 무덤들로 시선을 돌렸다.

"왜 그렇게 웃는 거죠?" 그녀가 물었다.

"왜냐고 물었습니까?"

그가 부드럽게, 꿈꾸듯 대답했다.

---

40 정원의 긴 의자: 상성과 마찬가지로 심청과 기씨의 연애도 철저하게 서양의 근대적 방식으로 그려지고 있다. 불어 독자를 염두에 둔 개작이라 하겠다.

"얼마 살지도 않은 내 삶이 온통 고통과 슬픔으로만 가득하기에 그리 웃었습니다. 태양 빛에 날아다니는 저 파리들이라니! 우리의 삶도 저 벌레의 그것과 다를 게 없어요! 우리는 명예와 영광을 찾아 다니죠! 무슨 소용이죠? 어쨌든 죽음은 그 창백하고 거대한 수의로 우리 모두를 하나로 묶고, 결국 죽음 안에서 우리는 평등해지니까요. 우정과 사랑만이 우리를 서로 이어줄 거예요."

Il se tut, et promena ses yeux tristes tout à l'entour de lui. Le contraste entreses propres sentiments et l'aspect de la nature était frappant. La tristesse la plus profonde emplissait son cœur. Tout, au contraire, dans la nature semblait respirer le bonheur. Partout des fleurs épanouies, des oiseaux et des insectes s'ébattant amoureusement.

Le jeune roi, sa tête effleurant presque la coquille de nacre ambrée qui était l'oreille de la jeune fille poursuivit :

- Vous voyez ce papillon, là-bas! Il butine une petite fleur blanche. Ne dirait-on pas qu'il s'enivre de son parfum, et ne croirait-on pas voir un baiser effleurant deux lèvres roses? Ah! les animaux sont bien plus heureux que nous.

그는 침묵했고 슬픈 눈으로 주변을 둘러보았다. 자신의 감정과 자연의 아름다움 사이에는 인상적인 대조가 있었다. 가장 큰 슬픔이 그의 가슴을 가득 채웠다. 완전히 반대로 자연의 모든 것들은 행복으로 가득 차 있었다. 도처에 꽃들이 피어나고, 새들과 곤충들이 즐겁게 뛰놀고 있었다.

젊은 왕의 얼굴이 앞서가던 소녀의 호박색 진주 빛 조개와 같은 귀를 살짝 스쳤다.

"저기 저 나비 좀 보세요! 작은 한 송이 흰 꽃에서 꿀을 모아요. 나비가 꽃향기에 취한다고 누가 말하지 않겠어요. 한번의 입맞춤이 두 장밋빛 입술을 스친다고 누가 생각하지 않겠어요? 아! 동물들이 우리보다 훨씬 행복해 보이는 군요."

Tcheng-Y était pensive. Elle songeait aux malheurs qui avaient amené le jeune prince à faire si peu de cas de la vie. Mais en même temps, elle se disait que pour voir ainsi partout l'amour dans la nature, son âme ne devait pas être insensible à ce doux sentiment. Peut-être était-elle aimée de son compagnon.

Elle lui dit : Chassez votre chagrin. Vous ne serez pas toujours malheureux. Le printemps succède à l'hiver, les rires aux larmes. Parfois la la lune brille, la lune qui aime le soleil et qui dans la nuit le suit. La pluie s'annonce ; déjà la terre est humide.

청이가 생각에 잠겼다. 그녀는 젊은 군주에게 닥친 불행과 그의 보잘것없는 삶에 대해 생각했다. 하지만 동시에, 자연의 도처에 있는 이러한 사랑을 보며 혼잣말했다. 그의 영혼은 이 감미로운 감정에 틀림없이 둔감하지 않을 것이라고 말이다. 어쩌면 그녀는 이 동행자를 사랑하고 있는지도 몰랐다.

그녀가 그에게 말했다.

"슬픔을 거두세요. 당신이 언제까지나 불행하지는 않을 거예요.

겨울이 지나면 봄이 오고, 눈물 뒤에는 웃음이 있죠. 가끔 달이 빛나
죠, 그 달은 태양을 사랑하고요. 밤에 이어오는 태양 말이죠. 비가 옵
니다. 벌써 땅이 촉촉하네요."

Le soleil tombait à l'horizon dans une brumed'or. Partout
s'annonçait l'heure du repos. Les oiseaux s'envolaient vers leurs
nids, frôlant les branches de leur aîle. Un grand silence s'érendait sur
la nature entière. Alors le jeune prince, dit, en prenant la main étroite
et fine de Tcheng-Y :
- Je vous aime.
- Je vous aime, répondit la jeune fille.

금빛 안개가 펼쳐진 수평선으로 태양이 저물었다. 도처에 휴식의
시간이 왔다. 새들은 날개를 나뭇가지에 스치며 둥지를 향해 날아갔
다. 거대한 침묵이 세상을 온통 뒤덮었다. 그때 젊은 군주가 청이의
손을 꼭 잡고는 말했다.
"사랑합니다."
"사랑합니다." 소녀가 답했다.

Après ce doux aveu, ils restèrent encore longtemps côte à côte,
sans prononcer une parole. Tous deux s'abimaient dans une profonde
rèverie, songeant à leur amour réciproque. quand ils furent rentrés et
qu'ils eurent termoné leur repas, Ki-si dit à la jeune fille.
- D'ordinaire, ce sont les parents qui marient leurs enfants.

Orphelins tous deux, comment ferons-nous pour nous unir?

- Procédons nous même à notre mariage, répondit la jeune fille.

- Eh bien! nous allons préparer la cérémonie.

Ils dressèrent une grande table qu'ils couvrirent d'étoffe rouge, deux cierges[1], deux vases remplis de fleurs[2], une aiguille et du fil[3], un brûle-parfums, ornaient cet autel improvisé devant lequel les deux fiancés s'agenouillèrent pour prier.Ensuite, ils burent au même verre le vin du sacrifice.La cérémonie était terminée. L'amour les conviait aux nuptiales tendresses.

이 감미로운 고백 뒤로 그들은 바로 옆에 붙어서 아무 말도 없이 오랜 시간 머물렀다. 두 사람은 깊은 꿈속에 잠기어, 서로의 상호적인 사랑에 대해 생각했다. 그들이 돌아와서 저녁식사를 끝마치자 기씨가 소녀에게 말했다.

"보통 자녀들을 결혼시키는 것은 부모인데, 우리 둘 다 고아이니 우리는 어떻게 결혼을 하죠?"

"우리 스스로 우리의 결혼을 진행하는 거죠." 소녀가 답했다.

"좋습니다! 우리가 예식을 준비합시다."

그들은 커다란 상을 놓고 그 위에 붉은 천, 두 개의 촛대,[41] 꽃이 가득한 꽃병 두 개,[42] 실과 바늘,[43] 향로를 올려 즉석 제단을 꾸미고, 그 앞에서 무릎을 꿇고 기도를 하였다. 그리고 나서 그들은 같은 잔에

---

41 두 개의 촛대: 홍종우는 이를 '백년해로'의 상징이라는 주석을 붙여두었다.
42 꽃으로 채워진 꽃병: 홍종우는 이를 '젊음'의 상징이라는 주석을 붙여두었다.
43 실과 바늘: 홍종우는 이를 '결합'의 상징이라는 주석을 붙여두었다.

담긴 제주를 함께 마셨다. 예식이 끝났다. 사랑이 그들을 애정이 넘치는 혼례식에 초대한 것이다.

Les jours suivants virent les jeunes mariés goùtant un bonheur iueffable.L'amour les conviait aux nuptiales tendresses. Mais une nuit le jeune prince eut un songe. Il vit une bouteille, cassée à sa partie supérieure ; un sang rouge s'en échappait. Réveillé en sursaut, Ki-si effrayé éveilla sa compagne : «Ja-Jo-Mi va me tuer, dit-il dans un sanglot. Je vais te quitter ma chère âme. Ecoute ce que j'ai rêvé».

머칠이 지나는 동안 그들 젊은 부부는 말로 표현할 수 없는 행복을 음미했다. 그런데 어느 날 밤 그 젊은 군주가 꿈을 꾸었다. 그는 병목이 깨져있는 병 하나를 보았고, 붉은 피가 거기서 새어나오고 있었다. 소스라치며 깨어난 기씨가 동반자를 깨웠다.
"자조미가 나를 죽이려나 보오." 흐느끼며 그가 말했다.
"사랑하는 당신을 떠나야겠어요. 내 꿈 이야기를 들어보아요."

A son tour, Tcheng-Y se laisse aller au désespoir.
«Sauvons-nous, dit-elle. Nous incendierons votre demeure et nous gagnerons la mer. Ja-Jo-Mi vous croira mort»
- Non, dit le jeune roi, c'est inutile; j'ai fait un rêve qui m'annonce un malheur auquel je chercherais en vain à échapper.
- Mais j'y songe, reprit Tcheng-Y. Tu as tort de t'alarmer de ce rêve, il n'a pas le sens que tu lui altribues. Quand on a cassé le col

d'une bouteille onla porte religieusement par le fond, comme une statue. C'est ainsi que les peuples t'apporteront le bonheur, et le sang qui dégoutte de la bouteille figure la pourpre qui te sera dévolue……

Cette explication ne tranquillisa qu'imparfaitement Ki-si. Néanmoins il dit à Tcheng-Y.

- Eh bien, partons! que le feu consume ce lieu où j'ai pleuré mon malheur.

이번에는 청이가 절망에 빠졌다.

"우리는 빠져나가야 해요." 그녀가 말했다.

"우리 이 집을 불태우고 바다로 나가요. 자조미는 당신이 죽었다고 생각할 거예요."

"아니." 젊은 왕이 말했다.

"소용없어요. 꿈을 꾸었는데, 나의 불행을 예고했으니, 거기서 벗어나려고 애쓰는 것은 헛될 거예요."

"하지만 내 생각으로는, 청이가 말했다, 당신이 틀렸어요, 꿈 해석에서요, 꿈은 그가 당신을 죽인다는 뜻이 아닌 것 같아요. 병목이 깨지면, 조각상을 들듯이 바닥에서 병을 조심스럽게 주울 거아니에요? 그렇게 백성들이 당신에게 행복을 가져다 줄 거예요. 그리고 병에서 방울져 떨어지는 피는 당신에게 예고된 영광스런 모습이고요."

이 설명도 기씨를 완전히 안심시킬 수는 없었다. 하지만 그는 청이에게 말했다.

"좋아요, 떠납시다! 내 불행에 눈물 흘렸던 이곳을 태워버립시다"

Ayant allumé des brasiers aux divers coins de la maison, ils s'élancërent dans le jardin. Ils se dirigèrent vers l'arbre dans lequel Ki-si avait trouvé sa future compagne. Par-là, ils descendirent dans le souterrain. Bientôt ils furent au bord de la mer.

Comment aller plus loin? Ils n'avaient pas de bateau. Le jeune roi, plutôt que de tomber entre les mains de Ja-Jo-Mi, résolut de mourir sur le champ. Il s'élance à la mer. Promote comme l'éclair, Tcheng-Y avait retenu son mari par ses vètements. Elle lui fit de tendres reproches.

화염의 불꽃이 집 구석구석을 태우자, 그들은 정원으로 돌진했다. 그들은 나무를 향해 달려갔다. 기씨가 자기 미래의 동반자를 찾아냈던 나무 말이다. 그곳에서 그들은 지하로 내려갔다. 곧 그들은 바닷가에 다다랐다.

어떻게 더 멀리 갈 수 있을까? 그들에게는 배가 없었다. 젊은 왕은 자조미의 손에 떨어지기보다는 곧장 죽기로 결심했다. 그는 바다로 몸을 던졌다. 그러자 번개처럼 재빨리 청이가 남편의 옷을 잡아당겼다. 그녀가 부드럽게 그를 나무랐다.

-Pourquoi veux-tu m'abandonner, Ne dois-je pas te suivre partout, même au fond de la mer. Si tu es décidé à mourir, mourons ensemble.

- Non, mon amie. Vois, tu es jeune! Je t'ai rencontrée par hasard ; il n'est pas juste que ta destinée soit liée à la mienne. La vie pour toi peut être encore heureuse. Laisse-moi te quitter, laisse-moi mourir seul.

Mais Tcheng-Y s'attache désepérement à son époux. Elle veut le suivre dans le noir gouffre ; elle cherche même à l'y précéder.

"어찌하여 나를 버리고자 하나요. 보세요, 설령 바다 속이라 할지라도 어디든 저는 당신을 따라가야하지 않겠어요? 죽고자 결심했다면 같이 죽어요."

"아닙니다. 내 사랑. 보세요, 그대는 젊어요! 나는 그대를 우연히 만났어요. 그러니 그대의 운명이 나의 운명에 연결되는 것은 옳지 않아요. 그대는 어쩌면 행복하게 살 수도 있어요. 내가 그대를 떠나게 해 줘요. 나 혼자 죽게 해주세요."

하지만 청이는 절망스럽게 남편을 끌어안을 것이다. 그녀는 검은 심연 속으로 그를 따르고 싶어할 것이다. 심지어 그녀는 그를 앞서고자 할 것이다.[44]

VII

Il y avait déjà plusieurs mois que San-Syeng attendait vainement l'occasion de pénétrer dans l'ile de Tchyo-To, lieu d'exil du jeune roi. Il commençait à se décourager, quand il eut un nouveau rêve. Ce fut San-Houni qui apparut au jeune homme pour lui dire : -Prends un bateau ; rends-toi à l'extrémité méridionale de l'ile. Tu y trouveras le

---

44 『심청전』에서는 심청이 송나라 황제의 부인이 되는 장면을 수동적으로 그리고 있는데, 홍종우는 심청이 나약한 왕을 격려하고 이끌어가는 능동적인 인물로 바꾸어 놓고 있다.

jeune roi avec son épouse. Mais, hâte-toi, sans cela tu ne trouveras plus le prince vivant.

Sur la foi de ce nouveau songe, San-Syeng se mit immédiatement en devoir de se rendre à l'endroit qui lui avait été désigné. Avant même d'aborder, il aperçut sur le rivage un homme et une femme, tous deux très jeunes, se parlant avec beaucoup de vivacité. Il crut distinguer à quelques mots qu'une brise, légère comme un baiser, lui apporta qu'un grave désaccord avait éclaté entre les deux jeunes gens.

상성이 젊은 왕의 유배지 초도 섬에 침입하기 위한 기회를 엿본 지도 벌써 여러 달이 흘렀다. 상성이 의기소침해지기 시작했을 때, 그는 다시 꿈을 꾸었다. 상훈이가 나와 그 젊은이에게 말했다.

"배를 타고 그 섬의 남쪽 끝으로 가거라. 거기서 젊은 왕과 그의 아내를 발견할 것이다. 하지만 서둘러야 한다. 그렇지 않으면 살아있는 군주를 구할 수 없게 될 것이다."

이 새로운 꿈을 믿고서, 상성은 즉시 꿈에서 그가 들은 곳으로 가기 시작했다. 미처 도착하기도 전에 그는 바닷가에서 한 남자와 한 여자, 아주 젊은 두 사람이 무척 격렬하게 이야기하는 것을 보았다. 입맞춤 마냥 가벼운 산들바람 같은 몇 마디의 말을 듣고서 그는 두 젊은이 사이에 심각한 불협화음이 불꽃 튀고 있음을 알았다.

S'approchant d'eux, il leur demanda poliment :

- Pourquoi vous querellez-vous ainsi, alors que le printemps vous sourit si agréablement?

Ki-si répondit :

- Nous voulions traverser la mer ; mais n'ayant pas de bateau et dénués de toute ressource nous cherchons à mourir. Mais je ne veux pas que ma tendre compagne me suive dans mon trépas, tandis qu'elle, au contraire, veut à tout prix mourir en même temps que moi. C'est pour cela que nous nous disputons.

- Laissez-là vos lugubres idées, repartit San-Syeng. Ne songez plus à mourir. Je mets mon bateau à votre disposition et vous conduirai où vous voudrez.

- Merci, vous nous sauvez la vie, s'écria Ki-si.

그들에게 다가가서 상성이 예의바르게 말했다.

"어찌하여 그렇게 다투고들 계시나요? 이렇게 봄날이 그대들에게 부드럽게 미소 짓는데 말입니다.

기씨가 대답했다.

"우리는 바다를 건너고 싶지만 배도 없고, 먹을 것도 아무것도 없어서 죽으려는 참입니다. 그런데 저는 저의 사랑스러운 동반자가 나를 따라 죽는 것을 원치 않아요. 그런데 아내는 반대로 모든 걸 걸고 나와 함께 죽고자 하니, 이것이 우리가 다투는 이유입니다."

"당신의 비통한 생각은 거두세요." 상성이 다시 말하기 시작했다.

"죽겠다는 생각은 그만하세요. 제 배에 당신들 자리를 마련하지요. 그리고 원하는 곳까지 모셔다 드리겠습니다."

"고마워요. 당신이 우리의 목숨을 구해주시는 군요." 기씨가 외
쳤다.

Aussitôt le jeune roi et son épouse montèrent dans l'embarcation.
San-Syeng leur fit rapidement traverser le bras de mer qui sépare l'ile
de Tchyo-To de la ville de Tchang-Yang. Quand on fut arrivé, Ki-si
demanda à San-Syeng, de vouloir bien lui indiquer un endroit où il
pourrait passer la nuit avec sa femme.San-Syeng proposa aux deux
époux de descendre dans le même hôtel que lui ; ce qu'ils acceptèrent.

Jusqu'ici le rêve de San-Syeng s'était parfaitement réalisé. Il ne lui
restait qu'à s'assurer si les deux jeunes gens qu'il avait ramenés
étaient bien ceux que San-Houni lui avait désignés. Mais ce n'était
pas facile. Il ne fallait pas songer à demander aux jeunes époux des
renseignements sur leur propre compte. Ils avaient trop intérêt à
cacher la vérité. San-Syeng résolut d'attendre que le hasard vint
éclaircir ses doutes.

젊은 왕과 아내가 그 작은 배에 올라탔다. 상성은 그들을 태우고
서둘러 초도 섬과 장양[45] 마을 사이의 해협을 건넜다. 도착하고서는,
자기 아내와 함께 밤을 보낼 장소를 알아봐 줄 수 있는지 기씨가 상
성에게 물었다. 상성은 그가 머물고 있는 숙소에 가자고 부부에게

---

45 장양(Tchang-Yang): 새 임금이 유배되었던 '초도'가 여수 앞 바다에 있는 섬 '草
島'를 가리키는 것이라면, '장양(Tchang-Yang)'은 여수와 인접한 '광양(光陽)'
일 가능성도 있다.

제안했고 그들은 수락했다.

지금까지 상성의 꿈이 완벽하게 실현되었다. 그는 상훈이가 자신에게 알려준 이들이 자기가 데리고 온 두 사람이 맞는지 확인하는 데에만 남은 시간을 보냈다. 하지만 그것은 쉽지 않았다. 젊은 부부에게 그들의 계획을 물어보는 건 생각지도 않아야 했다. 그들은 진실을 숨기는 데 지나치게 신경썼던 것이다. 상성은 자신의 의심이 우연히 해소되기를 기다리기로 했다.

Pendant que les jeunes gens s'enfuyaient, la maison que le jeune prince avait habitée depuis son départ de la capitale était la proie des flammes.

Le gardien, préposé au service de Ki-si, courut immédiatement avertir de ce qui se passait le général que Ja-Jo-Mi avait chargé de garder l'ile de Tchyo-To. Le général, très inquiet, ordonna de redoubler de surveillance autour du mur qui entourait le jardin. On devait arrêter toute personne qui essaierait de sortir.D'autres soldats reçurent mission d'aller combattre ll'incendie. Il était trop tard. La maison ne formait plus qu'un immense brasier.

-Qu'on cherche partout le fils du roi, ordonna le général. S'il n'est pas mort, il doit être caché dans le jardin. Qu'on fouille dans tous les coins et recoins.

Ce fut sans succès. Le général en conclut que le prisonnier avait péri dans les flammes. Il le fit immédiatement savoir à Ja-Jo-Mi.

두 젊은이가 달아나는 동안, 젊은 군주가 수도를 떠난 후 줄곧 머물던 집은 불꽃의 먹이가 되었다. 기씨의 심부름을 하던 병사는 즉시 달려가 자조미가 초도를 지키라고 임명한 장군에게 일어난 일을 알렸다. 장군은 몹시 걱정하며, 정원을 둘러싸고 있는 벽 둘레 감시를 두 배로 늘렸다. 그들은 나가려고 하는 모든 이를 저지해야 했다. 또 다른 군사들은 화재를 진압하러 가라는 명을 받았다. 너무 늦었다. 집은 거대한 화염덩어리에 지나지 않았다.

"사방에서 왕의 아들을 찾아라!" 장군이 명령했다.

"그가 죽지 않았다면, 틀림 없이 정원에 숨어 있을 것이다. 구석을 모두 뒤지고 또 뒤져라."

그것은 성공하지 못했다. 장군은 죄수가 불꽃 속에서 죽었다고 결론을 내렸다. 그는 즉시 자조미에게 그 사실을 알렸다.

A cette nouvelle le premier ministre éprouva une vive joie. La mort du roi légitime écartait le dernier obstacle à l'exécution de son plan. Aussitôt il manda près de lui le général qu'il avait envoyé à Tchyo-To. Le général accourut.

-Quel bonheur! lui dit Ja-Jo-Mi. Un évènement aussi heureux pour nous mérite d'être fêté. Faites préparer un grand banquet, auquel tous nos amis seront conviés.

Tous les partisans de Ja-Jo-Mi étaient transportés d'aise. Ils entrevoyaient avec délices une ère de fêtes de débauches. Ile chantaient bien haut la gloire de Ja-Jo-Mi, le futur roi de Corée. Le peuple au contraire murmurait ; mais la crainte du tyran l'empêchait d'exhaler trop haut ses plaintes.

그 소식에 재상은 넘치는 기쁨을 경험했다. 적법한 왕의 죽음은
그의 계획 실행의 마지막 장애물을 산산조각냈다. 그리하여 그는 자
신이 초도로 보냈던 장군에게 곁으로 오라고 명령했다. 그 장군이
달려왔다.

"얼마나 기쁜지!" 자조미가 그 장군에게 말했다.

"이처럼 즐거운 일에는 마땅히 잔치를 열어야지. 성대한 연회를
준비하고, 우리의 지인들을 모두 다 초대하라."

자조미의 지지자들이 모두 편히 도착했다. 그들은 즐거워하며 방
탕하게 축제의 한때를 만끽했다. 그들은 꼬레의 왕이 될 자조미의
영광을 소리 높여 노래했다. 반대로 백성들은 불평했다. 하지만 폭
군에 대한 두려움 때문에 불만을 소리 내어 말 할 수 없었다.

Ki-si, que Ja-Jo-Mi croyait mort, était toujours dans la ville de
Tchang-Yang.

Un jour qu'il causait avec San-Syeng, le propriétaire de l'hôtel vint
en courant leur dire:

-I l régne une animation extraordinaire dans la rue. De nombreuses
troupes, se rendant, à la capitale, viennent d'arriver.

- Qu'y-a-t-il de surprenant à cela? demanda San-Syeng.

- C'est que ces troupes avaient été chargées de gardernotre jeune
roi exilé dans l'ile de Tchyo-To. Il paraît que l'infortuné prince a péri
dans les flammes. C'est pour cela que le général chargé de la

surveillance du prisonnier ramène ses troupes. Le peuple déteste Ja-Jo-Mi, qui a pour lui l'armée, et qui fait peser un joug de fer sur la Corée. De là, cette émotion qui s'est emparée de tout le monde à la vue de ces troupes.

- Détestez-vous aussi Ja-Jo-Mi, demanda San-Syeng à l'hôtelier.

- Comme tout le monde, Monsieur.

- Oui, mais il ne me paraît pas facile de renverser Ja-Jo-Mi. Celui-ci a le secours de l'armée qui n'aime pas le peuple.

- Vous vous trompez, Monsieur. Les seules troupes vraiment dévouées au premier ministre sont celles de la capitale. Les autres lui sont hostiles. Ainsi, la garnison de notre ville, ainsi que le mandarin, sont opposés à Ja-Jo-Mi. Si notre mandarin adressait un appel aux troupes qui sont ici et que son exemple fut imité par les autres mandarins, on pourrait facilement entrer en lutte avec Ja-Jo-Mi une fois renversé, qui mettra-ton sur le trône?

- Oui voilà le point difficile. Le fils du roi est malheureusement mort. Peut-être cependant trouvera-t-on un membre de la famille rayale pour prendre le pouvoir.

- Et si, par hasard, il n'était pas vrai que le fils du roi soit mort?

- Rien ne serait plus simple que de lui donner la succession de son père.

- Vous raisonnez parfaitement, reprit San-Syeng. Vous jouissez d'un grand crédit auprès du peuple et êtes l'ami du mandarin. Voulez-vous que nous tentions l'entreprise?

- Très volintiers, répondit l'hôtelier. Nous allons tout combiner. Mais, il faut que je vous quitte un instant.

자조미는 기씨가 죽었다고 생각했지만 그는 여전히 장양 마을에 머물고 있었다.

어느 날 그가 상성과 이야기 하던 중, 숙소 주인이 달려와 그들에게 말했다.

"길거리에 이상한 움직임이 있어요. 수많은 군인들이 와서 수도에 집결했어요."

"그것이 놀랄 일인가요?" 상성이 물었다.

"그 군대는 초도 섬에 유배간 우리의 젊은 왕을 지키기로 되어 있었거든요. 아마도 우리의 불쌍한 군주가 불꽃 속에서 죽었나 봅니다. 그래서 그 죄수를 지키던 장군이 자기 군대를 이끌고 있는 거지요. 백성들은 자조미를 싫어합니다. 자신을 위해 군대를 점령하여 꼬레를 무력으로 지배하기 때문이지요. 그래서 사람들이 전부 그 군대를 보고 흥분한 상태입니다."

"당신도 자조미를 싫어하나요?" 상성이 숙소 주인에게 물었다.

"모든 사람들처럼요."

"그렇군요. 하지만 내가 보기에 자조미를 타도하는 게 쉽지 않은 것 같아요. 백성들을 싫어하는 군부의 도움을 받고 있으니까요."

"그대가 틀렸습니다. 진정으로 재상에게 헌신하는 부대는 수도의 몇몇뿐입니다. 다른 이들은 자조미에게 적대적이지요. 그리고 우리 마을의 군부 나리는 자조미의 반대편입니다. 만약 우리 나리가 이곳의 부대에 도움을 청하고, 다른 나리들이 그 본보기를 따른다면, 우리는 자조미와의 싸움에 쉽게 들어갈 수 있을 겁니다."

"하지만 일단 자조미가 무너진다고 해도 누가 왕좌에 앉죠?"

"네, 그것이 어려운 점이지요. 왕의 아들이 불행히도 죽었으니까 요. 그렇지만 아마도 권력을 승계 받을 왕가의 일원을 찾을 수 있을 겁니다."

"그런데 우연히도 왕의 아들이 죽은 게 사실이 아니라면요?"

"그러면 그가 자기 아버지의 뒤를 잇는 것만큼 쉬운 일은 없겠지요."

"당신의 생각은 완벽하군요." 상성이 대꾸했다.

"당신은 백성들에게 큰 신임을 얻고 있고 고을 수령의 친구입니 다. 우리가 그 계획에 동참하길 바라십니까?"

"물론이지요." 숙소주인이 답했다.

"우리는 모든 것을 함께 할 겁니다. 하지만 제가 잠시 자리를 비워 야겠습니다."

Resté seul avec Ki-si, San-Syeng lui demanda :

- Voulez-vous vous réunir à nous pour combattre Ja-Jo-Mi?

A cette demande le prince, qui depuis quelques instants semblait en proie à un malaise étrange, s'abattit sur le sol, évanoui.

San-Syeng s'empressa de prodiguer ses soins au jeune prince. Celui-ci semblait inanimé et était incapable de proférer le moindre son. Alors San Syeng appela Tcheng-Y, qui accourut effrayée auprès de son mari. Le fils de San-Houni lui expliqua ce qui s'était passé. La jeune femme, se jetant sur le corps de son mari, l'arrosait de ses larmes.

기씨와 둘만 남은 상성이 기씨에게 물었다.

"자조미와 싸우는 데 우리와 함께 하시겠습니까?"

얼마 전부터 이상하게 불안해 보이던 군주는 이 질문을 받고 바닥에 주저앉더니 기절했다. 상성은 서둘러 젊은 군주를 간호했다. 군주는 기력이 없어 보였고, 어떠한 소리도 내지 못했다. 그래서 상성이 청이를 불렀고, 그녀는 겁에 질려 남편에게로 달려왔다. 상훈이의 아들은 그녀에게 무슨 일이 있었는지 설명했다. 젊은 부인이 남편의 몸 위로 쓰러져 눈물을 쏟았다.

San-Syeng, profondément ému par ce spectacle, dit à Tcheng-Y :

- Au non du ciel, Madame, dites-moi qui vous êtes!

J'ai confiance en vous Monsieur. Vous nous avez une première fois sauvé la vie. Je vais vous dire la vérité. Mon mari n'est autre que le fils du roi, la victime de Ja-Jo-Mi. Je l'ai connu par hasard. Tombée à la mer, j'ai été sauvée par une torture qui m'a transportée dans l'île qu'habitait le prince. Je suis devenue sa femme, et nous avons quitté ensemble notre prison. C'est vous qui nous avez sauvés et transportés ici. Voilà notre histoire. Vous comprenez tout, n'est-ce pas, maintenant?

상성은 이 광경에 깊이 감동하여 청이에게 말했다.

"하늘의 이름으로, 부인, 그대들이 누구인지 제게 말해주세요."

"저는 당신을 믿습니다. 당신은 처음으로 우리의 목숨을 구해주셨지요. 진실을 말씀해 드리겠습니다. 제 남편은 자조미의 희생자,

바로 왕의 아들입니다. 저는 우연히 그를 만났답니다. 바다에 빠진 저는 거북이의 도움으로 군주께서 살고 있던 섬에 옮겨졌지요. 저는 그의 아내가 되었고 우리는 함께 감옥을 탈출했습니다. 당신이 우리를 구했고 이곳에 데려다 주셨지요. 이것이 우리의 이야기입니다. 이제 다 이해가 되지 않으셨나요?"

Cependant le jeune roi avait recouvré ses sens.

Alors, San-Syeng, se retirant à reculons jusqu'auprès de la porte, dit :

- Sire, excusez mon impatience.

Ki-si, voulut le retenir.

- Non Sire. Il faut avant tout que vous me pardonniez la familiarité avec laquelle je vous ai traité jusqu'ici. Mon excuse est que j'ignorais à quels augustes personnages je parlais. Maintenant que je sais tout, il n'est plus admissible que je reste dans cette chambre en même temps que vous.

A ce moment même, le propriétaire de l'hôtel, vint à passer devant la porte de la chambre où se trouvaient Ki-si et sa femme.

San-Syeng le mit au courant de tout. L'hôtelier, se prosternant la face à terre, dit :

-C'est un honneur sans égal pour moi de loger vos Majestés.

그러는 동안 젊은 왕이 자신의 감각을 회복하였다.

그러자 상성은 문 근처까지 뒷걸음질쳐서 물러나며 말했다.

"전하, 제 부주의함을 용서하십시오."

기씨가 그를 저지하고자 했다.

"아닙니다, 전하, 무엇보다 전하를 지금까지 허물없이 대했던 저를 용서하십시오. 제가 이야기한 상대가 어떤 고귀한 분인지 몰랐던 게 저의 과오입니다. 이제 모든 것을 알았으니, 더 이상 전하와 같은 방에 있는 것이 용인될 수 없습니다."

바로 그때 숙소 주인이 기씨와 그의 아내가 머무는 방문 앞을 지나갔다.

상성이 그에게 모든 것을 이야기해주었다. 주인은 머리를 바닥까지 조아리며 말했다.

"제 보잘것없는 집에 머물러 주시다니 비길 데 없는 영광입니다. 전하."

Immédiatement il courut prévenir le mandarin. Celui-ci était au comble de l'étonnement ; mais avait de la peine à dissimuler sa joie. Immédiatement, escorté de nombreuses troupes, il se rendit à l'hôtel où le roi était descendu. Les soldats entourèrent la maison, tandis que le mandarin, en grand costume, allait présenter ses hommages au souverain.

Le prince lui fit le meilleur accueil. Il avait à ses côtés San-Syeng qui, après avoir adressé un compliment au roi, dit au mandarin :

- Il faut mener votre souverain au To-ouone palais du mandarin, hôtel-de-ville afin qu'il soit logé dans une maison digne de son rang.Le mandarin approuva cette proposition. Aussitôt tout le monde se mit en route pour le To-ouone.

즉시 그는 그 고을 수령에게 이 소식을 알렸다. 수령은 너무나 놀랐
지만 기쁨을 감출 수가 없었다. 즉시 수많은 군대를 대동하고 그는 왕
이 머물고 있는 숙소로 갔다. 수령이 복장을 갖추고 왕에게 경의를 표
하는 동안 군사들이 숙소를 에워싸고 있었다. 군주는 극진한 대접을
받았다. 그의 옆에는 상성이 있었다. 상성은 수령에게 말했다.
　"이분은 신분에 걸맞은 거처에 묵으셔야 하니, 당신의 군주를 동
원[46](수령의 궁전, 시청)으로 모십시오."
　수령은 이 제안에 찬성했다. 그리하여 모두가 동원을 향해 길을
떠났다.

A peine installé, le roi manda près de lui San-Syeng.

- Je veux, lui dit-il, réorganiser le gouvernement.

- Sire, toutes mes forces sont à votre disposition, répondit
respectueusement San-Syeng.

- Eh bien, je vous nomme général, reprit le prince.

San-Syeng était confus. Il dut se soumettre aux ordres du prince.
Celui-ci distribua toutes les fonctions à ceux qu'il se savait le plus
dévoués.

　겨우 자리를 잡고서, 왕이 곁에 있는 상성에게 말했다.

---

[46] 동원(To-ouone): 고을의 수령이 정무를 보던 곳인 '동헌(東軒)'을 音譯한 것이다.

"나는, 왕이 상성에게 말했다, 조정을 개편하고 싶소."

"전하, 제가 가진 모든 힘은 전하의 것입니다." 존경심에 가득차서 상성이 답했다.

"음 좋소, 나는 그대를 장군으로 임명하오." 군주가 다시 말했다.

상성은 혼동스러웠다. 그는 군주의 명에 따라야했다. 군주는 모든 직책을 가장 충직한 이들에게 배분했다.

Il ordonna de préparer un grand banquet et d'envoyer de tous côtés des courriers pour annoncer son avènement aux populations.Cette grande nouvelle causa une joie extraordinaire parmi le peuple. Ce n'étaient partouot que chants d'allégresse.

«O notre cher roi! La nuit s'est dissipée pour faire place au jour. L'ère du malheur est finie, voici venir l'ère du bongeur. -Les nuages obscurcissaient le soleil et les plantes privées de lumière dépérissaient ; mais, le vent a dissipé les nuages. La clarlé nous est revenue. Tout revit sous les rayons bienfaisants du soleil. -Holà! mon fils; holà! mon frère, avancez donc! Ne vous laissez arrêter ni par le feu, ni par l'eau, ni par les montagnes. Ecartez tous les obstacles. Si les méchants cssaient de vous arrêter, tuez-les. Mais regardez toujours le soleil. Sa chaleur vous donnera force et courage. -Nous t'avons reconnu. roi bien-aimé. Puissions-nous le garder toujours! Pour le moment, faisons trêve à l'amour et courons à la guerre.»

그는 거대한 연회를 준비하고, 파발을 사방으로 보내어 그의 재위를 백성들에게 알리라고 명령했다. 이 대단한 소식은 백성들 사이에 놀라운 기쁨을 일으켰다. 사방에서 환희의 노래가 퍼졌다.

"오 우리의 위대한 왕이시여! 밤은 흩어져 낮으로 바뀌었도다. 불행의 시대는 끝났고, 이제 행복의 시대가 오는구나. 구름은 태양빛을 가렸고, 빛을 빼앗긴 식물은 시들어갔다. 하지만 바람이 구름을 몰아냈도다. 빛이 다시 우리에게 돌아왔다. 모든 것이 태양의 자비로운 햇살 아래에서 되살아나는도다. 이봐, 아들아! 여보게, 형제여! 그러니 나아가자! 불이 막아서도, 물이 막아서도, 산이 막아서도 멈추지 말라. 장애물을 부숴버려라. 악한이 막아서거든 그를 죽이라. 하지만 항상 태양을 응시해야 한다. 그 온기는 그대에게 힘과 용기를 줄지니. 우리는 당신을 왕으로 모십니다. 사랑하는 전하, 우리가 늘 당신을 지켜드릴 수 있을 것입니다! 잠시 연인과는 이별을 하고 전장으로 달려갑시다!"

Pendant que le peuple manifestait ainsi sa joie, le roi s'inquiétait des mesures à prendre pour renverser l'usurpateur. Il interrogea San-Syeng, sur la distance à laquelle on se trouvait de la capitale. Cette distance était assez considérable ; aussi, sur le conseil de son général, le roi décida-t-il qu'on se mettrait en marche le plus tôt possible.

San-Syeng s'occupait activement de l'armée. Pour aguerrir ses soldats, il leur fit attacher aux pieds de petits sacs de sable très lourds. Durant toute une journée ils durent marcher avec cet équipement.

이렇게 백성들이 기쁨을 표출하고 있는 동안 왕은 왕위찬탈자를 전복시키기 위한 대책 마련으로 고심하고 있었다. 왕은 상성에게 자신들이 수도에서 얼마나 떨어져 있는지 물었다. 꽤나 멀리 떨어진 곳이었다. 그러므로 상성 장군의 충언에 따라 왕은 가능한 한 가장 빨리 진군을 시작하기로 결정했다. 상성은 실질적으로 군대에 몰두했다. 자신의 군인들을 훈련시키기 위해서 그는 병사들의 발에 작지만 매우 무거운 모래주머니를 차게 했다. 하루 종일 그들은 그 꾸러미를 달고 걸어야 했다.

Le lendemain l'armée se mit en marche. Les soldats, n'ayant que leurs armes à porter, avançaient rapidement. Au bout de deux jours on était devant la capitale. San-Syeng disposa ses troupes tout autour de la ville, avec ordre de ne laisser entrer ni sortir qui ce fut.

Puis il écrivit un manifeste qu'il fit reproduire sur des lamelles de bambou, qui furent répandues dans la capitale. Ce manifeste annonçait l'arrivée du roi légitime à la tête d'une armée. Sa Majesté venait combattre Ja-Jo-Mi, le ministre infidèle.Ce dernier était dans la sécurité la plus absolue. Les fêtes succédaient aux fêtes, les festins aux festins. Tout à coup on vint annoncer à Ja-Jo-Mi que le fils du roi était aux portes de la ville avec une armée, et que la population de la capitale était fortement surexcitée.

그 다음날 군대가 진군을 시작했다. 군장을 갖추고 있었지만 병사들은 빨리 전진했다. 이틀이 지나 그들은 수도 앞에 다다랐다. 상성

169

은 자신의 군대를 배치하여 수도를 완전히 둘러쌌다. 무엇이 되었건 들어가지도, 나가지도 못하게 하라고 명령했다.

그리고 그는 성명서를 쓰고 그것을 대나무 조각 위에다 다시 쓰게 하여 수도에 뿌렸다. 그 성명서는 적법한 왕이 군대의 수장으로서 도착했음을 알렸다. 국왕 전하가 부정한 재상 자조미와 싸우러 왔다는 것이다. 자조미는 완전하게 안전한 곳에 있었다. 축제가 축제를 이었고, 연회에 연회가 잇따랐다. 갑자기 누군가가 자조미에게 왕의 아들이 군대를 거느리고 수도 성벽 앞에 있고, 수도의 백성들이 매우 흥분해 있다고 전해주었다.

Ja-Jo-Mi, au comble de l'étonnement manda immédiatement son général. Il éclata en violents reproches : «Comment, Vous m'avez ammoncé que le fils du roi était mort et maintenant on me dit que la ville est assiégée? Qui est-ce qui est à la tête des troupes qui viennent nous attaquer?»

- Il est impossible que ce socit le fils du roi, répondit le général. Je suis certain qu'il est mort dans les flammes. C'est sans doute un aventurier quelconque qui a amené cette bande de pillards jusqu'ici.

Ils n'curent pas le temps d'en dire davantage. Le peuple, qui avait lu les lamelles de bambou, se soulevait. Déjà il s'avançait vers le palais du premier ministre. Tout est envahi. Ja-Jo-Mi et son général sont saisis ; le palais est incendié. Au même moment, le roi entrait dans la ville et le peuple remettait entre ses mains le ministre usurpateur et son général.

Ki-si, fait venir le général San-Syeng.

- Que personne ne soit mis à mort. Il suffit pour le moment de jeter les coupables en prison. Peu de temps après il ordonne qu'on ne garde prisonniers que Ja-Jo-Mi, le général et leurs principaux complices.

자조미는 너무나 놀라 자신의 장군에게 즉시 말했다. 그는 격렬하게 비난을 터트렸다.

"어떻게, 자네는 왕의 아들이 죽었다고 고했는데, 이제 누군가는 내게 이 도시가 포위당했다고 말하는가? 우리를 공격하려는 저 무리를 이끄는 이가 도대체 누구란 말인가?"

"틀림없이 왕의 아들은 아닐 것입니다." 장군이 대답했다.

"그가 불꽃 속에서 죽었다고 저는 확신합니다. 여기까지 온 저 약탈자 무리를 이끄는 자는 아마도 그런저런 용병일 것입니다."

그들에게는 더 이야기를 나눌 시간이 없었다. 백성들이 대나무 조각을 읽고서 들고 일어난 것이다. 이미 백성들은 재상의 저택까지 왔다. 모두가 난입했다. 자조미와 그의 장군은 저택이 타고 있다는 것을 알았다. 그 순간, 왕이 수도로 들어왔고, 백성들은 그의 손에 왕위찬탈자 재상과 그의 장군을 넘겨주었다.

기씨는 상성 장군을 오게했다.

"아무도 죽음에 처해지지는 않으리. 죄수들은 감옥에 쳐 넣는 것으로 충분하다." 얼마 지나지 않아 왕은 죄수들, 즉 자조미, 그의 장군, 그리고 그들의 주요 공범자들을 감시하라고 명령했다.

Le nouveau roi était à peine rentré dans le palais de ses pères qu'il ordonnait de diminuer les impôts qui pesaient ces mesures. Elle désirait même qu'on allât plus loin :

- Qui sait, dit-elle, si les mandarins des provinces exécuteront les ordres et ne continueront pas à pressurer le peuple à leur profit? Il faudrait s'assurer que tout se passe selon les vœux et envoyer des fonctionnaires chargés d'examiner si tes ordonnances sont respectées.

Le roi, se rendant à la justesse de cette idée, chargea San-Syeng d'envoyer dans toutes les directions des hommes sûrs et dévoués. Le nouveau général quitta lui-même la capitale. Il avait repris les vêtements qu'il portait au moment où le roi lui avait confié le commandement des troupes.

새 왕이 이제야 자기 부모님의 궁전으로 다시 들어왔다. 왕은 백성들에게 부과된 세금을 줄이라고 명했다. 그의 아내는 이 조처에 크게 찬성했다. 심지어 한발 더 나아가고자 했다.

"누가 압니까, 그녀가 말했다, 지방수령들이 이 명령을 따라, 백성들에 대한 착취를 그만두는지를요? 모든 것이 당신의 의지에 따라 진행되는 걸 확인해야 할 것입니다. 그러려면 당신의 명령이 지켜지는지 감독할 관리를 파견해야 할 것입니다."

왕은 이 생각이 옳다는 것을 알고, 상성에게 확신있고 충성스러운 사람들을 각처에 파견하도록 했다. 그 새 장군 역시 수도를 떠났다. 그는 왕으로부터 군대 통솔권을 부여받았던 당시에 입었던 옷을 다시 꺼내 입었다.

VIII

C'est San-Syeng qui avait le plus puissamment contribué à rétablir le souverain légitime de la Corée, sur son trône. Il ne considérait pas sa tâche comme terminée ; car il lui restait à retrouver ses parents, et à aller rejoindre l'adorable jeune fille à qui il avait donné son cœur. Au milieu de toutes les aventures qu'il venait de traverser, il n'avait pas un instant cessé de penser à Tjyang-So-Tyjei. Il était loin de se douter que, de ce côté là aussi, il s'était passé des événements extraordinaires.

꼬레의 적법한 통치자를 왕좌에 다시 오르게 하는 데 가장 힘있게 공헌한 이는 상성이었다. 그는 그의 여정이 끝났다고 생각하지 않았다. 그는 부모를 다시 찾아야 했고, 마음을 주었던 아름다운 소녀를 다시 만나러 가야했기 때문이다. 그가 거쳐온 모든 모험 가운데서 그가 단 한순간도 잊을 수 없었던 것은 장소저[47]였다. 그는 그녀의 곁에서도 놀라운 사건이 일어났다고는 조금도 의심하지 않았다.

Quelque temps après le départ de San-Syeng, Tjyang-So-Tyjei avait un jour trouvé sa mère morte dans sa chambre. La pauvre jeune femme fut accablée de douleur. Elle ne pouvait se consoler de ce malhuer irréparable dont la solitude lui faisait apprécier encore

---

47 장소저(Tjtang-So-Tyjei): 앞에서 그녀 부친의 이름을 영연사(Yeng-Yen-Sa)라고 했다. 그렇다면 영연사는 이름이 아니라 別號라든가 관직명일 가능성이 있다.

davantage l'étendue. Bientôt une nouvelle calamité vint fondre sur elle. Le peuple, révolté contre la noblesse, porta par tout l'incendie et le pillage. Tjyang-So-Tyjei eut à peine le temps de s'enfuir par une porte secrète.

En peu de mois la jeune fille avait perdu sa mère et sa fortune. Elle ne se désespéra cependant pas. «Il me reste San-Syeng, se disait-elle. J'irai le retrouver dans la capitale». Afin de pouvoir plus facilement exécuter son projet, elle revêtit le costume masculin. Ainsi équipée, elle se mit en route.

상성이 떠난 지 얼마 후, 어느 날 장소저는 자기 어머니가 방에서 숨겨 있는 것을 발견했다. 불쌍한 그 젊은 여인은 공포에 짓눌렸다. 그녀는 자신을 훨씬 더 고독하게 만들 이 돌이킬 수 없는 불행과 관련하여 진정할 수가 없었다. 곧 새로운 재앙이 그녀를 덮쳤다. 양반계급에 저항하는 백성들이 도처에서 불을 지르고 약탈을 했다.[48] 장소저는 겨우 비밀 문으로 몸을 피할 시간밖에 없었다.

한 달도 되지 않은 시간동안 그 소녀는 어머니와 재산을 잃었다. 하지만 그녀는 절망하지 않았다.

"나에게는 상성이 있어, 그녀가 혼잣말 했다, 수도에 가서 그를 찾을 거야."

자신의 계획을 손쉽게 실행하기 위해서 그녀는 남자 옷으로 갈아

---

48 이 사건은 지방수령의 탐학한 정사로 말미암아 19세기 말 호남지역을 중심으로 백성들이 관과 지주를 타도 대상으로 삼았던 농민반란을 염두에 두고 있는 것으로 보인다. 그런 점으로 미루어 볼 때, 장소저의 집은 그 지역의 대지주였던 것으로 짐작된다.

입었다.[49] 그리하여 준비를 마친 그녀가 길을 나섰다.

Malheureusement, n'ayant aucune notion du chemin qu'elle devait suivre, elle ne tarda pas à s'égarer. Un brouillard intense vint encore aggraver la situation. La jeune femme marcha longtemps, ne rencontrant jamais, à son grand désespoir, la moindre maison pour se reposer. Harrassée de fatigue, elle s'assit près d'une forêt de bambous. Elle ne voulait prendre que quelques instants de repos ; mais, malgré ses efforts elle ne tarda pas à s'endormir.

La forêt de bambous vers laquelle le hasard avait dirigé les pas de Tjyang-So-Tyjei était précisément celle où, de longues années auparavant, Tjyeng-Si avait mis au monde San-Syeng. La malheureuse mère, forcée d'abandonner son enfant un pèlerinage en ces lieux qui lui rappelaient de si douloureux souvenirs. Elle se plaisait à raviver sa douleur en contemplant l'endroit où elle était devenue mère, et qu'elle arrosait de ses larmes.

불행하게도 자신이 가야할 길에 대해 어떤 개념도 없었기 때문에 그녀는 얼마 지나지 않아 길을 잃고 말았다. 갑자기 안개가 몰려와 상황은 더욱 악화되었다. 그 젊은 여인은 오랜 시간 걸었지만 절망스럽게도 쉴만한 어떤 집도 발견하지 못했다. 피곤에 지쳐 그녀는

---

49 여자가 여자임을 감추기 위해 남장(男裝)을 하는 수법은 고전소설 가운데 여성영웅군담소설에서 자주 활용된다. 홍종우는 이런 여성영웅군담소설의 서사적 관습을 빌려왔던 것으로 보인다.

대나무 숲 근처에 주저앉았다. 그녀는 아주 잠시만 쉬려고 했다. 그러나 노력에도 불구하고 금세 잠에 빠지고 말았다.

우연히도 장소저의 발걸음이 향했던 대나무 숲은 오래전 정씨부인이 상성을 낳았던 바로 그 장소였다. 자신의 아이를 버릴 수밖에 없었던 그 불행한 어머니는 때때로 너무나 고통스러운 기억을 떠올리며 이곳을 순례하고는 했다. 그녀는 자신이 어머니가 되었던 이 장소를 바라보며 어쩔 수 없이 그 고통을 다시 생생히 겪으며 눈물로 흠뻑 젖고는 했다.

Un jour, en revenant de sa triste promenade, la religieuse vit tout à coup un jeune homme qui, couché au travers du chemin, dormait profondément. Elle s'efffraya d'abord, puis se risqua à contempler le dormeur. «Mon fils doit avoir le même âge, se dit-elle ; je vais attendre le réveil de ce jeune homme pour lui parler.» Elle s'assit auprès de lui, ne pouvant détacher ces regards de sa figure. A la fin, n'y tenant plus, et après s'être bien assurée que personne ne la voyait, elle se décida à réveiller le voyageur étranger.

어느 날 자신의 슬픈 산책을 하고 돌아오면서, 그 비구니[50]는 갑자기 한 젊은이가 길을 가로질러누워서 깊이 잠을 자고 있는 것을 보았다. 처음에는 너무 놀랐지만 곧이어 위험을 무릅쓰고 잠자는 사람을 살폈다.

---

50 비구니: 상훈이의 부인 정씨부인은 오랫동안 절에 의탁하고 살면서 비구니로 지내고 있었음을 짐작케 하는 표현이다.

"내 아들과 같은 나이겠구나." 그녀가 혼잣말을 했다.

"저 젊은이가 깨어날 때까지 기다렸다가 말을 걸어봐야겠다."

그녀는 젊은이 옆에 앉은 채 그의 얼굴에서 시선을 떼지 못했다.

결국 더 이상 기다리지 못한 그녀는 아무도 보는 사람이 없음을 확인

하고는 그 낯선 여행자를 깨우기로 결심했다.

- Excusez ma curiosité, Monsieur, mais votre aventure est bien étrange.

- Quelle aventure? demanda Tjyang-So-Tyjei.

- Comment se fait-il que vous soyez venu vous coucher dans ce sentier?

- Cela vient de ce que j'était très fatiqué.

- Où demeurez-vous?

- A Tjin-Tjyou ; mais je fais route pour la capitale.

- Pour la capitale? Mais vous n'êtes pas du tout sur la bonne route.

- Me serais-je égaré? Comment vais-je faire?

La pauvre jeune femme avait les larmes aux yeux. Tjyeng-Si de son côté était tout émue.

- Pourquoi, demanda-t-elle encore, pourquoi voyagez-vous ainsi, seul? Ce n'est pas prudent.

- Je le sais, Madame, mais j'y suis bien obligé, car je suis orphelin.

- Voulez-vous venir avec moi?

- Oui ; mais je ne pourrai accepter votre hospitalité que pour peu de temps.

"내 호기심을 용서하세요. 그런데 당신의 모험은 참 이상하군요."

"어떤 모험 말씀이지요?" 장소저가 물었다.

"어찌하여 이런 오솔길에서 자게 되었나요?"

"제가 너무 피곤했기 때문입니다."

"어디 사십니까?"

"진주[51]에요. 그렇지만 수도로 가는 길입니다."

"수도에요? 그런데 당신은 완전히 길을 잘못 들었어요."

"제가 헤매고 있는 겁니까? 그러면 어떻게 해야 하죠?"

가여운 그 젊은 여인의 눈에 눈물이 고였다. 곁에 있던 정씨부인의 마음이 완전히 움직였다.

"어찌하여, 정씨부인이 다시 말했다, 이렇게 혼자 여행을 합니까. 사려 깊지 못한 일입니다."

"잘 알고 있습니다, 부인. 하지만 그럴 수 밖에 없었어요. 제가 고아거든요."

"그러면 저와 함께 가시겠습니까?"

"그러지요. 하지만 저는 당신의 호의를 받아들일 수 있을 만큼 시간이 별로 없습니다."

Sur ces mots, nos deux personnages se dirigèrent vers le temple de Ro-ja.

La sœur Out-Poug consentit à recevoir le jeune voyageur ; mais le prévint qu'il lui était impossible de garder plus de deux ou trois jours

---

51 진주(Tjin-Tjyou): 앞에서는 '전주(Tjen-Jou)'라고 표기되어 있다. 이야기의 정황으로 볼 때, 진주보다는 전주가 맞는 것으로 보인다.

un homme dans la maison.Tjyang-So-Tyjei n'en demandait pas tant. Quand elle se fut installée dans sa chambre, elle alla trouver Tjyeng-Si. Celle-ci lui raconta tous ses malheurs. Ce récit émut jusqu'aux entraulles la jeune femme qui pleura longtemps avec sa nouvelle amie.

이 말을 끝으로 두 사람은 호자사 쪽으로 향했다. 우북이라는 비구니가 이 젊은 여행자를 들이는 것을 승낙했다. 하지만 이삼일 이상 거기에 누군가가 있게 하는 건 불가능이라고 고지했다. 장소저는 더 요구를 하지는 않았다. 자신의 방에 짐을 풀고 그녀는 정씨부인을 찾아갔다. 정씨부인은 그녀에게 자신이 겪은 불행한 일을 모두 이야기했다. 그 이야기는 젊은 여인의 깊은 곳까지 동요시켜, 그녀는 새로운 친구와 함께 오래 눈물을 흘렸다.

Le lendemain matin, Tjyeng-Si vint dans la chambre du voyageur.

Apercevant une bague sur la table, elle l'examina attentivement, puis demanda brusquement :

- Je suis peut-être très indiscrète ; mais je vous serais fort obligée de me dire de qui vous tenez cette bague?

- C'est un souvenir de mon meilleur ami.

- Et où est-il cet ami?

- Il est allé à la capitale. Je voulais justement le rejoindre, et j'espère être bientôt auprès de lui.

- Quel âge a-t-il?

179

- Nous sommes à peu près aussi âgés l'un que l'autre. Mais pourquoi toutes ces questions?

그 다음 날 아침, 정씨부인이 여행자의 방에 왔다.

탁자 위에 놓인 반지를 발견하고, 그녀는 그것을 주의 깊게 살피고 나서 별안간 물었다.

"어쩌면 매우 무례한 일이겠지만 물어보지 않을 수 없겠어요. 이 반지 누가 준건가요?"

"저의 제일 친한 친구의 기념품입니다."

"그 친구는 어디 있습니까?"

"그는 수도로 갔어요. 저는 그를 다시 보고 싶고, 곧 그의 곁에 있게 되기를 바라고 있어요."

"그가 몇 살이죠?"

"우리는 거의 동갑이에요. 그런데 왜 이런 것들을 물어보십니까?"

Tjyeng-Si ne répondit pas immédiatement. Ses yeux étaient gonflés de larmes. Toup à coup, elle éclata en sanglots.

- Mon fils! mon pauvre fils! Où es-tu? dit-elle.

정씨부인은 곧바로 대답할 수가 없었다. 그녀의 두 눈이 눈물로 부풀어 올랐다. 별안간 그녀가 울음을 터트렸다.

"내 아들! 내 불쌍한 아들! 너는 어디에 있니?" 그녀가 말했다.

Ces paroles frappèrent très vivement Tjyang-So-Tyjei. Est-ce que cette pauvre femme serait la mère de mon mari? songea-t-elle. Elle attira doucement vers elle sa pauvre compagne tout en larmes, et lui demanda : - Votre fils s'appellerait-il San-Syeng?

이 말을 들은 장소저는 매우 큰 충격을 받았다. '이 불행한 여인이 내 남편의 어머니란 말인가?' 그녀는 온통 눈물 범벅이 된 자신의 불쌍한 동반자를 부드럽게 끌어안으며 물었다.

"아들의 이름이 상성인가요?"

A ce nom, Tjyeng-Si, plus émue que jamais s'écria:
- Oui, c'est ainsi que je l'ai nommé, et j'ai moi-même inscrit sur le bras de mon enfant ce nom de San-Syeng en caractères ineffaçables. Cette bague que j'ai regardée tout à l'heure je l'ai glissée dans les langes de mon fils lorsque je dus l'abandonner.
- Ma mère, ma chère mère, dit Tjyang-So-Tyjei en se jetant dans les bras de Tjyeng-Si, votre fils est mon mari, et je suis à sa recherche.
- Est-ce que j'entends bien! s'écria Tjyeng-Si. Mais alors, que signifie ce costume?
- Je l'ai endossé afin de pouvoir voyager avec plus de sécurité.

이 말을 들은 정씨부인이 전에 없이 동요되어 소리쳤다.
"네. 내가 지어준 이름이오. 내가 직접 내 아이의 팔에 지워지지 않도록 상성이라는 그 이름을 새겼어요. 방금 본 그 반지는 내가 아이를 버릴 때 포대기에 넣었던 것입니다."

"어머니, 내 어머니" 장소저가 정씨부인의 팔에 뛰어들며 말했다.

"어머니의 아들이 바로 제 남편이랍니다. 그리고 저는 지금 그를 찾으러 가는 길입니다."

"내가 똑바로 들은 것인가!" 정씨부인이 소리쳤다.

"그런데 그 옷은 어떻게 된 것이오?"

"보다 안전하게 여행할 수 있도록 이렇게 입었어요."

Les deux femmes tendrement enlacées pleuraient à chaudes larmes. La sœur Out-Poug, qui passait à ce moment, entendant sangloter entra dans la chambre.

- Pourquoi pleurez vous ainsi? demanda-t-elle.

- Ma bonne sœur, nous avons donné l'hospitalité non pas à un jeune homme ; mais à la propre femme de mon fils, répondit Tjyeng-Si.

- Comme je suis heureuse pour vous!

두 여인은 다정하게 얼싸안으며 뜨거운 눈물을 흘렸다. 그 순간 지나가던 우북 스님이 흐느끼는 소리를 듣고 방으로 들어왔다.

"왜 이렇게 울고 계십니까?" 그녀가 물었다.

"스님, 우리가 거두었던 이가 젊은 사내가 아니라, 내 아들의 처랍니다."정씨부인이 대답했다.

"너무나 잘 된 일이군요!"

Tjyang-So-Tyjei, expliqua à la religieuse pourquoi elle avait revêtue des habits d'homme.

- Vous avez raison, reprit la sœur ; mais quel motif vous a fait quitter la ville que vous habitiez.

장소저는 비구니에게 왜 남장을 했는지 설명했다.

"잘 생각하신 겁니다." 비구니가 답했다.

"그런데 무슨 이유로 살던 마을을 떠나게 되었습니까?"

La jeune femme raconta toutes ses infortunes. Plus que jamais elle brûlait du désir de retrouver son mari.

- Je le retrouverai facilement, ajouta-elle, fût-il complétement changé. Il a probablement conservé le cheval que je lui ai donné lors de son départ et, à défaut du maître, je reconnaîtrai la monture.

- Eh bien! dit la religieuse à Tjeng-Si, le terme de tous vos chagrins est proche. Suivez votre fille ; vous retrouverez ensemble celui que vous avez appelé San-Syeng.

- Oui, nous ferons tous nos efforts pour réussir dans cette entreprise.

젊은 여인이 자신의 불행을 모두 이야기했다. 그 어느 때보다도 그녀는 남편을 만나고픈 욕망에 불타올랐다.

"저는 쉽게 그를 다시 만날 수 있을 거예요, 그녀가 덧붙였다, 그가 완전히 변했어도 말이에요. 그는 아마도 그가 떠날 때 제가 주었던 말을 가지고 있을 거예요. 주인이 없더라도 그 짐승은 알아볼 거

183

예요.”

“잘되었군요!” 비구니가 정씨부인에게 말했다.

“두 사람의 슬픔의 언어가 비슷하네요. 며느리를 따라 가세요. 당신이 상성이라고 이름붙인 그 아이를 다시 만나게 될 것입니다.”

“네. 우리의 시도를 성사시키기 위해서 우리가 할 수 있는 모든 노력을 다 할 겁니다.”

Habituées depuis si longtemps à vivre ensemble, Tjeng-Si et la religieuse éprouvèrent un vrai chagrin à se quitter. Mais la sœur Out-Poug avait été la première à conseiller à Tjeng-si de partir avec sa bru. Dans sa tristesse, elle était encore heureuse du bonheur qui arrivait à sa compagne.

Tjeng-Si et Tjyang So-Tyjei se mirent en route.

Quand elles arrivèrent près de la forêt de bambous, la mère de San-Syeng ne put retenir ses larmes.

- Pourquoi pleurez-vous ainsi, ma mère?

- C'est là ma fille, qu'il y a dix sept ans, j'ai mis au monde celui qui devait être votre mari. C'est à quelque distance d'ici que je l'ai abandonné, pour suivre, la sœur Out-Poug. Tous ces souvenirs m'étreignent douloureusement le cœur.

너무 오랫동안 함께 살아서 익숙해진 정씨부인과 비구니는 서로를 떠나게 되어 큰 슬픔을 느꼈다. 하지만 우북 스님이 정씨부인에게 며느리와 함께 떠나라 먼저 조언했다. 슬픔 속에서도 그녀는 자신의 동반자에게 찾아온 행복을 기쁘게 생각했다.

정씨부인과 장소저가 길을 나섰다.

그녀들이 대나무 숲 근처에 이르렀을 때, 상성의 어머니는 눈물을 참을 수 없었다.

"왜 그렇게 우세요, 어머니?"

"그건 말이다, 아가. 네 남편이 된 그 아이를 내가 낳은 지 벌써 십 칠년이나 되었다는 생각이 들어서란다. 내가 그 아이를 버리고 우북 스님을 따라간 곳이 여기서 멀지 않은 곳이다. 나를 스치는 이 모든 기억들이 내 마음을 고통스럽게 하는구나."

Les deux femmes continuérent leur chemin ; au bout de plusieurs heures de marche, elles arrivèrent auprès d'un grand lac. Tjeng-Si, s'aarêtant un instant, et levant les yeux au ciel s'écria en pleurant :

- Chère et infortunée amie, qu'es-tu devenue? Elle raconta à Tjang-So-Tyjei le sublime dévouement de celle grâce à laquelle elle avait pu échapper aux poursuites de Sù-Roung.

Les jours suivants, le voyage se passa sans incidents. Les deux femmes arrivèrent dans la ville de Saug-Tjyou. Elles résolurent de s'y arrêter quelques jours car elles étaient épuisées par la fatigue, et entrèrent dans le premier hôtel qu'elles rencontrèrent.

두 여인이 계속해서 길을 갔다. 몇 시간을 더 걸은 후, 그녀들은 커 다란 호숫가에 도착했다. 잠시 동안 발걸음을 멈춘 정씨부인이 눈을 들어 하늘을 향해 울며 외쳤다.

"너무나 사랑하는, 불행한 이여, 잘 계신가요?"

그녀는 장소저에게 그녀가 수황의 추적으로부터 도망칠 수 있도록 도와준 여인의 숭고한 희생을 이야기했다.

며칠이 지나고, 아무 일 없이 여행이 계속되었다. 두 여인은 소주[52] 마을에 도착했다. 그녀들은 피로로 소진되었기 때문에 그 마을에 며칠 머물기로 하고 처음 보이는 여관으로 들어갔다.

Le fils de l'hôtelier ne tarda pas à tomber amoureux de Tjang-So-Tyjei, qui était une merveille de grâce et de beauté. Voyant ses avances repoussées, il résolut de se venger. Une servante fut chargée de cacher dans la chambre de la jeune femme des bijoux appartenant au jeune homme. La chose se fit sans difficulté. La servante dut jurer qu'elle ne dirait rien.

Le lendemain, l'amoureux évincé entrant dans la chambre de Tjang-So-Tyjei, lui dit:

- Madame, veuillez m'excuser. On m'a volé mes bijoux. J'ai fait des recherches dans toutes les chambres de la maison et vous demande la permission d'en faire autant chez vous.

- Très volontiers, Monsieur.

여관주인의 아들이 지체 없이 최상의 우아함과 아름다움을 지닌 장소저에 대한 사랑에 빠졌다. 수작질을 하다 거부당하고서 그는 복

---

[52] 소주(So-Tjyou): 어느 도시인지 미상이다.

수하기로 결심했다. 하녀 한 명을 시켜 자신의 보석을 그 젊은 여인의 방에 숨겼다. 이 일은 어려움 없이 이루어졌다. 하녀는 아무 것도 발설하지 않기로 맹세를 해야 했다.

그 다음 날, 사랑을 거절당한 그가 장소저의 방에 들어가서 말했다.

"부인, 실례를 해도 되겠습니까? 보석들을 도둑맞았답니다. 그래서 이 집의 모든 방을 수색중입니다. 그러니 당신 방을 그렇게 해도 된다는 허락을 당신께 구합니다."

"얼마든지요."

Les deux femmes ne furent pas médiocrement étonnées de voir le jeune homme retrouver, comme pas enchantement, chez elles les bijoux qu'il prétendait lui avoir été volés.Elles jurèrent qu'elles étaient innocentes ; mais ce fut inutile. Bientôt on vint les arrêter de la part du mandarin, et elles durent subir un premier interrogatoire.

Elles renouvelèrent énergiquement leurs dénégations. Le mandarin les écouta. Il avait été frappé de l'admirable beauté de Tjang-So-Tyjei. N'en laissant rien paraître, il ordonna de mener les deux femmes en prison. Quelques minutes après, il leur faisait dire que, si Tjang-So-Tyjei consentait à l'épouser, on ne reparlerait plus de ce vol. En cas de refus, c'était la mort.

두 여인은 그 젊은 사내가 찾아낸 것을 보고 너무 놀랐다. 그가 도둑맞았다고 말한 그것 같은 보석들을 자기들 방에서 찾아 낸 것이다. 그들은 무죄라고 맹세했지만 아무 소용이 없었다. 곧 사람들이 그녀들을 체포해 수령한테 넘겼다. 그녀들은 첫 번째 용의자가 된 상황을 감내해야 했다.

그녀들은 또 다시 완강하게 부인했다. 수령은 그녀들의 이야기를 들었다. 그는 장소저의 찬탄할만한 아름다움에 매료되었다. 그는 아무 내색을 하지 않은 채 두 여인을 감옥에 가두라고 명령했다. 몇 분 후, 그는 장소저가 자신과 결혼한다면, 이 도둑질에 대해서는 다시는 언급하지 않겠다는 말을 그녀들에게 전했다. 만약 거절한다면 그 것은 죽음을 의미했다.

La jeune femme répondit avec indignation à l'envoyé du mandarin :

- Dites à votre maître, qu'il est un infâme. Je suis mariée et ne trahirai jamais mon époux ; même pour échapper à la mort.

Le mandarin très irrité donna des ordres pour que l'exécution des prisonnières eut lieu à trois jours de là. Le gardien de la prison, en même temps bourreau, fit ses sinistres préparatifs. Vivement touché de l'infortune des deux femmes, il alla les trouver et leur dit :

- Je serais très heureux de vous rendre tel service que vous me demanderiez. je suis obligé de me conformer aux ordres du mandarin ; mais je ne crains pas de dire que c'est le plus misérable des hommes.

Le gardien pleurait en parlant ainsi.

그 젊은 여인이 수령의 이 전언에 격분하여 답했다.

"비열한 수령께 아뢰시오. 나는 결혼했고, 나는 결코 내 남편을 배신하지 않겠다고 말이오. 죽음을 피할 수 있다 하더라도 말이오."

몹시 화가 난 수령은 그로부터 사흘째 되는 날 두 죄인의 형을 집행하라고 명령했다. 형리 일도 겸하고 있는 감옥의 간수가 그 불길한 준비과정을 밟았다. 두 여인의 불행에 깊이 마음이 움직인 그가 그녀들을 찾아가 말했다.

"당신들이 내게 요구할 그러한 일을 당신들께 해줄 수 있다면 나는 아주 행복할 거요. 나는 수령의 명령을 따라야 합니다. 하지만 이것이 인간들 중 가장 비참한 이의 일이라고 두려움 없이 말하는 바입니다."

간수는 이렇게 말하며 눈물지었다.

Tjeng-Si et sa bru, au comble du désespoir, se lamentaient. Ainsi, il leur fallait quitter la vie sans avoir revu l'une son fils, l'autre son mari !

- O mon San-Syeng, ô mon San-Syeng! s'écriaient-elles.

Telle était leur douleur qu'à la fin elles perdirent connaissance.

크나큰 절망에 빠진 정씨부인과 며느리 역시 눈물을 흘렸다. 그리하여 그녀들은 아들도 남편도 보지 못한 채 목숨을 잃어야 했다!

"오 나의 상성, 나의 상성!" 그녀들이 소리쳤다.

그녀들의 고통은 의식을 잃을 정도였다.

IX

En quittant la capitale, San-Syeng s'était proposé un triple but: s'assurer de la bonne exécution des ordres du roi ; rechercher ses parents ; rejoindre son épouse. Le jeune homme ne se dissimulait pas les difficultés d'une pareille entreprise. Résolu à tout mettre en œuvre, il avait le plus ferme espoir de voir ses efforts finalement couronnés de succès.

Avant tout, San-Syeng avait hâte de revoir l'adorable Tjyang-So-Tyjei. Au moment de s'approcher de la ville de Tjin-Tjyou, où demeurait la jeune femme, le nouveau général apprit que cette localité était ensanglantée par l'émeute. Immédiatement, San-Syeng requiert des troupes dans les villes voisines, et en peu de temps l'ordre est rétabli. Le mandarin, dont les exactions avaient été la cause première de la rébellin, fut arrêté. On le tranféra dans la capitale en compagnie des principaux meneurs.

수도를 떠나면서 상성은 세 가지 목적을 염두에 두었다. 왕의 명령을 잘 수행하는 것, 부모를 찾는 것, 아내를 다시 만나는 것이 그것이다. 그 젊은 사내가 이러한 시도의 어려움을 줄일 수는 없었다. 모든 일을 잘 해결하겠다고 결심하면서 그는 자신의 노력이 결국은 성공의 왕관을 쓰는 걸 보고자하는 가장 견고한 희망을 품었다.

무엇보다도 상성은 소중한 장소저를 간절히 다시 만나고자 했다. 아내가 살고 있는 진주 마을에 이르렀을 때, 그 신임 장군은 그 지역이 폭동으로 인해 피로 뒤덮였다는 사실을 알았다. 즉시 상성은 이웃 마을의 군대를 소집하였고, 잠깐사이에 명령은 이행되었다. 반란의 첫 번째 원인이었던 비리를 저지른 수령이 체포되었다. 그는 주요 주동자들과 함께 수도로 이송되었다.

Son devoir accompli, San-Syeng tout heureux s'apprêtait à aller surprendre joyeusement Tjyang-So-Tyjei. Hélas! la maison dans laquelle il comptait retrouver son épouse avait été la proie des flammes. Il ne put maîtriser sa douleur et éclata en sanglots. L'intendant qui l'accompagnait cherche à le consoler. San-Syeng, à moitié fou, se laissa emmener. Il apprit que la mère de Tjang-So-Tyjei était morte, et que l'orpheline s'était enfuie au moment de l'incendie, sans qu'on sut de quel côté elle avait dirigé ses pas.

San-Syeng résolut de se mettre immédiatement à la recherche de sa jeune femme ; mais, brisé de fatigue, il dut se résoudre à prendre quelques instants de repos.

그의 임무가 완수되었고, 상성은 아주 행복해하며 장소저를 놀래킬 준비를 하였다. 그런데 아뿔사! 그가 그의 아내를 다시 만나리라 기대했던 집이 화염의 먹이가 되었다는 것이다. 그는 고통을 다스리지 못하고 울음을 터트렸다. 그를 수행한 집사가 그를 위로하고자 했다. 상성은 반쯤 미쳐 이끌려갔다. 그러다 장소저의 어머니가 죽고, 고아가 된 그녀가 화재가 난 순간 도망을 쳤으며, 아무도 그녀가 어디로 갔는지 알지 못한다는 것을 그가 알게 되었다. 상성은 즉시 젊은 자기 아내를 찾기로 결심했다. 그러나 피곤에 지쳐 잠시 동안 휴식을 취할 수밖에 없었다.

Pendant son sommeil San-Houni lui apparut pour la troisième fois et lui dit :

-Mon pauvre enfant, vous cherchez vos parents et ne pouvez réussir à les retrouver. Apprenez que c'est moi qui suis votre père. Je jouissais autrefois d'une grande influence à la cour, mais mon ennemi Ja-Jo-Mi, m'a fait exiler en même temps que mon meilleur ami Sùn-Hyen. J'ai été assassiné par Sù-Roung qui devait me transporter a Ko-Koum-To. Quant à votre mère et à votre épouse elles se trouvent actuellement à Saug-Tjyou. Un mandarin scélérat les a condamnées à mort. Hàtez-vous d'aller à leur secours ; le moindre retard serait funeste.

잠을 자는 동안 상훈이가 세 번째로 상성의 꿈에 나타나 그에게 말했다.

"내 불쌍한 아이야, 너는 부모를 찾고 있지만, 그들을 찾을 수 없을게다. 내가 바로 너의 아버지임을 알거라.[53] 나는 지난 날 궁에서 크나큰 영향력을 행사했지만, 나의 적 자조미가 내 가장 친한 친구 순현과 함께 나를 유배 보내었다. 나는 고금도까지 나를 이송시키기로 되어 있던 수황에 의해 살해당했다. 너의 어머니와 너의 아내는 현재 소주에 있다. 사악한 수령이 그들에게 사형을 선고했다. 서둘러 가서 그들을 구하거라. 조금이라도 늦으면 그들을 구할 수 없을게다."

---

53 상성의 부친 상훈이는 자주 꿈에 나타나서 상성의 앞일을 예언해 주었는데, 여기서 비로소 자신이 죽은 부친임을 밝히고 있다.

San-Syeng, réveillé, se mit immédiatement en route. Bientôt il
atteignit la ville don't San-Houni lui avait parlé en rêve. Il ne tarda
pas à apprendre que sa mère et sa femme, injustement accusées de
vol, étaient effectivement en prison et devaient le lendemain même
être mises à mort.

Le jeune homme courut à la prison. Il lui fut impossible d'y
pénétrer. Il eut alors recours à un stratagème. Entrant chez un
marchand, il déroba un objet quelconque et feignit de s'enfuir.
Arrêté, il fut jeté en prison.

상성은 꿈에서 깨어 즉시 길을 나섰다. 곧 그는 상훈이가 꿈에서
말해준 마을에 도착했다. 그는 어머니와 아내가 억울하게 도둑 누명
을 쓰고 감옥에 갇혀있고, 내일이 사형집행일이라는 것을 알았다.
그 젊은 사내는 감옥으로 달려갔다. 하지만 그곳에 들어갈 수가 없
었다. 그래서 그는 책략을 꾸몄다. 한 상점에 들어가서 물건 하나를
슬쩍하고는 도망가는 척을 했다. 그는 붙잡혀서 감옥으로 보내졌다.

Avant d'employer cette ruse, San-Syeng avait ordonné à son
serviteur de venir se poster le lendemain, dans la matinée, devant la
prison avec le cheval de son maître.

La salle dans laquelle le jeune homme fut introduit après son
arrestation, était fort obscure. Plusieurs personnes y étaient déjà
enfermées ; mais il lui fut impossible de les distinguer. Pour avoir de le
lumière il se disputa avec un de ses voisins, ce qui devait inévitablement

avoir pour résultat l'arrivée du gardie. A peine celui-ci eut-il entendu des cris, qu'il accourut. Il s'interposa entre les deux hommes.

- Je vais vous signaler au mandarin, dit-il au fils de San-Houni. Quel est votre nom?

- San-Syeng.

En entendant ce nom, Tjyang-So-Tyjei et Tcheng-Si furent au comble de l'étonnement. Elles parlèrent entre elles à voix basse: «C'est bien ainsi que s'appelle mon fils, dit Tcheng-Si ; mais ce n'est pas lui qui se trouve ici, car il n'est pas un voleur.»

이 작전을 시행하기 전에 상성은 자신의 시종 한명에게 다음날 아침나절 감옥 앞에 주인의 말을 데리고 서 있으라고 명했다.

체포된 후에야 그 젊은 사내에게 출입이 허용된 감옥 안은 너무 어두웠다. 몇 명의 사람들이 이미 그 안에 갇혀있었지만, 그들을 분간할 수는 없었다. 불빛을 얻기 위해 그는 주변의 사람들 중 하나와 다툼을 했고, 그 결과 불가피하게 간수가 오게 되었다. 싸움소리를 들은 간수가 막 달려왔다. 그는 두 사람 사이에서 중재를 했다.

"당신들을 수령님께 보고할 거요."

그가 상성에게 물었다. "이름이 뭐요?"

"상성."

이 이름을 듣고 장소저와 정씨부인은 깜짝 놀랐다. 그들은 서로 목소리를 낮춰 이야기했다.

"저건 내 아들의 이름이야." 정씨 부인이 말했다.

"하지만 그가 여기 있을 리가 없어. 그는 도둑이 아니니까."

La nuit se passa sans que San-Syeng eut pu se faire reconnaître par les deux femmes. Au matin, on entendit tout à coup le hennissement d'un cheval. Aussitôt Tjyang-So-Tyjei, s'approchant de l'ouverture qui laissait pénétrer la lumière dans la prison, s'écria :

- Venez donc voir ma mère! Le cheval qui vient de hennir est celui-là même que j'ai donné à mon mari, ou en tout cas lui ressemble d'une façon frappante.

Tcheng-Si, répondit en gémissant :

- Hélas, qui sait où est mon pauvre fils.

상성이 두 여인을 알아보지 못한 채 밤이 지났다. 아침이 되자 갑자기 말의 울음소리가 들렸다. 곧바로 장소저가 입구 쪽으로 갔다. 감옥 안으로 빛이 새어들고 있었다. 그녀가 소리쳤다.

"어머니, 이리로 와서 좀 보세요! 방금 울음소리를 낸 저 말이 제가 남편에게 주었던 그 말이에요. 그 말이 아니라도 어쨌든 너무 닮았어요."

정씨부인이 한탄하며 대답했다.

"내 불쌍한 아들은 어디 있단 말이냐."

Alors San-Syeng s'approchant de celle qui était sa mère lui demanda la cause de son chagrin. Tcheng-Si lui raconta ses tristes aventures, depuis son départ pour l'exil avec San-Houni jusqu'à son arrestation et à sa condamnation par le mandarin de Sang-Tjyou.

A son tour, le jeune homme fit le récit de ses malheurs. «Je porte gravé sur mon bras le nom de San-Syeng, dit-il en terminant, mais j'ignore qui m'a fait cette empreinte ineffaçable.»

그때 상성이 자신의 어머니에게로 다가가서 왜 그리 슬퍼하는지 물었다. 정씨부인은 상훈이와 함께 유배지로 떠나면서부터 체포 및 상주 수령에 의한 사형 선고까지 자신의 이야기를 해주었다.

그러자 이번에는 그 젊은 사내가 자신의 불행한 이야기를 들려주었다. "제 팔 위에 상성이라는 이름이 새겨져있지만, 이야기를 마무리하며 그가 말했다, 저는 누가 이 지울 수 없는 자국을 새겼는지 모릅니다."

Tjyang-So-Tyjei qui avait assisté à cette conversation, s'écria :

- Dites-moi, comment s'appelle votre femme, et dans quelle ville elle habite.

- Tjang-So-Tjyei est le nom de mon épouse ; elle habitait la ville de Tjiù-Tjyou ; mais j'ai trouvé sa maison brûlée.

- O mon cher San-Syeng, dit la jeune femme, je te retrouve enfin. Et, s'adressant à Tcheng-Si :

- Ma mère, voici votre fils.

Tous trois s'embrassent en pleurant. Les deux femmes étaient encore plus tristes, en songeant que bientôt elles devraient mourir après avoir touché de si près au bonheur. San-Syeng les rassura. Il jouissait de pouvoirs extraordinaires don't il allait sur-le-champ faire usage.

이 대화를 듣고 있던 장소저가 소리쳤다.

"당신 아내의 이름이 무엇인지, 또 그녀가 어느 마을에 사는지 내게 말해주세요."

"장소저가 내 아내의 이름입니다. 그녀는 진주에 살았지요. 하지만 그 집은 타버렸더군요."

"오, 내 사랑 상성. 결국 당신을 찾게 되는군요, 그리고 정씨부인에게 말했다, 어머니, 이이가 어머니의 아들이에요."

세 사람은 서로 부둥켜안고 울었다. 두 여인은 이리도 가까이 행복에 다가갔다가 곧 죽어야한다는 생각에 더 깊은 슬픔에 잠겼다. 상성이 두 사람을 안심시켰다. 그에게는 즉시 실행할 수 있는 특별한 권한이 있었다.

A ce moment même l'intendant du jeune général entrait dans la prison. Il reçut l'ordre de faire annoncer dans la ville l'arrivée de San-Syeng, représentant spécial du roi. On devait mettre la main sur le mandarin et le mener à son lour en prison.

Quelques instants après l'intendant revenait annoncer à son maître que ses ordres étaient exécutés. En même temps tous les fonctionnaires accouraient à la prison. Ils s'empressaient autour de San-Syeng et lui présentaient respectueusement leurs hommages. Sur leurs instances, le fils de San-Houni quitta la prison avec ses compagnes pour se rendre à l'hôtel-de-ville.

그 순간 그 젊은 장군의 집사가 감옥 안으로 들어왔다. 그는 그 마

197

을에 왕의 특사인 상성의 도착을 알리라는 명을 받았다. 그 마을 수
령은 체포되어 투옥되어야 했다. 얼마 후 집사는 자기 주인에게 와
서 그의 명이 실행되었다고 보고했다. 같은 시간에 모든 관리들이
감옥으로 달려왔다. 그들은 상성을 둘러싸고 존경을 담아 그에게 경
의를 표했다. 그들의 탄원에 따라 상훈이의 아들은 자기 가족들을
데리고 감옥을 떠나 동원으로 갔다.

Tjyang-So-Tjyei, ayant aperçu le cheval qu'elle avait donné à son
mari, courut vers le brave animal et l'embrassa tendrement ser les
naseaux. Le courisier semblait comprendre, car ses yeux, tournés
vers la jeune femme, étaient mouillés de larmes.

- Ne pleure pas, mon cher cheval, dit Tjyang-so-Tjyei. N'as-tu pas
été plus heureux que moi en accompagnant sans cesse celui que
j'aime et don't j'étais séparée?

San-Syeng, témoin de cette scène, attira doucement sa femme sur
son cœur et lui dit, en baisant ses cheveux :

- Désormais nous ne nous quitterons plus.

- San-Syeng, au comble du bonheur d'avoir retrouvé à la fois sa
mère et sa femme, désirait aussi être renseigné au sujet de son père.
Tcheng-Si, les larmes aux yeux, lui raconta les infortunes de San-
Houni.

- Ne te désoles pas, ma chère mère, dit San-Syeng. Après tant de
souffrances, tu auras le bonheur en partage. Je ferai tout ce qui pourra
contribuer à te rendre heureuse. Allons d'abord voir la sœur Out-

Poug qui a été si bonne pour toi.

장소저는 자신이 남편에게 주었던 말을 알아보고서 그 용감한 짐승에게 달려가 부드럽게 콧잔등에 입을 맞추었다. 준마는 이해하는 듯했다. 그 젊은 여인을 바라보는 두 눈이 눈물로 젖어있는 것이었다.

"울지 말거라, 내 말아." 장소저가 말했다.

"너는 내가 사랑하지만 헤어져있었던 이와 계속 함께 있었으니, 나보다 훨씬 행복하지 않았니?"

그 모습을 지켜본 상성은 부드럽게 아내를 자기 가슴쪽으로 끌어당기고는 머리카락에 입을 맞추며 말했다.

"이제 더는 우리 헤어지지 말아요."

한꺼번에 어머니와 아내를 되찾아 행복의 절정에 있는 상성은 아버지에 대해서도 알고 싶었다. 정씨부인은 눈물 젖은 눈으로 상훈이의 불행을 그에게 이야기해주었다.

"낙담하지 마세요, 어머니." 상성이 말했다.

"그 수많은 고통 뒤에 어머니께서는 행복을 나눌 수 있을 거예요. 저는 어머니를 행복하게 해드릴 수 있다면 뭐든지 할 겁니다. 어머니께 그렇게 잘 해주신 우북 스님을 먼저 뵈러 가요."

Cette proposition fit un très grand plaisir à Theng-Si. On se mit en route pour le temple de Ro-ja. En passant près du lac qui lui rappelait de si tristes souvenirs, Tcheng-Si arrêta son fils. Elle lui fit un touchant récit du dévouement de la vieille femme qui s'était sacrifiée sans aucun espoir de récompense.

-Ma mère, dit San-Syeng, je veux qu'il soit élevé en cet endroit un monument pour perpétuer à jamais le souvenir du sublime dévouement de la pauvre compagne.

L'intendant reçut l'ordre de faire venir immédiatement des ouvriers pour procéder à l'érection du monument.

이 제안은 정씨부인에게 너무나 큰 기쁨을 주었다. 그들은 호자사를 향해 길을 떠났다. 너무나 슬픈 기억을 불러일으키는 호숫가를 지나다가 정씨부인이 아들을 멈춰 세웠다. 그녀는 어떠한 대가도 바라지 않고 자신을 희생한 노파의 헌신에 대한 감동적인 이야기를 아들에게 해주었다.

"어머니, 상성이 말했다, 그 불쌍한 여인의 고귀한 헌신을 영원히 기리기 위해 이 자리에 기념비를 세웠으면 좋겠어요."

집사는 기념비를 세우기 위한 인부들을 곧바로 오게 하라는 명을 받았다.

Avant d'arriver au temple de Ro-ja, Tcheng-Si, en passant près de la forêt de bambous, rappela à son fils dans quelles tristes circonstances il était venu an monde. Tous ces souvenirs arrachaient des larmes à la mère infortunée, et ses enfants, de leur côté, ne pouvaient s'empêcher de laisser paraître leur profonde émotion.

La sœur Out-Poug ne s'attendait pas à revoir si promptement Tcheng-Si et sa bru.

-Voici mon fils, dit l'ancienne compagne de la religieuse.

San-Syeng adressa à la religieuse de chaleureux remerciements pour toute la bonté qu'elle avait témoiguée à Tcheng-Si.

- Ne me remerciez pas, Monsieur, dit la sœur, je n'ai fait que mon devoir en protégeant une femme malheureuse. C'est le Bouddha qui a eu pitié d'elle et qui l'a récompensée de sa piété et de sa longue attente en lui permettant de vous retrouver.

Sous la surveillance de l'intendant une pagode avait été rapidement élevée sur les bords du lac. On pouvait y lire cette inscription : A la vienfaitrice de ma mère, je vous une éternelle reconnaissance.

호자사에 도착하기 전 정씨부인은 대나무 숲 근처를 지나면서 아들이 태어날 때의 상황이 얼마나 슬펐는지 아들에게 이야기했다. 그 모든 기억들이 불쌍한 어머니를 눈물짓게 했고, 아들과 며느리는 깊은 슬픔을 드러내지 않을 수 없었다.

우북 스님은 정씨부인과 그 며느리를 그렇게 금방 다시 보게 될 줄 몰랐다.

"여기 내 아들입니다." 비구니의 옛 동료가 말했다.

상성은 비구니에게 그녀가 정씨부인에게 보여준 그 모든 선의에 대해 진정으로 고마움을 표했다.

"고마워하지 말아요." 비구니가 말했다.

"저는 불행한 여인을 보호함으로써 제 의무를 이행했을 뿐입니다. 불행한 여인을 측은하게 여긴 것도 붓다이고, 그리하여 그 측은지심에 보답을 받을 이도, 오랜 기다림 끝에 그대들을 다시 만나게 허락한 이도 붓다입니다."

201

집사의 감독 하에 탑 하나가 호숫가에 재빨리 세워졌다.

탑에는 이렇게 새겨져 있었다. '제 어머니의 은인께 영원한 감사를 바칩니다.'

La religieuse consentit à aller avec ses hôtes voir le monument qui venait d'être élevé. San-Syeng avait donné des ordres pour qu'on dressât la table du sacrifice devant la pagode et qu'on lui amenât Sù-Roung. On devait saisir toutes les richesses du voleur.

A ce moment même, Sù-Roung racontait à son frère Sù-Young le rêve étrange qu'il avait fait la nuit précédente.

Il s'était vu entouré de flammes, la tête dans une grande chaudière.

- Cela prouve que ta fin est prochaine et que tu mourras par a volonté d'un homme, dit Sù-Young. Pourquoi aussi te laisse-tu toujours aller à l'emportement? il se pourrait bien que soit le remords et la crainte que t'inspirent la présence dans le pays d'un envoyé du roi qui trouble ainsi ton sommeil.

비구니는 이제 막 세워진 기념비를 손님들과 함께 보러 가는데 동의했다. 상성은 그 탑 앞에 재단을 차리고, 수황을 데려오라 명했다. 그 도둑의 재산을 모두 압류해야 했다. 같은 시간, 수황은 동생 수영에게 지난 밤의 기이한 꿈에 대해 이야기했다. 그는 자기 머리가 커다란 가마솥 안에서 불꽃에 휩싸여 있는 것을 본 것이다.

"형의 마지막이 가까이 왔고 누군가가 형을 죽이려 한다는 뜻이야." 수영이 말했다.

"어째서 형은 늘 그렇게 화가나 있는 거야? 왕의 특사가 우리 마을에 와서 양심의 가책과 두려움을 느껴, 형의 꿈이 그렇게 혼란스러운 것일 수 있을 거야."

Sù-Young n'avait pas ahevé ces paroles qu'on frappait à la porte. En quelques minutes Sù-Roung était réduit à l'impuissance et solidement garotté. Les objets volés furent saisis, et l'on se dirigea vers la pagode.

Quand le voleur eut été amené en face du jeune général, celui-ci lui demanda :

- Je m'appelle San-Syeng. Me connaissez-vous?

Sù-Roung, très surpris, mais ne pouvant s'imaginer que son fils adoptif eut été élevé à la haute dignité d'envoyé du roi, répondit :

- Votre nom ne m'est pas inconnu ; mon fils se nomme aussi San-Syeng.

- Vous avez donc un fils?

- Oui. Il m'a quitté il y a trois ans pour se rendre à la capital et depuis je n'ai pas eu de ses nouvelles.

- Eh bien, apprenez que je suis celui dont vous vous vantez d'être la père. Je ne suis pas le fils d'un assassin. J'ai retrouvé ma mère qui m'a instruit de ma naissance et de vos crimes. La raconnaissez-vous, ma mère? ajouta San-Syeng en désignant Tcheng-Si, au brigand.

수영이 말을 마치기 전에 누군가 문을 두드렸다. 몇 분 안에 수황

203

은 단단히 포박되어 꼼짝도 못하게 되었다. 훔친 물건들이 발각되었고, 수황은 탑으로 끌려갔다. 그 도둑이 젊은 장군 상성의 면전에 끌려왔고, 장군이 그 도둑한테 물었다.

"내 이름은 상성이다. 나를 알겠느냐?"

수황은 너무 놀랐지만, 자기 양아들이 왕의 특사라는 높은 지위까지 올랐으리라고는 상상할 수 없어, 대답했다.

"당신 이름이 낯설지 않습니다. 제 아들 이름 역시 상성입니다."

"아들이 있단 말이지?"

"네. 그 아이는 삼 년 전 수도로 떠났고 이후로는 소식을 듣지 못했습니다."

"그런가. 내가 바로 네가 그의 아버지라 자부하는 이이다. 나는 살인자의 아들이 아니다. 나는 어머니를 찾았고, 내 출생과 너의 범죄 사실을 다 들었다. 내 어머니를 알아보겠느냐?"

상성이 정씨부인을 가리키며 강도에게 물었다.

Tcheng-Si, qui depuis un moment considérait attentivement Sù-Roung, s'écria :

- Comment misérable, tu vis encore? Je rends gràcce au ciel qui m'a permis de te retrouver pour assouvir ma vengeance. Mon fils voici le meurlrier de ton père. Tue-le de ta propre main. Je veux me rapaître de son foie.

La mère de San-Syeng était hors d'elle. Son fils cherchá à la calmer. Il dut lui représenter qu'il n'avait pas le droit de faire mourir un homme sans un ordre du roi. Tcheng-Si n'insista pas. D'autres pensées l'envahirent quand elle se fut, avec tous les assistants, agenouillée dans la pagode afin de prier pour l'âme de la malheureuse vieille femme à qui elle devait la vie.

정씨부인이 조금 전부터 수황을 주의 깊게 살피더니 외쳤다.

"이렇게 끔찍한 일이, 어찌 네가 아직 살아있는 것이냐? 하늘이 도와서 내가 복수할 수 있도록 너를 다시 만났구나. 아들아, 보아라 네 아비를 죽인 자다. 네 손으로 그를 죽이거라. 내 그 간을 꺼내 먹을 것이다."

상성의 어머니는 제 정신이 아니었다. 아들이 어머니를 애써 진정시켰다. 그는 어머니에게 왕의 명령 없이는 사람을 죽게 할 권리가 없다고 말했다. 정씨부인은 고집하지 않았다. 그녀가 그곳에 있던 모든 사람들과 함께 자신의 목숨을 빚진 불행한 노파의 영혼을 위해 기도하려고 탑 앞에 무릎을 꿇었을 때, 다른 생각이 든 것이다.

Sù-Roung fut dirigé sur la capitale.

San-Syeng, s'adressant à Sù-Young, lui dit:

- Vous avez toujours été un homme loyal. Prenez ces objets que votre frère s'est injustement approprié.

- Je vous remercie. Je n'ai plus besoin de rien ; car je vais mourir avec mon frère.

- Je ne comprends pas votre détermination.

- Quand on coupe un arbre, les branches continuent-elles à vivre?

- Mais si votre frère était un criminel, vous n'avez rien à vous reprocher personnellenment.

- C'est vrai; je n'en persiste pas moins à vouloir quitter la vie en même temps que mon frère.

수황이 수도로 압송되었다.

상성이 수영에게 말했다.

"당신은 언제나 바른 사람이었습니다. 당신의 형이 부당하게 갈취한 것들을 가지십시오."

"감사합니다만, 저는 아무것도 필요 없습니다. 저는 제 형과 함께 죽겠습니다."

"당신의 결정을 이해할 수 없군요."

"나무가 잘리면 가지가 계속 살아갈 수 있을까요?"

"비록 그대의 형제가 범죄자라 할지라도, 그대가 자신을 개인적으로 나무랄 일은 전혀 없습니다."

"그렇지요. 하지만 그래도 역시 저는 제 형과 함께 삶을 하직하고자 하는 마음이 버려지지 않습니다."

San-Syeng ne put faire renoncer Sù-Young à son fatal dessein. Avant de retourner dans la capitale, le fils de San-Houni visita encore plusieurs provinces. Quand sa mission fut terminée, il alla rendre compte au roi de tout ce qui lui était arrivé. La reine avait demandé à entendre le récit des avaentures du jeune général. Quand San-Syeng, eut cessé de parler, Tcheng-Y s'écria en pleurant:

- Vous êtes plus heureux que moi.

A bout de forces, elle se laissa glisser à terre.

Chacun s'empressa respectueusement autour de la reine, qui ne tarda pas à recouvrer ses sens. Alors San-Syeng lui demanda, en se proternant devant elle, quelle était la cause de son chagrin subit.

- Hélas! répondit Tcheng-Y, il y a trois ans que j'ai quitté mon père, et depuis je n'ai jamais eu aucune nouvelle de lui. Voilà ce qui m'attriste si profondément.

상성은 수영이 자신의 기구한 운명을 포기하게 할 수 없었다. 수도로 돌아오기 전, 상훈이의 아들 상성은 여러 지방을 방문했다. 자신의 임무를 완수하고나서, 그는 왕에게 자신에게 일어난 일 모두를 보고했다. 왕비가 그 젊은 장군에게 모험담을 이야기해 달라고 청했다.

상성이 이야기를 마치자 청이가 소리치며 울었다.

"당신은 나보다 훨씬 더 행복하군요."

기력이 소진되어 왕비가 바닥에 쓰러졌다.

모두가 왕비 곁에서 정성스럽게 돌보아, 왕비는 금세 기력을 회복했다. 그때 상성이 왕비 앞에 머리를 조아리고 무엇이 그렇게 그녀를 슬프게 하는지 물었다.

"아아, 청이가 답했다, 삼 년 전 저는 아버지를 떠났어요. 이후로는 아버지에 대한 어떤 소식도 듣지 못했답니다. 그것이 저를 이토록 슬프게 한 거예요."

Le roi et son général assurèrent qu'ils useraient de tous les moyens possibles pour faire retrouver le père de la souveraine.

Celle-ci, après avoir longuement réfléchi, s'écria tout à coup :

- Eh bien, qu'on réunisse tous les aveugles du royaume en un grand banquet. Je veux leur faire à chacun un cadeau.

- Majesté, répondit San-Syeng, il sera fait selon vos ordres.

Immédiatement l'ordre fut expédié à tous les mandarins d'avoir à envoyer à la capitale tous les aveugles de la Corée.

왕과 그의 장군은 왕비의 아버지를 찾기 위해 그들이 할 수 있는 방법을 모두 동원할 거라며 왕비를 안심시켰다.

장고 끝에 왕이 갑자기 외쳤다.

"좋다. 나라 안의 장님들을 모두 대연회에 불러 모아라. 그들 각자에게 선물을 내릴 것이다."

"전하, 상성이 대답했다, 분부대로 거행하겠습니다."

즉시 꼬레의 장님을 모두 수도로 보내라는 명령이 각지의 수령들에게 전달되었다.[54]

X

De longs mois s'étaient écoulés depuis le jour où le malheureux Sùn-Hyen avait dû, le cœur brisé, laisser partir sa fille vouée à une mort certaine. Il traînait une existence lamentable, soutenu seulement

---

54 작품의 대단원은 다시 심청이 전국 맹인잔치를 마련하여 부녀가 상봉하는 『심청전』의 본 이야기로 돌아온다. 전체적으로 볼 때, 작품은 순현-심청의 이야기와 군담소설의 주인공인 상성이 보여주는 영웅의 일대기가 균형을 이루고 있다.

par l'espoir que, conformément à la promesse du disciple, la vue lui serait rendue au bout de trois ans.Hélas! ce laps de temps était passé, et l'infortunée victime de Ja-Jo-Mi n'avait nullement recouvré l'usage de ses yeux. Sa tristesse était sans bornes, et il attendait avec impatience que la mort vint le délivrer de ses maux.

불행한 순현이 찢기는 마음으로 자기 딸을 사지로 떠나보낸지 수 개월이 흘렀다. 그는 수도자의 제자의 약속에 따라 삼 년이 되면 시력을 되찾을 거라는 희망만으로 비통한 삶을 이어가고 있었다. 이런! 약속한 시간이 지났고, 자조미의 불행한 희생자는 눈을 뜨지 못했다. 그의 슬픔은 한 없었고, 그래서 그는 어서 죽음이 와서 자신을 이 불행에서 놓아주기만을 기다리고 있었다.

Or, un jour, Sùn-Hyen fut troublé dans ses douloureuses médiatation par l'arrivée dans sa pauvre demeuredu mandarin même de la province.

- Le roi, lui dit ce fonctionnaire, désire réunir tous les aveugles du royaume dans un grand banquet. Il faut que vous vous rendiez à la capital.

- Jamais mes forces ne me permettront d'accomplir un si long traget, répondit Sùn-Hyen ; c'est à peine si je puis faire quelques pas devant ma maison.

- Soyez sans crainte à ce sujet ; je vous fournirai un cheval et un guide.

- Je vous remercie de tout mon cœur ; mais est-il bien nécessaire de faire tant de dépenses pour moi?

- C'est l'ordre du roi. Tout est préparé, et vous pouvez vous mettre en route à l'instant même.

Sùn-Hyen se laissa emmener passivement. Quelques jours après il arrivait dans la capitale.

그런데 어느 날, 그 지방 수령이 직접 찾아와 고통스러운 생각에 잠겨있던 순현을 방해했다.

"왕께서, 수령이 말했다, 나라의 장님들을 모두 대연회에 초대하셨소. 그대도 수도에 가야하오."

"제 힘으로는 그렇게 긴 여정을 소화할 수 없을 겁니다, 순현이 답했다, 저는 겨우 집 앞에서 몇 발짝을 뗄 수 있을 뿐입니다."

"걱정하지 마시오. 내가 말과 안내인을 내어주겠소."[55]

"정말로 고맙습니다. 하지만 저한테 왜 그렇게까지 해주시는 겁니까?"

"왕의 명령이오. 모든 것이 준비되었고, 그대는 즉시 길을 떠날 수 있소."

순현은 수동적으로 따랐다. 며칠이 지나서 그는 수도에 도착했다.

Sur les ordres de San-Syeng un immense festin avait été préparé. Une dame d'honneur avait été chargeé de veiller à ce que rien ne

---

[55] 대부분의 『심청전』에서는 뻥덕어미가 동행하는 것으로 되어 있지만, 홍종우는 뻥덕어미의 존재를 삭제함으로써 혼자 상경하는 것으로 그리고 있다.

manquat aux malheureux aveugles amenés de tous les coins du royaume. Elle les surveillait, et venait à leur aide quand, par le fait de leur cécité, ils se trouvaient embarrassés. Le banquet tirait à sa fin, lorsque Sùn-Hyen arriva. Des domestiques le conduisirent vers la dame d'honneur qui, à sa vue, ne put s'empêcher de faire une grimace de dégoût.

상성의 명에 따라 성대한 연회가 준비되었다. 지체 높은 부인에게 나라 구석구석에서 도착한 불쌍한 장님들에게 부족한 것이 없는지 살피는 임무가 주어졌다. 그 부인은 그들을 살펴보고, 그들이 실명으로 인해 어려움을 겪을 때 도와주었다. 연회가 끝날 무렵, 순현이 도착했다. 하인들이 그를 그 귀족 부인에게 데려갔고, 겉으로 보기에 그녀는 낙담을 감추지 못하는 것 같았다.

En effet le nouvel arrivé était dans un état de malpropreté extraordinaire. La dame d'honneur en fit la remarque. Sùn-Hyen lui répondit :

- Je me rends très bien compte de ce que vous me dites ; veuillez m'écouter un instant.

Les actions des hommes diffèrent toutes les unes des autres, mais le goût est unique.

Les méchants cachent sous de belles apparences un cœur lâche et vil.

Les gens de bien ne s'attachent pas à la forme, mais au fond, qui pour eux est la bonté.

Quand vous voyez une pomme qui a l'air très appétissant, mais qui renferme un ver, vous contemplez ce fruit, et vous n'y mordez pas.

Seul, le ciel est tel qu'il nous apparaît, c'est-à-dire d'une beauté infinie.

J'ai été trompé par le disciple qui n'a d'autre but que de supplanter son maître.

J'ai planté un arbre fruitier ; il a fleuri d'une fleur unique ; mais si belle! Un coup de vent a emporté cette fleur vers la mer où elle a été longtemps délicieusement bercée par la vague. La fleur pensait à l'arbre dont elle avait été détachée, et celui-ci, privé de son unique produit, s'est lentement desséché, miné par le chagrin.

Le croissant de la lune semble émerger de la mer. Les poissons sont effrayés, croyant voir l'hameçon doré d'une ligne gigantesque qui veut les prendre.

Chaque mois la lune se volie un instant ; mais bientôt sa lumière réapparaît dans tout son éclat. Moi, au contraire, je n'ai pas revu le jour depuis que j'ai été frappé par la cécité.

Depuis trois ans, mes yeux versent des larmes plus abondantes que la pluie déversée par le ciel. Je pousse des soupris, plus tristes que le souffle du vent dans les arbres pendant la nuit.

사실 방금 도착한 그 이는 특히 더러운 상태였다. 지체 높은 그 부인이 그것을 지적했다. 순현이 대답했다.

"부인께서 제게 하신 말씀 충분히 알아들었습니다. 부디 잠시만 제 말을 들어주십시오.

사람들의 행동은 제각기 다르지만, 입맛은 똑같지요. 장사치들은 아름다운 외양 속에 더럽고 비천한 마음을 감추고 있습니다.

선한 사람들은 외모 대신 선의가 담겨있는 그들 내면에 집중하지요.

겉보기에는 아주 맛있어 보이지만, 그 속에 벌레가 있는 사과를 당신이 본다면 당신은 그 과일을 바라볼지언정 베어 물지는 않겠지요.

유일하게 하늘만이 우리에게 보이는 그대로이며, 그것이야 말로 불변의 아름다움이지요.

저는 자신의 스승의 자리를 차지할 생각만 하는 한 수도자의 제자에게 속았습니다.

저는 과일나무를 심었습니다. 그 나무에는 딱 한 송이의 꽃이 피었는데 그 꽃은 너무나 아름다웠지요! 한 차례의 바람이 그 꽃을 바다로 데려갔고, 거기서 꽃은 오랜 시간 감미롭게 물결 따라 움직였지요. 꽃은 자신이 떨어져 나온 나무를 생각했지요. 그 나무는 자신의 유일한 과실을 잃고, 슬픔에 말라붙은 채 천천히 수척해졌지요.

초승달이 바다 위로 떠오르는 것 같습니다. 물고기들은 자기들을 잡으려는 긴긴 줄이 매달린 금빛 낚시인 줄 알고 겁을 먹습니다.

매월 달은 한 순간 일그러지지만 곧 그 빛은 다시 온전한 형태로 나타나지요. 반대로, 저는 시력을 잃은 후 단 하루도 빛을 다시 보지 못했습니다.

삼 년 전부터, 내 눈은 하늘에서 내리는 비보다 더 많은 눈물을 흘렸습니다. 저는 밤 중에 나무 사이로 부는 바람보다 더 슬픈 한숨을 내 쉬지요."[56]

L'aveugle dit en lerminant :

- Si mon peu de propreté vous inspire du dégoùt, mettez-moi seul dans un coin.

La dame d'honneur avait été stupéfaite d'entendre sortir des paroles si profondes et si poétiques de la bouche de ce vieillard. Elle lui demanda pardon de l'avoir traité avec si peu d'égards. Sur les instances de Sùn-Hyen, on le laissa seul à une table.Pendant qu'il mangeait la dame d'honneur se rendait auprès de la reine et lui répétait ce qu'elle venait d'entendre.

그 장님은 다음과 같은 말로 마무리를 지었다.

"만약 제가 좀 청결하지 못해 당신이 불쾌했다면 저를 한 구석에 혼자 두십시오."

그 지체 높은 부인은 너무나 깊이 있고 시적인 말들이 그 늙은이 의 입에서 나오는 것을 듣고 매우 놀랐다. 순현의 간청에 사람들은 그가 혼자 상을 쓸 수 있도록 했다. 그가 식사를 하는 동안, 그 지체 높은 부인이 왕비 곁에서 자기가 들은 이야기를 다시 해 주었다.

Tcheng-Y fut très frappée par ce récit. Elle fit part de ses impressions à son mari ; puis, manifesta le désir de voir défiler devant

---

56 홍종우는 순현이 자신의 지난날을 회상하는 이 대목을 마치 한 편의 시처럼 그 려내고 있다. 순현이 고관으로 설정된 서두와 호응하는 대목이다.

elle, l'un après l'autre, tous les aveugles réunis dans le palais.

- A chacun je veux faire un cadeau, dit-elle.

Immédiatement le délilé commença. Sùn-Hyen était le dernier.
Quand il arriva devant la reine, la dame d'honneur dit :

-Majesté, voici l'aveugle dont je vous ai rapporté les étonnantes
paroles.

청이는 그 이야기를 듣고 매우 놀랐다. 그녀는 자신이 받은 인상
을 남편과 나누었다. 그러고나서 왕궁에 모인 맹인들이 그녀 앞을
줄지어 지나가는 것을 보고 싶다고 말했다.

"모두에게 선물을 주고 싶어요." 그녀가 말했다.

즉시 그 행렬이 시작되었다. 순현이 마지막이었다. 그가 왕비 앞
에 도착했을 때, 그 지체 높은 부인이 말했다.

"전하, 여기 이 맹인이 아까 말씀드린 그 놀라운 이야기를 했던 이
입니다."

Tcheng-Y fit avancer plus près d'elle le vieillard et lui dit :

- Pourquoi es-tu en révolte contre le monde, la religion, le
gouvernement?

- Parce que le monde, la religion, le gouvernement, m'ont causé
des maux sans nombre. J'ai été puissant : on m'a exilé. J'avais la
meilleure des femmes : je l'ai perdue. Je suis devenu aveugle, et ma
dernière concolation, mon unique enfant, ma fille, m'a été ravie. Elle
a donné le plus bel exemple de piété filiale, en sacrifiant sa vie sur la

promesse que je cesserais d'être aveugle. La malheureuse est morte ;
mais je suis toujours privé de la lumière du jour.

청이가 그 늙은이에게 가까이 다가가서 말했다.

"왜 그대는 세상과 종교와 정부에 항거합니까?"

"세상과 종교와 정부가 수 많은 불행을 가져왔기 때문입니다. 저
는 힘 있는 사람이었지만, 유배를 갔습니다. 제 아내는 최고의 여인
이었지만 저는 그 사람을 잃었지요. 저는 맹인이 되었고, 제 마지막
위안이었던 유일한 자식인 제 딸도 잃고 말았습니다. 그 아이는 자
식이 할 수 있는 최고의 효도를 하였지요. 내 눈을 뜨게 해준다는 약
속 때문에 자기 목숨을 희생했습니다. 그 불행한 아이가 죽었지만
저는 여전히 빛을 볼 수 없습니다."[57]

Ces paroles avaient causé une émotion extraordinaire à Tcheng-Y.
Dans ce vieillard sordide, elle avait reconnu son père. Un cri
s'échappa de sa bouche :

- Connaissez-vous Tcheng-Y?

- Ma fille, répondit Sûn-Hyen ; et subitement ses yeux s'ouvrirent
et qu'il vit d'abord, ce fut son enfant qu'il croyait à jamais perdue.

La prédiction du disciple s'était enfin accomplie, et dans les plus

---

57 홍종우는 순현의 입을 통해 부당한 세상의 횡포, 종교의 거짓, 정부의 불신을 드
러내고 있다. 이 작품을 통해 그의 귀결이 『심청전』처럼 단순한 효를 통한 심봉
사의 개안에 있지 않음을 잘 보여주는 대목이다. 자조미와 같은 불의의 간신배
를 몰아내고 왕실(국가)을 바로 세우는 군담소설과 결부 지었던 까닭도, 이런 주
제의식을 강하게 전달하려는 의도였다고 판단된다.

heureuses des circonstances. Accablés par l'émotion, le père et la
fille restaient dans les bras l'un de l'autre, n'ayant que la force de
verser des larmes abondantes.

이 말이 청이에게 특별한 감정을 일으켰다. 이 더러운 늙은이에게
서 그녀는 아버지를 발견한 것이다. 그녀의 입에서 외침이 터져 나
왔다.
　"저를 알아보시겠어요? 제가 청이입니다."
　"딸아." 순현이 대답했다.
　그리고 돌연 그의 눈이 열렸고, 그는 영원히 잃은 줄 알았던 딸아
이를 맨먼저 보았다.
　그 수도자의 제자의 예견이 결국 이루어져, 더없이 행복한 순간이
었다. 행복한 감정에 사로잡혀, 아버지와 딸은 눈물을 펑펑 쏟으면
서 서로를 부둥켜안고 있었다.

Le roi témoin de cette scène, pour lui d'abord incompréhensible,
ne tarda pas à se rendrecompte de ce qui se passait.
　- Quittons le banquet, dit-il, de pareils épanchements demandent la
solitude.
　Demeurée seule avec son père et son époux, Tcheng-Y racnota à ce
dernier l'histoire de sa famille.
　Sùn-Hyen, complètement transfiguré, écoutait avec délices parler
sa fille. Quand elle eut terminé son récit, il lui demanda :
　- Comment as-tu échappé à la mort? Comment es-tu devenue

l'épouse du roi?

　　이 장면을 지켜본 왕은 처음에는 이해가 가지 않았지만, 무슨 일
이 일어난 것인지 곧 알았다.
　　"연회장을 빠져나갑시다." 왕이 말했다. 이 같은 말에 그들은 외
진 장소로 갔다.
　　아버지와 남편과만 있게된 청이가 자기 가족 이야기를 남편에게
해주었다.
　　순현은 완전히 다른 모습으로, 황홀하게 이야기를 들었다. 딸이
이야기를 끝내자 순현이 물었다.
　　"어떻게 죽음에서 벗어났느냐? 어떻게 왕의 아내가 되었고?"

　　Tcheng-Y narra à son père toutes ses aventuures, depuis son
embarquement sur le naivire des marchands jusqu'à son arrivée dans
la capitale en conpagnie du roi.
　　- Alors, s'écria Sùn-Hyen, c'est San-Syeng qui t'a sauvée?
　　- Oui, mon père.
　　- Que fait-il? Où est-il?
　　- Le roi l'a nommé général et je vais le faire appeler.
　　Quand San-Syeng fut arrivé, Sùn-Hyen lui demanda:
　　- Comment s'appelait votre père.
　　- San-Houni.

　　청이는 상인들의 배에 탔을 때부터 왕의 아내가 되어 수도에 도착

하기까지 자신의 여정을 모두 아버지에게 이야기했다.

"아니, 순현이 소리쳤다, 그러면 너를 구해준 것이 상성이란 말이냐?"

"네, 아버지."

"왕께서 그를 장군으로 임명했어요. 그를 부를게요."

상성이 도착하자 순현이 그에게 물었다. "아버지 이름이 어떻게 되십니까?"

"상훈이입니다."

En entendant ce nom, Sùn-Hyen se jeta dans les bras du jeune homme :

- O ! fils du plus cher de mes amis, lui dit-il, apprends moi vite où est ton père.

- Hélas, il n'est plus de ce monde. Il avait été exilé en même temps que vous ; mais il a été assassiné par le voleur Sù-Roung avant d'atteindre l'endroit où il devait se rendre.

- Eh quoi! il est mort! s'écria le vieillard en pleurant. San-Syeng aussi versait des larmes au souvenir de son père infortuné, qu'il n'avait jamais connu.

그 이름을 듣고 순현은 그 젊은이의 품 안으로 몸을 던졌다.

"오! 내 가장 친한 친구의 아들이로구나. 나를 어서 아버지가 있는 곳으로 데려다 다오."

"아아, 아버지는 더 이상 이 세상에 안 계십니다. 아버지께서는 어르신과 같은 시기에 유배를 가셨지요. 하지만 유배지에 도착하기도 전에 수황이라는 강도에게 살해당하셨습니다.”

“뭐라고! 그가 죽었다고!” 늙은 순현이 울며 소리쳤다. 상성 역시
한번도 만나보지 못한 불행한 아버지 생각에 눈물을 흘렸다.

Le roi leur prodigua des paroles de consolation.

- Vous serez mon premier ministre, dit-il, en terminant à
Sùn-Hyen.

Le vieillard accepta cette lourde charge.

- Retournons maintenant au banquet, dit la reine.

Les aveugles avaient été mis au courant de ce qui s'était passé.
Tous enviaient le sort de Sùn-Hyen :

-Hélas! gémissaient-ils, nous ne pouvons même pas contempler
son bonheur.

Sùn-Hyen leur parla sur un ton affectueux, et, avec l'autorisation
du roi, les invita à demeurer encore plusieurs jours au palais. Les
aveugles acceptèrent avec joie.

왕은 그들에게 위로의 말을 건넸다.

“나의 재상이 되어주십시오.” 왕이 순현에게 마지막으로 말했다.

늙은 순현은 그 무거운 책임을 수락했다.

“이제 연회장으로 돌아갑시다.” 왕비가 말했다.

무슨 일이 있었는지 맹인들이 알게 되었다. 모두가 순현을 부러워
했다.

“저런! 그들이 중얼거렸다, 우리는 그의 행복을 볼 수조차 없구

나."[58]

순현은 왕의 허락을 얻은 후, 그들에게 며칠간 더 궁에 머물면서 연회를 즐기라고 다정한 말투로 청했다. 맹인들이 기뻐하며 그 말에 따랐다.

Cependant, le nouveau premier ministre s'occupait de tout avec activité.Le roi avait sans cesse recours à ses conseils.

Un jour il le fit appeler et lui dit :

- J'ai l'intention de diriger une expédition contre le Tjin-Han. Mon père a subi un échee en attaquant ce pays et c'est mon devoir de le venger. Qu'en pensez-vous?

- Sire, répondit Sùn-Hyen, je vous demande la permission de réfléchir quelques jours avant de vous répondre.

Le même jour, San-Syeng questionnait le beaupère du roi au sujet du jugement de Ja-Jo-Mi et de Sù-Roung. Le jeune général était attéré de vengeance. Il s'attendait à trouver Sùn-Hyen dans des disposition d'esprit semblables ; mais le premier ministre lui répondit ainsi qu'au roi :

- Vous connaîtrez ma décision dans quelques jours ; j'ai besoin de réfléchir.

Effectivement, resté seul, Sùn-Hyen s'abîma en une longue

---

58 『심청전』에서는 심청의 부친만이 아니라 맹인잔치에 참여한 전국의 모든 맹인 이 눈을 뜨는 것으로 되어 있다. 하지만 홍종우는 『심청전』의 그러한 결말을 비현 실적인 것으로 판단하여, 심청의 부친만 눈을 뜨게 되는 것으로 고쳐놓고 있다.

méditation.

한편, 새로운 재상[59]은 아주 열심히 맡은 바 일에 몰두했다. 왕은 계속 그의 조언을 구했다.

어느 날, 왕이 그를 불러 말했다.

"나는 진한을 토벌할 생각입니다. 내 아버지는 그 나라를 공격하는 데 실패하셨지요. 그러니 그 복수를 하는 것이 제 일입니다. 어떻게 생각하십니까?"

"폐하, 순현이 대답했다, 답을 드리기 전에 며칠 생각할 시간을 허락해 주시길 바랍니다."

같은 날, 상성이 왕의 장인에게 자조미와 수황의 처벌에 대해 의견을 물어왔다. 젊은 장군 상성은 복수에 굶주려 있었다. 그는 순현이 자신과 비슷한 생각을 가지고 있기를 바랐지만 재상의 대답은 왕에게 한 것과 같은 것이었다.

"며칠 후에 내 결정을 알려주겠소. 생각할 시간이 필요하오."

순현은 혼자 남아 긴 명상에 잠겼다.

Des malheurs don't il avait été frappé, il ne conservait aucun ressentiment contre l'humanité. il se sentait pris d'une indulgence profonde pour ses ennemis les plus déclarés. «A quoi bon se venger?» pensait-il. «A quoi bon, surtout, déclarer une guerre qui tôt ou tard amènera des représailles?»

---

59 새로운 재상: 완판본 『심청전』은 극적인 부녀상봉으로 작품의 결말을 맺고 말지만, 경판본은 부녀상봉 이후 눈을 뜬 부친의 화려한 성공담이 길게 이어진다.

Animé de pareils sentiments le premier ministre alla trouver le souverain.

-Sire, lui dit-il, ne pensez vous pas qu'avant d'entrer en campagne il serait bon de savoir ce que vos sujets pensent de la guerre?

- Assurément, répondit le roi, je serais très curieux d'être fixé sous ce rapport. Mais comment arriverons-nous à connaître l'opinion de tous les Coréens?

- Bien de plus facile, Sire. Convoquez vos sujets à une grande réunion dans la capitale. Je leur adresserai quelques paroles, et ensuite nous commencerons la querre si vous persistez dans vos intentions.

자신에게 닥친 그 수 많은 불행 속에서도 순현은 결코 인류애를 저버리는 감정을 조금도 품지 않았다. 그는 명백히 드러난 적들에 대한 깊은 관용을 느끼고 있었다. '복수를 한들 무슨 소용이 있을까? 그가 생각했다, 특히 이르게 혹은 늦게 복수를 불러올 전쟁을 선포해 본들 무슨 소용이 있을까?'

이러한 생각들을 가지고 재상은 군주를 알현하러 갔다.

"폐하." 그가 왕에게 말했다.

"전쟁을 시작하기 전, 전하의 백성들이 전쟁에 대해 어떻게 생각하는지 알아보는 것이 좋을 것 같습니다. 어떻게 생각하십니까?"

"물론이오, 왕이 대답했다, 어떤 결과가 나올지 궁금하오. 그런데 어떻게 우리가 모든 꼬레인의 의견을 알 수 있겠습니까?"

"그보다 더 쉬운 일은 없을 것입니다, 폐하. 전하의 백성들에게 수

도에서 열리는 큰 회합에 참석하라 소집명령을 하는 겁니다. 제가
그들에게 몇 마디 말을 할 것입니다. 그리고나서도 폐하께서 폐하의
생각을 고집하신다면, 전쟁을 시작하는 것이지요."

Le roi approuva l'idée de Sùn-Hyen. Aussitôt celui-ci donna des
ordres pour qu'un banquet gigantesque fut préparé. De nombreuses
tables furent dressées. Les convives devaient former cinq groupes : le
groupe royal, les gouverneurs, le peuple, l'armée, les criminels. Le
repas -le premier de ce genre-fut extraordinairement animé.

왕은 순현의 의견을 받아들였다. 그리하여 순현은 곧바로 거대한
연회를 준비하라는 명을 내렸다. 수많은 연회석이 차려졌다. 손님들
은 다섯 무리로 나뉘었다. 왕족, 정부인사, 일반백성, 군인, 그리고
범죄자들로 말이다. 이러한 연회의 첫 번째 순서인 식사 시간이 특
별하게 활기찼다.

Avant que les convives se séparassent Sùn-Hyen fit faire silence
et, d'une voix éclatante, prononça les paroles suivantes :

- En ma qualité de premier ministre, je me permets de vous
adresser à tous la même question. Le roi, notre maître, veut
entreprendre une expédition contre le Tjin-Han, afin de venger la
défaite subie par son père. Cette expédition est-elle opportune? Pour
moi, la guerre est le pire des fléaux. Elle cause des ruines sans
nombre. Combien d'innocents périssent sur les champs de bataille?

D'où viennent tous ces impôts, sinon du besoin d'entretenir une nombreuse armée? Avec la paix, rien de semblable. La fortune publique s'accroîtrait rapidement. Les peuples, faits pour s'aimer et non pour s'entre-tuer, entretiendraient des relations qui augmenteraient leurs richesses réciproques. La nature ne nous donne-t-elle pas l'exemple de la paix? Quand nous voyons dans la rue un chien fort et vigoureux maltraiter un autre chien incapable de se défendre, nous venons au secours du plus faible de ces animaux. Pourquoi sommes-nous plus féroces à l'égard de nos semblables qu'envers les animaux? Sans doute, chez ceux-ci le plus fort cherche à opprimer le plus faible. Mais, ne sommes-nous pas des êtres supérieurs, et n'avons nous pas la raison qui nous commande l'indulgence et la clémence vis-à-vis d'autrui? Aussi ne suis-je pas d'avis, Sire, que nous entreprenions cette guerre. je ne veux pas davantage qu'on chàtie les coupables, dont plusieurs m'ont pourtant fait beaucoup de mal. Pardonnons-leur, et que l'exemple de leur repentir serve de leçon à ceux qui auraient de mauvaises pensées.

손님들이 흩어지기 전, 순현은 그들을 조용히 시키고 큰 목소리로 다음과 같이 이야기했다.

"내게 주어진 재상의 권한으로 여러분들 모두에게 다음과 같이 질문을 하겠습니다. 우리의 주군이신 폐하께서는 선왕이 겪은 패배를 복수하고자 진한을 토벌하기를 원하십니다. 이 토벌이 과연 시의 적절한 것입니까? 제게 전쟁은 최악의 화입니다. 전쟁은 셀 수도 없는 파괴를 일으킵니다. 얼마나 많은 무고한 사람들이 전쟁터에서 죽어갑니까? 수 많은 부대를 유지하기 위해 필요한 세금은 어디서 충당하겠습니까? 평화시에는 그런 일이 없습니다. 공공의 부가 급속하게 증가할 것입니다. 백성들이 죽이는 것이 아니라 서로를 사랑한다면 서로의 부를 증대시키기 위한 상호관계를 지속시키겠지요. 자연이 우리에게 평화의 좋은 예를 보여주지 않습니까? 강하고 거침없는 개가 자신을 방어할 수 없는 약한 개를 길에서 공격한다면, 우리는 그 개들 중에서 가장 약한 놈을 도와주겠지요. 우리는 왜 짐승보다 우리의 동족에게 더 가혹하게 구는 것입니까? 아마도 동물들의 세계에서는 더 강한 놈이 더 약한 놈을 죽이겠지요. 하지만 우리는 그보다 더 우월한 존재이지 않습니까, 그러니 타인에 대해 관용과 너그러움을 가져야 하는 것이 옳지 않겠습니까? 폐하, 그러므로 저는 그 전쟁을 감행하는 데 동의하지 않습니다. 저는 저에게 악행을 저지른 범인들에게 더 많은 벌이 내려지기를 원하지 않습니다. 그들을 용서해 주십시오. 그리하여 나쁜 생각을 가지게 될 이들이 그들의 죄를 뉘우치는 본보기로 교훈삼을 수 있게 해주십시오."[60]

---

60 홍종우가 판소리계 소설 『심청전』과 군담영웅소설을 결합시켜 새로운 정치소설로 개작한 의도가 극명하게 드러나는 대목이다. 여기에는 전쟁보다는 평화, 복수보다는 용서, 강자보다는 약자를 보다 중시하는 홍종우의 태도가 잘 드러나고 있다. 뿐만 아니라 국가의 정책을 왕이나 일부 지도자가 결정하는 것이 아니라 왕족, 정부인사, 일반백성, 군인, 그리고 심지어 범죄자들에게조차 물어 합의를 도출해야 한다는 공화제(共和制)에 대한 긍정적 인식도 확인할 수 있다. 이는 홍종우 자신이 불역본 서문에서 공화국인 프랑스 사람들이 조선왕조가 공화제를 택하지 않고 있는 것을 탓해서는 안 된다고 강조하고 있음에도 불구하고, 1890년대 중반 프랑스에 유학중이던 홍종우가 공화제의 장점을 일정 정도 인정하고 있는 것으로 볼 수 있다는 점에서 주목할 필요가 있다.

Ces paroles élevées soulevèrent une approbation unanime. Chacun se rangea à l'avis de Sùn-Hyen. Ce n'était qu'un concert de louanges à l'adresse du premier ministre. «Quel bonheur est le nôtre! Nous ressemblons aux plantes que le printemps vivitie. Telle une pluie bienfaisante après une longue séchersse.» De cette foule immense s'élevait comme un hymne d'allégresse, une action de grâces, une prière profonde pour l'avenir de la palrie.

이 말은 만장일치로 받아들여졌다. 모두가 순현의 생각에 동의했다. 그 재상에게는 칭송만이 가득할 뿐이었다.

"우리는 얼마나 행복한가! 우리는 생동하는 봄날의 나무들과 같아. 긴 가뭄 끝에 이러한 자비로운 비가 내리는 구나."

이 엄청난 인파들 속에서 환희의 찬가, 기쁨의 몸짓, 조국의 앞날을 위한 지극한 기도가 퍼져나왔다.

Bienheureuse époque pour notre pays! Le bonheur régnait partout. Sous l'influence bienfaisante de Sùn-Hyen, chacun vivait content. Un jour, le premier ministre disparut. Sans doute, il avait été transporté sur un nuage dans le ciel, sa dernière et véritable patrie.

우리나라에 아름다운 시절이 찾아왔도다! 행복이 곳곳에 가득했다. 순현의 선한 치세의 영향으로 모든 사람이 행복하게 살았다. 어느 날, 재상이 사라졌다. 아마도 그는 자신의 마지막이자 진정한 조국인 하늘의 구름이 되었을 것이다.[61]

227

FIN

끝

---

61 주인공의 결말이 대개 신선이 되어 하늘로 날아 올라가는 고전소설의 결말을
이용하여, 조국의 하늘 위에 떠 있는 구름이라는 근대국가에 대한 희망으로 결
말을 맺고 있다. 홍종우는 1890년대 일본에서 공부하며 신문사에 근무하기도
하고, 다시 프랑스에 건너가 법률 공부를 하기도 하는 등 근대적 문물 및 정치제
도를 일찍 경험한 인물이다. 그 때문에 고전소설을 활용하여 한국 전통문화를
유럽에 알리려는 목적 외에 자신의 근대적 정치관을 소설 형태로 피력하려 했
던 것으로 보인다.

제2장

〈심청전 재번역본〉(1918)
테일러, 『위대한 부처의 미소』

C. M. Taylor, *Winning Buddha's Smile,* 1918.

테일러(C. M. Taylor)

▌해제 ▌

　테일러가 번역 저본으로 삼은 홍종우의 번역본 제목은『다시 꽃 핀 마른 나무』였다. 홍종우는 이런 제목을 내세움으로써 정치적 모해로 극심한 곤욕을 치르고, 부인을 잃고 눈도 실명하고 딸조차 잃었던 심봉사(순연)이 결말부에 이르러 다시 회생하는 의미에 주목했던 것이다. 하지만 홍종우는 그런『심청전』결말의 의미와 함께 간신의 음모로 거의 죽어가던 국가가 충신들에 의해 다시 일어서게 된다는 정치소설로서의 면모도 함께 보여주고자 했다. 홍종우는『심청전』에 영웅군담소설을 결합시켜 그런 작품의도를 살려내고 있었던 것이다. 그에 반해 테일러는 '위대한 부처의 미소'라는 제목으로 바꿈으로써『심청전』에서 보여주고 있는 부처의 영험, 그리고 상생과 모친의 상봉 및 헤어졌던 연인과의 만남이 모두 부처의 도움으로 가능했던 사실에 보다 주목하고 있다. 테일러는 『심청전』이 불교적인 내용을 담고 있다는 이유로 해서 유교를 숭상하고 불교를 억압했던 조선시대 이전의 작품으로 판단하고 있다. 조선시대의 불교에 대한 대대적인 억압에도 불구하고 용케 전해지고 있는 불교적 색채를 간직한 작품으로 이해했던 것이다. 하지만 『심청전』은 조선후기 민중연행예술의 형식인 판소리로 널리 불렸던 <심청가>를 소설로 정착시킨 작품이다. 그런 점에서 테일러는 이 작품의 원본이 '드라마 형식'으로 연행되던 판소리계 소설임은 인지하고 있었던 것으로 보인다.

│ 참고문헌 ─────────
오윤선, 『한국 고소설 영역본으로의 초대』, 집문당, 2008.
이상현, 『한국고전번역가의 초상, 게일의 고전학 담론과 고소설 번역의 지평』, 소명출판, 2013.

KOREANS WHOSE FOOTSTEPS CROSS THE PATHS OF OUR LEGEND

SUN-YEN, the Benevolent, whose Virtue and Goodness lead him from Prosperity through Adversity unto Prosperity again.

CHENG-SI, the Fair, his daughter,

SAN-HOUNI, a scholar and friend of Sun-Yen.

YENG-SI, the scholar's wife.

SAN-SYENG, the scholar's son, whose Merit findeth pleasure in the sight of Heaven and taketh him unto High Offices.

JA-JO-MI, the Unscrupulous, Prime Minister of Korea.

KI-SI, the young Prince of Korea.

SU-RUNG, a murderer and thief.

SU-YENG, the robber's brother, a goodly man by way of contrast.

YENG-SO-YEI, a daughter of Korea.

OU-PUNG, a Sister of Religion and a follower of the True Path.

HONG-JUN, an innkeeper.

이 이야기의 길을 횡단하며 발자취를 남긴 한국인들

순연: 자애로운 자. 선과 덕을 갖춘 인물로 번영과 역경, 다시 번영
　　의 길을 간다.

청씨: 미인. 순연의 딸

상훈: 학자, 순연의 친구

연씨: 상훈의 아내

상성: 상훈의 아들. 하늘이 그의 공적을 높이 사 고위직에 오른다.

자조미: 파렴치한 한국의 재상

기씨: 한국의 어린 왕자

수령: 살인자이자 도둑

수영: 수령의 동생으로 형과 달리 선량하다.

연소이: 한국의 딸

우평: 여승. 참도(道)의 신자.

홍준: 여관주인

WINNING BUDDHA'S SMILE

IN the far away days of the olden time when the earth was still in its childhood and when the city of Hpyeng-Yang was the capital of Korea, there was numbered among its inhabitants a high dignitary of the Court, Sun-Yen by name, who owed his exalted position solely to his intelligence and capability.

아주 먼 옛날, 땅이 여전히 유년기에 있었고 평양이 한국의 수도였던 시절, 평양 주민들 중 그 이름이 순연(Sun-Yen)으로서 궁에서 높은 지위를 가진 고관이 있었는데, 그가 그 자리에 오른 것은 순전히 그의 지성과 능력 덕분이었다.

Although very rich, Sun-Yen looked down upon no one. On the contrary, he sought diligently to help all those who came within his sphere of influence. His greatest happiness lay in alleviating the sorrows of others. He was, therefore, loved by the people who saw in Sun-Yen a most disinterested protector in whom they had absolute confidence.

순연은 큰 부자였지만 어느 누구도 깔보지 않았다. 오히려 그의 영향력이 허락하는 한 찾아오는 모든 이들을 정성껏 돕고자 했다. 그의 가장 큰 행복은 타인의 슬픔을 덜어주는 것이었다. 그리하여 백성들은 순연을 매우 공정한 보호자로 여기고 그를 사랑하고 절대적으로 신임했다.

Now one day, all things changed as all things sometimes do. Fortune, so long favorable to Sun-Yen, forsook him. Formerly happy and influential, our friend (for call him such we will) was to become the most unfortunate and the most miserable of men. It was due to the following circumstances.

그러던 어느 날 모든 일들이 때로 그러하듯이 상황이 바뀌었다. 그토록 오랫동안 순연에게 호의적이었던 행운이 그를 저버렸다. 행복하고 영향력이 있었던 우리의 친구[1](우리는 그를 이렇게 부를 것이다)는 가장 불행하고 가장 비참한 사람이 될 운명이었다. 그것은 다음의 상황 때문이었다.

The King of Korea was giving a grand and sumptuous banquet to the Governors of the various provinces and the ladies of the Court. The occasion was a very merry one. Shouts of joy and the chords of harmonious music were heard on all sides. When Sun-Yen was informed of this, instead of rejoicing with the others, he became a prey to great sadness. To get away from his own thoughts, he resolved to go visit his friend, San-Houni, one of the greatest scholars of Korea. So Sun-Yen, the benevolent, set out accompanied by his

---

1 홍종우의 불역본에서는 '영웅'으로 되어 있는데, 테일러의 영역본에서는 'friend(친구)'로 바꿔 번역하고 있다.

servant—a faithful and trusted fellow.

한국 왕은 여러 지방의 지사[2]들과 궁의 귀부인들에게 호화로운 대연회를 베풀고 있었다. 매우 흥겨운 연회였다. 기쁨의 외침과 조화로운 음악의 선율이 사방에서 들렸다. 순연은 잔치에 대한 소식을 듣고 다른 사람들처럼 기뻐하기보다 큰 슬픔에 빠졌다. 혼자만의 생각에서 벗어나기 위해 그는 친구이자 한국의 가장 위대한 학자 중 일인인 상훈(San-Houni)을 방문하기로 결심했다. 자애로운 순연은 충직하고 믿을 만한 수하인 그의 하인을 대동하고 길을 나섰다.

While on his way thither, his attention was suddenly drawn to a great crowd of people by the roadside. "Go, see what is the matter," he said to his servant. The latter hastened — as all good servants do to obey his master's orders. He made a way through the crowd which had gathered and soon learned the reason for the gathering.

상훈의 집으로 가던 중 갑자기 길가에 운집해 있는 많은 사람들을 주목하게 되었다. 그는 하인에게 말했다.

"가서 무슨 일인지 보고 오라."

모든 훌륭한 하인들이 주인의 명령에 복종할 때 그러하듯 그는 서둘러 갔다. 그는 운집한 군중을 뚫고 나아가서 그들이 모인 이유를

---

2 Governors of the provinces: 수령은 부사, 감사, 현감 등을 아우르는 단어이다. 영문 맥락에서 뒤에 나오는 만달린 보다는 좀 더 지위가 높은 지방 파견 고급 관리를 말하는 듯하다. 참고로 'Governor of province'를 조선말 사전 편찬자 Scott은 '감사'로 풀이한다.

곧 알게 되었다.

They were about to carry away several people who had died by the highway. As soon as the servant saw this ghastly spectacle he returned to his master and told him what had taken place. Sun-Yen was profoundly moved when he heard it but, losing no time in passive sympathy, he summoned a police agent, of whom he demanded, "Do you know what caused the death of those unfortunates?"

"Yes, sir, they died of hunger."

"Why not carry them away then instead of leaving them there on the road?" continued Sun, in a tone of reproach.

"I was about to do exactly as you suggest, sir," said the agent, who, with a quickened step, went toward the group which by this time had increased materially.

그들은 길에서 죽어 있던 몇 사람을 치우려고 했다. 하인은 이 끔찍한 광경을 보고 돌아와 주인에게 일의 경위를 말했다. 순연은 이를 듣고 큰 충격을 받았지만 가만히 동정하느라 시간을 허비하는 대신 즉시 경찰관을 불러 질문하였다.

"무슨 일로 이 불행한 사람들이 죽게 되었는지 아는가?"

"네, 알고 있습니다. 그들은 굶어 죽었습니다."

"그런데 왜 시체들을 치우지 않고 길가에 내버려 두었느냐?" 순연은 책망하는 말투로 물었다.

"말씀하신대로 막 치우려던 참이었습니다."

이렇게 말한 뒤 경찰관은 이미 그 수가 상당히 늘어난 군중을 향해 바삐 걸어갔다.

Sun did not continue on his way to see his friend, San-Houni. He went direct to the Palace and was immediately ushered into the presence of the King.

The monarch accorded Sun a hearty welcome, saying, "It has been a very long time since 1 have had the pleasure of having you come to see me."

"Sire," replied Sun-Yen, "I rarely leave the comfort of my humble home."

"And what is it that keeps you so close at home?"

"Sire, either my duties or sickness. The reason I have come to see you today is because I have a very important revelation to make to you. Several of your subjects have just died of starvation by the roadside. The thing at first appeared incredible to me. I could not believe that, if my King knew the sad conditions in which so many of his people are living, he would give himself up to pleasure as you are doing. However, I have secured the evidence. Just a few moments ago, I saw with my own eyes three wretches who had died from want of food."

순연은 친구 상훈을 만나러 가는 것을 포기했다. 그는 곧장 궁궐로 가 즉시 안내를 받아 왕을 알현하였다. 군주는 순연을 진심으로 환대하며 말했다.

"그대를 만나는 기쁨을 누린 지가 참으로 오래되었소."

"전하," 순연이 대답했다. "집이 누추하나 안락하여 집에서 거의 나오지 않았습니다."

"무엇이 그대를 그토록 집에 꼭 붙어 있게 했소?"

"전하, 해야 할 일도 있었고 아프기도 했습니다. 오늘 전하를 찾아 뵌 이유는 중요한 사항을 밝히기 위해서입니다. 전하의 몇몇 백성들이 방금 기아로 길가에서 죽었습니다. 처음에 저는 이 일을 믿을 수가 없었습니다. 만약 전하께서 전하의 수많은 백성들이 처한 슬픈 상황을 알면서도 지금과 같은 향락을 즐길 것이라고는 생각하지 않습니다. 그런데 저는 그 증거를 확보하였습니다. 불과 몇 분 전 저는 먹을 것이 부족해서 죽은 세 구의 비참한 시체를 제 눈으로 직접 보았습니다."

These words seemed deeply to impress the King who, with a trace of emotion in his voice, inquired of Sun, "Tell me, what should be done? I can scarcely believe that this misfortune took place while I was leading this life of Idleness and pleasure."

"Sire," continued Sun-Yen respectfully, "here lies the source of the whole trouble. Who pays the expenses of your amusements? Your people and no one else, and the Governors instead of doing their duty are also leading a frivolous and even vicious life. You can believe the words of your old servant whose devotion to your Interests you are well aware of."

"I thank you for this frankness," rejoined the King, "but candidly I

237

can hardly credit what you have just told me. I shall look more fully into this affair."

왕은 순연의 말에 깊은 인상을 받은 듯 감정이 실린 목소리로 순연에게 물었다.

"어찌하면 좋은지 말해보시오. 내가 나태와 향락의 삶을 사는 동안 이런 불행이 일어났다니 믿을 수가 없소."

순연이 예의를 갖춰 말을 이었다.

"전하, 모든 문제의 근원은 이러합니다. 전하의 여흥에 경비를 대는 사람은 누구입니까? 다름 아닌 전하의 백성들입니다. 지사들은 의무를 다하지 않고 오히려 경박스러운 심지어 사악한 삶을 살고 있습니다. 전하를 위해 헌신하는 이 늙은 신하의 말을 믿어도 좋습니다. 저의 충성을 전하도 잘 알고 있지 않습니까?"

"솔직하게 말해줘서 고맙소." 왕이 대답했다.

"허나 솔직히 그대가 방금 말한 것을 믿을 수가 없소. 나는 이 문제를 좀 더 자세히 살펴볼 것이오."

At these words, Sun left his sovereign and went home and told his wife what he had done — the mark of a dutiful husband.

"You acted nobly," she said, "but my Intuition tells me that your devotion to the King will cost you dearly."

"Why?" asked Sun.

"The King will not follow your advice. This is the course things are going to take, mark my words. The Governors, forewarned by your complaint, will not allow themselves to be injured and their pleasures curtailed, and upon you their anger will surely fall. Yes, I fear the consequences of to-day's work."

"Reassure yourself, my dear, the King took my words in a very good spirit and he has never yet made light of my advice."

"I hope with all my heart that you are right. Let us see what time will bring forth."

이 말에, 순연은 군주를 떠나 집으로 돌아온 후 성실한 남편답게 그간 있었던 일을 아내에게 말했다.

"당신은 고귀하게 처신했군요." 그녀가 말했다.

"그러나 나의 직감으로 당신은 왕에 대한 그 충정으로 비싼 대가를 치르게 될 것 같군요."

"어째서?" 순연이 물었다.

"왕은 당신의 충고를 따르지 않을 거예요. 상황이 이렇게 돌아갈 것이니, 내 말을 잘 들으세요. 지사들은 당신의 불평을 미리 알고 그들이 피해를 보거나 향락이 줄어드는 것을 좌시하지 않고 경계할 거예요. 분명 그들의 분노가 당신에게 떨어질 거예요. 그래요, 나는 오늘 일로 생길 결과가 두려워요."

"부인, 걱정 마시오. 왕께서는 내 말을 흔쾌히 받아들였고, 한 번도 내 조언을 가벼이 여긴 적이 없소."

"당신의 말이 맞기를 진심으로 바라요. 때가 되면 알 수 있겠죠."

The King in reality did change his way of living. His conduct made him a bit remorseful. He promptly followed up Sun's complaint and summoned his Prime Minister.

This official, who was named Ja-Jo-Mi, came immediately. He was a man whose severity of character and conduct had earned for him a terrible reputation. Although no one knew of it, he had conceived the scheme of usurping the throne but up to the present time had revealed his intentions to nobody.

실제로 왕은 삶의 방식을 정말로 바꾸었다. 순연의 행동으로 왕은 약간 뉘우쳤다. 왕은 순연의 비판을 즉각 받아들여 재상을 불러 들었다.

자조미(Ja-Jo-Mi)라는 이름의 관리가 바로 왔다. 그는 성격과 행동이 냉혹한 사람으로 이로 인해 평판이 아주 안 좋은 사람이었다. 비록 아무도 알지 못하지만 자조미는 예전부터 왕위 찬탈의 음모를 품고 있었다. 그러나 아직까지는 그는 누구에게도 자신의 속내를 드러낸 적이 없었다.

The King demanded of his Minister, "Have you nothing new to tell me?"

"Absolutely nothing, sire."

At these words, the King cried in an excited voice, "What, you, the Prime Minister, and you do not know that several of my people have just died by the roadside and that their death was caused from lack of food? If there is any one who should be well informed about what is going on in my Kingdom, it should certainly be you."

"Sire, from whom did you get this news?"

"From Sun-Yen."

"Ah, I can scarcely understand how this can be. I have just received the reports from the police and I did not see a single word on the subject of this affair, therefore, I am quite astounded."

"However that may be," said the King, "I command that this evening's fete shall not continue an instant longer."

"Your orders shall be executed. Sire, as soon as I have carried them out I shall return to my office and secure what testimony I can about this matter. The guilty parties shall have their just deserts."

왕이 재상에게 다그쳤다.

"나에게 전할 새로운 소식이 없소?"

"전하, 전혀 없습니다."

이 말을 듣고 왕은 흥분한 목소리로 소리쳤다.

"뭐, 당신, 재상이라는 자가 나의 백성 중 몇 명이 방금 길가에서 죽은 것을, 그리고 그들의 죽음이 식량 부족으로 인한 것을 모를 수 있단 말이오? 나라의 돌아가는 사정을 가장 잘 알아야 하는 사람이 있다면 그건 바로 당신이어야 하오."

"전하, 누가 그 소식을 전해주었습니까?"

"순연이오."

"어떻게 이럴 수 있는지 이해가 안 됩니다. 방금 경찰의 보고서를 받았지만 이 사항에 대해서는 한 마디도 듣지 못했습니다. 저도 큰 충격을 받았습니다.”

“일이 어떠하든,” 왕이 말했다.

“오늘 저녁 연회를 즉시 중지할 것을 명하오.”

“분부 거행하겠습니다. 전하, 분부를 거행한 즉시 집무실로 돌아가 이 문제에 관련된 가능한 모든 증거를 확보하겠습니다. 죄가 있는 쪽은 그에 합당한 처벌을 받게 될 것입니다.”

Bowing humbly before the monarch, Ja-Jo-Mi withdrew. A few minutes later and the Palace, which formerly echoed to the shouts of merrymaking, was in complete silence.

The Prime Minister, upon retiring to his office gave himself up to reflection upon the situation. He was greatly troubled because he feared that he might be removed from his office by the revelations of Sun-Yen. “That fellow is an infernal nuisance and might bring down the King's wrath upon my head. To prevent a recurrence of such things there is but one thing to be done — to get rid of him by sending him into exile. With this dangerous fool out of the way, nothing, nor nobody, can oppose me in the execution of my ambitious designs and I can easily secure the throne.”

자조미는 왕에게 공손하게 절을 한 후 물러났다. 몇 분 전 흥겨운 소리로 울려 퍼졌던 궁은 완전한 침묵에 빠졌다.

재상은 집무실로 물러나자 즉시 이 상황에 대해 곰곰이 생각했다. 그는 순연의 폭로로 그 직에서 물러나게 될까 두려워 심기가 매우 불편했다.

"그 놈은 지긋지긋한 골칫거리라 왕의 진노가 내게 떨어질 수도 있어. 이런 일의 재발을 막으려면 방법은 한 가지 밖에 없어. 순연을 추방해서 그를 없애는 거야. 이 위험한 멍청이를 제거하면 어느 것도, 어느 누구도 내 야심찬 계획의 실행을 반대하지 못할 거야. 그러면 나는 왕위를 쉽게 얻을 수 있겠지."

Such in substance were the reflections of the Prime Minister, but it would be necessary to find a pretext for the exile of Sun and Ja-Jo-Mi, the clever, was not long in devising a scheme.

He resolved to write a letter to San-Houni full of bitter criticisms and threats against the King. This letter he would sign with the name of Sun-Yen. Then he would place it in the King's hands with the story that it had been found on the road by a police agent.

재상이 곰곰이 생각한 것의 핵심은 이러했지만 순연을 추방하기 위해서는 구실을 찾을 필요가 있었다. 간신 자조미는 얼마 지나지 않아 음모를 꾸며냈다.

그는 왕에 대한 혹독한 비난과 위협이 가득 담긴 편지를 상훈에게 쓰기로 결심했다. 그는 그 편지에 순연의 이름으로 서명할 것이다. 그런 후 그는 경찰관이 길에서 발견했다고 이야기를 하며 그 편지를 왕의 손에 넣을 것이다.

No sooner said than done. The letter was written. Ja-Jo-Mi,

adopting a disguise, left his home and, dropping the missive in the path of an agent of police, passed on in the darkness of the Korean night. When the agent walked by he picked up the letter and naturally glanced around but there was no one in sight. He carried the note directly to his chief so that the latter could look over the contents and restore it to its owner.

The Chief of Police read the letter through with great astonishment. Desiring to give a proof of his zeal, he ran to the palace and in a mysterious manner demanded an immediate audience with the King. The monarch had the Chief of Police brought to him at once and was given the forged letter. One can well imagine the surprise of the King. Anxious for light upon the amazing situation he again called his Prime Minister.

말이 떨어지게 무섭게, 그는 편지를 썼다. 자조미는 변장을 하고 집을 나가 경찰이 다니는 길에 그 편지를 떨어뜨리고는 한국의 밤의 어둠 속에 몸을 숨겼다. 경찰관이 지나가면서 그 편지를 집어 들고 주위를 둘러보았지만 아무도 보이지 않았다. 그는 상관이 내용을 훑어보고 편지를 주인에게 돌려줄 수 있도록 가져갔다.

경찰청장은 크게 놀라며 편지를 처음부터 끝까지 읽었다. 그는 자신의 열정을 증명하기 위해 왕궁으로 달려가 은밀히 왕과의 즉각적인 알현을 요청했다. 왕은 경찰청장을 즉시 들이라고 말하고 위조된 편지를 보게 되었다. 왕이 얼마나 놀랐는지 우리는 상상할 수 있다. 왕은 이 기막힌 상황을 밝히고자 재상을 다시 불렀다.

Ja-Jo-Mi, the clever, came with dispatch. The King passed over to him the malicious letter, asking if he believed that Sun-Yen was really the author. The Prime Minister pretended to read the communication. He saw that the King was in a state of uncertainty and he determined to take advantage of it in order to ruin Sun-Yen, once and for all time.

"Sire," he said, "it often happens that we are deceived by those whom we deem most faithful. As far as Sun is concerned, I consider him perfectly capable of this infamous business. I have known for a long while that he has been thinking and dreaming of taking your place on the throne. As for the annoyance which he caused you a short time ago, he was the principal instigator of that himself."

"That's enough, my faithful Ja-Jo-Mi. Have Sun thrown into prison. He will be tried immediately."

간신 자조미가 신속히 왔다. 왕은 그에게 악의에 찬 편지를 건네주며 순연이 정말 그 편지를 정말 썼다고 생각하는지 물었다. 재상은 그 편지를 읽는 척했다. 그는 왕이 혼란스러워 하는 것을 보고 순연을 영원히 파멸시키기 위해 이 기회를 이용하기로 결심했다.

"전하," 자조미가 말했다. "우리는 때로 가장 충성스럽다고 여겼던 사람들에게 속는 일이 종종 있습니다. 순연에 대해 말하자면 그는 이런 후안무치한 일을 능히 할 수 있는 자라 생각합니다. 오래전부터 저는 그가 왕위 찬탈을 생각하고 꿈꾸고 있는 것을 알고 있었습니다. 얼마 전에 전하를 언짢게 했던 그 일의 핵심 주동자도 바로 순연입니다."

"나의 충신 자조미여, 이것으로 충분하다. 순연을 감옥에 처넣어라. 그를 곧 심판하겠다."

The Prime Minister, rejoicing over his triumph, had Sun-Yen taken into custody. When the King was informed of his arrest he went personally to interview the prisoner.

"Do you recognize this ?" he shouted in rage, holding out the letter.

Words fail to give an idea of Sun's astonishment. He realized that he was the victim of a devilish plot but such was his stupefaction that he could utter nothing in his own defense. He burst into tears.

재상은 승리를 기뻐하며 순연을 체포했다. 왕은 순연의 체포 소식을 듣고 몸소 그를 만나러 갔다.

"이것을 알아보겠느냐?" 왕은 편지를 내밀며 격분하여 소리쳤다.

글로는 순연의 충격이 어떠했는지 표현할 수 없다. 그는 자신이 비열한 음모의 희생자가 되었다는 것을 깨달았지만 워낙 대경실색하여 자신을 방어할 어떤 말도 내뱉을 수 없었다. 그는 눈물을 쏟았다.

The King continued: "I would never have believed this of you."

"Sire, I know nothing of this," wailed the wretched Sun.

These words irritated the King.

"Ah, you understand nothing," he cried. "Tell me, then, who is the writer of this letter?"

"In any case, it was not I, sire."

"Of course. Now just listen to me. You have heard the proverb about the smoke ?"

"Yes, sire."

"Well, you know where there is smoke there is fire. I mean by this that if you had not been moved by evil intentions, you would not have addressed this letter to your friend."

"Sire, I see whence comes this evil. The revelations which I recently made to you have stirred up hatred in the hearts of certain personages who desire to bring about my ruin. There's a black heart at work. I swear to you that I am innocent."

"So that's all you have to say for yourself? That's enough."

왕이 다시 물었다. "네가 이런 짓을 하리라곤 생각지도 못했다."

"전하, 이 일에 대해 아는 바가 전혀 없습니다." 가련한 순연은 울부짖었다.

이 말에 왕은 짜증이 났다.

"하, 아무 것도 모른다고. 그럼 말하여라. 이 편지의 주인이 누구냐?"

"전하, 여하튼 저는 아닙니다."

"당연히 아니겠지. 이제 내 말을 들어라. 연기에 대한 속담을 들은 적이 있겠지?"

"예, 전하."

"그럼, 연기 나는 곳에 불이 있다는 것도 알겠구나. 내가 말하고자 하는 바는 네가 사악한 의도를 품고 있었기 때문에 이 편지를 네 친구에게 보냈을 것이라는 점이다."

"전하, 이 악의 근원이 어디인지 압니다. 얼마 전 제가 전하께 그 일을 폭로하였기에 저의 몰락을 바라는 어떤 자들이 마음속으로 저에 대한 증오심을 품게 되었습니다. 흑심이 품은 자들이 있습니다. 맹세컨대 저는 결백합니다."

"해명한다는 말이 고작 이것이냐? 되었다."

The King withdrew, leaving Sun in despair. He ordered the Prime Minister to banish Sun at once and designated his place of exile as Kang-Sin. San- Houni, who was also compromised in the plot, was exiled to Ko-Kum-To.

Escorted to his home by an agent of police, Sun told his wife what had happened. The unfortunate woman was prostrated with grief.

"What did I tell you the other day," she said to her husband, but she soon gained control of herself and regarded the misfortune which had fallen on both of them in a calm light.

"Let us be resigned, my dear. Doubtless it will be painful to live so far from our King and our friends but at least we shall have peace in the future." Without delay, they busied themselves with preparations for the departure. Sun summoned a few poor families to whom he distributed the little money he possessed.

'Twas but a short while and the moment to leave was at hand. Sun-Yen and his wife found it hard to break away from the embraces of their relatives and weeping friends.

왕이 간 후 순연은 절망에 빠졌다. 왕은 재상에게 순연을 즉시 추방하고 강진(康津, Kang-Sin)으로 유배를 보낼 것을 명했다. 상훈 또한 이 음모의 희생자가 되어 고금도(古今島, Ko-Kum-To)로 추방되었다.

경찰의 호송 하에 집으로 온 순연은 아내에게 무슨 일이 있었는지 말했다. 불운의 여인은 절망으로 몸을 가누지 못했다.

"전날 내가 말하지 않았습니까?"

아내는 남편에게 이렇게 말했지만 곧 기운을 차리고 두 사람에게 닥친 불행을 차분하게 생각했다.

"여보, 이제 단념해요. 틀림없이 임금님과 친구들과 멀리 떨어져 살면 고통스럽겠지만, 그래도 앞으로는 마음 편히 살 수 있을 거예요."

그들은 지체 없이 떠날 준비를 하느라 여념이 없었다. 순연은 몇몇 가난한 가족들을 불러 가진 얼마 안 되는 돈을 나누어 주었다.

얼마 지나지 않아 떠날 시간이 왔다. 순연과 그의 아내는 친척들과 눈물을 흘리는 친구들의 품을 어렵게 떠났다.

Here endeth the first step of our legend.
우리 이야기의 첫 번째 단계의 종결[3]

II

THE journey of Sun-Yen and his wife to the Island of Kang-Sin was uneventful and they were soon alone in their new home. Their

---

3 1장의 마지막 구절은 테일러가 추가해 넣은 것이다. 홍종우가 불역본에서 취한 고전소설의 장회체 형식을 분명하게 밝혀주고 있다.

guards then returned to the capital.

What especially troubled Sun was the idea that his wife might be lonely and depressed in this isolated place. He spoke of this to her but she replied with a great deal of cheerfulness, "Do not trouble yourself about me. I have decided to follow you wherever you may go and I shall never find the time wearisome so long as I am with you" — the mark of a dutiful wife.

순연과 그의 아내는 별 탈 없이 강진으로 이동하였고 곧 두 사람만 그곳 새로운 집에 남게 되었다. 그 후 호송대는 서울로 돌아갔다.

순연을 특히 괴롭힌 것은 아내가 이 외딴 곳에서 외롭고 우울할 수 있다는 생각이었다. 아내에게 이에 대해 말하자 그녀는 매우 쾌활하게 대답했다.

"나 때문에 당신 스스로를 괴롭히지 마세요. 나는 당신이 어디로 가든 당신을 따르기로 결심했고, 당신과 함께하는 한 그 시간은 결코 지루하지 않아요."

이것은 그녀가 헌신적인 아내임을 나타낸다.

As a matter of fact, the days passed for our two exiles just as quickly as if they had been living among their relatives and friends. Very soon signs of Spring were to be seen. So Sun said to his wife one day:

"Spring time has come, it is a delightful day. Let us take advantage of it and go for a little outing."

"With pleasure, my dear."

"Good, let us climb the mountain if we can."

사실, 우리의 두 유배자가 친척과 친구들과 함께 있었을 때와 마
찬가지로 시간은 빠르게 흘러갔다. 곧 봄을 알리는 신호들이 나타났
다. 순연은 하루는 아내에게 말했다.

"봄이 왔소. 기분 좋은 날이니 이를 기회 삼아 잠시 밖으로 나가봅
시다."

"좋아요, 여보."

"좋소. 가능하면 산을 오릅시다."

They set out gaily. On seeing them one would never have thought
they were the victims of Fate. They enjoyed to the fullness of their
hearts the charm of the landscape which lay about them, and
happiness was in their souls. Madame Sun was overflowing with joy.

"How peaceful everything is," said she to her husband. "It is a real
pleasure to be walking here alone with you. When we lived at the
Capital I was never able to accompany you in your walks."

"You are right. I was forced to conform to the customs of the
country."

그들은 즐겁게 집을 나섰다. 그들을 보았다면 그들이 '운명'의 희
생자라는 것을 전혀 생각지 못했을 것이다. 그들은 주위 풍경의 매
력을 마음껏 즐겼고 행복은 그들의 마음속에 있었다. 그의 부인은

기쁨으로 가슴이 벅찼다.

"모든 것이 참으로 평화롭군요." 그녀가 남편에게 말했다. "당신과 단둘이 여기를 산책하니 참으로 좋습니다. 서울에서 살 때는 당신이 산책 나갈 때 나는 따라 나설 수가 없었지요."

"맞소. 나는 이 나라의 관습에 어쩔 수 없이 순응해야 했소."

"Now we are at the foot of the mountain," she continued. "What a beautiful panorama lies before us. Just look at it. I feel a poetic instinct within me. Listen to these verses:

"이제 산기슭에 왔어요." 그녀가 말을 이었다. "우리 앞에 참으로 아름다운 전경이 놓여 있어요. 바라만 보아도 내 안의 시적 본능이 저절로 나오는군요. 이 시를 들어 보세요.

The day is beautiful; amid the shrubs
Are fragrant blossoms, clustered in sweet sleep,
The butterflies that seek them eagerly
Seem poised to count each rainbow tinted leaf.
And stupid with the heat the serpent lies
Stretched lazily along the languid boughs.
Among the reeds that tremble in the wind,
Deliberate leaps the frog, while swallows pass
Bearing the insect-prisoners to their nests."

아름다운 날에 숲 속의 향긋한 꽃은
무리 지어 달콤한 잠을 자는구나.
간절히 꽃을 찾는 나비는
무지개 빛 꽃잎을 하나씩 셀 태세로다.
더위로 멍해진 뱀은
지친 가지 위에 게으르게 늘어져 있구나.
바람에 떠는 갈대 사이로 개구리는
조심스레 뛰어오르지만, 제비는
벌레를 죄수처럼 품고 둥지로 가는구나.”

"Do you know," she mused, "these animals are happier than we."

"What makes you say that?" queried Sun.

"Because they have little ones to care for while we have no children."

"Console yourself, my dear, we are not yet so old that Heaven may not smile upon us. Have confidence in the future. But I think it is time to return. The sun is going down and you must be tired."

“이 동물들이 우리보다 더 행복한 것을 아세요?” 그녀가 혼잣말을 했다.

“어째서 그런 말을 하시오?” 순연이 물었다.

“이 동물들은 보살필 어린 새끼들이 있는데 우리는 없잖아요.”

“여보, 기운 내시오. 우리 나이가 그렇게 많지 않으니 하늘이 우리에게 미소를 지을 것이오. 앞날에 대한 믿음을 가지시오. 이제 돌아갈 시간이 된 것 같소. 해도 지고 있고 당신도 지쳤을 것이오.”

The two returned slowly to their home, lost in thought.

Now it came to pass one night that Sun's wife had a dream. She saw an angel from Heaven bending over her. She awoke, startled by the vividness of this vision, and immediately told her husband about it.

"Yes," said the latter, "that is very queer but I shouldn't worry about it. Fatigue has caused this nightmare."

The truth was that this noble lady was soon to become a mother. In fact, it was not long before she gave birth to a daughter to whom they gave the name of Cheng-Si. Sun, the benevolent, was overwhelmed with joy—as one should be when Heaven smiles.

두 사람은 생각에 잠겨 천천히 집으로 돌아왔다.

어느 날 밤 순연의 아내가 꿈을 꾸었다. 그녀는 하늘에서 온 천사가 자기를 굽어보는 것을 보았다. 그녀는 깨어난 후 이 생생한 꿈에 놀라 즉시 남편에게 이에 대해 말했다.

남편이 대답했다.

"맞소. 참으로 괴이한 꿈이지만 나는 걱정하지 않소. 피곤하여 악몽을 꾼 것이오."

사실은 이 귀부인이 곧 어머니가 될 참이었다. 머지않아 그녀는 딸을 낳았고 부부는 딸의 이름을 청씨(Cheng-Si)라 지었다. 하늘이 미소 지을 때 누구나 그러하듯 자애로운 순연은 기쁨을 주체하지 못했다.

Unfortunately, his wife lay seriously ill. It was soon evident that there was no hope of saving her. Scarcely three days had passed after the birth of little Cheng-Si when her mother died. She sensed the approach of death and whispered weakly to her husband:

"My dear, I am going to leave you. I know that your grief will be very great but do not give yourself up to it. You must look after our little one. Get a nurse for her if you can."

불행하게도 그의 아내는 중병으로 눕게 되었다. 그녀가 살아날 희망이 없다는 것이 곧 분명해졌다. 그 어린 청씨가 태어난 지 사흘도 채 안되어 청씨의 어머니가 죽었다. 아내는 죽음이 다가옴을 직감하고 남편에게 힘없이 속삭였다.

"여보, 나는 당신을 떠나요. 당신의 슬픔이 너무도 크겠지만 슬픔에 매몰되지는 마세요. 당신은 우리의 아기를 돌보아야 해요. 가능하면 아기의 유모를 구하세요."

With a supreme effort the dying woman clasped her baby to her breast.

"Alas," she said with a deep sigh, "this is the last time I shall have you so near me."

Sun, in tones of deepest sorrow, said to his wife:

"Dearest wife, can it be true that you are going to leave me ? We have always protected and shared with the unfortunate and yet the gods permit us to be parted. It is an injustice."

255

죽어가는 여인은 온 힘을 다해 아기를 가슴에 꽉 안았다.

"아아" 그녀는 깊은 한숨을 쉬며 말했다. "너를 이렇게 가까이 안 아보는 것이 이것이 마지막이구나."

순연은 가장 슬픈 어조로 아내에게 말했다.

"사랑하는 부인, 당신이 나를 떠나다니 이것이 참이오? 불행을 막는 것도 불행을 나누는 것도 항상 함께 했는데 이제 신이 우리를 갈라놓는구려. 이것은 부당하오."

His wife did not hear his final words. Death had already touched her brow and called her to her ancestors. Sun saw but did not wish at first to believe.

He called to his wife, tears streaming down his cheeks, but, alas, his words were unanswered.

"Now, I am all alone," he cried in despair. "What will become of me and this child !"

He gazed fondly at his daughter who was still clasped to her mother's breast. This sad sight increased Sun's grief. He took the little baby and turned it over to the care of a nurse whom he managed to secure. Then, beside himself with grief, he busied himself with his wife's burial.

아내는 그의 마지막 말을 듣지 못했다. 죽음이 이미 그녀의 이마에 닿았고 그녀를 조상들에게 가도록 불렀다. 순연은 이를 보았지만 처음에 믿고 싶지 않았다.

그는 아내를 불렀다. 눈물이 그의 뺨을 타고 흘러내렸다. 아아, 그러나 아내는 그의 부름에 대답이 없었다.

"이제 나만 남았구나." 그는 절망에 빠져 울었다. "나와 이 아이는 어쩌란 말인가!"

그는 여전히 엄마의 가슴에 안겨있는 딸을 사랑스럽게 바라보았다. 이 슬픈 모습에 순연의 비통함이 더해졌다. 그는 어린 아이를 잡고 간신히 구한 유모 손에 넘겨주었다. 그는 슬픔으로 제정신이 아닌 상태에서 바쁘게 아내의 장례를 치렀다.

All this happened so quickly that Sun-Yen thought it had happened in a dream, but the sad evidence was there before his eyes. Each day he could be seen walking to the spot where his wife was sleeping. These frequent visits merely aggravated his anguish and it was impossible for him to control himself.

Our friend was always in tears; he could get no rest nor sleep and shortly more ill fortune came to him. From having shed so many tears, Sun became blind.

This terrible blow almost prostrated him but he continued to drag out the same wretched existence. His greatest regret was in not being able to look upon the face of his little daughter. So passed several years.

이 모든 것이 너무도 급작스럽게 일어난 일이라 순연은 그것이 꿈에서 일어난 일이라고 생각했지만 슬픈 증거는 그의 눈앞에 있었다.

매일 그의 아내가 잠자고 있는 곳으로 걸어가는 그를 볼 수 있다. 이 잦은 외출은 그의 고뇌를 악화시킬 뿐이지만 그는 자제할 수 없었다.

우리의 친구는 항상 눈물 속에 있었다. 그는 쉴 수도 잠을 잘 수도 없었기에 곧 더한 불행이 그에게 닥쳤다. 그토록 많은 눈물을 흘린 탓에 순연은 맹인이 되었다[4].

이 끔찍한 타격은 그를 거의 주저앉게 만들었지만 그럼에도 그는 비참한 삶을 계속해서 연명했다. 그가 가장 많이 후회하는 것은 어린 딸의 얼굴을 볼 수 없는 것이었다. 그렇게 몇 년이 흘렀다.

* * * *

Meanwhile, Cheng-Si was growing up. She was now in her thirteenth year and was obliged to help support her poor father who was without resources of any kind. She had but one way to keep Sun from starving and that was by begging. She went about this sad task without any false modesty. Her wits, however, were not asleep and one day she said to her father:

"There is something which I do not understand."

"What is that, my child?"

"Father, how is it that so many other people can live with their relatives and friends while we are here all alone?"

---

4 원전 『심청전』은 심봉사가 심청이 태어나기 전에 이미 장님이 되었고, 장님인 심봉사를 그의 아내가 지극정성으로 모신 것으로 나온다. 불역본에서는 심봉사에 해당하는 순연이 아내를 잃은 슬픔으로 눈물을 많이 흘려 장님이 된 것으로 그렸고, 테일러도 그대로 따르고 있다.

청씨는 자라 이제 열세 살이 되었다. 그녀는 어떤 종류의 재산도 전혀 없는 불쌍한 아버지를 부양해야 했다. 아버지를 굶기지 않을 방법은 단 한 가지, 그것은 구걸하는 것이었다. 그녀는 내숭떨지 않고 이 슬픈 일을 시작했다. 그러나 그녀의 지혜가 잠든 것은 아니었다. 어느 날 그녀는 아버지에게 말했다.

"이해가 안 되는 것이 있어요."

"그게 무엇이냐, 애야?"

"아버지, 많은 사람들은 친척과 친구들과 사는데 어찌하여 우리만 이곳에 외롭게 사나요?"

"Ah, my daughter, it is very true that we must live by ourselves. But things were not always thus. There was a time when I lived at the Capital of Korea with your poor mother and we were surrounded by many friends. I occupied a high position. Our family belonged to the highest nobility and was always in good standing at the Court of the King. But, one day, because of a malicious slander, of which the King thought me guilty, I was exiled here. My friend, San-Houni, was trapped in the same affair and was sent to Ko-Kum-To. He shares our downfall for he also comes from an excellent family. I am very sorry that since my arrival at this island I have had no news of my old friend."

"Perhaps it is not possible for him to communicate with you," said the child in order to console the old man. "Excuse me, father," she added, "it is time for me to go to work."

259

"Go, my child, and come home early."

"오, 딸아. 우리끼리만 살아야 하는 것은 사실이다. 하지만 모든 것이 항상 이랬던 것은 아니다. 너의 불쌍한 엄마와 한국의 수도에 살았던 적이 있었고 그때 우리의 주위에 친구들이 많이 있었다. 나는 높은 지위에 있었고, 우리 가문은 명문가이었으며, 조정에서 항상 평판이 좋았다. 그러던 어느 날 나에 대한 악의적 비방이 있었고 왕은 나의 유죄를 믿어 나를 이곳으로 추방하였다. 내 친구 상훈도 같은 사건에 연루되어 고금도로 보내졌다. 그 또한 훌륭한 가문 출신이었지만 우리와 같이 몰락했다. 이 섬으로 온 이후 오랜 친구에 대한 소식을 듣지 못했는데 그것이 매우 안타깝구나."

"아마 그분이 아버지와 연락하는 것이 가능하지 않았을 거예요." 아이는 늙은 아버지를 위로했다.

"죄송해요, 아버지." 그녀는 덧붙였다. "이제 일하러 가야 할 시간이에요."

"가 보거라, 애야. 그리고 집에 일찍 오너라."

Little Cheng-Si, the fair, walked at a rapid gait. She went first to the cemetery to pray a moment beside her mother's grave. Cheng-Si was just as industrious as she was intelligent. She gave up her nights to study, while during the day she went from door to door asking alms.

One day, she went as usual to pray by her mother's resting place. She remained there longer than usual and did not return home at the customary hour.

어여쁜 어린 청씨는 바쁜 걸음으로 걸었다. 그녀는 먼저 어머니의 무덤에서 잠시 기도하기 위해 묘지로 갔다. 청씨는 부지런할 뿐만 아니라 또한 똑똑했다. 낮 동안에 이 집 저 집 다니며 구걸을 했고 밤에는 공부를 했다.

어느 날 그녀는 평소처럼 어머니의 안식처에 기도하러 갔다 평상시보다 오래 그곳에 머무는 바람에 제 시간에 귀가하지 못했다.

Sun, missing his daughter, was sorely troubled. At last, he resolved to go search for her. Leaning on his cane, he started out slowly and feebly. Unfortunately, when he came to the edge of a pond close by his home, he made a false step and fell into the water. He groaned to himself, "This is certain death for me, and my poor little girl will hunt for me everywhere." And he began to shout lustily at the top of his voice.

Happily Sun-Yen's cries were heard by the disciple[5] of an anchorite who lived in a cave on the mountain slope, a short distance from the lake. He came running and soon had Sun out of the water.

순연은 딸이 오지 않자 몹시 걱정이 되었다. 마침내 그는 딸을 찾

---

5 『심청전』 원문에서는 '몽은사 화주승'이다. 게일은 이를 '몽은사 주지승(the abbot of Mongam monastery)'으로 번역했다. 그러나 홍종우와 테일러 모두 '은둔자의 제자(the disciple of an anchorite)'로 표현한다. 전후 맥락에서 제자는 불제자임을 알 수 있다.

아 나서기로 결심하고 지팡이에 기대어 천천히 힘없이 밖으로 나갔
다. 불행하게도 그의 집 근처 연못의 가장자리에 왔을 때 그는 발을
헛디뎌 물속에 빠졌다. 그는 신음하며 말했다.

"이제 나는 죽는구나. 내 불쌍한 어린 딸은 나를 찾아 사방으로 다
니겠지."

그는 소리 높여 크게 외치기 시작했다.

다행히 순연의 외침을 호수에서 얼마 멀지 않은 곳에 위치한 산비
탈 동굴에 사는 한 은둔자의 제자가 듣고는 달려와 곧 순연을 물에서
구해냈다.

He demanded of him:

"Where do you live?"

"Right close by."

"But how is it that you, a blind man, go out alone? Don't you know
that you are running a great risk in doing this?"

"Yes, I know it. I never do go out alone. Today, however, I
ventured away from my home to hunt for my little girl. She did not
return at her usual time so I went to look for her. That is how I came
to fall into the lake from which I would never have come out alive
without your assistance. You have saved my life."

그는 순연에게 물었다.

"어디에 사는지요?"

"바로 근방에 삽니다."

"그런데 어찌하여 장님인 당신이 혼자 밖으로 나왔습니까? 이리하면 얼마나 위험한지 모릅니까?"

"알고 있습니다. 평상시에는 절대 혼자 나오지 않습니다만, 오늘 어린 딸을 찾아 위험을 무릅쓰고 집 밖으로 나오게 되었습니다. 딸이 제 시간에 돌아오지 않아 딸을 찾으러 나왔습니다. 이것이 내가 당신의 도움이 없었다면 살아서 나오지 못했을 호수에 빠지게 된 경위입니다. 당신이 내 목숨을 구해 주었습니다."

"I have only done my duty," replied the disciple, humbly. He took Sun by the arm and led him to his little dwelling. On the way, he asked of him:

"Will you have faith in what I am going to tell you?"

"Certainly."

"Well, I predict, indeed I can read in your face, that your evil days will not last forever. Within three years you shall recover your sight and you shall become Prime Minister. Your fortune also shall be unsurpassed. To attain this goal you must pray diligently to Chen-Houang (the Emperor of Heaven)."

"제 일을 했을 뿐입니다."

제자가 겸손하게 말했다. 그는 순연의 팔을 잡고 그의 작은 집으로 데려다 주었다. 가는 길에 그는 순연에게 물었다.

"내가 당신에게 말하고자 하는 것을 믿겠습니까?"

"당연하지요."

263

"음, 나는 미래를 예언하는데, 당신의 얼굴에서 당신의 불행한 날들이 영원이 지속되지는 않을 것이라는 것을 읽을 수 있습니다. 당신은 삼 년 안에 시력을 회복하고 재상이 될 것입니다. 어느 누구도 당신보다 더 큰 행운을 누리지 못할 것입니다. 이 목적을 달성하려면 당신은 天皇(하늘의 황제)에게 부지런히 기도해야 합니다."

"Have I heard you aright?" cried Sun, beside himself with astonishment and joy.

"Nothing can be nearer the truth," gravely replied the disciple.

"But what must I do ? Tell me, tell me!"

"You must give me three hundred bags of rice and I will pray in your stead."

"Alas, I cannot give what you require of me."

"That doesn't make any difference. I do not ask for the immediate delivery of the three hundred bags of rice. It will be sufficient if you bind yourself in writing to pay me when you have the means to do so."

"I'll accept on those conditions," replied Sun.

The disciple passed over to him a paper on which the poor blind man placed his signature.

"I am obliged to leave you, now," said the disciple.

"Then, good-bye, until we meet again."

"그게 정말입니까?" 순연은 놀라움과 기쁨으로 정신없이 소리쳤다.

"이보다 더 확실한 진실은 없습니다." 제자가 엄중하게 대답했다.

"그런데 어떻게 하면 됩니까? 당장 말해 주시오."

"나에게 쌀 삼백 석을 주면 당신을 대신해 기도해 드리겠습니다."

"아아, 나는 당신의 요구를 들어줄 수 없습니다."

"상관없습니다. 지금 당장 쌀 삼백 석을 달라는 것이 아닙니다. 재산이 생기면 주겠다는 약정서를 주시면 그것으로 충분합니다."

"그 조건이라면 받아들이겠습니다." 순연이 대답했다.

제자가 그에게 서류를 건네자 가난한 장님은 그 위에 서명을 했다.

"이제 가봐야겠습니다." 제자가 말했다.

"그럼 안녕히 가십시오. 또 뵙지요."

When he was alone, Sun reflected upon what the disciple had told him. The idea of seeing the sunlight again and of acquiring honor and wealth filled his very being with ecstasy. On the other hand, the obligation of furnishing three hundred sacks of rice considerably diminished his joy. A man, whose daughter was obliged to beg to keep him from starving, would never be able to fulfill the promise which he had signed. He regretted having given a promise which he could never hope to keep.

혼자 남게 되자 순연은 제자가 한 말을 곰곰이 생각했다. 햇빛을 다시 볼 수 있고 명예와 부를 얻을 수 있다고 생각하니 그의 온 마음은 황홀해졌다. 반면에, 쌀 삼백 석을 바쳐야 한다고 생각하니 그의 기쁨은 상당히 줄어들었다. 딸이 구걸해서 겨우 먹고 사는 처지인데 자신이 서명했던 약속을 어떻게 지킬 수 있겠는가. 그는 지킬 희망조차 없는 약속을 한 것을 후회했다.

Sun was drawn from his reveries by the arrival of his daughter.

"Why so melancholy, father?" inquired the child.

"Is it because I am late to-day that you seem sad? I must ask your pardon. I went to the cemetery and from there to gather some alms. They gave me some things to eat, as your hands can tell. Don't you forgive me?"

"My dear child, it is not you who makes me so sad. Listen, and I will tell you what happened to me. When you did not come home I was a little worried and wanted to go and meet you. On the way, I fell into the lake and gave myself up for lost when I was rescued by a disciple of an anchorite. This man led me home and said to me, while we were walking along, 'I predict to you that you will no longer be blind and that some day you will become the King's Prime Minister.' But I have to pay him three hundred sacks of rice and I can never do it. That is why I am sad."

"Do not worry too much about that, father. We shall find a way that will enable you to keep your promise."

순연은 딸의 도착으로 상념에서 깨어났다.

"아버지, 왜 이렇게 우울하세요?" 딸이 물었다.

"오늘 내가 늦어서 슬프세요? 용서해주세요. 약간의 구걸거리를 얻기 위해 묘지에 갔었어요. 그들이 나에게 먹을 것을 주었는데 여길 만져보면 알 수 있어요. 용서해주세요, 네?"

"사랑하는 딸아, 내가 많이 슬픈 것은 너 때문이 아니란다. 나에게 무슨 일이 있었는지 들어 보아라. 네가 집으로 오지 않자 약간 걱정이 되어 너를 마중하려 나가고 싶었다. 도중에 호수에 빠져 죽는 줄 알고 포기하고 있었는데 그때 한 은둔자의 제자가 나를 구해주었다. 이 사람이 나를 집으로 데려다 주었고 함께 걸어오는 동안 나에게 말하더구나. '나는 당신이 더 이상 장님이 되지 않을 것이고, 언젠가 왕의 재상이 될 것임을 예언합니다.'라고. 그런데 그에게 쌀 삼백 석을 주어야 하는데 그렇게 할 수 없어 그래서 슬프단다."

"아버지, 너무 걱정 마세요. 우리는 아버지의 약속을 지킬 수 있는 방법을 찾게 될 거예요."

After they had shared their meagre meal the young girl went to her room where she began to reflect upon her father's story. Not succeeding in going to sleep, she went out to take a bath in the lake, after which she began to prepare the sacrifice table in the garden. She placed in the centre a vase filled with water, lighted the incense burner and two candles, one at each end, and began to pray to Heaven. Her prayers continued almost until daybreak.

Not until then did Cheng-Si go to her room. Exhausted with fatigue, she fell asleep almost immediately. She dreamed that an old man was saying to her, "Very shortly something is going to happen to you. Some one will cross your path who will make you an attractive proposal. Do not hesitate to accept, for it is an exceptional opportunity."

On awakening, the child recalled her dream and was pensive and thoughtful for a long while. In reality her dream was soon to come true. Some dreams do.

보잘것없는 식사를 아버지와 함께 한 후 소녀는 방으로 가서 아버지의 이야기를 곰곰이 생각하기 시작했다. 잠을 이루지 못해 그녀는 호수로 가 목욕을 한 후 뜰에 제상을 차리기 시작했다. 상 중간에 물이 가득 든 꽃병을 놓고 향로에 불을 붙이고 두 개의 초를 양 끝에 둔 뒤 하늘에 기도하기 시작했다. 그녀의 기도는 거의 새벽까지 계속되었다.

새벽이 되어서야 청씨는 방에 갔다. 피곤에 지쳐 곧장 잠이 들었다. 그녀의 꿈속에서 한 노인이 나타나 말하였다.

"곧 너에게 어떤 일이 생길 것이다. 어떤 사람이 너에게 나타나 솔깃한 제안을 할 것이다. 드문 기회이니 주저 말고 받아들여라."

아이는 꿈에서 깨는 즉시 다시 꿈을 떠올리며 한참 동안 수심에 잠겨 생각했다. 그녀의 꿈은 현실에서 곧 실현될 것이다. 어떤 꿈들은 그러하다.

In the days of our story, Korean merchants in search of business were accustomed to make one trip a year across the Yellow Sea, which lies between China and Korea. The crossing was very difficult and dangerous because of the rapidity of the current in certain spots. After each trip they were always sure to report the loss of some boat. Thinking to avoid this danger, the merchants had recourse to a very ancient and very barbarous practice. In each village where they traded they purchased a young girl. These victims were thrown into the sea and the perils of the voyage were thought to be in this way forestalled.

이 이야기의 배경이 되는 시대에 한국 상인들은 일거리를 찾아 일 년에 한 번씩 중국과 한국 사이에 놓인 황해를 건너는 것이 허다했 다. 어떤 지점은 유속이 너무 빨라 항해가 매우 힘들고 위험했다. 항 해가 끝난 후면 항상 배의 손실을 보고해야 했다. 상인들은 이 위험 을 피하고자 먼 고대의 아주 야만적인 행위에 기댔다. 그들이 거래 하는 각 마을에서 어린 소녀를 샀다. 이 희생자들을 바다에 던지면 항해의 위험을 미리 막을 수 있다고 생각했다.

Now, this day, Cheng-Si, the fair, had scarcely left her home when she met one of these traders in search of a human victim. The merchant asked the young girl if she knew where he could find what he wanted. To this request Cheng-Si replied:

"You need not look any farther. If you want to take me, I will go, but what will you give me in exchange for my life?"

"Anything that you want."

"Suppose I ask for three hundred bags of rice?"

"I'll accept the offer, but I have some partners and must consult with them, so I will not be able to give you a positive answer for a few days."

"I'll wait, then."

"Good-bye," said the merchant.

이날 아름다운 청씨는 집을 나서자마자 인간 희생 제물을 찾는 한 상인을 만났다. 상인은 어린 소녀에게 자신이 원하는 것을 어디로 가면 찾을 수 있는지 물었다. 이 질문에 청씨가 대답했다.

"더 이상 찾지 않아도 됩니다. 나를 데려가고 싶다면 가겠습니다. 하지만 나의 목숨 값으로 당신은 무엇을 줄 수 있습니까?"

"원하는 것은 무엇이든 다요."

"만약 삼백 석의 쌀을 원한다면요?"

"그 제안을 받아들이겠소. 동료가 있어 그들과 상의해야 하니 확답을 주기까진 며칠이 걸릴 것이오."

"기다리겠습니다."

"잘 가시오." 상인이 말했다.

Happy at having concluded this bargain which was to result so seriously for her, the young girl impatiently awaited the merchant's return. One beautiful morning she saw him coming toward the house and immediately went to meet him.

"Has the affair been settled?" she asked him, without manifesting the least emotion.

"Yes, you shall have your three hundred bags of rice. Do you want them right away?"

"Yes, indeed, if I may. Please wait a moment, I must tell my father."

Cheng-Si went into the house. She did not know how to tell her father about her fatal decision.

"To tell him the truth," she said to herself "is to condemn him to a death from grief. I can remember his anxiety that day when I was a little late in coming home. Now suppose I should never come back — but it must be done."

어린 소녀는 자신에게 너무도 심각한 결과를 가져올 이 거래를 끝낸 것에 기뻐하며 상인이 다시 오기를 초조하게 기다렸다. 어느 아름다운 아침, 그녀는 상인이 집 쪽으로 오는 것을 보고 즉시 그를 맞으러 갔다.

"일이 성사되었나요?" 그녀는 감정을 조금도 드러내지 않고 그에게 물었다.

"그렇소. 당신은 쌀 삼백 석을 받게 될 것이오. 지금 당장 받겠소?"

"가능하면 그렇게 하지요. 잠시 기다리세요. 아버지에게 말해야 합니다."

청씨는 집안으로 들어갔다. 그녀는 자신의 이 위험천만한 결정을 아버지에게 어떻게 말해야 할지 몰랐다.

"그에게 진실을 말하는 것은," 그녀는 혼잣말을 하였다. "그를 슬픔으로 죽으라는 선고를 하는 것과 같아. 내가 조금 늦게 들어온 그 날, 아버지가 얼마가 걱정했는지 난 기억해. 내가 다시는 돌아오지 않는다면 어떻겠어. 그래도 어쩔 수 없어."

The young girl threw her arms about her father's neck and cried in a joyful voice:

"Father, I have found a way to get you the three hundred bags of rice that you owe the disciple. Send for him at once."

When the disciple had come, Cheng-Si took him to the merchant's place of business and turned over to him the three hundred bags of rice. She then demanded, in exchange, the paper bearing her father's signature, thanked him for having saved Sun-Yen's life, and asked him to continue his prayers for the blind man. The disciple promised to do so and left the young girl.

어린 소녀는 아버지의 목에 팔을 두르고 기쁜 목소리로 말했다.

"아버지, 아버지가 그 제자에게 빚진 쌀 삼백 석을 마련한 방법을 찾았어요. 얼른 제자를 부르세요."

제자가 오자 청씨는 그를 상인이 장사하는 곳으로 데리고 가 쌀 삼백 석을 넘겨주었다. 대신 그녀는 아버지의 서명이 들어간 서류를 줄 것을 요구하며 순연의 목숨을 살려준 것에 감사를 표하고 눈먼 아버지를 위해 기도를 계속 해달라고 말했다. 제자는 그러겠다고 약속하고 어린 소녀를 떠났다.

Very happy because of her sacrifice, she hastened to her father and handed him the paper which he had signed.

"Where did you get this?" demanded the surprised Sun.

"From the disciple, to whom I gave the three hundred sacks of rice."

"But, how in the world did you get all that rice, my daughter?"

"In a very simple way. I sold myself the other day."

"What are you saying! Ah, unhappy girl, do you want to kill me?"

"Now do not worry about this, father. Let me finish what I have to tell you. It is true that I have sold myself but I am not going very far away and perhaps I shall see you every day. There isn't anything to be troubled about. I am sacrificing my liberty with the best of good will so as to insure your happiness. When we have saved up enough money I will pay back the price of the rice and then, once I am free, nothing can prevent me from remaining with you forever."

그녀는 자신의 희생에 아주 기뻐하며 서둘러 아버지에게 가서 그의 서명이 들어간 서류를 건네주었다.

"이것이 어디서 났느냐?" 순연이 놀라서 물었다.

"제자가 주었어요. 그 사람에게 쌀 삼백 석을 주었어요."

"하지만, 애야, 도대체 어떻게 그 쌀을 모두 마련했느냐?"

"아주 간단해요. 전날 제 몸을 팔았어요."

"무슨 말을 하고 있는 것이냐. 아, 불쌍한 딸아, 너는 나를 죽이고 싶으냐?"

"아버지 걱정 마세요. 전부 말씀드릴게요. 제가 몸을 판 것은 사실이지만 그렇다고 제가 아주 멀리 떠나는 것도 아니에요. 아버지를 매일 볼 수 있을 거예요. 문제가 될 것은 아무 것도 없어요. 아버지의 행복을 지켜드리기 위해 가장 좋은 뜻으로 저의 자유를 희생하는 거예요. 돈이 충분이 모이면 쌀값을 갚을 거예요. 자유의 몸이 되고 나면, 어떤 일이 있어도 아버지 곁에 영원히 있을 거예요."

The young girl, having calmed somewhat her father's fears, went to the merchant's to learn the date of her departure.

The merchant told her that they were not going to set sail for three months. Meanwhile, Cheng-Si was thinking constantly of the solitude in which her father would be after she had gone. What would become of the poor blind man, alone and without resources? This thought haunted her day and night. She sought to accumulate a little money and some food which would be enough for him to live on decently for some little time.

The three months soon came to an end and the merchant returned to remind her of her promise. She asked permission to speak to her father for the last time. She had not yet revealed to him the entire truth. The merchant, of course, consented and even went into the house with her.

어린 소녀는 아버지의 두려움을 다소 진정시킨 후에 출발 날짜를 알기 위해 상인에게 갔다.

상인은 그녀에게 석 달 후에 배가 떠날 것이라고 말했다. 그 시간 동안 청씨는 자신이 떠난 이후 혼자 있게 될 아버지에 대해 끊임없이 생각하고 있었다. 재산도 없는 불쌍한 눈먼 아버지는 혼자서 어떻게 살 것인가? 이 생각이 밤낮으로 그녀의 뇌리를 떠나지 않았다. 그녀는 아버지가 당분간 넉넉하게 지낼 수 있도록 약간의 돈과 음식을 모으고자 했다.

곧 석 달이 지나 상인이 와서 그녀에게 약속을 상기시켰다. 그녀
는 마지막으로 아버지에게 말할 수 있도록 허락해 줄 것을 청했다.
그녀는 아직 아버지에게 모든 진실을 밝힌 것은 아니었다. 상인은
기꺼이 이에 동의한 후 심지어 그녀와 함께 집안으로 들어갔다.

"Father," she said, "I must leave you."

"My daughter, leave me? And where are you going?"

"Father, I deceived you the other day. It was not my liberty but my
life which I gave in exchange for the three hundred sacks of rice
which you promised the disciple. Yes, I was purchased, body and
soul. I have to plunge to the bottom of the Yellow Sea to pray for a
favorable passage for our sailors."

Cheng-Si had tenderly placed her arms about her father to support
him while she was making this fatal confession. Nevertheless, the
blind man could not bear the shock and he fell into a swoon.

"아버지," 그녀가 말했다. "이제 떠나야 합니다."

"내 딸아, 떠난다고? 어디로 가느냐?"

"아버지, 전날 아버지를 속였어요. 아버지가 제자에게 약속한 쌀
삼백 석을 받은 대가로 내가 내준 것은 나의 자유가 아니라 목숨이었
어요. 그래요. 나의 몸과 혼이 팔렸어요. 나는 선인들의 무사 항해를
기원하기 위해 황해 바다 밑으로 뛰어들어야 해요."

청씨은 이 피할 수 없는 고백을 하는 동안 아버지를 받치기 위해

그녀의 팔을 다정하게 그에게 대고 있었다. 그럼에도 눈먼 아버지는 충격을 견디지 못하고 기절하고 말았다.

When he regained consciousness, he said in a voice that was scarcely audible, "Unhappy child, is it indeed true that you are going to abandon me in this way? After having seen your mother die, must I see you, too, leave the world before me? Oh, tell me that it is a dream! Consider your poor blind father and think what will become of him when he no longer has you with him. No, it cannot be, you are not going to die."

Sun-Yen burst into tears. His daughter tried vainly to keep from weeping herself for she felt that her heart was broken. The merchant, a witness of the scene, was very much moved, too. He beckoned the girl to him and said:

"I will give you another hundred bags of rice and we will not set sail for three days. Would you like that?"

그는 정신을 차린 후 거의 들리지 않는 목소리로 말했다.

"불쌍한 딸아, 네가 이런 식으로 나를 버리려고 하다니 정말 사실이냐? 네 엄마가 죽는 것을 보았는데 너마저 나보다 먼저 세상을 떠나는 것을 내가 보아야 하느냐? 아, 이것이 꿈이라고 말하여라. 불쌍한 눈먼 네 아비를 생각하고, 네가 없으면 이 아비가 어떻게 될지 생각해 보아라. 안 된다. 그럴 수는 없다. 너는 죽지 않을 거야."

순연은 눈물을 쏟았다. 딸은 울지 않으려 했지만 소용이 없었다.

가슴이 찢어지는 것 같았다. 상인은 이 장면을 목격하고 매우 감동하여 손짓으로 소녀를 불러 말했다.

"쌀 일백 석을 더 줄 것이고 삼일 후에 떠나는 것으로 하겠소. 어떻소?"

Cheng-Si thanked the man profusely and went with him to the door. The following day, after she had obtained the hundred sacks of rice, she sought an audience with the leading magistrate of the town. He consented to take charge of the maintenance of the old gentleman in consideration of the one hundred bags of rice which he took as a sort of deposit.

The young girl did not leave her father until the merchant came for her. She endeavored to console the old gentleman as best she could. When the time for the separation came, it was heart-rending. Sun-Yen threw his arms about his daughter's neck while his frame was shaken with sobs.

"I want to die with you. I will not let you go alone."

청씨는 상인에게 진심으로 감사하여 그를 문까지 배웅했다. 다음 날 쌀 일백 석을 받은 후 그녀는 마을의 최고 행정관에게 면담을 청했다. 그는 쌀 일백 석을 일종의 보증금으로 받고 그 노신사의 생계 유지를 책임질 것을 약속했다.

어린 소녀는 상인이 데리러 올 때까지 아버지와 함께 있었다. 그녀는 노신사를 위로하고자 온 힘을 다했다. 이별의 시간이 오자 가슴이 찢어졌다. 순연은 딸의 목을 끌어안고 흐느껴 울며 휘청거렸다.

"나도 너와 함께 죽을 것이다. 너 혼자서는 못 간다."

The cries of the poor blind man attracted a number of the neighbors, who were also moved to tears at the pathetic sight. Finally the trader grasped the girl by the arm and said in a trembling, gentle voice, "We must go now."

Paralyzed by grief, Sun fainted and his arms slipped from about his daughter's form.

"Good-bye, father," she called back as she walked away. "Don't worry, we shall meet again in a better place where we shall be happy forever."

Cheng-Si renewed her requests to the magistrate, who, shortly after, visited the unfortunate father and tried to console him a bit, without succeeding to the slightest extent.

For Cheng-Si had gone.

불쌍한 장님의 외침은 여러 동네 사람들의 관심을 끌었다. 그들은 이 애처로운 모습을 보고 또한 눈물을 흘렸다. 마침내 상인이 소녀의 팔을 잡으며 떨리는 목소리로 다정하게 말했다.

"이제 가야 하오."

슬픔으로 몸이 마비된 순연은 기절하였고, 그의 팔은 딸의 몸에서 미끄러졌다.

"아버지, 안녕히 계세요." 그녀는 멀리 걸어가면서 돌아보며 외쳤다. "걱정 마세요. 더 좋은 곳에서 다시 만나 그곳에서 영원히 행복하게 함께 살아요."

청씨는 그 행정관에게 요청한 것을 다시 상기시켰다. 그는 그 직
후 그 불행한 아버지를 방문하여 약간 위로하고자 했지만 아무 소용
이 없었다.

청씨가 이미 떠나고 없기 때문이었다.

Here cometh to a close the second step of our legend.
우리 이야기의 두 번째 단계는 여기서 끝이 난다.

Ⅲ

SAN-HOUNI, the scholar and intimate friend of Sun-Yen, was
likewise condemned to exile on account of his friendship for the
disgraced. He was obliged to leave the Korean Capital, a circumstance
which he regretted exceedingly just at this time because his wife,
Yeng-Si, who was soon to become a mother, would not have the
comforts and advantages of the city. But of what avail are innocence
and regret when a Prime Minister has rendered one undesirable in the
eyes of the Monarch? It was decreed that San-Houni be banished and
that he be forced to live on the island of Ko-Kum-To, a desolate,
sparsely populated rock in the Yellow Sea.

상훈(SAN-HOUNI)은 학자이자 순연의 친밀한 친구로 추방당한
순연과의 우정 때문에 그도 또한 유배를 가게 되었다. 어쩔 수 없이

한국의 수도를 떠나야 하자, 그는 이 상황이 매우 유감스러웠다. 왜냐하면 이때가 바로 아내 연씨(Yeng-Si)가 출산을 앞 둔 시기로 서울을 떠나게 되면 부부는 도시에서 얻을 수 있는 안락과 이점을 이용할 수 없기 때문이었다. 그러나 재상의 간계로 군주가 그를 달갑게 여기지 않는 이때에 그가 죄가 없고 후회한들 무슨 소용이 있겠는가? 사람이 거의 살지 않는 황량한 바위섬인 황해의 고금도로 상훈을 추방하라는 왕명이 떨어졌다.

It was a long journey. The trip would consume several days. San-Houni's few servants took care of the details of the packing but he himself went in quest of a boatman who would agree to take him and his wife across the waters to the island. His choice was not a happy one but he was unaware of it.

The most violent contrast existed between the characters of Su-Rung and Su-Yeng, the two brothers, whom San-Houni engaged for the trip. From this difference in temperament great misfortunes were to come.

긴 여정이었다. 여행은 며칠 걸릴 것이다. 상훈의 일부 하인들이 짐을 싸는 세부적인 일들을 챙겼고 상훈 자신은 부부를 바다 건너섬으로 데려다 줄 수 있는 선인을 찾으러 직접 나섰다. 그것은 잘못된 선택이었지만, 그는 이를 알지 못했다.

상훈이 여행을 위해 고용한 수령과 수영, 두 형제의 성격은 극과 극이었다. 이 성격 차이로 인해 앞으로 큰 불행이 발생하게 된다.

As long as they were in sight of the coast, things went well, but when the party was on the open sea, Su-Rung the wicked, revealed his designs.

"I am somewhat taken with the wife of our passenger," he whispered to his brother, "I want her and I'm going to get her. Her husband grates on my nerves. I must get him out of the way."

"You are mad," replied Su-Yeng. "Do you think for a minute that I will ever allow you to do anything like that?"

"Bah! You are jealous of me," cried Su-Rung, in a fury.

"Not at all, but your intentions disgust me."

해안이 보일 때는 모든 것이 순탄했다. 그러나 일행이 광활한 바다에 있게 되자 사악한 자인 수령은 그 음모를 드러냈다.

"난 손님의 아내에게 약간 반했어." 그는 동생에게 속삭였다. "그녀를 원하니 가질 거야. 그 남편이 신경에 거슬려. 남편을 없애야겠어."

"미쳤어." 수영이 대답했다. "형이 그렇게 하도록 내가 내버려 둘 것 같아?"

"흥! 나를 질투하는군." 수령이 화가 나서 소리쳤다.

"전혀. 그런 생각을 품다니 역겨워."

Su-Rung said nothing further but it could readily be seen that he had not given up his project.

The terrible thing about all this was that San Houni and his wife had overheard the brothers. Their anxiety grew and soon merged into real fear. They discussed in low tones the peril which threatened them and how it would be possible to escape.

There was not much time left to them for reflection. Su-Rung called the oarsmen and whispered aside to them, "Men, I want you to grab that fellow and his servant. Take and keep what money they have on them and kill them. The woman alone must live. Make a good job of it."

Su-Yeng here interposed, "I think you should be content with taking their money, but at least spare their lives."

"Mind your own business," shouted Su-Rung in a rage. "I am master here. Get out of my way and let me alone!"

수령은 더 이상 말을 하지 않았지만, 그가 그 계획을 포기하지 않았다는 것은 쉽게 알 수 있다.

이 모든 일에서 끔찍한 것은 상훈과 그의 아내가 이 형제의 말을 엿들었다는 것이었다. 그들의 불안감은 커져 곧 실제 공포가 되었다. 그들은 낮은 소리로 자신들에게 닥친 위험과 어떻게 하면 빠져나갈 것인지를 논의했다.

그들에게는 생각할 만한 시간이 그다지 없었다. 수령은 사공들을 불러 그들에게 속삭였다.

"이보게, 난 자네들이 저 사람과 그의 하인을 붙잡았으면 하네. 그들의 돈을 모두 빼앗아 자네들이 가지고 그들을 죽이게. 단 그 여자만은 살려두게. 일을 잘 처리하게."

여기서 수영이 끼어들었다. "돈만 빼앗고 그들의 목숨은 살려줘야 해."

"끼어들지 마." 수령이 화가 나 소리쳤다. "여기 책임자는 나야. 방해하지 말고 내버려둬."

Su-Yeng was forced to obey his brother's injunction. As soon as he had turned his back, San-Houni and his servant were put to death. The murder was committed under the very eyes of the scholar's wife. She was dazed with anger and sorrow. Having no desire to survive her husband, she plunged into the sea, crying, "In spite of you, I shall die with my husband."

Su-Rung, however, ordered his sailors to turn about and rescue the unhappy woman. A few minutes more and Yeng-Si was pulled into the boat alive and safe.

수영은 형의 명령을 따를 수밖에 없었다. 그가 등을 돌리는 순간 상훈과 그 하인은 죽음을 맞았다. 살인은 학자의 아내가 보는 가운데서 일어났다. 그녀는 분노와 슬픔으로 정신이 멍했다. 그녀는 남편 없이 살고 싶지 않아 바다 속으로 뛰어들며 외쳤다.

"네가 무슨 짓을 해도 나는 남편과 같이 죽을 것이다"

그러나 수령은 그의 선원들에게 배를 돌려 그 불쌍한 여자를 구할 것을 명령했다. 몇 분 뒤 그들은 연씨를 배 위로 끌어올렸고 그녀는 무사했다.

Then the assassin, judging it indiscreet to continue in the direction of Ko-Kum-To, changed the course of his vessel to a spot he was well acquainted with. The boat made a landing shortly after. Su-Rung jumped ashore and approached an old woman on the beach, to whom he said:

"Go aboard my boat, you will find a woman there. I want you to take her home with you. Be very gentle and kind to her, encourage her, and console her, for she has been deeply afflicted."

The old lady at once set about doing what Su- Rung had requested.

살인자는 고금도로 계속 항해하는 것은 경솔하다고 판단한 뒤, 배의 항로를 자신이 잘 아는 곳으로 돌렸다. 곧 배가 도착했다. 수령은 배에서 뛰어내린 후 해변에 있는 늙은 여인에게 다가가 말했다.

"내 배에 타면 거기에 한 여인이 있다. 그 여자를 집으로 데리고 가서 아주 상냥하고 친절하게 대해 주어라. 또한 기운을 차리도록 위로해 주어라. 지금 그 여자는 깊은 상처를 받았다."

늙은 여인은 수령의 요구를 즉시 거행했다.

Meanwhile, Su-Rung had anchored his boat and as a sign of self-satisfaction he invited his men to a feast, where they made merry and drank freely. Shortly all the guests were drunk except Su-Yeng. He was broken up at the turn of events and his inability to avert Su-Rung's crime. Therefore, he resolved to profit by the present situation by assisting, if it were possible, his brother's unfortunate captive. He left the revelers without being noticed and, setting out at a rapid gait, soon reached the home of the old lady. He paused before entering at the sound of voices and in the midst of the lamentations of Yeng-Si, he could make out these words:

그동안 수령은 배를 정박한 후 자기만족의 표시로 부하들을 잔치에 초대하였고 그들은 기분이 좋아 술을 마음껏 마셨다. 수영을 제외한 모든 손님들이 곧 술에 취했다. 수영은 일이 이렇게 된 것과 수령의 범죄를 막지 못한 자신의 무능력에 가슴이 찢어졌다. 그래서 할 수 있으면 형의 불행한 포로를 돕기 위해 현재의 상황을 이용하기로 결심했다. 그는 아무도 눈치 채지 못하게 연회를 빠져 나가 빠른 걸음으로 걸어가 곧 노부인의 집에 도착했다. 그는 들어가기 전에 목소리를 듣고 멈추었다. 그는 연씨의 탄식에서 다음의 말을 들었다.

"Where do you come from?"

"The Capital."

"Is that so? I lived at Yeng-Yang."

"Then how is it that you are in these parts?"

The old lady, for it was she who was talking with Yeng-Si, uttered a deep sigh.

"Alas, I have lived here for ten years, much against my will. Like you, I am a victim of Su- Rung, who murdered my husband. I am awaiting the hour of vengeance, but it is slow in coming. Will this monster remain unpunished forever?"

"어디서 오셨어요?"

"수도에서 왔습니다."

"그러세요? 나는 영양(Yeng-Yang)에 살았어요."

"그럼 어떻게 이곳에 오게 되었어요?"

연씨와 대화를 나누던 상대방은 바로 그 노부인으로 그녀는 깊은 한숨을 쉬며 말했다. .

"아아, 내 뜻과 상관없이 난 이곳에 10년 동안 살고 있어요. 나도 당신처럼 내 남편을 살해한 수령의 피해자입니다. 복수할 시간을 기다리고 있지만 그 시간이 더디게 오는군요. 이 짐승은 언제 벌을 받게 될까요?"

Touched by her story, Yeng-Si forgot for the time her own misfortunes to sympathize with her companion. It was just at this moment that Su-Yeng entered the room where the two women were and said in a troubled voice:

"Do not take things too hard. Perhaps you will be rescued very soon. There is some one who is looking out for you. I have a profound horror of my brother's evil deeds. Listen, if you wish to escape you will never have an easier time than now."

"How so, your brother ⋯."

"Don't be afraid. For the time being, he is not capable of following you for he is asleep and dead drunk, but there is not a minute to be lost. You know the country for you have lived here a long while. You must show the way to this lady who is a stranger. Here, take this money, it will not do to wait any longer."

연씨는 노부인의 이야기를 듣고 마음이 아파 한 동안 자신의 불행을 잊고 그녀를 동정했다. 바로 이 순간에 수영은 두 여인이 있는 방으로 들어가 불안한 목소리로 말했다.

"상황을 너무 절망적으로 받아들이지 마세요. 당신들은 곧 구조될 것입니다. 당신들을 살피고 있는 어떤 사람이 있습니다. 나는 형의 못된 행동을 아주 끔찍하게 생각합니다. 잘 들으세요. 도망가고자 한다면 지금보다 더 좋은 기회는 없습니다."

"어째서, 당신 형이…."

"두려워 마세요. 형은 지금 완전 취해 잠들었기 때문에 한 동안은 당신들을 추격할 수 없습니다. 그래도 잠시도 지체해서는 안 됩니다. 당신은 여기 오래 살아 이 지역을 알고 있으니, 이곳이 낯선 이 부인에게 길을 안내해주어야 합니다. 자, 이 돈을 받으세요. 더 이상 지체하는 것은 좋지 않습니다."

The two women, weeping and sobbing, threw themselves at the feet of their rescuer in gratitude.

Su-Yeng helped them to their feet and urged them again to leave. It would be advisable, he insisted, to make haste for the rage of Su-Rung, if he captured them, would be terrible.

Yielding to the entreaties of Su-Yeng, the two women set out. Their friend accompanied them for a short distance. When they were alone, they walked as rapidly as their strength would permit. At the end of two hours Yeng-Si, thoroughly fatigued, requested that they rest for a few moments. Her companion consented quite willingly. So the two fugitives sat down to rest their weary bodies.

두 여인은 흐느껴 울며 그들을 구해준 이의 발치에 엎드려 감사의 절을 했다.

수영은 그들을 일으키며 떠나라고 다시 강하게 말했다. 수령에게 붙잡히면 끔찍한 분노가 떨어질 것이니 서둘러 떠나는 것이 좋겠다고 주장했다.

수영의 간청을 받아들인 두 여인은 길을 나섰다. 그들의 친구인 수영이 그들을 얼마간 동행했다. 그가 떠난 뒤 그들은 힘이 닿은 한 빨리 걸었다. 두 시간이 다 되어갈 쯤 연씨는 기진맥진하여 잠시 쉴 것을 청했다. 동행자는 순순히 이에 동의했다. 그리하여 두 도망자는 앉아서 지친 몸을 쉬었다.

Suddenly the elder of the two said to the other:

"I'm going to ask you something."

"What can I do for you?"

"Well, I would consider it a great favor if you would let me have your sandals in exchange for mine."

This request puzzled Yeng-Si a great deal as she did not understand the purpose of the elder woman's intentions. However, the old lady gave her little time for reflection.

"You are," she said, "like me, very tired, but you are still young, consequently you are capable of enduring greater hardships than I. I am very old. You go on. If Su-Rung catches up- and he will not wait long – I will tell him that I do not know in what direction you went. Now, hurry on, but leave your sandals here with me if you wish to be real kind."

갑자기 둘 중 연장자가 다른 이에게 말했다.
"부탁할 것이 있어요."
"말씀하세요."
"저기, 당신 신과 내 신을 바꾸도록 허락해 준다면 큰 영광으로 생각할게요."
연씨는 노부인의 의도를 알지 못했기에 이 요청에 크게 당황했다. 그러나 노부인은 그녀에게 생각할 시간을 주지 않았다. 노부인이 말했다.
"당신도 나처럼 매우 지쳤겠지만, 그래도 당신은 아직 젊으니 나보다 큰 시련을 잘 견딜 수 있을 거예요. 나는 너무 늙었어요. 당신은 계속 가세요. 머지않아 수령에게 잡히면 당신이 어느 방향으로 갔는지 모른다고 말하겠어요. 자, 서두르세요. 나에게 진정한 친절을 베풀고 싶으면 여기 당신 신을 두고 가세요."

Yeng-Si arose at once. She thanked her friend for her excellent advice and handed her sandals to her without understanding in the least what motive she had in this request. As she was leaving, the old lady continued:

"Just a moment. I am going to show you the road which you should take to escape from Su-Rung. Keep straight ahead until you come to a grove of bamboo where you might rest a few moments if you like, then keep on walking in the same direction until you come upon the temple of Buddha. When you arrive at this spot, you will be out of danger but be careful to follow my directions explicitly."

"I will do so, thank you."

"Good, now, good-bye."

연씨는 즉시 일어났다. 그녀는 훌륭한 조언을 해준 친구에게 감사했고 이 요청에 어떤 의도가 있는지 전혀 알지 못하고 자신의 신을 건네주었다. 연씨가 떠나려고 할 때 노부인이 말했다.

"잠시만. 수령을 피하기 위해 어느 길로 가야할지 알려줄게요. 대나무 숲이 나올 때까지 앞으로 쭉 가세요. 원한다면 그곳에서 잠시 쉬세요. 그리고 같은 방향으로 계속 걸어가면 불교 사원이 보일 것 거예요. 그곳에 도착하면 위험에서 벗어나게 될 것입니다. 주의해서 나의 지시를 꼭 따르도록 하세요."

"그렇게 하겠습니다. 감사합니다."

"좋아요. 자, 잘 가세요."

When Yeng-Si had gone a short way, the old woman arose, and taking the sandals, she turned toward a lake which was a short distance away. Placing them at the water's edge, she uttered a brief prayer and jumped into the water.

Yeng-Si, however, heard her cries. She immediately retraced her steps, hastening to the lake where she noticed the sandals beside the water and the body of the old lady floating on the surface. This sight almost overbore her.

"Why did this poor woman drown herself?" she muttered. "Can it be — yes, I imagine — her persistency in asking for my sandals — oh, blessed one ! She had the idea of dying before saying good-bye. She did not wish her death to be fruitless, so she placed my sandals on the shore, that it would appear as if I had committed suicide. Poor woman, how devoted she was! May she have her reward in the Hereafter."

연씨가 간지 얼마 되지 않아 노부인은 일어나 신을 들고 가까운 거리에 있는 호수 쪽으로 갔다. 그녀는 물가에 신을 놓은 후 잠시 기도를 한 후에 물속으로 뛰어들었다.

연씨는 노부인의 외침을 들었다. 그녀는 발걸음을 되돌려 급히 호숫가로 갔다. 그녀는 신이 물가에 놓여 있고 노부인의 시체가 물에 둥둥 떠 있는 것을 보았다. 이 모습에 그녀는 거의 주저앉을 뻔 했다.

"어째서 이 불쌍한 여인은 스스로 물에 빠졌단 말인가." 그녀는 중얼거렸다. "설마, 그래, 내 신을 달라 고집하더니. 오, 고마운 이여! 헤어지기 전에 이미 죽을 생각이었구나. 자신의 죽음이 헛되지 않기를 바라서 내 신을 물가에 두었구나. 그럼 마치 내가 죽은 것처럼 보일 테니까. 불쌍한 여인이여, 나를 위해 자신을 바치다니. 저 세상에서 보답을 받을 수 있기를!"

If she had listened to the promptings of her heart, Yeng-SI would have remained there mourning for her unfortunate companion. Remembering the entreaties of the latter, however, she hurried her steps and shortly came to the forest of bamboo. Suddenly she experienced the most agonizing pains. She trembled, shivered, broke out into a cold perspiration and suffered terribly. She understood that she was about to become a mother. What a terrible situation she was in! Here alone, away from everybody, what was to become of her?

연씨가 자신의 마음이 이끄는 대로 따랐다면, 불행한 동행자를 애도하며 그곳에 머물렀을 것이다. 그러나 그녀는 노부인의 간청을 기억하고 걸음을 서둘렀고, 잠시 뒤 대나무 숲에 도착했다. 그녀는 갑자기 극심한 통증을 느꼈다. 몸을 움찔거리고 떨며 식은땀을 흘리며 끔찍한 고통에 시달렸다. 그녀는 자신이 아이를 낳으려고 한다는 것을 알았다. 이 얼마나 끔찍한 상황인가. 여기 아무도 없는 곳에서 혼자서, 그녀는 도대체 어떻게 되는 것인가?

* * * *

Yes, it was a little boy. She seized the poor, little being and covered it with tears and kisses.

"Poor child," she said, "what can I do with you? You have no father and your mother does not know what is going to become of you."

Fortunately for Yeng-Si, some one had heard her shrieks and cries. It was a nun from the temple that the old lady had told her about. This nun ran to the spot whence the cries came and was somewhat surprised to find there the mother and child.

After rendering what assistance she could, she asked her how it came about that she gave birth to the child in that place.

그래, 작은 남자 아이였다. 그녀는 불쌍한, 어린 것을 꼭 안고 아이에게 눈물과 키스를 퍼부었다.

"불쌍한 아가," 그녀가 말했다. "어쩌면 좋니? 넌 아버지도 없고 네 엄마는 앞으로 너에게 무슨 일이 생길지 모르겠구나."

연씨에게는 다행스럽게도 그녀의 비명소리와 외침을 들은 이가 있었다. 노부인이 그녀에게 말했던 절의 여승이었다. 소리가 나는 곳으로 달려온 이 여승은 그곳에 엄마와 아기가 있는 것을 보고 조금 놀랐다.

여승은 도움을 준 후에 그녀에게 어떻게 해서 그곳에서 아이를 낳게 되었는지 물었다.

Yeng-Si told briefly her sad story. The nun was deeply touched at the tale — so fraught with sorrow.

"What do you count upon doing?" she asked her.

"Alas, I do not know. Here I am alone and without resources. How can I bring up my little one? I shall have to abandon him, but I shall not live long anyway, I am sure of that, so perhaps I shall make way with myself."

"That would not be doing exactly right. Suppose you try to follow my advice. Give your child to some charitable person and come live with me."

"I could not ask for anything better, but why can't I take my little one along with me?"

"Because it is against the rules of our order to receive children. I know it is hard for you to give up your little one, but since you scarcely have any choice in the matter, you must resign yourself. If you were to continue on your way with your little son you would unquestionably fall into the hands of the brigands. Besides, it is possible that you may be able to reclaim your child some day in the future. When he becomes a man he will aid you in getting retribution for his father's death."

연씨는 자신의 슬픈 이야기를 간략하게 말했다. 여승은 이 이야기에 깊이 마음이 동하여 슬픔에 휩싸였다.

"어떻게 할 생각입니까?" 여승이 물었다.

"아아, 모르겠어요. 여기서 나는 혼자이고 가진 것도 없습니다. 이 어린 것을 어떻게 키우겠습니까? 이 아이를 버려야만 하겠지만, 그러면 나는 분명 오래 살지 못할 것예요. 확실해요. 아마, 스스로 목숨을 끊을지도 모르지요."

"그건 옳지 않아요. 내 충고를 한 번 생각해보세요. 아이를 인정 많은 사람에게 주고 나와 함께 살아요."

"정말 감사합니다. 그런데 어째서 아이와 함께 절에 가면 안 되는 것인가요?"

"아이를 들이는 것은 법계에 어긋나기 때문이에요. 어린 것을 포기하는 것이 당신에게 힘들다는 것을 알아요. 그러나 이 문제에서 당신은 선택권이 없으니 체념하세요. 어린 아들을 데리고 길을 계속 갔다간 틀림없이 그 도둑들의 손에 들어가고 말 거예요. 게다가, 나중에 언젠가 당신의 아이를 되찾을 수도 있어요. 아이가 어른이 되면 당신을 도와 죽은 아버지의 복수를 할 거예요."

Yeng-Si followed the advice of the nun. She wrapped the little fellow as well as she could, tearing bandages from her own clothes. Since she wished to have some sign which would enable her to recognize her son, she took his arm and with a needle traced on the pink flesh the characters forming the name of San-Syeng. Then she went over these letters with India ink which the nun gave her. Finally, slipping off the ring which she wore, she placed it in the wrappings of the child. This finished, she started out accompanied by the nun. They were going to the neighboring village to place the child at a street corner and then return to the temple.

연씨는 여승의 충고를 따랐다. 그녀는 자신의 옷을 찢어 감을 것을 만들어 어린 것을 정성껏 감쌌다. 그녀는 그가 자신의 아들임을 알아 볼 수 있는 어떤 표시를 남기기를 원해 바늘로 아들의 분홍빛 살 위에 상성(San-Syeng)이라는 이름에 해당하는 글자를 새겼다. 그런 후 여승이 준 인도산 잉크를 이 글자에 넣었다. 마지막으로 끼고 있던 반지를 빼 아이의 포대기에 넣어두었다. 다한 후 그녀는 여승과 함께 길을 나섰다. 그들은 이웃 마을로 가서 길모퉁이에 아이를 두고 다시 절로 돌아올 참이었다.

Very soon, Yeng-Si could sight the roofs of the little village where she was to say "good-bye" to her son. Alas, the child, whom she and her husband had been looking forward to with such great joy, would be abandoned just as if she were an unnatural mother. Her cup was filled to the brim with sorrow, for her husband had been murdered before her eyes and now her son was to be left on a street corner. More dead than alive, she gently placed the child on the ground after giving him a last fond kiss. With a supreme effort she regained her courage and walked slowly away, shedding tears of sorrow, while the hunger-cries of the baby grew louder and louder.

She tottered along very, very feebly, she was so torn with emotion and anguish. The nun, familiar with sad scenes, was nevertheless deeply moved.

"Pray, pray to Heaven," she said to Yeng-Si, "some day you will find your son. He will come to you when he grows up. Something within me gives me confidence in what I am telling you, but prepare yourself for a long separation ― take courage."

얼마 지나지 않아 연씨는 아들에게 '작별 인사'를 할 작은 마을의 지붕을 보았다. 아아, 그녀와 남편이 그토록 기뻐하며 기다렸던 아이는 마치 그녀가 낳아서는 안 되는 아이처럼 버려지는구나. 남편이 눈앞에서 살해되었기에 그녀의 인생의 잔은 슬픔으로 흘러 넘쳤다. 그런데 이제 아들은 길모퉁이에 버려져야 하다니. 살아있다기보다는 오히려 죽은 사람 같은 그녀는 마지막으로 아들에게 애정 어린 키스를 한 후에 그를 땅바닥에 살포시 내려놓았다. 그녀가 죽을힘을 다해 용기를 다시 내어 슬픔의 눈물을 흘리며 천천히 걸어갈 때 아기의 배고파 우는 소리가 점점 더 커졌다.

그녀는 아주 힘없이 비틀거렸고 슬픔과 고뇌로 갈기갈기 찢어졌다. 슬픈 장면을 많이 보았던 여승조차 이 모습에 마음이 너무도 아팠다.

"하늘에 기도하세요." 그녀가 연씨에게 말했다. "언젠가 아들을 찾을 것입니다. 아들이 장성하면 당신에게 올 것예요. 내 말대로 될 것 같다는 어떤 확신이 드는군요. 하지만 당신은 긴 이별을 준비해야 해요. 용기를 내세요."

Here endeth our third chapter.

여기서 세 번째 장이 끝난다.

IV

WHEN the vapors of intoxication had cleared from Su-Rung's brain, his first thought was of his captive. He ran to the old woman's hut where the widow of San-Houni was confined. Great was his astonishment on finding the house empty. In vain did he burst into anger, and shout. No one answered. Breathless from rage, he went to his brother.

"Have you seen these two women?"

"No. I have not seen them since I was here last."

"They have disappeared, but I know how to find them."

Su-Rung set out in pursuit accompanied by his brother. The latter feared that Su-Rung in his fury would do harm if he succeeded in coming upon the fugitives and Su-Yeng wished to be present to protect them should the worst come to the worst.

수령은 머리에서 취기가 가시자 가장 먼저 든 생각은 포로였다. 그는 상훈의 미망인이 갇혀있던 늙은 여인의 오두막으로 달려갔다. 집이 텅 빈 것을 알고는 놀라움을 금치 못했다. 그는 화를 벌컥 내며 소리쳤지만 허사였다. 아무런 대답이 없었다. 분노로 가쁜 숨을 쉬 며 그는 동생에게 갔다.

"이 두 여자를 보았어?"

"아니. 여기서 마지막으로 본 이후 못 봤어."

"그들이 사라졌어. 하지만 어떻게 하면 찾을 수 있을지 난 알아."

수령은 동생을 대동하고 추적에 나섰다. 동생은 수령이 도망자 와 맞닥뜨렸을 때 분노로 그들을 해를 입힐까 걱정이 되었다. 그래 서 최악의 상황이 발생하면 그들을 보호하기 위해 그 자리에 있고 싶었다.

Traveling speedily, the two brothers very soon reached the shores of the lake, of which we have spoken before. Here they saw Yeng-Si's sandals by the water's edge and a body floating in the middle of the lake.

Even Su-Rung was moved by the sight and cried:

"The poor woman is drowned."

"Brother," replied Su-Yeng, "you would not listen to me and you have been punished. You wished to make this woman your slave and she has escaped from your clutches in spite of your efforts. What a great misfortune for us."

"You mean to say that it is my fault," took up Su-Rung, angrily, "You are to blame yourself. Why did you let my prisoner escape?"

신속히 이동하여 두 형제는 곧 우리가 전에 말한 호숫가에 도착했다. 이곳에서 그들은 물가에 놓인 연씨의 신발과 호수 한가운데 떠 있는 시체를 보았다.

수령조차 그 모습을 보고 경악하여 소리쳤다.

"저 불쌍한 여자가 익사했어."

"형," 수영이 말했다. "내 말을 듣지 않더니 형이 벌을 받은 거야. 형은 이 여자를 노예로 삼고 싶어 했지만 형의 노력에도 그 여자는 형의 손아귀에서 도망쳤어. 우리에겐 너무도 큰 불행이야."

"내 잘못이라고 말하고 싶어?" 수령이 화를 내며 말했다. "잘못한 사람은 바로 너야. 왜 내 포로를 도망가게 했어?"

The dispute between the two brothers lasted in this manner until Su-Rung's rage had cooled. Instead of retracing their steps at once they continued on their way to the neighboring village and were the first ones to find the baby which Yeng-Si had left there a half hour or so before. Quite pleased at his unusual discovery Su-Rung took the little being and carried it home with him where he confided it to a nurse, instructing her to take the greatest care of the little boy.

Several times Su-Rung questioned his brother concerning the escape of the two women. Not being successful, however, in learning anything about the matter he dismissed the entire subject from his mind.

The murderer of San-Houni gave all his time to the education of the child he had adopted. He treated him as if he were his own son. It must be said that the little fellow gave him abundant cause for satisfaction. He was good to look upon, extremely intelligent and grew up rapidly. One day he asked Su-Rung:

"Father, where is my mother?"

"Your mother," replied Su-Rung, very much embarrassed by the question, "your mother died a short time after you were born."

두 형제의 다툼은 수령의 분노가 가라앉을 때까지 이런 식으로 지속되었다. 그들은 발걸음을 곧장 집으로 되돌리는 대신 이웃 마을로 계속 걸어갔고 그리하여 연씨가 그곳에 약 반 시간 전에 두고 간 아이를 발견하는 첫 번째 사람이 되었다. 수령은 생각지도 못한 이 발견에 상당히 기뻐하며 어린 것을 데리고 집으로 돌아온 뒤 아이를 유모에게 맡기면서 그 아이를 극진히 보살필 것을 지시했다.

수령은 몇 번 동생에게 두 여자의 도주에 대해 물었다. 그는 아무것도 알아내는 못하자 마음속에서 그 문제에 관련된 모든 것을 지워버렸다.

상훈의 살인자는 그가 입양한 아이의 교육에 혼신을 다했다. 그는 아이를 마치 자신 자식인양 대했다. 그 어린 것은 수령이 만족할 만한 상당한 이유를 가지고 있었다고 말할 수 있다. 아이는 잘생기고 아주 똑똑했으며 무럭무럭 잘 자랐다. 한날 아이가 수령에게 물었다.

"아버지, 어머니는 어디 있어요?"

"너의 엄마는," 수령은 그 질문에 아주 크게 당황해하며 대답했다. "너의 엄마는 네가 태어나자마자 죽었다."

Su-Rung was in the habit of accompanying his adopted son to school. The young scholar was not long in distinguishing himself among his comrades who could not witness his success without a show of jealousy and hate. To obtain revenge they could find nothing better to do than to taunt him about having no parents.

"No parents," shouted the indignant boy. "Why, I have a father and it is not my fault if I lost my mother before I was able to know her. I do not see why I deserve your reproaches."

"That shows that you really do not know anything about yourself. Su-Rung is not your father. He is only a thief and a robber. He found you on a street corner and brought you up."

301

수령은 항상 양자를 학교까지 데려다 주었다. 어린 학생이 곧 동급생들 사이에서 두각을 드러내자 그들은 그의 성공을 질투심과 증오심을 가지고 바라보았다. 그에게 복수하기 위해 그의 부모가 없다고 조롱하는 것보다 더 좋은 방법이 없었다.

"난 부모가 없어." 아이가 분개하여 소리쳤다. "그래도, 나에겐 아버지가 있어. 어머니를 알아보기도 전에 잃은 것은 내 잘못이 아니야. 왜 내가 너희들의 비난은 받아야 하는지 모르겠어."

"그 말은 네가 너 자신에 대해서 아무 것도 모른다는 거야. 수령은 네 아버지가 아냐. 그는 도둑이고 강도일 뿐이야. 그는 길모퉁이에서 너를 발견한 후 너를 데려와 키웠어."

This revelation troubled the child very much and he made it known to Su-Rung.

"Don't be troubled about that, my child," replied the latter. "These boys are jealous of you and they invent these stories to anger you. They are not worth bothering about at all."

Yeng-Si's son was somewhat reassured by this. But other circumstances aroused his suspicions. He accidentally discovered the name of San-Syeng tattooed on his arm. Additional evidence was furnished him when he found a ring one day while rummaging among some old books and papers. He hid this precious object in his pocket, saying to himself:

"I believe what the fellows told me was true after all."

이 폭로로 아이는 마음이 매우 심란해져 수령에게 그 사실을 알렸다. "애야, 그런 일로 마음 상하지 마라." 수령이 대답했다. "그 애들 은 너를 질투해서 화나게 하려고 이야기를 지어낸 거야. 신경 쓸 가 치도 없는 이야기들이야."

연씨의 아들은 이 말에 조금 안심이 되었다. 그러나 다른 상황들 이 그의 의혹을 불러일으켰다. 그는 우연히 상성이라는 이름이 자기 의 팔에 문신으로 새겨져 있는 것을 발견했다. 추가적인 증거를 얻 은 것은 어느 날 그가 옛날 책과 서류들을 뒤지면서 반지를 발견했을 때이다. 그는 이 귀중한 물건을 주머니에 숨기며 혼잣말을 하였다.

"그 녀석들이 말한 것이 결국 사실일거야."

From this day on, San-Syeng was constantly preoccupied with thoughts as to who his parents might be. In order to more easily solve this problem he determined to travel through the country, thinking that some day he would be able to discover those to whom he owed his birth.

When he had reached his seventeenth year, San- Syeng asked Su-Rung for permission to make a trip through Korea in order to finish his education. Su- Rung made no opposition, although he preferred that his adopted son take a traveling companion. Nevertheless, he did not insist but gave his consent for San-Syeng to travel alone on a journey that would consume perhaps two years.

그날부터 상성은 그의 부모가 누구인가에 대한 생각에 끊임없이 골몰했다. 이 문제를 보다 쉽게 풀기 위해서 그는 전국을 두루 여행하기로 결심하며 언제가 자신을 낳은 부모님을 찾을 수 있을 것이라고 생각했다.

상성은 17세에 이르자 수령에게 교육을 마칠 수 있도록 한국 전역을 여행할 수 있게 허락해 달라고 요청했다. 수령은 이에 반대를 하지 않았지만 그의 양자가 길동무와 같이 떠났으면 좋겠다고 했다. 그러나 그는 이 생각을 고집하지 않고 약 2년 정도 걸릴 것 같은 여행을 상성 홀로 떠나는 것에 동의했다.

San-Syeng had been gone several weeks when he came to a beautiful little village where he counted upon remaining but a short while. Until now, his voyage had been uneventful. But the time for adventure was at hand. The first incident was somewhat distasteful. San-Syeng had stopped for a moment in the street where some children were playing. He was watching their antics with pleasure when he received a shock. He had just heard one of the gamins ask one of his comrades.

"Do you know that robber, Su-Rung?"

"By name, yes, but I have never seen him. Why do you ask me that? He's a wicked man."

"Because they tell a remarkable story about that fellow. One of my friends was at school with the son, or rather the adopted son, of this thief. It seems, in fact, that Su-Rung found the child abandoned by the roadside and took him home and raised him. Thanks to his robberies, the man is very rich. He has just sent his son on a long trip. That's what my friend told me."

San-Syeng had not missed a word of this conversation. His curiosity was aroused to the highest pitch, so he approached the youngster who had spoken, and asked,

"Pardon me, friend, would you tell me your name? Do you know Su-Rung?"

"Sir, I know this man only through having heard tales of him."

This reply hardly satisfied San-Syeng, but, believing that the child had been frightened, he did not pursue his questioning further but walked on.

상성은 몇 주를 여행한 후 한 작고 아름다운 마을에 도착하여 이곳에서 잠시 머물기로 마음먹었다. 지금까지 여행길에 별 일이 없었다. 그러나 모험의 순간이 가까이 있었다. 첫 번째 사건은 다소 불쾌했다. 상성은 몇몇 아이들이 놀고 있는 거리에서 잠시 멈추었다. 그는 그들의 장난을 재미있게 지켜보다 충격을 받았다. 그는 개구쟁이들 중 한 명이 한 동무에게 하는 질문을 방금 들었던 것이다.

"수령이라는 강도 알아?"

"그래 이름만. 근데 본적은 없어. 그걸 왜 나한테 왜 물어? 그는 사악한 사람이야."

"누가 그 자에 대해 놀라운 이야기를 해줬어. 내 친구 중 한 명이 이 도둑의 아들, 아니지, 도둑의 양자와 같은 이 학교에 다녔대. 실은 수령은 길가에 버려진 그 아이를 발견하고 집으로 데려다 키운 것 같

아. 그 사람은 강도짓을 해서 큰 부자가 되었어. 아들을 방금 장기간의 여행길에 보냈대. 내 친구가 나에게 말해줬어."

상성은 이 대화의 한 마디도 놓치지 않았다. 그의 궁금증은 최대한 높아져 방금 말한 소년에게 다가갔다.

"실례합니다, 친구. 이름이 어떻게 되죠? 수령을 아나요?"

"그 사람에 대한 이야기를 들어서 아는 정도예요."

상성은 이 대답이 만족스럽지 않았지만 아이가 겁을 먹었다고 생각하고 더 이상 질문을 이어가지 못하고 다시 길을 갔다.

Shortly afterward, San-Syeng came to the village of Yen-Yu, where he decided to tarry for a few days to recover from the fatigue of his travels.

Before seeking a lodging he took a stroll through the village to see the sights. His attention was drawn to a great mansion surrounded by a vast garden, so he turned in this direction to view it more closely. He came to a pause when he saw in the garden a young girl of marvelous beauty. It was impossible to approach her as the garden was surrounded by a continuous wall. He walked on for a few paces and then, yielding to some indescribable impulse, he retraced his steps. The young girl was still there. She turned a candid look toward the walker, giving the young man a subtle thrill of pleasure. It is true that his eyes had never met such a sight—a bright oval face as fresh as a half ripened peach, eyes that rivaled the stars in their brilliancy. Her hair, which fell down over her shoulders, was as fine and golden as the clouds which disappear behind the mountain peaks in the rays of the setting sun. Add to these attractions a very small hand and a gait as graceful as the flight of a bird. The admiration of San-Syeng could not be restrained. He could not take his eyes away from the vision of loveliness. The girl, walking up and down the garden, now and then cast furtive glances at the youth who was watching her.

얼마 뒤 상성은 연유(Yen-Yu)라는 마을에 도착했고 그곳에서 여행의 피로를 풀기 위해 며칠 머물기로 결정했다.

숙소를 찾기 전에 그는 마을을 산책하며 이곳저곳을 둘려보았다. 그는 방대한 정원에 둘러싸인 대저택에 관심이 가서 좀 더 자세히 집을 보고자 그쪽으로 몸을 돌렸다. 그는 너무도 뛰어난 미모의 아가씨가 정원에 있는 것을 보고는 걸음을 멈추었다. 정원이 긴 담으로 에워싸여 있어 그녀에게 다가가는 것은 불가능했다. 그는 몇 걸음 가다 알 수 없는 충동에 이끌려 되돌아왔다. 소녀는 여전히 그곳에 있었다. 그녀가 몸을 돌려 산책하는 이를 빤히 쳐다보자 젊은이는 미묘한 쾌락의 떨림을 느꼈다. 그의 눈은 한 번도 그런 모습을 본 적인 없었다. 반쯤 익은 복숭아처럼 생기 있는 환한 계란형 얼굴, 별처럼 반짝이는 눈. 어깨 아래로 내려오는 그녀의 머리는 저무는 태양빛에 산봉우리 뒤로 사라지는 구름처럼 멋진 황금빛이었다. 이 아름다움에 더하여 그녀의 아주 작은 손과 새의 비행처럼 우아한 걸음걸이, 상성의 감탄은 그칠 줄 몰랐다. 그는 사랑스러운 그 모습에서 눈을 뗄 수 없었다. 아가씨는 정원을 위 아래로 걸으면서 이따금 자신을 주시하고 있던 청년을 슬쩍 쳐다보았다.

San-Syeng was in a veritable daze. For a considerable time he remained in the one spot, even after the beautiful unknown had disappeared. Finally, he decided to find a lodging, hoping also to obtain some information concerning the beautiful girl whose charms still held him. His first action, therefore, on arriving at the village inn, was to inquire:

"To whom does yonder mansion belong that is surrounded by such a beautiful garden? Its owner is doubtless a personage of some importance?"

"Yes, it is the estate of a very rich family, the head of which, Yeng-Yen-Sa, is dead. The only people who live in that large house are his wife and his daughter."

"Is the daughter married?"

"No, sir, she is scarcely seventeen years old."

상성은 말 그대로 황홀경에 빠졌다. 그는 미지의 아름다운 아가씨가 이미 사라진 후에도 한참 동안 그곳에 머물렀다. 마침내 그는 숙소를 찾기로 결심하고 또한 그를 여전히 사로잡는 매력의 소유자인 그 아름다운 처녀에 관한 정보를 조금 얻을 수 있기를 바랐다. 그리하여 마을 여관에 도착하는 즉시 그가 한 첫 번째 행동은 처녀에 대해 묻는 것이었다.

"저토록 아름다운 정원에 둘러싸인 저기 저 저택은 누구의 것입니까? 집주인은 틀림없이 대단한 사람이겠죠?"

"맞습니다. 아주 부유한 가문의 저택으로 가장은 연연사(Yeng-

Yen-Sa)로 이미 죽었습니다. 저 큰 저택에 사는 사람이라곤 그의 아
내와 딸 뿐입니다."

"그 딸은 결혼했나요?"

"아닙니다, 손님. 그녀는 17세도 안되었습니다."

San-Syeng's curiosity was satisfied for the moment. When alone,
he gave himself up to reflection. First, he determined to lengthen his
stay in Yen-Yu. He was burning with desire to see the unknown
beauty again. Each day for hours at a time he would walk in the
neighborhood of the garden where he had first seen the young girl
who was constantly occupying his thoughts. Alas ! his beautiful
stroller of the garden remained indoors. He was sad unto death. One
evening, when his sorrow, revived again by the memory of his
parents, was more acute than ever, he sought distraction in music. He
took his flute, and stationing himself near the garden, improvised the
following verses:

　　상성의 호기심은 그 순간에 충족되었다. 혼자 있을 때 그는 생각
에 열중했다. 먼저 그는 연유에서의 체류를 연장하기로 결심했다.
그는 미지의 그 미인을 다시 보고 싶은 욕망에 불탔다. 그는 매일 일
정 시간 자신의 생각을 끊임없이 사로잡은 아가씨를 처음 보았던 정
원 근처를 산책하곤 했다. 아아! 정원을 거닐던 그의 아름다운 그녀
는 집밖으로 나오지 않았다. 그는 슬퍼서 죽을 지경이었다. 부모님
에 대한 기억까지 더해져 그 어느 때보다 더 슬펐던 어느 날 저녁 그

는 음악으로 슬픔을 달래고자 플루트를 꺼내 정원 근처에 자리를 잡고 다음의 즉흥시를 지었다.

"Homeless am I −I know neither Heaven nor Earth.

I am walking in despair, seeking in vain for those who gave me birth.

In a garden there is a flower of marvelous beauty.

I would like to pluck this blossom, but the branches which bear it are so high I cannot reach them.

My most ardent desire would be to die and become a butterfly so that I could hover about this adorable

flower."

San-Syeng then cleverly composed a sweet melody, to serve as an accompaniment to this poetry, which he played upon his instrument with much feeling.

"집 없는 나는 하늘도 땅도 모른다네.

나를 낳은 이들을 찾지만 헛되어 절망 속에서 걷고 있네.

정원에 신비로운 아름다움을 가진 꽃이 피어 있네.

꽃을 따고 싶지만 가지가 너무 높아 손이 닿지 않네.

나의 열렬한 바람은 죽어 나비가 되어 이 사랑스러운 꽃 위를 맴도는 것이네."

그런 다음 상성은 이 시에 어울리는 달콤한 멜로디를 솜씨 있게 작곡한 후 감정을 듬뿍 실어 플루트로 연주했다.

The young girl had heard everything. Deeply perplexed, she asked herself what could be the meaning of the charming words which had come to her ears.

"If this young man," she mused, "does not know Heaven nor Earth, it means he has lost his parents. If he wants to be transformed into a butterfly to flit around a flower, it means he loves a young girl."

Very much puzzled, she sent her servant to inquire who could be the author of the verses she had just heard. She wondered if it were not the young man whom she had seen a few days before walking near the garden. Still impressed by what she had heard, she took her own instrument and in turn improvised the following verses:

젊은 처녀는 그 모든 것을 들었다. 그녀는 매우 당혹스러워하며 자신의 귀에 들리는 매혹적 가사의 의미가 무엇일까 자문했다.

"만약 이 청년이," 그녀는 생각했다. "하늘도 땅도 모른다면 그것은 부모를 잃었다는 뜻이겠지. 나비로 변하여 꽃 주위를 날고 싶다면 그것은 그가 젊은 처녀를 사랑한다는 뜻 일거야."

너무 궁금해진 그녀는 하인을 보내 방금 들은 시의 작가가 누구인지 알아보게 했다. 며칠 전 정원 근처를 걸을 때 보았던 그 젊은 남자가 아닐까 생각했다. 그녀는 방금 들은 음악의 여운이 여전히 남아 악기를 꺼내 다음의 즉흥시를 지어 화답했다.

"The spider spins her web from flower-stem to flower-stem, but the butterfly does not come.

I have dug a lake in my garden to attract the swans, but in vain are my labors.

I have planted a tree to serve as a refuge for the swallow, but the bird remains mute to my call while

displeasing birds come a-flocking.

To-day, however, I heard the song of the blue bird. He has at last arrived and very soon he will be close

and dear to me.

The age of sixteen is the fair Springtime of life. If I want to be happy, I should not wait much longer."

> 거미가 꽃줄기 사이를 거미줄로 치지만 나비는 오지 않는구나.
>
> 백조를 유혹하고자 정원에 호수를 팠지만 내 수고는 헛되었구나.
>
> 제비의 피난처로 나무를 심었지만 불쾌한 새떼들만이 오고 제비는 내 부름에 답이 없구나.
>
> 오늘 파랑새의 노래를 들었지. 마침내 그가 왔고 곧 나에게 다가와 나의 소중한 사람이 될 것이야.
>
> 16세라는 나이는 인생의 아름다운 봄날이지. 행복해지고 싶다면 더 이상 기다려서는 안 되겠지.

These words filled San-Syeng with a deep joy for they seemed to be a reply to his own verses and he felt overwhelmed with emotion. He went home, but it was in vain that he tried to sleep.

On her part, the young girl slept with difficulty, as her mind was agitated by what had just taken place. Now it came to pass that her father appeared before her in a dream and said, "My daughter, there is stopping at the inn nearest our home a traveler whose merits I bring to your attention. It is the son of San- Houni, the scholar, one of my best friends. I would like you to marry this young man."

She objected that she was not even acquainted with the youth.

"Yes, my daughter," replied her father, "you have already seen him. He comes of a very noble family. Good-bye, my daughter."

이 가사들이 마치 그의 시에 대한 답가인 것 같아 상성의 마음은 큰 기쁨으로 충만했다. 그는 감격해서 어쩔 줄 몰랐다. 그는 집에 가서 잠을 자려고 했으나 잠을 이루지 못했다.

젊은 처녀의 마음도 방금 전의 일로 들떠 있었기에 잠들지를 못했다. 그때 그녀의 아버지가 꿈속에서 나타나 그녀에게 말했다.

"딸아, 우리 집에서 가장 가까운 여관에 한 여행객이 묵고 있다. 나는 네가 그의 훌륭함을 알았으면 한다. 그는 나의 가장 친한 친구이자 학자인 상훈의 아들이다. 나는 네가 이 젊은이와 결혼했으면 좋겠구나."

그녀는 그 사람이 누구인지조차 모른다고 반대했다.

"아니다, 딸아." 아버지가 답했다. "너는 벌써 그를 만났다. 그는 아주 고귀한 집안 출신이다. 잘 있거라, 내 딸아."

The young girl wished to detain her father, but to her sorrow her efforts were of no avail; the vision faded and she awoke in tears.

313

"How can I obey my father's command," she complained. "I must devise some way to meet this young man. I will go into the garden again this evening and perhaps I shall see the man whom my father has ordered me to marry."

She was not disappointed in her hopes. When night had lowered its curtain of darkness she went down into the garden and caught sight of San-Syeng. But instead of going to meet him, she turned and rushed into the house like a frightened kitten.

San-Syeng was stupefied and broken up by her sudden disappearance. Despairing of being able to talk with the girl he loved, he resolved to write to her. So the next evening he returned to the garden with a letter. Again the young girl appeared for a few minutes. He walked in front of her, tossed the letter over the garden wall, and left.

처녀는 아버지를 붙잡고 싶었지만 슬프게도 그 노력은 아무 소용이 없었다. 꿈속 아버지의 모습은 사라졌고 그녀는 눈물을 흘리며 깨어났다.

"아버지의 명을 어떻게 따를 수 있단 말인가?" 그녀가 불평했다. "이 젊은이를 만나려면 방법을 고안해야 한다. 오늘 저녁 다시 정원에 나가면 아버지가 결혼하라고 한 그 사람을 볼 수 있을 거야."

그녀의 희망은 빗나가지 않았다. 밤이 어둠의 장막을 내리자 그녀는 정원으로 내려가서 상성의 모습을 보았다. 그러나 그녀는 그를 만나러 가는 대신 겁먹은 고양이처럼 뒤돌아서 집 안으로 황급히 들어갔다.

상성은 그녀가 갑자기 사라지자 망연자실하여 가슴이 아팠다. 사랑하는 그 처녀와 이야기할 수 없다는 사실에 절망한 그는 그녀에게 편지를 쓰기로 했다. 다음날 저녁 그는 편지를 들고 정원으로 다시 갔다. 처녀가 다시 잠깐 나타났다. 그는 그녀 앞 쪽에서 걸으면서 편지를 정원 담 너머로 던진 후 떠났다.

The young girl ran to pick it up, hurried with it to her room, where she read the neat characters:

"Mademoiselle, excuse my boldness. I have but a few words to say. Do you know what the butterfly is? It is an insect that is fond of flowers. Nights when attracted by the light of the lamps which it takes for flowers, it throws itself into the flame and perishes."

"This is a comparison that applies to me closely," thought the young girl. "I shall have my answer for this young man tomorrow."

처녀는 달려와 편지를 집은 후 서둘러 방으로 가 그곳에서 정갈한 글자의 편지를 읽었다.

"아가씨, 나의 대담함을 용서해 주십시오. 몇 가지만 드릴 말씀이 있습니다. 그 나비가 무엇인지 아십니까? 나비는 꽃을 좋아하는 곤충입니다. 나비는 밤이며 꽃을 위해 밝힌 불빛에 끌려 불꽃 속에 몸을 던져 소멸합니다."

"이것은 바로 나를 두고 한 비유야." 처녀가 생각했다. "내일 이 청년에게 답을 주겠어."

The next evening when San-Syeng returned to his post by the garden wall he saw the girl raise both hands and point to the moon.

After this graceful and significant gesture she ran into the house.

San-Syeng went home, much perplexed. "She made a sign to me," he pondered, "but what meaning does this sign have?" He reflected for a long time, conjuring up hypothesis after hypothesis.

Finally, he struck his forehead with an exclamation of joy, crying: "I believe I have it. The girl raised both of her hands, she must have meant the number ten. Then she pointed to the moon, that surely means at night. She wanted to tell me that she would meet me to-morrow evening at ten o'clock. That's it beyond a doubt."

다음날 저녁 상성이 정원 담벽의 자기 자리로 돌아 왔을 때 그는 소녀가 양손을 들고 달을 가리키는 것을 보았다.

이 우아하고 의미심장한 몸짓을 한 후 그녀는 집안으로 달려갔다.

상성은 혼란스러워하며 집으로 돌아왔다.

"그녀가 나에게 신호를 보냈어." 그는 곰곰이 생각했다. "그런데 이 신호가 무엇을 의미하지?"

그는 오랜 시간 숙고하며 가설에 가설을 세웠다.

그러다 그는 환호성을 지르고 제 이마를 치며 외쳤다.

"알 것 같아. 그녀는 두 손을 올렸어. 그것은 10이라는 숫자를 뜻하는 거야. 그런 뒤 그녀는 달을 가리켰는데 그것은 분명히 밤을 뜻하는 거야. 그녀는 내일 밤 10시에 나를 만나고 싶다고 말하고 싶었던 거야. 맞아, 틀림없어."

He awaited with impatience the following evening. Long before the appointed time he was in the garden, worried and anxious as to whether he had not given an erroneous interpretation to the young girl's gesture. At ten o'clock she came daintily along the garden path, advancing gaily and smiling. She paused to pick a flower which she placed between her lips. One might have thought she was playing the flute, so sweet were the soft, low sounds of song which came from her throat. Picking up a dead branch she amused herself by whipping the leaves which strewed the ground. San-Syeng contemplated the vision with an admiration that held him spellbound. One might have said it was like a cat entrapping a mouse. When she arrived within a few paces of him she stopped as if frightened and seemed about to draw back. Then San-Syeng advanced toward her. "How beautiful she is," was his thought.

그는 다음날 밤이 오기를 초조하게 기다렸다. 그는 처녀의 몸짓을 잘못 해석한 것이 아닐까 걱정하고 염려하며 정해진 시간보다 훨씬 일찍 정원에 도착했다. 처녀는 10시가 되자 쾌활하게 걷고 웃으면서 정원 길을 따라 우아하게 왔다. 그녀는 멈춰 꽃을 따더니 이를 입술 사이에 물었다. 그녀의 목에서 나오는 부드럽고 낮은 노래 소리는 너무도 달콤하여 들었다면 아마도 그녀가 플루트를 분다고 생각했을 것이다. 그녀는 마른 가지를 집어 땅에 흩어진 나뭇잎을 치면서 즐거워했다. 상성은 주문에 걸린 듯 그 모습을 넋을 잃고 바라보았다. 그는 덫에 걸릴 쥐를 바라보는 고양이 같았다. 그와 몇 발 떨어진 곳에 이르자, 처녀는 놀란 듯 멈추더니 뒷걸음질을 쳤다. 그러자 상성은 그녀 쪽으로 갔다.

"그녀는 참으로 아름답구나." 라고 그는 생각했다.

So great was his admiration that he could not find a single word to say. The young girl too remained silent. San-Syeng thought, "My first words must express all the love I feel, but my tongue is weak and incapable of it. What is her feeling toward me ? Does she have a tender and loving heart, or has wickedness already penetrated this beautiful young soul? Let's try a little trick."

The girl saw San-Syeng drop suddenly to the ground. Without an instant's hesitation she ran to his help. Supporting his head in her hands, and after dusting off his clothes which had been soiled by the fall, she assisted him to arise and led him to a nearby bench.

그의 감탄은 이러해서 단 한마디의 말도 꺼낼 수 없었다. 처녀 또한 말이 없었다. 상성은 생각했다.

"나의 첫 마디는 내가 느끼는 이 모든 사랑을 담아야 해. 그런데 내 혀는 약하여 그렇게 할 수 없어. 나에 대한 그녀의 감정은 무엇일까? 그녀는 부드럽고 사랑스러운 마음을 가졌을까? 아니면 사악함이 벌써 이 아름다운 처녀의 영혼에 침투했을까? 속임수를 써봐야겠어."

처녀는 상성이 갑자기 땅에 주저앉는 것을 보았다. 한순간의 망설임도 없이 그녀는 그를 돕고자 달려왔다. 그녀는 손으로 그의 머리를 받치고, 쓰러지면서 더러워진 그의 옷의 먼지를 털어 준 후에 그가 일어나는 것을 도와주었고 근처 벤치로 데리고 갔다.

Then San-Syeng said wearily, as if he were just regaining consciousness, "Pardon me, mademoiselle, I am confused with all the trouble I am giving you."

"Not at all, sir," replied the young girl. "I am happy to have been able to render you assistance. I only ask for permission to put one question to you. Where do you live?"

"I live at Nam-Hai and my name is. San-Syeng."

"Has it been very long since you left that town?"

"Almost six months."

"And have you seen many interesting things on your journey?"

"Yes, many."

상성은 마치 방금 정신이 든 듯 맥없이 말했다.

"아가씨, 죄송합니다. 아가씨에게 이 모든 폐를 끼쳐 당혹스럽습니다."

"전혀 그렇지 않습니다." 처녀가 대답했다. "당신에게 도움이 되어 기뻐요. 당신에게 한 가지 질문을 해도 될까요? 어디에 사세요?"

"남해에 살고 이름은 상성입니다."

"그곳을 떠난 지 오래 되었나요?"

"6개월이 다 되었습니다."

"여행길에 재미난 것을 많이 보았나요?"

"네, 그렇습니다."

"Your parents are still alive, I suppose ?"

"No, mademoiselle, I lost my parents a long time ago. And are your father and mother still alive?"

"My father is dead and I live with my mother. Wasn't it you who came here playing the flute the other evening?"

"It was I, mademoiselle. And tell me, didn't you reply on your instrument?"

"Yes."

"I am very grateful. You have condescended to listen, you have not repulsed me, and this evening you have given me the greatest of pleasures by talking with me."

"But, sir, were you ill just a while ago?"

"부모님은 아직 살아계시겠죠?"

"아닙니다, 아가씨. 오랜 전에 부모님을 잃었어요. 아가씨의 아버지와 어머니는 계신지요?"

"아버지는 돌아가셨고 어머니와 함께 살고 있어요. 전날 밤 플루트를 불면서 이곳에 온 사람이 당신이 아닌지요?"

"네, 맞아요, 아가씨. 그럼 말해주세요. 당신은 악기로 화답하지 않았나요?"

"맞습니다."

"정말 고맙습니다. 당신은 몸소 나의 음악을 들어주고 나를 내치지 않았습니다. 그리고 오늘 밤 나와 대화함으로써 나에게 가장 큰 기쁨을 주었습니다."

"그런데, 방금 전에 몸이 안 좋았나요?"

"Mademoiselle, I lost my head through love of you. May I in turn ask why you did not reply to my note? You made a sign to me and I imagined that you were inviting me to return this evening at ten o'clock. Was I right?"

"Yes, sir, you divined my thoughts exactly. Do you know you have given evidence of great intelligence. You have captured my heart without the slightest effort, like the fisherman who catches a fish that is surprised to see itself so easily taken. Now you may call me Yeng-So-Yei, for that is my name."

At these words, San-Syeng seized the hand of the girl and covered it with kisses.

"I have not sought to ensnare you. It was merely my love, my boundless love, which impelled me to act thus. But it is late. Your mother will notice your absence and will become worried. Let us meet again to-morrow at the same hour."

"아가씨, 나는 당신에 대한 사랑으로 정신을 잃었습니다. 왜 내 편지에 답장을 하지 않았는지 이번에 내가 물어봐도 되겠습니까? 당신은 나에게 신호를 보냈어요. 나는 당신이 오늘밤 10시에 나를 오라고 청하는 것으로 생각했어요. 맞나요?"

"맞아요. 당신은 내 생각을 정확하게 읽었어요. 당신은 자신이 매우 똑똑하다는 것을 증명한 것을 알고 있나요? 당신은 조금도 노력하지 않고서 내 마음을 가졌어요. 당신은 너무 쉽게 잡혀 스스로 놀라는 물고기를 잡은 낚시꾼과 같아요. 이제부터 나를 연소이라고 부르세요. 내 이름이에요."

이 말에 상성은 처녀의 손을 잡고 입술을 맞추었다.

"당신을 함정에 빠뜨리고자 한 것이 아니에요. 나를 이렇게 행동하도록 이끈 것은 바로 사랑, 나의 끝없는 사랑이에요. 하지만 시간이 늦었어요. 당신 어머니가 당신이 없는 것을 눈치 채고 걱정할지 몰라요. 내일 같은 시간에 다시 만나요."

The young girl nodded her head as a sign of acquiescence and withdrew into the house. In the solitude of her room she thought for a long time of the events of the evening. "I love this young man," she said, "he is so intelligent and has such a splendid appearance. In giving him my heart I have done nothing but obey my father's counsel. Therefore, I should have no remorse about my conduct. I shall marry the man I love and accomplish my father's wish."

처녀는 동의의 표시로 머리를 끄덕이고 집으로 들어갔다. 방의 고독 속에서 그녀는 밤에 일어난 일들에 대해 오랜 시간 생각했다.

"나는 이 남자를 사랑해. 그는 매우 똑똑하고 모습도 너무도 멋져. 아버지의 뜻을 따라서 그에게 마음을 준 것뿐이야. 내 행동을 후회할 필요는 없어. 사랑하는 그 사람과 결혼하여 아버지의 뜻을 따를 거야."

Similar reflections agitated San-Syeng's mind.

"How beautiful and good she is !" he would repeat to himself. "I love her to distraction. I can never wait until to-morrow evening to see her. How long this night and day are going to be !" The hours rolled around, however, and the time came for San-Syeng to visit the girl once more. She came running to meet him, her face radiant with joy and happiness. After they had exchanged a few words of greeting she said to San-Syeng:

"Let's go into the house. We can talk better. You can come to my room where no one will disturb us."

"But don't you fear that your mother will notice something?"

"My mother is very old and feeble, we have nothing to fear from her."

유사한 숙고가 상성의 마음을 자극했다.

"참으로 아름답고 착한 사람이야!" 그는 이 말을 거듭했다. "나는 그녀를 미치도록 사랑해. 내일 저녁까지 못 기다리겠어. 이 밤과 낮은 너무도 길구나!"

그래도 시간은 흘러 상성이 처녀를 다시 방문할 시간이 왔다. 그녀는 기쁨과 행복으로 빛나는 얼굴로 뛰어와 그를 맞았다. 몇 마디 인사말을 나눈 후에 그녀는 상성에게 말했다.

"집으로 들어가요. 이야기를 나누기에 더 좋을 거예요. 내 방으로 가면 아무도 우릴 방해하지 않을 거예요."

"그런데 당신 어머니가 무슨 눈치를 채지 않을까요?"

"어머니는 매우 연로하고 쇠약해요. 그러니 어머니 때문에 걱정할 필요는 전혀 없어요."

San-Syeng followed the young girl. He was much impressed to see with what skill she had arranged her room. He complimented her on her taste and good judgment and added: "How happy you must be!"

"And aren't you happy, too?"

"Alas, I have lost my parents, and I am alone in the world. Life is no longer attractive to me. You have given me the first pleasure in my life and I am obliged to resume my travels within a few days."

"But why must you leave ? Haven't you told me that you loved me?"

"Yes, I love you with all my heart and soul. But it is only another misfortune for me because I can never marry you."

"Why do you say that?"

"I can never marry you because you are rich, while I am penniless."

"Fie, foolish," teased the girl, drawing him to her. "Don't you know that I love you and that nothing can prevent me from being your wife and companion? We shall marry. Do not leave me. Remain with me to-night, my mother will not know."

상성은 처녀를 따랐다. 그는 그녀가 솜씨 있게 방을 꾸민 것을 보고 깊은 인상을 받았다. 그는 그녀의 취향과 훌륭한 판단력을 칭찬하며 덧붙였다.

"당신은 참으로 행복한 사람이군요!"

"당신도 행복하지 않나요?"

"아아, 나는 부모를 잃고 세상에 혼자입니다. 나는 더 이상 삶에 큰 흥미가 없어요. 당신은 나에게 내 인생의 첫 행복을 주었는데 나는 며칠 내로 다시 떠나야 해요."

"왜 떠나야 하죠? 나를 사랑하다고 말하지 않았나요?"

"그래요. 나의 온 마음과 영혼을 다해 당신을 사랑해요. 그러나 당신과 결코 결혼할 수 없으니 그것이 나에겐 또 다른 불행이지요."

"왜 그런 말을 하나요?"

"내가 당신과 결코 결혼할 수 없는 이유는 당신은 부자인데 반해 나는 돈 한 푼 없기 때문이지요."

"피, 말도 안 돼요." 처녀가 그를 놀리며 안았다. "내가 당신을 사랑하고 그 어떤 것도 내가 당신의 아내와 동반자가 되는 것을 막을 수 없다는 것을 알잖아요. 우리는 결혼할 거예요. 나를 떠나지 마세요. 오늘밤 나와 함께 있어요. 어머니가 모를 거예요."

Their lips were united in one long kiss. At daybreak San-Syeng departed. He regarded himself as the happiest of mortals and promised to spare no effort to make life happy for the girl who had chosen him for her husband.

Every evening the young man went to visit his wife. Now it came to pass one night, that her mother, unable to sleep, arose from her couch and went walking through the house. Passing before the door of her daughter's room she heard, above the sound of mingled kisses, her daughter speaking with some one. Immediately she fell into a great fury. She tried to open the door, but was unsuccessful. Calling a servant, she said:

"Take a sabre, and place yourself before this door. You are to kill the first person who leaves that room."

그들의 입술은 하나가 되어 오랫동안 키스를 했다. 새벽쯤 상성은 떠났다. 그는 자신을 가장 행복한 사람으로 생각했고 그를 남편으로 선택해준 그녀의 삶을 행복하게 하기 위해 노력을 아끼지 않겠다고 결심했다.

매일 저녁 젊은이는 그의 아내를 보러 갔다. 그런데, 어느 날 밤 처녀의 어머니가 잠을 이루지 못하고 침대에서 일어나 집안을 걷고 있었다. 딸의 방문 앞을 지나갈 때 키스가 오고 가는 소리와 함께 딸이 누군가에게 말을 하는 것을 들었다. 그녀는 즉시 큰 분노에 휩싸였다. 문을 열고자 했지만 성공하지 못하여 하인을 불러 말했다.

"검을 가지고 이 방문 앞에 서 있어라. 저 방에서 맨 처음 나오는 사람을 죽여야 한다."

San-Syeng and his wife had not heard these words for they were asleep. The girl had another dream in which she saw her father. "My daughter," he said, "you are in great danger. Your husband's life is threatened. Arise and see what is on the other side of your door. Find a way for your husband to escape. Give him my favorite horse so that he can take flight. You may also give him my sword. You will be separated for some time, but you will be united in the days to come."

Startled by the warning, the young girl softly opened the door where she saw the servant with drawn sabre.

"What are you doing here — and with a weapon, too?" she demanded.

"I am standing guard at your mother's orders and I am to kill the first person who leaves your room."

"Why, my mother is mad. There is no one with me. I was just about to call you anyway and send you on an errand. I would like to write and I haven't a single bit of paper. Will you get me some?"

"I cannot leave this post, mademoiselle."

"Why not? If you are afraid that my mother's prisoner will escape, let me have your sabre. I will take your place while you get me what I want."

　　상성과 그 아내는 잠이 들어 이들의 대화를 듣지 못했다. 처녀의 아버지가 다시 그녀의 꿈을 나타났다.

　　"딸아," 그녀의 아버지가 말했다. "너희들은 큰 위험에 처해있다. 네 남편의 목숨이 위험하다. 일어나서 문 반대편에 무엇이 있는지 살피고, 네 남편이 빠져나갈 방법을 찾아라. 네 남편이 빨리 도망갈 수 있도록 나의 애마를 주어라. 내 칼을 주워도 좋다. 너희들은 당분간 헤어질 것이지만 앞으로 다시 하나가 될 것이다."

　　아버지의 경고에 깜짝 놀란 처녀가 가만히 문을 열어 보니 하인이 칼을 빼서 들고 있었다.

　　"여기서 무엇하고 있느냐? 그것도 무기를 들고서." 그녀는 따져 물었다.

"아가씨 어머니의 명령으로 경비를 서고 있습니다. 아가씨의 방에서 나오는 맨 처음 사람을 죽이라고 했습니다."

"이런, 어머니가 제정신이 아니구나. 내 방엔 아무도 없다. 방금 너를 불러서 심부름을 보내려고 했다. 편지를 쓰고 싶은데 종이가 한 장도 없구나. 좀 갖다 주어야겠다."

"아가씨, 전 이 자리를 떠날 수 없습니다."

"왜 안 되느냐? 어머니의 죄수가 도망칠까 두렵다면 나에게 그 칼을 다오. 내가 원하는 것을 네가 가지려 가는 동안 나는 너를 대신해 문을 지키고 있겠다."

The servant was persuaded with little difficulty. Scarcely had he left than the young lady ran to her husband and cried: "Up at once or you are lost. My mother has learned that there is some one with me and has stationed a servant at the door with orders to kill any one who leaves my room. Wait for me in the garden."

San-Syeng arose hurriedly and descended cautiously and quietly into the garden. The servant returned and received the assurance that no one haven't left the room which he had been guarding.

"I think I shall take a walk in the garden," the girl suggested. "This room is too warm for me."

그녀는 별 어려움 없이 하인을 설득했다. 하인이 떠나자마자 젊은 부인은 남편에게 달려가 소리쳤다.

"빨리 일어나세요. 안 그러면 끝장입니다. 어머니가 내 방에 누군 가가 있다는 것을 알고 방에서 나가는 사람은 누구라도 죽이라는 명 령하고 문 앞에 하인을 세워 두었어요. 정원에서 나를 기다리세요."

상성은 급히 일어나 조심스럽게 가만히 정원으로 내려갔다. 하인 이 돌아오자 그녀는 그가 지키던 그 방에서 아무도 나오지 않았 다고 확인해주며 말했다.

"정원으로 산책하러 갈 생각이야. 이 방은 너무 더워."

She went direct to the stables where she led out the horse which her father had mentioned and brought him to San-Syeng. The two lovers embraced and wept bitterly at being forced to part in so abrupt a fashion. The girl had gathered together her jewels and what silver she had at hand and turned them over to San-Syeng together with her father's favorite sword. San-Syeng, despite his protest, was forced to accept them. He slipped from his finger the ring which he had found among the books long years before and the significance of which he did not even guess.

"Take this keepsake," he said to his wife. "It is a token of my undying love. As long as I live I shall think only of you and. I hope soon to come back for you. I will go to the Capital and shall soon have matters fixed so that I may rejoin you. Good-bye."

그녀는 곧장 마굿간으로 가서 아버지가 언급한 말을 끌고 상성에 게 갔다. 두 연인은 포옹을 하며 이렇게 갑자기 헤어져야만 하는 상황에 비통한 눈물을 흘렸다. 처녀는 가지고 있던 보석과 손에 든 모든 은을 모아 그녀의 아버지가 아끼던 칼과 같이 상성에게 건넸다. 상성은 받지 않으려 했지만 억지로 받을 수밖에 없었다. 그는 오래 전 책 사이에서 발견했지만 그 중요성을 조금도 알지 못했던 반지를 손가락에서 뺐다.

"정표로 이것을 받으세요." 그가 아내에게 말했다. "나의 영원한 사랑의 표시입니다. 살아있는 한 오로지 당신만을 생각할 것입니다. 당신에게 빨리 돌아왔으면 좋겠군요. 서울로 가서 일을 매듭지은 후 당신과 다시 하나가 되겠어요. 잘 있어요."

He went away, his head bowed in sadness, while the young girl, tears rolling down her cheeks, followed him with her eyes until she saw him disappear in the black depths of the wood.

"I wish I could burn that forest and then my San-Syeng would have to take the mountain road, and I wish the plagued mountains were at the bottom of the sea," cried the unhappy girl－"for I would be able to see my husband again."

She remained for a long time in the one spot motionless as a statue. At last, she decided to go to her room, following in spirit San-Syeng who was galloping briskly toward the Capital. He arrived there when there was great excitement among the people of the city because of the death of the King and the exile of the young Prince to the Isle of Cho-To, events upon which we shall comment in the coming stage of our story.

그가 슬픔으로 고개를 숙인 채 멀리 떠났다. 처녀는 눈물을 흘리며 숲의 깊은 어둠 속으로 사라져가는 그를 눈으로 쫓았다. 불행한 처녀는 울며 말했다.

"저 숲을 태울 수 있다면 좋겠어. 그럼 사랑하는 상성이 산길을 택할 수밖에 없을 테니까. 성가신 산이 바다 밑에 있다면 좋겠어. 그럼 내 남편을 다시 볼 수 있을 테니까."

그녀는 동상처럼 꼼짝하지 않고 그 자리에 오랫동안 머물렀다. 마침내 방으로 들어갈 결심을 했지만 마음은 말을 바삐 타고 서울로 간 상성을 따라 가고 있었다. 그가 서울에 도착했을 때 왕의 죽음과 어린 왕자의 초도(Cho-To) 유배로 그 도시 사람들은 매우 흥분한 상태에 있었다. 이 사건들은 다음 장에서 언급할 것이다.

Here the fourth stage of our legend cometh to a close.
여기서 우리 이야기의 네 번째 단계는 끝이 난다.

V.

IT was Ja-Jo-Mi, the Prime Minister, who had been the chief cause of all the evils which had come to Sun-Yen and San-Houni. This dignitary, no longer having any one to fear, enjoyed absolute power. The King had entire confidence in him and placed in his hands the administration of the government. Ja-Jo-Mi had taken advantage of this to give all the important and lucrative offices to his followers. For example, he discharged in disgrace a general whom he disliked and replaced him with one of his most zealous but incompetent partisans. Even with all this power the ambitious Minister was not satisfied. Why should he not push things to the limit and place himself upon the throne? For the present, it was only a dream which Ja-Jo-Mi hoped to realize some day. But he was only awaiting a favorable occasion and this was not long in presenting itself.

순연과 상훈에게 닥친 모든 악의 주요 원인은 바로 재상 자조미였다. 이 고관은 더 이상 두려워할 사람이 없자 절대 권력을 누렸다. 왕은 그를 절대 신임했고 국정 운영을 그에게 맡겼다. 자조미는 이를 기회삼아 힘 있고 돈이 되는 모든 자리를 자기 심복들에게 주었다. 예를 들면, 자조미는 자기가 싫어하는 장군을 불명예 제대시키고 그 자리에 심복 중에서 아주 열심히 하지만 무능력한 자를 앉혔다. 이 모든 권력을 가졌음에도 재상의 야심은 만족되지 않았다. 왜 그는 일을 끝까지 밀고가 스스로 왕위에 오르면 안 되는 것인가? 현재로서는 이것은 자조미가 언젠가 실현하고 싶은 꿈에 불과했다. 그러나 그는 적절한 때를 기다리고 있을 뿐이고 그 때는 곧 모습을 드러냈다.

The King fell suddenly ill. His condition became so grave that the leading physicians of the Kingdom were obliged to confess their inability to cure him. He was well aware of his serious condition and cherished no illusions about it. He sensed the flutter of the wings of Death — wings drenched with the tears of weeping humanity. He sent for the Prime Minister, to whom he spoke after the following fashion:

"I am going to die. My great regret is in leaving a son too young efficiently to govern the country. Factions will take advantage of the situation to disturb the peace of the Kingdom. Yet I want my son to succeed me on the throne. Consequently I am requiring of you a further proof of your devotion. Promise me to give this child the guidance of your counsel and wisdom. Teach him to govern kindly and finish his education."

왕이 갑자기 병에 걸렸다. 그의 병세는 매우 위중해서 그 나라의 최고 내의원조차 고칠 수 없다고 실토할 정도였다. 왕은 자신의 상태가 매우 심각함을 잘 알고 있었기에 이에 대해 어떤 환상도 품지 않았다. 그는 죽음의 날개가 즉 슬퍼하는 인간의 눈물로 적셔진 날개가 퍼덕이는 것을 감지했다. 그는 재상을 불러 다음과 같이 말했다.

"나는 곧 죽을 것이오. 제일 안타까운 것은 국가의 효율적 통치를 하기엔 너무 어린 아들을 두고 떠나야 한다는 것이오. 정파들은 나라의 평화를 흔들기 위해 이 상황을 이용할 것이오. 그러나 나는 내 아들이 왕위를 계승하기를 원하오. 그래서 나는 그대가 충성의 증거를 더 보여줄 것을 요구하오. 이 아이를 그대의 조언과 지혜로 이끌겠다고 나에게 약속하시오. 아들이 인의 통치를 하도록 가르치고 그의 교육을 끝까지 책임지시오."

Ja- Jo-Mi, the unscrupulous, swore solemnly that he would faithfully observe the last commands of his master. The monarch desired to see his son, so the latter was brought to his bedside. The King tenderly took the youth in his arms. He seemed to wish, through him, to cling longer to the life he was leaving. But the fatal hour had come; he drew his last breath in a sob.

His son, overcome by grief, uttered wild cries' — "Oh, my father, my only refuge, why do you forsake me? Why must you leave me?" Finally he fell into a swoon.

The Prime Minister, who was present at this scene, tried to calm the young Prince with profuse and hypocritical condolences. His words were far from being in accord with his inner thoughts. The King's death filled his soul with joy, for it rendered easier the project he had been dreaming about for so long.

파렴치한 자조미는 주군의 마지막 명을 충실히 따르겠다고 엄숙히 맹세했다. 군주가 아들을 보기를 원하였으므로 그를 왕의 침대 옆으로 오게 했다. 왕은 부드럽게 그 소년을 팔에 안았다. 그는 아들을 통해 떠나는 삶을 더 오래 붙들고 싶은 듯했다. 그러나 죽음의 시간이 다가오자 그는 흐느끼며 마지막 숨을 거두었다.

그의 아들은 슬픔을 이기지 못하고 절규의 외침을 내뱉었다.

"오, 아버지, 나의 하나뿐인 피난처여. 어째서 나를 버립니까? 왜 나를 떠나십니까?"

그는 결국 기절하고 말았다.

이 장면을 본 재상은 위선적인 위로를 아낌없이 하며 어린 왕자를 진정시키고자 했다. 그의 말은 속마음과는 매우 거리가 멀었다. 왕이 죽자 그의 마음은 즐거움으로 가득했다. 그가 그토록 오랫동안 꿈꾸어왔던 계획이 용이해졌기 때문이다.

When the funeral ceremonies were over, the Governors of the provinces held a conference upon the question of choosing a new King. The Governor's choice naturally fell upon the shoulders of the deceased King's son. This decision exasperated Ja-Jo- Mi; he protested furiously against it, saying that the Prince was too young to attend to affairs of state and he painted a very black picture of the conditions of the country if the government were placed in his hands.

"Moreover, the dying King appointed me to rule until his son should be capable of taking the throne."

The Prime Minister expected favorable results from this announcement. The Governors, however, contented themselves with exchanging significant glances, but they did not utter a word in support of the Minister's proposal.

　　장례식이 끝나자 지방의 지사들은 새로운 왕을 뽑는 문제를 두고 회의를 열었다. 지사의 선택은 자연스럽게 작고한 왕의 아들을 후계자로 선택했다. 이 결정에 격노한 자조미는 왕자가 국사를 맡기엔 너무 어리다고 말하며 격렬히 반대했다. 또한 그는 만약 조정이 왕자의 손에 들어갔을 때 나라에 닥칠 매우 어두운 전망을 그렸다.

　　"게다가, 죽어가던 폐하께서 왕자가 왕위에 오를 수 있을 때까지 내가 나라를 다스리도록 임명했소."

335

재상은 이 발표로 자신에게 유리가 결과가 나올 것이라 기대했다. 그러나 지사들은 의미심장한 눈빛만 교환할 뿐 재상의 제안을 지지하는 말을 한 마디도 하지 않았다.

This cold reception did not leave Ja-Jo-Mi any delusions as to the attitude of the Governors on the subject. Renouncing the powers of peaceful persuasion, he resolved to employ force. He summoned the General whose support he was assured of and said to him:

"You will throw into prison any official who is hostile to me."

The General bowed in a sign of obedience and withdrew. Although very much terrified, the Governors did not submit peacefully to this new means of intimidation and Ja-Jo-Mi condemned several of the most influential of them to banishment. No one was in a position now to oppose the execution of his designs.

자조미는 지사들의 냉랭한 반응을 보고 이 문제에 대한 그들의 태도가 어떠한 지 확실히 알았다. 그는 그들을 평화롭게 설득하는 것을 포기하고 무력을 쓰기로 결심했다. 그는 자신에게 협력할 것이 확실한 장군을 불러들여 말했다.

"나에게 적대적인 대신들은 누구라도 감옥에 처넣으시오."

장군은 복종의 표시로 머리를 숙이고 물러났다. 극한 공포에 떨었지만 지사들은 이 새로운 수단의 협박에 쉽게 굴복하지 않았다. 그러자 자조미는 가장 세력 있는 몇 지사들에게 추방령을 내렸다. 이제 그가 계획을 집행하는데 반대할 지위에 있는 사람은 아무도 없었다.

Having thus overridden the opposition of the Governors, Ja-Jo-Mi went to the young King.

"All powerful Prince," he said, kneeling respectfully, "forgive me if I disturb you in your grief. The welfare of the people compels me to discuss with you certain things which I fain would defer to a more opportune moment."

"Speak," bade the young King.

"You are doubtless well aware that, according to the precepts laid down by the venerable philosopher, Kong-Ji, no one can reign in Korea before attaining a certain age. In spite of your exceptional intelligence and remarkable ability I fear that you are too young to rule alone. Your father, my regretted master, on his death bed, requested me to look after the interests of the State while you were preparing to assume them yourself. It is with great regret that I remind you of this last wish of the deceased King, for I am aggravating your sorrow, I know. But I hope that you will conform to your father's desires and the philosopher's wisdom."

이렇듯 지사들의 반대를 억누른 후 자조미는 어린 왕에게 갔다.

"권능하신 왕자님," 그는 공손하게 무릎을 꿇으며 말했다. "슬픔 속에 계신 왕자님의 심기를 불편하게 했다면 저를 용서해주십시오. 때가 될 때까지 미루고 싶지만 백성들의 안녕을 위해 더 이상 미룰 수 없는 문제들이 있어 지금 논의 드리고자 합니다."

"말하시오." 어린 왕이 말했다.

"왕자님도 잘 아시겠지만 위대한 철학자 공자께서는 어느 누구도 일정한 나이에 이르기 전까지는 한국을 통치할 수 없다고 했습니다. 왕자님이 명석하고 그 능력이 놀라우나 혼자 통치하기엔 나이가 너무 어린 듯합니다. 왕자님의 부친이자 저의 돌아가신 주군께서 죽음의 침상에서 저에게 왕자님이 스스로 책임을 질 준비가 될 때까지 국사를 맡아 달라 요청했습니다. 선왕의 마지막 유지를 떠올리게 하여 왕자님의 슬픔을 가중시킨다는 것을 알고 있기에 대단히 유감스럽습니다만 왕자님께서 선왕의 뜻과 공자의 지혜를 따라주었으면 합니다."

Ja-Jo-Mi had hoped to convince the Prince with these arguments. Great then was his astonishment when the youth replied:

"You are interpreting the last words of my dear father for your own ends and in your own interests. He asked you to guide and advise me but did not intimate that you should take my place at the head of the Koreans. Know then, that it is my intention to govern in person. I have nothing more to add."

It was a summary dismissal. Ja-Jo-Mi, feigning to acquiesce in the desires of his sovereign, withdrew backwards, saying:

"Sire, it shall be as you wish."

Thus the ambitious Minister had encountered, in the energy of the young King, a formidable obstruction in the path of his plans. But it did not discourage him. Since the Prince would not relinquish his post with a good grace, he would commandeer it by force. It would be very easy. All the officeholders at the Capital were devoted to Ja-Jo-Mi, for it was through him that they held their places.

자조미는 이런 말로 왕자를 설득할 수 있을 것이라 생각했다. 그러나 그의 예상과 달리 왕자는 다음과 같이 대답했다.

"당신은 나의 부친의 마지막 말을 당신의 목적과 이익을 위해 곡해하고 있소. 선왕은 당신에게 나를 지도하고 조언하라고 요청했지, 나를 대신해 당신이 직접 한국인의 우두머리가 되라고는 하지 않았소. 내 뜻은 나라를 직접 통치하는 것이니 그렇게 아시오. 나는 더 이상 할 말을 없소."

간단히 거절한다는 말이었다. 자조미는 군주의 뜻에 따르는 척하며 물러나며 말했다.

"전하, 원하시는 대로 될 것입니다."

이렇듯 어린 왕의 혈기로 재상의 야심을 실행하는 길에 가공할 만한 방해물을 만나게 되었다. 그러나 자조미는 이에 낙담하지 않았다. 왕자가 지위를 흔쾌히 포기하지 않을 것이기에 자조미는 무력으로 그 자리를 억지로 빼앗고자 했다. 서울에서 요직에 있는 자들은 모두 자조미를 통해 그 자리에 올랐기에 자조미에게 충성했다.

The people were not to be feared for they lacked leaders. One bright and beautiful day, the King found himself under arrest and transported to Cho To. The Prime Minister had ordered the prisoner to be guarded by the troops day and night and the deposed Prince was kept under the strictest surveillance all the time.

Ja-Jo-Mi, the unscrupulous, for the time being, was master of the land. He hoped soon to be completely rid of the legitimate King and to finish his days tranquilly on the throne that he had so treacherously usurped.

These events had caused a growing unrest throughout the length and breadth of Korea. The people were talking and grumbling, but they did not dare openly to manifest their disapproval. The conduct of the Prime Minister became an every-day topic of conversation. On the street corners, bolder groups were wont to gather and discuss matters vigorously.

　　지도자들이 없는 백성들은 두려움의 대상이 아니었다. 어느 맑고 아름다운 날에 왕은 체포되어 조도(Cho To)로 이송되었다. 재상은 군에게 그 죄수를 주야로 지킬 것을 이미 명령했고 폐위된 왕자는 항상 매우 삼엄한 감시를 받았다.

　　파렴치한 자조미는 현재로서는 이 나라의 주인이었다. 그는 곧 적법한 왕을 완전히 제거하여 그토록 비열하게 찬탈했던 왕위에서 생을 평온하게 마칠 것을 원했다.

　　이 사건으로 한국의 곳곳에서 소요가 증가하게 되었다. 백성들은 자조미의 왕위 찬탈에 대해 말하고 이에 대해 불평을 했지만 감히 대놓고 불만을 드러내지는 않았다. 재상의 행동은 일상의 대화 주제가 되었다. 길가에서, 용감한 무리들은 모여 활발하게 이 문제를 논의하였다.

One day, when San-Syeng was out walking he noticed one of these crowds; he hurried back to his lodgings and inquired of Hong-Jun, his landlord, who had formerly held an important commission in the army, "What has happened? I see that the inhabitants of this city, ordinarily so calm and peaceful, laboring under unusual excitement. What's the cause of it?"

"What, don't you know?" replied Hong-Jun. "It is rumored that the Prime Minister, who always did have a detestable reputation, has just crowned his infamy by exiling the King's son. Instead of occupying the throne, our young ruler is in prison."

San Syeng was thunder-struck. Heeding only the impulses of his noble heart, he resolved to discover some means to help the unfortunate young ruler.

어느 날 상성이 밖을 걷고 있었을 때 이러한 무리들 중 한 사람에게 주목했다. 그는 숙소로 급히 되돌아와 여관주인 홍준(Hong-Jun)에게 물어보았다. 홍준은 이전에 군대에서 중요한 직책을 맡았던 적이 있었다.

"무슨 일이죠? 평상시 아주 조용하고 평화로운 이 도시 사람들이 몹시 흥분한 것으로 보입니다. 이유가 뭐죠?"

"이런, 모릅니까?" 홍준이 대답했다. "소문에 의하며 항상 평판이 고약했던 재상이 왕자를 추방함으로써 그의 악행의 정점을 찍었다고 하더군요. 우리의 어린 군주는 왕위에 있지 못하고 대신 감옥에 있습니다."

상성은 천둥을 맞은 듯했다. 고귀한 가슴의 충동에만 귀를 기울이
는 상성은 불운한 어린 군주를 도울 방법을 찾기로 결심했다.

He had a dream that night which served to strengthen his
resolution. He saw in his dream a person whom he had already met in
the course of his travels and who asked his name.

"My name is San-Syeng."

"Good, I belong to the same family as you. My name is San-Houni.
I was banished from the Capital by Ja-Jo-Mi. While on my way to the
island of Ko-Kum-To I was murdered by the robber Su- Rung.
Listen, for I have something to ask of you. At this very moment, the
deceased King's son is in exile at Cho-To. He is also a victim of
Ja-Jo-Mi. Go, help him."

San-Syeng told his questioner that he had fully made up his mind
to assist the young ruler. "Can you not," he added subsequently,
"give me some information about my family?"

"It is impossible for me to grant your wish for the present," was the
rejoinder, and the vision disappeared. When San-Syeng awoke he
recalled his dream in all its minute details.

그날 밤 그는 자신의 결심을 확고히 하는 꿈을 꾸었다. 그는 꿈에
서 여행길에서 이미 만난 적이 있던 사람을 보았다. 그가 이름을 물
었다.

"상성입니다."

"좋아. 너와 나는 한 가문이다. 나의 이름은 상훈이다. 자조미가 나를 서울에서 추방하였고 나는 고금도로 가는 길에 도적 수령에게 살해되었다. 너에게 할 말이 있으니 잘 들어라. 바로 이 순간, 선왕의 아들이 조도에 유배되어 있다. 그 또한 자조미의 희생자이다. 가서 그를 도와라."

상성은 질문자에게 어린 군주를 구할 결심을 완전히 굳혔다고 대답했다.

"내 가족에 대한 약간의 정보를 줄 수 없나요?" 그는 이어서 물었다.

"지금은 너의 바람을 들어줄 수 없다." 라고 대답하며 그는 사라졌다. 상성은 깨어나자 꿈을 하나하나 되새겨 보았다.

What could this mystery be which surrounded Su-Rung? San-Syeng had heard the man whom he regarded as a father spoken of as a thief and now he was pictured as an assassin. All this gave the young man food for serious reflection. However, the most urgent matter now was to go to the succour of the young exile and San-Syeng took immediate steps to leave for Cho-To.

It was an island that was easily accessible but by the orders of Ja-Jo-Mi no one was permitted to land there without a permit from the Prime Minister. In vain did San-Syeng try to evade the vigilance of the soldiers who were guarding the shore. He was forced to confess that it was impossible to land on the island. Not disheartened by his failure, however, he resolved to await more auspicious circumstances for the carrying out of his project.

수령을 둘러싼 이 미스터리는 무엇이란 말인가? 상성이 아버지로 생각했던 그 사람을 예전에는 도둑이라 하더니 이제 그는 살인자의 모습으로 그려졌다. 이 모든 것은 젊은이가 진지하게 숙고해야 할 근거가 되었다. 그러나 지금 가장 시급한 일은 유배된 군주를 구하는 것이므로 상성은 조도로 떠나기 위한 즉각적인 조치를 취했다.

조도는 쉽게 접근할 수 있는 섬이었지만 자조미의 명령으로 어느 누구도 재상의 허락 없이는 그곳에 들어갈 수 없었다. 상성은 해안을 지키고 있는 군사들의 경계를 피하고자 했지만 허사였다. 섬에 들어가는 것이 불가능하다고밖에 볼 수 없었다. 그럼에도 그는 용기를 잃지 않고 계획을 실행할 수 있는 좋은 기회를 기다려 보기로 했다.

Here endeth the fifth stage of our legend.
여기서 우리 이야기의 다섯 번째 단계는 끝난다.

VI

LET us retrace our steps. The reader will recall how the adorable Cheng-Si, daughter of the unfortunate Sun-Yen, had agreed, in order to procure help for her father, to become the victim that the Korean merchants were to offer the hungry monsters of the Yellow Sea.

발걸음을 되돌려 보자. 독자는 불행한 순연의 딸, 사랑스러운 청씨가 아버지를 돕기 위한 방편으로 한국의 상인들이 황해의 굶주린 괴물들에게 바치는 희생물이 되는데 어떻게 동의했는지를 기억할 것이다.

When the vessel that bore the young girl had reached the open sea and the merchants had finished a session of prayer, they summoned Cheng-Si before them.

"The time for the sacrifice has come," they told her. "Now you may retire, purify your body, put on your most beautiful gown. We will wait for you here."

Cheng-Si obeyed their commands with resignation. She soon appeared on the deck, fresh as a new rose. One might have thought that she was going to her wedding instead of her death.

The traders had prepared a magnificent altar covered with white and bearing curiously carved incense burners. From the midst of the incense arose fragrant blue clouds of myrrh. At each end of the table burned an immense candle, the flames from which flickered to and fro in the breeze.

The girl was stationed between the two candles, in front of the incense burners. The merchants knelt and began to pray. Cheng-Si, the fair, consigned her soul to Heaven. Not that she experienced regret at leaving this life, but her last thoughts were of the blind father whom she had forsaken.

소녀를 실은 배가 넓은 바다에 이르러 상인들이 일련의 기도를 마친 후 청씨를 앞으로 불렀다.

"제를 지낼 시간이 왔소." 그들이 말했다. "이제 들어가서 몸을 정갈히 하고 가장 아름다운 옷으로 입으시오. 우리는 여기서 기다리겠소."

청씨는 체념하고 그들의 명을 따랐다. 그녀는 새로 핀 장미처럼 청초한 모습으로 갑판에 나타났다. 혹자는 그녀가 죽으러 가는 것이 아니라 결혼식에 가는 것으로 생각했을 것이다.

상인들은 기묘하게 새겨진 향로가 놓인 흰색으로 덮인 장엄한 제단을 준비했다. 향에서 향기로운 푸른 구름이 올라갔다. 탁자의 양 끝에는 거대한 초가 타고 있었고 촛불이 미풍에 이리 저리 깜빡거렸다.

소녀는 향로 앞, 두 촛대 사이에 자리했다. 상인들은 무릎을 꿇고 기도하기 시작했다. 아름다운 청씨는 영혼을 하늘에 맡겼다. 이 생을 떠나는 것을 후회하지 않았지만 마지막으로 두고 온 눈먼 아버지를 생각했다.

Her prayers concluded, the girl, without showing a trace of emotion, threw herself resolutely into the Sea while the vessel continued on its way. Cheng-Si, who fully expected to drown in a few minutes, perceived with astonishment that she was resting on the surface of the water. In her plunge she had struck an obstacle and this obstacle was nothing else than a gigantic sea turtle. The animal kept on swimming, without seeming to be incommoded by his unusual burden. The young girl naturally seized this unlocked for chance of salvation. She allowed herself to be borne by the turtle and soon she enjoyed such a feeling of security that she fell asleep and a vision came to her. Her mother appeared before her, borne on the fleecy sheets of a cloud, and left with her these words:

"My daughter, be not afraid. Heed what I have to say to you and, above all things, follow my advice. Do not forsake the turtle who has saved your life until he has carried you safely to the shore." With this message, the vision vanished.

기도가 끝나자 소녀는 아무런 내색도 하지 않고 배가 제 길을 가는 동안 과감히 바다 속으로 몸을 던졌다. 청씨는 자신이 몇 분 내에 익사할 것으로 생각했지만 놀랍게도 자신이 물 위에 떠 있는 것 같았다. 물에 뛰어들 때 청씨는 어떤 장애물에 부딪혔는데 이 장애물은 다름 아닌 거대한 바다거북이었다. 그 동물은 뜻밖의 짐이 불편하지 않는 듯 계속 헤엄쳤다. 소녀는 자연스럽게 구원의 기회인 이 거북을 꽉 잡았다. 거북에게 몸을 맡기자 곧 완전한 안도감을 느끼고 곧 잠이 들었는데 꿈에서 한 모습이 나타났다. 그녀의 엄마가 양털 같은 구름보에 쌓여 그녀 앞에 나타나 이런 말을 남겼다.

"딸아, 두려워하지 마라. 내가 하는 말을 귀담아 듣고 특히 나의 충고를 따르도록 해라. 너의 목숨을 살려준 거북이 너를 안전하게 해안까지 데려다 주기 전까지는 거북에게서 떨어져서는 안 된다." 이 말을 한 뒤 그 모습은 사라졌다.

Upon awakening, Cheng-Si glanced about her in all directions and noticed an island in the near distance. "Doubtless that is to be my future home," she said to herself. "My dream is already beginning to come true. I shall follow my dear mother's advice."

The turtle, arriving close to the shore, turned aside into a deep subterranean passage and kept on swimming for several hours until it reached a point where the channel was very narrow. The innocent Cheng-Si jumped ashore crying:

"Thank you, good turtle, for saving my life."

청씨는 깨어나자마자 엄마를 찾아 사방을 살펴보다 가까운 거리에 있는 한 섬을 발견했다. 그녀는 속으로 말했다.

"틀림없이 저곳은 앞으로 내가 살 집일거야. 나의 꿈은 이미 현실이 되고 있어. 사랑하는 엄마의 충고를 따를 거야."

해안 가까이에 도착한 거북은 몸을 돌려 깊은 지하 통로 속으로 들어가 몇 시간 동안 계속해서 물속을 가더니 마침내 통로가 매우 협소한 지점에 도착했다. 순진한 청씨는 뭍으로 뛰어내리면서 소리쳤다.

"착한 거북아, 내 목숨을 구해줬어 고마워."

While the large animal turned and swam back toward the sea the girl tried to comprehend the situation in which she found herself. Amidst the deep darkness she was seized with a great fear. "Alas!" she cried, "poor me! I have escaped death only for a little while. How can I get out of this cave?" Suddenly she saw a ray of sunlight that filtered through the rocky vault above her head. She turned in this direction and saw two small polished stone flasks which shone in the sunlight. Lying conspicuously close by was a letter addressed to Cheng-Si herself. The young girl had had so many adventures in so short a time that this strange coincidence did not cause her any surprise. Breaking the seal on the letter, she read the following:

"Drink the contents of these two bottles. One of them will wash away the fatigue of your long voyage. The other will clarify your ideas about the strange events which no doubt have troubled you."

큰 거북이 몸을 돌려 다시 바다 쪽으로 헤엄쳐 가자 소녀는 자신이 처한 상황을 이해하고자 했다. 깊은 어둠 속에서 소녀는 큰 두려움에 사로잡혔다.

"아아! 불쌍한 지고! 겨우 잠시 동안만 죽음을 모면했구나. 이 동굴에서 어떻게 빠져나가지?"

갑자기 그녀는 머리 위의 바위 천장 사이로 새어 들어오는 한 줄기 햇빛을 보았다. 그녀는 그 쪽으로 몸을 돌린 후 햇빛 속에 반짝이는 두 개의 매끈한 작은 석병을 보았다. 병 가까이에 눈에 띄게 놓여 있는 것은 바로 청씨 앞으로 보낸 편지였다. 소녀는 이 짧은 시간에 너무도 많은 모험을 한 후라 이 이상한 우연을 보고도 전혀 놀라지 않았다. 그녀는 편지의 봉인을 뜯고 다음을 읽었다.

"이 두 병에 든 것을 마시세요. 하나는 긴 항해의 피로를 씻어줄 것입니다. 다른 것은 당신을 난처하게 했음이 분명한 이상한 사건들을 명확하게 이해하도록 해줄 것입니다."

Cheng-Si drank the two beverages and she immediately felt a renewed energy flowing through her veins. Her head was as clear as a bell. She picked her way carefully along the sides of the cavern in the direction whence the sunlight came. Her way was soon blocked by a pile of dirt which she painfully dug aside with her own hands. Presently she had made an opening large enough to admit her slender body. Drawing herself up through the hole she found that she was in the hollow trunk of an immense tree whose roots reached way down into the floor of the cave.

Cheng-Si enjoyed to the fullest measure the dazzling bright daylight. She was in an enchanted garden. Not only were there trees of luxuriant green foliage, spreading gorgeous blossoms caressed by the soft, sweet breath of variegated butterflies, and bees and birds, but the air itself was laden with an intoxicating perfume. A huge wall served to close the garden from outside view. In the centre arose a magnificent dwelling which harmonized nicely with its surroundings.

After a few minutes rest, Cheng-Si picked her way carefully through the briars and brambles covering the trunk of the tree and began to stroll about the garden.

청씨는 두 음료수를 마시자마자 새로운 기운이 혈관을 따라 흐르는 것을 느꼈다. 그녀의 머리는 종처럼 맑아졌다. 그녀는 햇빛이 보이는 쪽을 향해 동굴 측면을 따라 조심스럽게 나아갔다. 길이 흙더미에 막히자 그녀는 고통스럽게 두 손으로 흙을 파내었다. 그러자 곧 그녀의 호리호리한 몸이 빠져나가 정도의 구멍이 만들어졌다. 구멍 사이로 몸을 끌어올린 그녀는 나무뿌리가 동굴 바닥까지 이어지는 속이 텅 빈 거대한 나무 안에 자신이 있음이 알게 되었다.

청씨는 눈부시게 밝은 대낮의 햇살을 마음껏 즐겼다. 그녀는 매혹적인 정원 안에 있었다. 그곳은 무성한 녹색 잎의 나무가 각양의 나비와 벌과 새가 부드럽고 달콤한 숨결로 나무의 화려한 꽃들을 어루만지는 곳일 뿐만 아니라 공기 자체가 도취될 것 같은 향기로 가득한 곳이었다. 거대한 담은 외부에서 정원을 보는 것을 차단했다. 중앙에는 주위 경치와 잘 어울리는 장엄한 저택이 솟아 있었다.

잠시 휴식을 취한 후 청씨는 찔레와 가시로 덮인 나무 둥치를 조심스럽게 헤치고 나와 정원 주위를 거닐기 시작했다.

Now it so happened that the beautiful house and this fairy garden were the residence and place of recreation for the young King whom Ja-Jo-Mi, the unscrupulous, in his wickedness, had exiled, as we have previously seen. His captivity had already lasted for several months. The young Prince, giving himself up to a bitter melancholy, could not take his thoughts from the memory of his parents. Ceaselessly he thought of his father and his mother, both of whom had shown him such tender affection. At times he would ponder over the future where he could see no issue from the plight in which he found himself but death.

"Why should I cling to life any longer? This everlasting loneliness, is it not the most cruel of punishments? Yes, it is better to die," mourned the young Prince so sadly that at his approach even the birds stopped singing.

　　사실 이 아름다운 집과 동화 같은 정원은 앞에서 보았듯이 파렴치하고 사악한 자조미에 의해 추방된 어린 왕이 살고 있는 거주지이자 휴식 공간이었다. 그가 갇힌 지도 벌써 여러 달이 되었다. 고통스럽고 우울한 감정에 휩싸인 어린 왕자는 부모에 대한 기억에서 벗어날 수 없었다. 그는 끊임없이 그토록 따뜻한 애정을 보여주었던 두 사람, 아버지와 어머니를 생각했다. 때로 그는 앞날을 생각하곤 했는데 죽음 외에는 지금 처한 곤경을 벗어날 방법이 없는 듯했다.

　　"왜 삶을 더 붙잡고 있어야 하나? 이 끝나지 않는 외로움, 이것이 가장 잔혹한 벌이 아닌가? 그래 죽는 게 더 낫겠어."

　　어린 왕자가 너무도 애절하게 울며 다가오자 새조차 노래를 멈추었다.

This very day he was determined to carry out his dismal plans. He carefully made all his preparations. A rope tightly attached to the bough of a tree at one end with the other end passed around his neck would be his instrument of deliverance. The poor victim of Ja-Jo-Mi said his last prayers. In a few minutes his body would be swinging into space. But the Prince hesitated. He had just seen a young girl, a beautiful vision in white, strolling along the shady paths of his garden.

"Who in the world can that be?" queried the Prince. "It seems that I am not here all alone, after all. I must solve this mystery."

He forgot his plans of suicide; his melancholy mood disappeared.

A single glimpse of a woman had had this potent effect on him — believe it or not. He untied the cord from about his neck and started in headlong pursuit after the charming apparition. 'Twas effort wasted! The girl turned around a tree and vanished as if by magic.

바로 그날 그는 절망적인 계획을 실행하기로 결심했다. 그는 조심스럽게 모든 준비를 마쳤다. 밧줄의 한 끝을 나무 가지에 단단히 고정시키고 다른 끝으로 그의 목을 감았다. 이것이 그를 구원하는 도구가 될 것이다. 자조미의 불쌍한 희생자는 마지막 기도를 했다. 몇 분 뒤 그의 몸은 공중에 흔들거릴 것이다. 그러나 왕자는 망설였다. 그는 방금 흰옷을 입은 아름다운 소녀가 정원의 그늘진 길을 거니는 것을 보았던 것이다.

"도대체 저것은 누구이지?" 왕자가 물었다. "여기 나 혼자 있는 것은 아닌 것 같아. 이 수수께끼를 풀어야겠어."

그는 자살 계획을 망각했고 그의 우울한 기분은 사라졌다. 단 한번 본 한 여자의 모습이 믿거나 말거나 그에게 강력한 영향을 미쳤다. 그는 목에서 줄을 풀고 곧장 매혹적인 환영을 쫓았다. 그러나 그 노력은 허사였다. 나무 주위를 돌던 소녀는 마법처럼 홀연히 사라졌다.

The young Prince was sorely perplexed. He questioned whether he was not dreaming. But no, his eyes had clearly seen. Later on, when the curtain of twilight began to lower its darkness the prisoner entered his house to seek slumber but all night long he was haunted by the memory of the girl he had seen in his garden and he could not sleep.

Almost before daybreak, he dressed in great haste and left the house. A butterfly hovered about his head. He tried to catch it but could not. He stubbornly gave chase, following it in its many turns and wanderings about the garden. Suddenly the insect disappeared in the hollow trunk of a tree. The young man had closely watched the insect's flight, and feeling certain now of capturing his prey, he advanced with open hands. He expected to find a butterfly, and, behold, he discovered a beautiful young girl before him. So great was his surprise that he recoiled for a moment, but quickly suppressing this instinctive impulse, he went toward her, saying:

"Excuse me, for having disturbed you in your retreat. I stumbled upon it purely by accident. I was chasing a butterfly that took refuge in the trunk of this tree, and in trying to catch it I came upon you."

어린 왕자는 매우 당황했다. 그는 자신이 꿈을 꾸고 있는 것은 아닌지 물었다. 그러나 아니었다. 그는 분명 눈으로 보았다. 나중에, 황혼의 장막이 어둠을 내리기 시작하자 수감자는 집으로 돌아가 잠을 청하고자 했다. 그러나 밤새도록 정원에서 본 소녀에 대한 생각에 사로잡혀 잠을 잘 수 없었다.

동이 터기 전 그는 급히 옷을 입고 집을 나섰다. 나비 한 마리가 그의 머리 위를 맴돌았다. 그는 나비를 잡으려 했으나 실패했다. 그는 이리 저리 방향을 바꾸고 정원을 헤매는 나비를 끈질기게 따라갔다. 갑자기 나비가 속이 텅 빈 나무속으로 사라졌지만, 젊은이는 이미 나비가 나는 것을 자세하게 관찰했기 때문에 이제 먹잇감을 잡았다고 확신하며 손을 벌리고 다가갔다. 그는 나비를 발견할 것으로 기대했지만 오호, 그 앞에 아름다운 소녀가 있었다.[6] 그는 너무 놀라 순간 한 발짝 뒤로 물러섰지만 본능적인 충동을 재빨리 억누르고 그녀에게 다가가 말했다.

"조용히 있는데 방해해서 미안해요. 이곳을 발견한 것은 순전히 우연입니다. 나비를 쫓고 있었는데 이 나무 통 속에 숨더군요. 그래서 나비를 잡으려고 하다 당신을 보게 되었어요."

Cheng-Si needed these words to reassure her. At the sight of the young man she was seized with an unusual fear. Her agitation prevented her from speaking, but the young King continued:

"I am very sorry to have troubled you. Calm yourself. May I ask where you live?"

"I have no parents, or home, sir. I was walking by the seashore when I fell into the water. A turtle caught me on his back and carried me to this island where I have been for several days."

"Like you, I am an orphan," the Prince went on. "I am a son of the late King of Korea. After my father's death I was banished to this island by the Prime Minister, Ja-Jo-Mi. Both of us have been unfortunate it seems. But, wouldn't you like to come and rest

---

6 『심청전』에서 왕은 연꽃 안에 있는 심청을 발견하지만, 불역본에서는 텅빈 나무 속에 있는 청이를 발견하는 것으로 되어 있다. 테일러도 이런 개작을 그대로 따르고 있다.

yourself for awhile in my house?"

"Thank you very much. But as you are a prisoner you are not free to allow this, are you?"

"Be at ease about that. It is quite true that I am a prisoner, but no one disturbs my lonely life. They think that behind these high thick walls, outside of which they have stationed a number of soldiers, it would be useless to inflict upon me other guards or restrictions. You can follow me fearlessly. Come, it will rest you a bit."

청씨는 자신에게 확신을 줄 이러한 말이 필요했다. 젊은이의 모습을 보고 그녀는 알 수 없는 두려움에 사로잡혔다. 그녀가 불안감으로 말을 하지 못하자 어린 왕이 말을 이었다.

"당신을 곤란하게 하여 너무 미안해요. 안심하세요. 어디에 사는지 물어봐도 되나요?"

"나는 부모도, 집도 없어요. 물에 빠졌을 때 해안가를 걷고 있었어요. 거북이가 나를 등에 태워 이 섬에 데려다 주었고 나는 이곳에 며칠 있었어요."

"나 역시 당신처럼 고아예요." 왕자가 말했다. "나는 한국의 선왕의 아들이에요. 아버지가 죽자 재상 자조미가 나를 이 섬으로 추방했어요. 우리 두 사람 모두 불행한 것 같군요. 그러나 내 집에 가서 잠시 쉬지 않겠어요?"

"대단히 감사합니다. 그런데 당신은 죄수인데 자유롭게 나를 초대해도 되나요?"

"그 점은 걱정 마세요. 내가 갇힌 것은 맞지만 나의 외로운 삶을 방해할 사람은 아무도 없어요. 그들은 두껍고 높은 벽 뒤편에 수많은 병사들을 이미 배치했기 때문에 다른 감시나 제한을 할 필요는 없다고 생각하는 듯해요. 두려워 말고 따라오세요. 가서 조금 쉬세요."

Cheng-Si followed the young man. Hand in hand they went toward the exile's home, exchanging very few words.

"Here, this will be your room," said the young King. "I will leave you to make yourself at home."

Cheng-Si, once alone, reflected upon what had happened to her. "This young man is charming and very likable," was her thought. "Like me, he has undergone great hardships."

As for Ki-Si, he had totally forgotten that only a short time before he had planned to take his own life. He could think of nothing but his beautiful guest. He was drawn from his meditation by the arrival of the servant who came each day to bring his food.

"Good," said the young King. "Place it on that and leave me. I shall serve myself to-day."

When the servant had gone, Ki-Si went for the girl.

"Will you share my meagre dinner?" he asked. "Gladly, sir."

They seated themselves and began to eat.

"How happy I am to take my repast in your company," said the young Prince.

"Why, sir, how is that?"

"Because I have been here alone for so long."

"Yes, I should think it must be very dreary for you."

청씨는 젊은이를 따라갔다. 그들은 손에 손을 잡고 거의 말을 하지 않고 유배된 자의 집으로 갔다.

"여기가 당신의 방입니다." 어린 왕이 말했다. "나갈 테니 편히 쉬세요."

혼자 남은 청씨는 자신에게 일어난 일을 곰곰이 생각했다.

"이 젊은 사람은 매력적이고 매우 호감이 가. 그도 나처럼 큰 시련을 겪었어."

한편 기씨는 불과 얼마 전에 스스로 목숨을 거두겠다고 계획했던 것을 완전히 잊어버렸다. 그는 오직 그의 아름다운 손님만을 생각했다. 매일 음식을 가져다주는 하인이 도착하자 그는 상념에서 깨어났다.

"됐어." 어린 왕이 말했다. "저 식탁 위에 두고 가거라. 오늘은 내가 알아서 먹겠다."

하인이 가자 기씨는 소녀에게 가서 물었다.

"변변찮은 식사지만 같이 하겠어요?"

"좋아요."

그들은 식탁에 앉아 먹기 시작했다.

"당신과 함께 식사를 하다니 참으로 기뻐요." 어린 왕자가 말했다.

"왜, 어째서 그런가요?"

"너무 오랫동안 여기서 혼자 있었기 때문이지요."

"그렇군요. 당신에게 참으로 끔찍한 일이겠군요."

When the meal was over they went for a walk in the garden, the King meanwhile relating all his troubles to Cheng-Si, who was greatly moved thereby, and said:

"Do not take things too hardly, my friend. Have patience. Later, when you regain the throne, you will forget these unhappy days."

"No," said the young man. "There will be no throne for me. Ja-Jo-Mi will have me killed."

Cheng-Si gave him a little pat on the cheek and said,

"Don't be sad, my friend. Cheer up. The future will smile upon you."

식사가 끝나자 그들은 정원으로 산책을 갔다. 걷는 동안 왕이 자신의 모든 문제를 청씨에게 말하자 그녀는 마음이 매우 아파하여 이렇게 말했다.

"친구여, 상황을 너무 어렵게 받아들이지 마세요. 인내심을 가지세요. 나중에 당신이 왕위를 되찾으면 이 불행한 날들을 잊게 될 거예요."

"그렇지 않아요." 젊은이가 말했다. "나를 위한 왕위는 없을 거예요. 자조미가 나를 살해하겠죠."

청씨는 그의 뺨을 살짝 만지며 말했다.

"슬퍼하지 마세요. 미래에는 좋은 날만 있을 거예요."

Several weeks passed. One afternoon, the two went to sit down upon a bench in the garden, as was their custom. The young Prince laughed scornfully, as he pointed out to Cheng-Si the graves scattered here and there in the sun-kissed grass.

"Why are you laughing like that?" she questioned.

"Why," he replied absently, and as if speaking in a trance. "I am laughing when I think that life is nothing more than a long mockery of bitterness and sorrow and lasts so briefly after all. Like the flies that spend their lifetime in a single sun's ray, we live but a moment. We strive for honors and glory and what not. And to what purpose, since death gathers all of us under a common shroud and places us on an equality. Friendship and love alone can bind mankind to one another."

몇 주가 지나갔다. 어느 날 오후 두 사람은 어느 때처럼 정원의 벤치에 앉아 있었다. 어린 왕자는 청씨에게 햇볕을 받은 풀이 여기 저기 흩어진 무덤들을 가리키며 조소하듯 웃었다.

"왜 그렇게 웃는 거죠?" 그녀가 물었다.

"왜냐구?" 그는 멍하게 마치 꿈속에서 말하는 듯 대답했다. "삶이란 괴로움과 슬픔의 긴 조롱에 불과하고 그 마지막은 너무도 빨리 끝난다고 생각하면 웃음이 나요. 단 하루의 햇빛에 일생을 보내는 파리처럼 우리는 단지 순간을 살아요. 우리는 명예와 영광을 얻으려고 애쓰지만 그게 다 무슨 소용이죠? 죽으면 우리 모두 똑같이 수의를 입게 되고 우리의 처지는 같게 되죠. 우정과 사랑만이 인간과 인간을 이어줍니다."

Then he was silent. The contrast between his own sentiments and the aspect of Nature was striking. The most profound sadness filled his heart. Everything out-of-doors on the contrary seemed to be dancing in a delightful frolic of love.

Ki-Si, his head close to the pearly shell-like ear of Cheng-Si, continued:

"See that butterfly yonder! He is robbing that little white flower. Perhaps he is intoxicated with its perfume; perhaps he is leaving a kiss on its rosy lips? Ah, these insects are happier than we mortals."

Cheng-Si was pensive. She was thinking of the many troubles that had made the young Prince esteem life so lightly. But she said to herself that if he could so easily detect love and the loveable in Nature, his soul could not be entirely immune to the sentiment itself. Possibly she was beloved by her companion.

그런 후 그는 말이 없었다. 그의 슬픈 감정과 대자연의 모습은 뚜렷한 대조를 이루었다. 가장 깊은 슬픔이 그의 마음을 채웠다. 반대로 밖의 모든 것은 즐거운 사랑놀이를 하며 춤추는 듯했다.

기씨는 진주빛 조개 같은 청씨의 귀 가까이 머리를 대고 말을 이었다.

"저기 나비를 보세요! 나비가 흰 작은 꽃을 훔치고 있네요. 아마 나비는 꽃향기에 취하겠지요. 아마 장밋빛 입술에 키스했을까? 아, 이 곤충들이 우리 인간들보다 더 행복하군요."

청씨는 생각에 잠겼다. 그녀는 어린 왕자가 삶을 그토록 가벼이 여기도록 만든 여러 불행들에 대해 생각했다. 그러나 만약 그가 대자연에서 그토록 쉽게 사랑과 사랑스러운 것들을 감지할 수 있다면, 그의 영혼의 정서가 완전히 메마른 것은 아닐 것이라고 속으로 말했다. 아마도 그녀는 친구의 사랑을 받고 있는지도 모른다.

She said to him merrily, "Chase away your sorrow. You will not always be unhappy. As the Spring-time follows Winter, so laughter follows tears. Soon the moon will be shining, for the moon loves the sun and will pursue it into the darkness of night. When it rains the earth is refreshed and gladdened."

The sun was sinking below the horizon in a blaze of gold and glory. Everything marked the hour of rest and peace. The birds were flying to their nests, shaking the branches in their flight. A great silence lay over all Nature. The young Prince took Cheng- Si's delicate little hand in his and murmured,

"I love you."

"I love you," was the girl's answer.

After this tender confession, the two remained for a long time without saying a word, buried in a deep revery, happy in their mutual love.

그녀는 그에게 쾌활하게 말했다.

"당신의 슬픔을 멀리 쫓아버려요. 언제까지나 불행하지는 않을 거예요. 겨울이 가고 봄이 오듯이 눈물 뒤에 웃음이 오죠. 달은 사랑하는 해를 쫓아 밤의 암흑 속으로 들어갈 것이니 곧 달빛이 빛나겠죠. 비가 오면 땅이 새로운 기운을 얻고 즐거워해요."

해가 불타는 금빛의 영광 속에서 수평선 아래로 지고 있었다. 모든 것은 휴식과 평화의 시간을 나타냈다. 둥지로 날아가는 새는 날며 가지를 흔들었다. 거대한 침묵이 온 자연을 덮었다. 어린 왕자는 청시의 섬세한 작은 손을 잡고 중얼거렸다.

"당신을 사랑해요."

"당신을 사랑해요." 라고 소녀는 대답했다.

이 달콤한 고백 뒤에 두 사람은 깊은 몽상에 잠겨 서로의 사랑에 행복해 하며 아무 말 없이 오랫동안 그렇게 있었다.

When they had gone home and had finished their evening repast, Ki-Si said to the young girl:

"It is customary in our country for parents to give their children in marriage, but we are orphans, so what shall we do to get married?"

"Let's marry ourselves," replied Cheng-Si, naively.

"Good, let's get ready for the ceremony."

They drew up a large table and covered it with a red cloth. Two candles—signifying youth; a needle and thread—signifying union; and incense burners, were placed on this improvised altar before which the betrothed pair knelt to pray to Heaven, after which they drank the sacramental wine from the same cup.

The ceremony was over. Love soon invited them to its wedding joys and the following days were filled with an ineffable happiness and delight.

　　그들이 집에 가서 저녁 식사를 마친 후에 기씨는 소녀에게 말했다.
"우리나라에서는 부모가 자녀를 결혼시키는 것이 관례이지만 우
리는 고아이니 결혼하려면 어떻게 하면 되죠?"
　　"우리끼리 결혼해요." 청씨가 순진하게 대답했다.
　　"좋아요. 예식을 준비합시다."
　　그들은 큰 탁자를 가지고 와 붉은 천으로 덮었다. 청춘을 의미하
는 두 초, 결합을 의미하는 바늘과 실, 그리고 향로를 즉석으로 만든
제단 위에 놓고, 정혼한 두 남녀는 그 앞에 무릎을 꿇고 하늘에 기도
한 후 같은 잔으로 성스러운 술을 마셨다.
　　예식이 끝났다. 사랑이 곧 그들을 결혼의 즐거움으로 초대했다.
이어지는 날들은 형언할 수 없는 행복과 기쁨으로 충만한 날들이
었다.

Now it came to pass one night that the Prince had a dream. He saw
in his dream a large bottle the upper portion of which had been
broken, whence a crimson stream was slowly flowing. Ki-Si awoke
with a start and aroused his companion. "Ja-Jo-Mi is going to kill
me," he cried with a sob. "I shall be forced to desert you, soul of my
soul. Listen to my dream."

Cheng-Si, too, fell a victim to despair. "Let's save ourselves while
we can," she cried. "We will set fire to our house and try to reach the
seacoast. Ja-Jo-Mi will believe that you are dead."

"No," vetoed the King. "It will be futile. I have had a dream which tells me of misfortune which I shall try in vain to escape."

"But, I think," rejoined Cheng-Si, who had regained her composure, "that you are wrong to be so alarmed at this dream. It does not have the meaning which you attribute to it. When one breaks the neck of a bottle one holds it carefully by the bottom. This means that your people are determined to convey to you their good wishes, and the blood which trickles from the bottle signifies the royal purple with which you will be vested."

어느 날 밤 왕자는 꿈을 꾸었다. 꿈에서 그는 윗부분이 깨어진 큰 병에서 주홍빛 물이 천천히 흐르는 것을 보았다. 기씨는 깜짝 놀라며 깨어나 짝을 깨웠다. 그는 흐느끼며 소리쳤다.

"자조미가 나를 죽을 거야. 어쩔 수 없이 내 영혼의 영혼인 당신을 버릴 수밖에 없을 거야. 내 꿈을 들어봐요."

청씨 또한 절망에 빠졌다. 그녀는 소리쳤다.

"가능하면 우리가 스스로를 지켜요. 집에 불을 지른 후 해안가로 가요. 자조미는 당신이 죽었다고 믿을 거예요."

"아니," 왕이 거부했다. "소용없어요. 내 꿈은 나에게 불행을 피하려고 해봐야 허사라고 말해주고 있어요."

"하지만, 내 생각엔," 안정을 되찾은 청씨가 대답했다. "당신이 이 꿈을 꾸고 너무 놀라 잘못 생각하고 있는 듯해요. 꿈에는 당신이 부여하는 그런 의미가 없어요. 사람들이 병목을 깰 때 밑을 조심스럽게 잡죠. 이것은 당신의 백성들이 당신에게 그들의 선의를 전달하고

자 결심한다는 뜻이죠. 병에서 떨어지는 피는 당신에게 주어질 왕실의 자줏빛을 의미하구요.”

This explanation assuaged Ki-Si's griefs but imperfectly. Nevertheless he said to Cheng-Si:

“Well, suppose we leave. Let the fire burn up this place. I have spent too many sad days here.”

Placing burning brands in various parts of the house they hurried into the garden. They made their way to the hollow tree where Ki-Si had discovered his treasure and through it descended into the cave. Shortly they were by the seaside.

이 설명을 듣고 기씨의 슬픔이 완화되었지만 완전히 가신 것은 아니었다. 그럼에도 그는 청씨에게 말했다.

“자, 떠납시다. 이곳을 불태웁시다. 나는 여기서 슬픈 날들을 너무 많이 보냈어요.”

그들은 집의 곳곳에 있는 목재에 불을 붙인 후 서둘러 정원으로 갔다. 그들은 기씨가 그의 보물을 발견했었던 속이 텅 빈 나무로 나아가 나무를 통해 동굴로 내려갔다. 곧 그들은 해변가에 다다랐다.

How could they go any farther? They had no boat. The young King, rather than fall alive into the hands of Ja-Jo-Mi, determined to kill himself. He ran toward the water but Cheng-Si like a flash seized her husband by his gown and showered upon him gentle reproaches:

"Why would you desert me? Is it not my duty to follow you wherever you may go, even to the bottom of the sea ? If you are bound to die, let us die together."

"No, my dear, you are young. I met you by chance. It is not fitting that your fate should be thus linked to mine. Life for you may yet be a happy one. Let me go. Let me die alone."

But Cheng-Si clung desperately to her lover. She wanted to follow him into the Valley of the Shadows; in fact, she would have preferred to have preceded him into the Darkness.

어떻게 더 갈 수 있겠는가? 그들에겐 배가 없었다. 어린 왕은 자조미의 손에 생포되기보다는 스스로 죽기로 결심했다. 그는 물을 향해 뛰었지만 청씨는 섬광처럼 남편의 옷을 잡아 가벼운 책망을 퍼부었다.

"왜 나를 버리려고 하나요? 당신이 어디로 가든 심지어 바다 속이라 하더라도 당신을 따르는 것이 나의 의무가 아닌가요? 당신이 죽어야 한다면 같이 죽어요."

"아니요, 내 사랑. 당신은 젊어요. 나는 당신을 우연히 만났어요. 당신의 운명이 이렇듯 나와 엮이는 것은 옳지 않아요. 당신의 삶은 행복할 수도 있어요. 나를 가게 해줘요. 나 혼자 죽게 해줘요."

하지만 청씨는 연인에게 필사적으로 매달렸다. 그녀는 그를 따라 그림자들의 계곡 속으로 가고 싶었다. 사실 남편보다 앞서 죽음의 암흑 속으로 가고 싶었다.

Here endeth the sixth stage of our legend.
여기서 우리 이야기의 여섯 번째 단계는 끝난다.

VII

SAN-SYENG had been waiting impatiently for several months for an opportunity to penetrate the defenses of the island of Cho-To where the young King was exiled. He was beginning to feel discouraged when he had another dream. San- Houni appeared before him saying, "You should take a boat and go to the southern cape of the island. There you will find the King and his Queen. But make haste, if you are too late you will find that the Prince has gone to abide with his ancestors."

상성은 젊은 왕이 유배된 섬 초도의 방어를 뚫을 기회를 수개월 동안 초조하게 기다리고 있었다. 낙담하기 시작했을 때 그는 또 꿈을 꾸었다. 그 앞에 상훈이 나타나 말했다.
"배를 타고 섬의 남쪽 곳으로 가거라. 그곳에서 왕과 왕비를 발견하게 될 것이다. 서둘러라. 너무 늦으면 왕자가 그의 조상들이 거주하는 곳에 벌써 가버릴 수도 있다."

On the strength of his dream, San-Syeng immediately began preparations for his journey to the spot that had been indicated to him. While yet some distance from the island, he could distinguish on the beach a man and woman, both apparently very young, talking and gesticulating with great earnestness. Soon he imagined he could catch a few words which were carried to him on the light breeze, causing the impression that a disagreement had arisen between the two young people. When he came within ing distance he called politely: "Why are you quarreling in this way when Springtime is smiling upon you so sweetly?"

Ki-Si replied: "We would like to cross the sea but having no boat and deprived of all resources, we are contemplating suicide. But I do not want my gentle companion to follow me to the grave, while she, on the other hand, is bent upon dying with me. That is the cause of our dispute."

"Give up your melancholy ideas," remonstrated San-Syeng. "You are not going to die. I will place my boat at your disposal and take you wherever you want to go."

"Many thanks, you have saved our lives," cried Ki-Si, joyfully.

　　이 꿈에 힘을 얻은 상성은 즉시 상훈이 가리킨 곳으로 떠날 준비를 했다. 그러나 그는 섬에서 얼마 멀지 않은 곳에서 한 남녀가 해변에 있는 것을 보았다. 두 사람은 보기에 매우 어려 보였고 아주 진지한 대화와 몸짓을 하고 있었다. 곧 그는 산들바람에 전해오는 몇 마디 말에서 두 사람 사이에 발생한 불화의 원인을 대략 알 수 있었다. 말을 걸 수 있을 정도의 거리에 가자 그는 정중하게 말했다.

　　"봄이 당신들에게 매우 달콤하게 미소 짓고 있는데 왜 이리 싸우고 있습니까?”

기씨가 대답했다.

“우리는 바다를 건너고 싶지만 배도 없고 모든 것을 다 빼앗겨 자살할 생각을 하고 있어요. 나는 사랑스러운 내 아내가 나를 따라 무덤으로 가는 것을 원하지 않습니다만 아내는 나와 함께 기어이 죽고자 해요. 이것이 우리가 다투는 이유요.”

“우울한 생각은 버리십시오.” 상성이 나무랐다. “당신들은 죽지 않습니다. 내 배에 당신들을 태워주고 원하는 곳이 어디든 데려다 주겠습니다.”

“고마워요. 당신이 우리의 목숨을 구해주었어요.” 기씨가 기분이 좋아 소리쳤다.

The young King and Queen immediately clambered aboard the boat and San-Syeng made a rapid trip over the arm of the sea which separated the' island of Cho-To from the city of Chang-Yang.

When they were safely ashore, Ki-Si inquired of San-Syeng if he would kindly direct him to a place where he and his wife could pass the night. San- Syeng suggested that they put up at the same inn where he was staying—an invitation which they heartily accepted.

So far San-Syeng's dream had been realized. Nothing was left for him to do but to make sure that the young people were really those of whom San-Houni had told him. But this was no easy thing. He did not dare question them too closely. There was too much at stake to reveal the truth. San-Syeng resolved to wait until time and opportunity would dispel his doubt.

어린 왕과 왕비는 즉시 배에 올라탔고 상성은 초도와 창양시 사이에 놓인 만을 신속히 나아갔다.

뭍에 무사히 도착하자 기씨는 상성에게 그와 아내가 그 밤을 보낼 수 있는 곳을 안내해 줄 수 있는지 물었다. 상성은 자신이 머물고 있는 여관에 같이 머물자고 제안했고 그들은 기꺼이 이 초대를 수락했다.

지금까지 상성의 꿈은 현실에서 실현되었다. 이제 그에게 남은 것은 이 어린 사람들이 상훈이 그에게 말한 바로 그 사람들인지 확인하는 것뿐이었다. 그러나 이것은 쉬운 일이 아니었다. 그는 그들에게 지나치게 사적인 질문은 감히 하지 못했다. 진실을 드러내기에는 너무 많은 위험이 뒤따랐다. 상성은 자신의 의심을 해소할 때와 기회가 오기를 기다리기로 했다.

Meantime, the house on the island where the young Prince had lived since he had left the Capital had become food for the fire and flame. The guard in charge of Ki-Si rushed to inform the General whom Ja-Jo-Mi had appointed to watch the island of Cho-To. The General, greatly agitated and worried, gave orders to double the guards about the garden wall. Anyone who sought to leave was to be arrested on the spot. Other soldiers were instructed to do their utmost in fighting the spread of the flames. They were too late. The house was now like unto a gigantic furnace.

"Search everywhere for the King," ordered the General. "If he isn't dead he must be hidden somewhere in the garden. Look in all the corners and dark places."

This hunt was, as we well know, unsuccessful, and the General, concluding that the royal prisoner had perished in the flames, sent word to that effect post-haste to Ja-Jo-Mi.

한편 어린 왕자가 서울을 떠난 이후 살았던 섬의 집은 화염의 먹이가 되었다. 기씨를 담당하던 감시병은 섬 조도를 지키도록 자조미가 임명한 장군에게 이 사실을 알리기 위해 급히 달려갔다. 몹시 심란하고 걱정이 된 장군은 정원 담 주위의 감시병의 수를 두 배로 늘리라고 명령했다. 나가는 사람은 현장에서 체포해야 했다. 다른 병사들은 불의 확산을 막기 위해 최선을 다하라는 지시를 받았다. 그러나 너무 늦었다. 그 집은 이제 거대한 용광로와 같았다.

장군이 명령했다.

"왕을 샅샅이 찾아라." 장군이 명령했다. "죽지 않았다면 정원 어딘가에 숨어 있을 것이다. 구석구석 안 보이는 곳을 모두 살펴라."

우리도 알다시피 이 수색은 성공하지 못했고 장군은 수감되어 있던 왕이 화염에 죽었다고 결론을 내리고 그런 취지의 글을 자조미에게 서둘러 보냈다.

Upon receipt of this news, the Prime Minister was elated. The death of the rightful King swept aside the last obstruction in the path of his plans. He immediately summoned the General whom he had placed in command of the guards at Cho-To, and when the latter came Ja-Jo-Mi met him with these words:

"How lucky we are! Such an event deserves to be celebrated in proper style. Let's have a grand banquet to which we can invite all our friends."

Ja-Jo-Mi's partisans were living in idleness and ease, wallowing in an era of merry-making and debauchery. Everywhere they went they continually sang the praises of Ja-Jo-Mi, "the coming King of Korea." The people, however, were grumbling and commenting, but the fear of the tyrant kept them from expressing too openly their complaints.

이 소식을 받자 재상은 신이 났다. 적법한 왕의 죽음으로 그의 계획을 방해하는 마지막 장애물이 제거된 것이었다. 그는 즉시 조도 감시의 책임자로 앉혀 두었던 장군을 소환하였고 그가 도착하자 자조미는 다음의 말로 그를 맞았다.

"우리는 참으로 운이 좋소! 이런 일은 적절한 형식을 갖추어 축하함이 마땅하오. 대연회를 열어서 우리 친구들을 모두 초대하도록 합시다."

자조미 일당들은 빈둥빈둥 편안하게 살며 흥청망청 방탕의 시대를 만끽하고 있었다. 그들은 가는 곳마다 자조미를 "도래할 한국 왕"이라고 하며 찬미가를 계속해서 불렀다. 그러나 백성들은 불만이 있어 한마디씩 했지만 폭군에 대한 두려움으로 너무 드러내놓고는 불만을 표현하지 못했다.

Ki-Si, whom Ja-Jo-Mi believed to be dead, was keeping under cover at the little town of Chang-Yang. One day when he was chatting with San- Syeng, the proprietor of the inn burst in upon them excitedly, saying: "There is great excitement in the streets. Quite a number of troops, who are on their way to the Capital, have just arrived in town."

"What's exciting about that?" questioned San- Syeng.

"These soldiers were ordered to guard our young exiled King at the Island of Cho-To. It seems that the poor Prince lost his life in a big fire and the General, who had charge of this mission, is bringing back his men. The people, you know, fairly hate Ja-Jo-Mi, who holds the support of the army and who has placed a heavy yoke about the neck of all Korea. Hence, at the sight of these soldiers, excitement has spread all over the town."

자조미는 기씨가 죽었다고 믿었지만 그는 창양(Chang-Yang)이라는 작은 도시에 은밀히 숨어 있었다. 어느 날 기씨와 상성이 서로 이야기를 할 때, 여관 주인이 흥분해서 뛰어들며 말했다.

"길에 큰 난리가 났습니다. 서울로 가는 중인 대 병력이 방금 창양에 도착했습니다."

"그게 왜 흥분할 일이지요?" 상성이 질문했다.

"이들은 명을 받고 섬 조도에 유배된 젊은 왕을 감시하던 군사들예요. 불쌍한 왕자가 큰 불에 목숨을 잃었고 왕을 감시하는 임무를 맡았던 장군이 군사들을 데리고 가고 있는 듯해요. 당신들도 알다시

피 백성들은 군대를 장악하고 있으며 모든 한국인의 목에 무거운 멍에를 씌운 자조미를 아주 싫어해요. 그래서 이 군사들을 보자 온 도시민들이 동요하는 거예요.”

“Do you hate Ja-Jo-Mi, too?” asked San-Syeng of the inn-keeper.

“The same as every one else, sir.”

“Well, it doesn't seem an easy matter to me to overthrow this Ja-Jo-Mi. He has the army with him and they haven't much love for the common people.”

“That's where you are wrong, sir. The only troops really devoted to the Prime Minister's cause are those at the Capital; in fact, the others are hostile to him. Why, the garrison of our town and the Mandarin[7] himself are opposed to Ja-Jo-Mi. If our Mandarin were to appeal to the soldiers who are here and if his example were followed by the other Mandarins, Ja-Jo-Mi and his satellites could easily be put down.”

“당신도 자조미를 싫어하나요?” 상성이 여관 주인에게 물었다.

“다른 모든 사람들과 같아요.”

“그렇군요. 이 자조미를 타도하는 것이 쉬워 보이지는 않는군요. 자조미에겐 군대가 있고 그들은 일반 백성들을 그다지 소중하게 생각하지 않으니까요.”

---

7 만달린(Mandarin)이라는 중국어를 그대로 썼기 때문에 만달린(지방 관리)로 해주고, 계속 만달린으로 번역한다.

"그렇지 않아요. 재상의 대의에 진정으로 충성하는 유일한 군대는 수도에 있는 군대뿐이요. 사실 다른 군대는 재상에게 적대적입니다. 봐요, 우리 시의 주둔군과 만다린(Mandarin)도 자조미를 반대해요. 우리의 만다린이 여기 있는 군사들에게 호소하고 다른 만다린들도 이에 동참한다면, 자조미와 그 졸개들은 쉽게 진압될 수 있어요."

"But once Ja-Jo-Mi is deposed, whom can they place upon the throne?"

"That, sir, is a difficult question. Unhappily, the King's son is dead. Perhaps, however, a member of the Royal Family might be found who would accept the trust."

"And suppose, for the sake of argument, that it were not true that the King's son were dead?"

"The simplest thing would be to confer upon him the succession to his father."

"Your reasoning is good," continued San-Syeng. "You stand well in the eyes of the people and you are a friend of the Mandarin. Would you consent for us to undertake the enterprise?"

"Willingly," replied the innkeeper. "We should get together on this. I must, however, leave you now for a while. I'll see you presently."

"자조미가 일단 물러난다해도 그럼 누구를 왕위에 앉히죠?"
"아주 어려운 질문이요. 불행히도, 왕의 아들이 죽었어요. 그러나 그 자리를 맡을 왕실의 일원이 있을 지도 모르지요.”

"만약, 그냥 하는 말이지만, 왕의 아들이 죽은 것이 사실이 아니라면요?”

"가장 간단한 일은 아버지의 뒤를 그가 잇는 것이지요.”

"당신의 추론이 맞는 것 같군요.” 상성이 말을 이었다. "당신은 백성들 편에 서 있고 만다린의 친구입니다. 우리가 그 계획을 실행하는 것에 동의하시겠습니까?”

"하다말다요.” 여관 주인이 대답했다. "우리들은 이 일에 힘을 모아야 해요. 하지만 잠시 자리를 비우겠습니다. 곧 돌아오지요.”

When he was alone with Ki-Si, San-Syeng asked: "Would you like to join us in our fight against Ja-Jo- Mi ?" At the question the Prince, who had seemed afflicted with great uneasiness and a sort of illness during the preceding conversation, fell to the floor in a faint. San-Syeng turned his attention at once to the prostrate form of his friend who lay as rigid as a log and seemed to be unable to utter the least sound. San-Syeng called Cheng-Si and she came running in terror to her husband. San-Houni's son told her what had taken place. The young woman threw herself on her husband's breast and drenched him with her tears. San-Syeng, profoundly moved by this sight, cried to Cheng-Si: "In Heaven's name, madame, tell me who you are!"

"I have great confidence in you, sir. You have saved our lives and I will tell you the truth. My husband is Ja-Jo-Mi's victim, the King's son. I met him by chance. I fell into the sea and was carried by a turtle to the island where the Prince was held captive. I became his wife and we fled from our prison together and you met us, rescued us, and brought us here. That's our story. And, now you understand, sir, do you not?"

기씨와 단 둘이 남게 되자 상성이 물었다.

"자조미와 싸우는데 동참하겠습니까?"

앞 선 대화 동안 어딘 지 크게 불편하고 아픈 것 같았던 왕자는 이 질문을 듣고 기절하여 바닥에 쓰려졌다. 상성은 통나무처럼 뻣뻣하게 누워 아무런 소리도 내지 못하고 축 처진 친구의 모습에 즉시 관심을 기울었다. 상성은 청씨를 불렀고 그녀는 겁에 질려 남편에게로 달려왔다. 상훈의 아들은 그녀에게 무슨 일이 있었는지 말해주었다. 남편의 가슴 위에 몸을 던진 젊은 여인은 눈물로 그를 적셨다. 상성은 이 장면에 깊이 감동하여 청씨에게 외쳤다.

"하늘에 맹세컨대, 부인, 당신들은 누구입니까?"

"나는 당신을 매우 신뢰해요. 당신은 우리 목숨을 구해주었으니 당신에게 진실을 말하겠어요. 내 남편은 자조미의 희생자로 왕의 아들이에요. 나는 그를 우연히 만났어요. 바다에 빠진 나를 거북이 실어 왕자가 포로로 있던 섬으로 데려다 주었지요. 나는 그의 아내가 되었고 우리는 함께 감옥에서 도망치다 당신을 만났고 당신이 우리를 구해 여기로 데리고 왔어요. 이것이 우리의 이야기입니다. 이제 이해하겠어요?"

Meanwhile the young King had regained consciousness. When San-Syeng observed this he began to withdraw toward the door saying: "Sire, forgive my imprudence ─ excuse my impatience ─."

Ki-Si tried to stop him.

"No, sire, first of all you must pardon the familiarity with which I treated you. My excuse is that I did not know with what august personages I was speaking. Now that I do know, it is hardly fitting that I remain in the same room as yourselves."

It happened that the owner of the inn was passing before the door of the room where Ki-Si and his wife were and San-Syeng promptly told him the story. The innkeeper prostrated himself and, with his face to the floor, cried: "It is a supreme honor to be permitted to house Your Majesties."

그동안 젊은 왕은 의식을 회복했다. 이를 지켜보던 상성이 문 쪽으로 물러나며 말했다.

"전하, 저의 경솔함을 부디 용서해 주십시오."

기씨는 그를 말리려 했다.

"아닙니다. 전하. 무엇보다도 제가 전하를 허물없이 대했던 점을 용서해주십시오. 변명하자면 상대방이 고귀한 사람들인지를 알지 못했습니다. 이제 알았으니 전하와 같은 방에 있는 것은 적절하지 않습니다."

마침 그때 여관 주인이 기씨와 아내가 있던 방문 앞을 지나가고 있었고 상성이 그에게 이야기를 해주었다. 여관 주인은 엎드려 바닥에 얼굴을 대고 소리쳤다.

"전하를 모시게 되어 큰 영광입니다."

He lost no time in telling the Mandarin, who was thunderstruck with amazement and who could scarcely suppress his joy at hearing the news. Summoning an escort of troops, he marched to the inn where the King lodged. The soldiers surrounded the house, while the Mandarin, in all the glory of his gorgeous robes, went to pay his respects to the Sovereign.

The Prince gave him a hearty welcome. By his side stood San-Syeng, who, after bowing to the King, turned to the Mandarin and said: "We must take our Sovereign to the To-Wan (the Mandarin's palace, or town hall) so that he may be sheltered by a roof worthy of his rank."

The Mandarin approved this suggestion, and at once the party set out for the To-Wan.

그가 지체 없이 만다린에게 알리자 만다린은 천둥소리를 들은 듯 놀라워하며 그 소식에 기쁨을 감추지 못했다. 그는 호위대를 불러 왕이 머물고 있는 여관으로 행진했다. 군사들이 그 집을 에워싸는 동안, 모든 영예를 드러내는 화려한 예복을 입은 만다린은 가서 군주에게 경의를 표하였다.

왕자는 그를 진심으로 환영했다. 왕자 옆에 서 있던 상성은 왕에게 절을 한 후에 만다린에게 돌아서며 말했다.

"주군을 도완(만다린의 성, 시청)[8]으로 모시고 가서 왕의 지위에 걸 맞은 곳에 머물게 해야 합니다."

만드린이 이 제안에 찬성하였고 일행은 즉시 도완으로 출발했다.

Hardly was he there before the King turned to San-Syeng, saying: "I wish to bring about a complete re-organization of the Government."

"Sire, all my ability, all my strength, are at your disposal," was San-Syeng's respectful reply.

"Good, then you become my General!" replied the Prince.

San-Syeng was confused, but had to obey the wishes of the Prince and he knew the latter would confer offices only upon those whom he deemed the most worthy among his followers. Orders were issued for the preparation of a great banquet and for the dispatch of couriers to all corners of the Kingdom to announce to the people the coming of their King.

그곳에 도착하자마자 왕은 상성에게 몸을 돌려 말했다.

"나는 조정을 전면 개편하고 싶소."

"전하, 제가 가진 모든 능력과 힘은 모두 전하의 것입니다." 상성 은 공손하게 대답했다.

"좋소. 그럼 당신이 나의 대장군이 되시오!" 왕자가 대답했다.

상성은 당황했지만 왕자의 뜻을 따르지 않을 수 없었다. 왕자가

---

8 도완(To-Wan)는 수령이 정사를 보는 동헌(東軒)을 소리 나는 대로 표기한 것이다.

그의 추종자들 중에서도 가장 적임자들에게만 직책을 부여한다는 것을 알게 되었다. 대연회를 준비하고 백성들에게 왕의 도착을 알릴 전령을 전국 각지에 급파하라는 명이 떨어졌다.

This welcome news put joy and happiness into the hearts of the Koreans, and shouts of joy were heard throughout the length and breadth of the land.

"O Beloved King! Night has vanished to give place to the day. The times of wretchedness and evil are gone and the era of happiness is at hand. Clouds were hiding the face of the Sun, and the flowers, deprived of light, were wasting away; but the wind has swept away the clouds and the light comes to us again. Everything will flourish in the gentle, healthful rays of the wonderful Sun. Hail, son, hail brother —hail to our King! Forward! Hold back —not for fire, nor for the waters, nor for the mountains. Sweep aside all obstacles. If the wicked-hearted seek to restrain you, kill them. But look ever to the Sun; its warmth will give you strength and courage. We want you — beloved King! And we will serve you and keep you always. Now — away with tender things and soft things —we're off to war!"

이 반가운 소식은 한국인들의 마음에 기쁨과 행복을 주었고, 기쁨의 외침 소리가 전국의 동서남북 전역에 울려 퍼졌다.

"오 사랑하는 왕이시여! 이제 밤이 낮에 자리를 내어주고 사라졌습니다. 비참하고 사악한 시대는 가고 행복의 시대가 왔습니다. 구름이 태양의 얼굴을 가리고 빛을 빼앗긴 꽃들은 시들어 가고 있었습니다. 그러나 바람이 구름을 휩쓸고 빛이 우리에게 다시 왔습니다. 경이로운 태양의 온화하고 건강한 빛 속에서 모든 것이 번성할 것입니다. 들어라, 아들아. 들어라 형제여. 우리의 왕에게 만세를 부르자. 진격! 불이 막아서도, 물이 막아서도, 산이 막아서도 물러서지 마라. 모든 방해물을 쓸어 없애자. 사악한 마음이 너희들을 붙잡는다면, 그들을 죽어라. 늘 태양을 보아라. 그 온기는 너희들에게 힘과 용기를 줄 것이다. 우리는 당신, 사랑하는 왕을 원합니다. 우리는 언제나 당신에게 충성하고 당신을 지킬 것입니다. 이제, 사랑스러운 것과 부드러운 것을 떨쳐내고 우리는 전쟁터로 달려갑니다!"

While the populace was manifesting its delight in talk and other harmless ways, the King was busy with his preparations for the overthrowing of the usurper. He questioned San-Syeng as to the distance to the Capital. This distance was considerable and, at the advice of his General, he decided that he would put his forces on the march as soon as possible.

San-Syeng took an active interest in the training of the army. To toughen his men, he made them attach small, but heavy, bags of sand to their legs. For an entire day they were obliged to march with this equipment.

백성들이 말과 기타 무해한 방식으로 기쁨을 드러내고 있는 동안 왕은 왕위 찬탈자를 몰아내기 위한 준비로 바빴다. 그는 상성에게 수도까지 가는 거리에 대해 질문했다. 거리가 상당히 멀었으므로 그는 대장군의 조언을 받아들여 가능한 한 빨리 군대를 진군시킬 것을 결정했다.

상성은 군대의 훈련에 적극적인 관심을 가졌다. 그는 부하들을 단련시키기 위해 작지만 무거운 모래주머니를 그들의 다리에 차게 했다. 하루 종일 그들은 이 모래 주머니를 차고 행군해야만 했다.

The following day, the army broke camp and took the field. The soldiers now having only their weapons to carry, made rapid progress. At the end of two days they were before the Capital City. San- Syeng stationed his troops in a cordon about the city with orders to let no one — no matter who it might be — leave or enter the town. Then he wrote an ultimatum, which he ordered to be copied many times on strips of bamboo, and distributed widely in all parts of the city. This proclamation announced the arrival of the legitimate King at the head of his army and that His Majesty came to give battle to the unfaithful Minister, Ja- Jo-Mi, the unscrupulous. The latter was living in an atmosphere of absolute security. Entertainment followed entertainment; feast followed feast. Suddenly it was announced to Ja-Jo-Mi that the King's son was at the gates of the Capital with an army and that there was a great disturbance among the people.

그 다음날, 군대는 군영을 접고 출정하였다. 이제 군사들은 무기만 들고 빠른 속도로 진격했다. 이틀뒤 그들은 수도 앞에 다다랐다.

상성은 수도 주변에 군대를 배치하고 그가 누구든 어느 누구에게도 출입을 금한다는 명을 내렸다. 그런 후 상성은 최후 통첩문을 썼다. 그는 이것을 죽간에 여러 번 똑같이 베껴 서울 전역에 널리 배포할 것을 명했다. 이 선언은 적법한 왕이 군대를 이끌고 도착했다는 것과 전하가 불충한 신하인 파렴치한 자조미와 싸우기 위해 왔다고 공표하는 것이었다. 자조미는 완전히 안심한 상태에서 살고 있었다. 여흥이 여흥을 이었고, 잔치가 잔치를 이었다. 갑자기 자조미에게 왕의 아들이 군대와 함께 성문 앞에 왔고 백성들이 크게 동요하고 있다는 보고가 전해졌다.

Ja-Jo-Mi, astounded by the news, summoned his General, at whom he cast the most violent reproaches and profane oaths (some of these we dare not print as the transcriber of this legend is a pious man). "How is it that you told me that the King's son was dead and now they say that the city is in a state of siege? Who is it that is at the head of the troops who are attacking us?"

"It cannot possibly be the King's son," replied the General, humbly. "I am positive that he died in that fire—his body is ashes. Doubtless it is some daring adventurer who has brought this horde of rogues and robbers upon us."

이 소식에 경악한 자조미는 부하 장군을 소환하여 그에게 가장 폭력적인 비난과 욕설(이 중 일부는 이 이야기를 옮기는 필사가가 경건한 사람이라 감히 적을 수가 없다)을 퍼부었다.

"너는 내게 왕의 아들이 죽었다고 했다. 근데 왜 이제 사람들이 서울이 포위되었다고 말하느냐? 도대체 어찌된 일이냐? 우리를 공격하려는 군대의 선봉에 선 이는 도대체 누구란 말이냐?"

"왕의 아들일리 없습니다." 장군은 굽실거리며 대답했다. "저는 그가 그 불에 타죽었다고 확신합니다. 그의 시체는 재가 되었습니다. 이 불한당과 강도떼를 끌고 온 자는 틀림없이 어떤 겁 없는 야심가입니다."

There was no time for further discussion. The populace, having read the bamboo messages, arose in revolt. They were already advancing toward the Prime Minister's palace. They burst down the doors and swept through the palace like the demon waves of the Yellow Sea. Ja-Jo-Mi and his General were seized — the palace set on fire. Simultaneously the King made a peaceful entry into the city at the head of his troops and the people turned over to him the usurping Minister and his General.

Ki-Si called his Commander-in-Chief, San-Syeng.

"No one shall be put to death. It will be sufficient, for the time being, to throw the guilty wretches into prison." Subsequently, he issued orders to the effect that only Ja-Jo-Mi, his General, and their principal adherents, be held as prisoners.

더 이상 실랑이 할 시간이 없었다. 죽간을 읽은 백성들은 들고 일어났다. 그들은 벌써 재상의 궁으로 진격했다. 그들은 문을 부수고

황해의 악마 같은 파도처럼 궁궐을 휩쓸었다. 자조미와 그의 부하 장군은 붙잡혔고 궁에는 불이 붙었다. 그 순간 왕은 군대의 선두에서 순탄하게 수도로 진입했고 백성들은 그에게 왕위를 찬탈한 재상과 그의 부하 장군을 넘겨주었다.

기씨는 총사령관 상성을 불렀다.

"어느 누구도 죽이지 않을 것이오. 지금으로서는 죄가 있는 자들을 감옥에 가두는 것으로 충분하오."

이어 그는 자조미와 그 부하 장군 그리고 그들의 핵심 측근들을 감옥에 가둔다는 취지의 명을 내었다.

The new King had barely taken possession of the palace of his fathers than he ordered a reduction in the taxes which were oppressing his people. These measures were approved by his Queen who desired that they be even carried further.

"Who knows," she said, "if the Mandarins will carry out the orders; perhaps they will continue to persecute the people to their profit? You must be assured that everything is going as you wish and dispatch deputies who are charged with seeing that your decrees are observed."

The King recognized the wisdom of this idea and ordered San-Syeng to send out in all directions honest and devoted men on this errand. This done, the new General left the Capital, wearing the modest clothes he had worn when the King had placed the command of the troops in his hands.

새로운 왕은 조상들의 궁을 손에 넣자마자 백성들에게 과중한 부담을 주었던 세금을 경감하라는 명을 내렸다. 왕비는 이러한 조치들에 찬성하였고 심지어 이에서 더 나아가길 원했다.

"만다린들이 명을 수행할 지 누가 알겠습니까?" 그녀가 말했다. "아마도 그들은 자신들의 이익을 위해 백성들을 계속해서 착취할지도 모릅니다. 당신의 뜻대로 모든 일이 잘 진행되도록 하기 위해서 감독관들을 파견하여 칙령이 지켜지고 있는지 살펴야 합니다."

왕은 이것을 현명한 제안이라 생각하고 이 임무를 수행할 정직하고 충성스러운 부하들을 각 처에 보내도록 상성에게 명했다. 이 일을 마친 후 신임 총사령관 역시 수도를 떠났다. 그는 왕이 군대 통솔권을 맡겼을 당시에 입었던 수수한 옷을 다시 입었다.

Here cometh to a close the seventh stage of our legend.
여기서 우리 이야기의 일곱 번째 단계는 끝난다.

VIII

SAN-SYENG had been a very powerful fact or in establishing the legitimate sovereign of Korea on the throne but he did not by any means consider his life work as finished. His primary duty was to find his parents and to return to the lovely girl to whom he had given his heart. Despite the many adventures through which he had passed, he had never ceased thinking of Yeng-So-Yei. He did not suspect that serious events were also taking place in her own little sphere.

상성은 한국의 적법한 군주를 그 왕좌에 세우는 데 큰 공헌을 한 인물이었지만 결코 그의 필생의 과업이 완성되었다고 생각하지 않았다. 그의 가장 중요한 의무는 부모를 찾고 그의 마음을 주었던 사랑스러운 처녀에게로 돌아가는 것이었다. 그는 많은 모험을 거쳤음에도 불구하고 계속해서 연소이를 생각했다. 심각한 일들이 그녀의 작은 영역에서도 일어났을 것이라고는 생각지도 못했다.

Now it came to pass one morning after San- Syeng's departure that Yeng-So-Yei found her mother dead in her room. The poor young woman was prostrated with grief. She refused to be consoled and the solitude in which she lived merely aggravated her anguish. And yet a new calamity lay right in her path. The populace, rising in revolt against the nobility and tax collectors, were burning and pillaging throughout the village and Yeng-So- Yei just had time enough to dash through a secret gate in the city wall and make her escape into the open country.

In a short space of time she had lost her mother, her fortune and her home. She did not, however, feel entirely cast down. "At least San-Syeng is left to me," was her thought.

"I shall go to the Capital and hunt for him." In order to carry out her project more easily, she assumed masculine attire and, thus disguised, set out on her journey.

상성이 떠난 후 어느 날 아침 연소이는 어머니가 방에서 숨겨 있

는 것을 발견하였다. 불쌍한 젊은 여인은 슬픔으로 몸을 가눌 수 없
었다. 어느 누구의 위로도 거부하고 고독 속에서 살았는데 이는 단
지 그녀의 고뇌를 악화시킬 뿐이었다. 새로운 재앙이 바로 그녀의
길 앞에 놓여 있었다. 백성들은 귀족과 세금 징수관에 대항하여 들
고 일어나 마을 전체를 불태우고 약탈하였다. 연소이는 겨우 성벽에
난 비밀 문을 통해 달아나 시골로 몸을 피했다.

　짧은 시간 동안 그녀는 어머니와 재산과 집을 잃었다. 그럼에도
그녀는 완전히 낙담한 것은 아니었다.

　"적어도 나에겐 상성이 남아 있어. 서울로 가서 그를 찾을 거야."
라고 그녀는 생각했다.

　그녀는 이 계획을 보다 수월하게 실행하기 위해 남자 옷으로 갈아
입고 변장을 한 후 길을 나섰다.

　　Now it came to pass that having no notion of the road she should
follow, she completely lost her way. Moreover, an intense fog settled
down upon the fields and earth to make her situation more unpleasant.
She walked and walked, but to her great despair she met no one, nor
could she find the slightest shelter wherein she might escape the
dampness. Tired, almost unto death, she threw herself down beside a
clump of tall bamboo, intending to rest but a few moments, but in
spite of her well-meaning resolutions, she was soon fast asleep.

　　The grove of bamboo toward which Fate had turned the steps of
Yeng-So-Yei was the very one where so many long years before
Yeng-Si had given birth to San-Syeng. The unfortunate woman who

as obliged to abandon her child and to become a nun would often visit the spot which brought back such painful memories; indeed, she seemed to take a keen pleasure in seeing the spot where she had become a mother. And the sight thereof would cause her to weep.

이제 그녀는 어디로 가야할지 전혀 몰라 완전히 길을 잃고 말았다. 게다가 짙은 안개가 들과 땅에 내려와 그녀의 상황은 더 나빠졌다. 그녀는 걷고 또 걸었지만 어느 누구도 만나지 못하고 또한 눅눅함을 피할 수 있는 가장 작은 피난처도 발견하지 못하자 큰 절망감을 느꼈다. 죽을 만큼 피곤해진 그녀는 큰 대나무 숲 옆에 주저앉았고 잠시만 쉬겠다는 굳은 결심을 했음에도 불구하고 금세 잠이 들고 말았다.

운명이 연소이의 발걸음을 이끌었던 그 대나무 숲은 오래 전 연씨가 상성을 낳았던 바로 그 장소였다. 아이를 어쩔 수 없이 버리고 여승이 되어야 했던 이 불행한 여인은 그토록 고통스러운 기억을 떠올리게 하는 그곳을 가끔 방문하곤 했다. 사실 그녀는 엄마가 되었던 그곳을 보면서 예리한 기쁨을 느끼는 듯 했다. 그곳을 보는 것만으로도 그녀의 눈에서 눈물이 흘렀다.

It so happened that one day the nun, returning from her sad pilgrimage, saw a young man, sound asleep, stretched across the narrow footpath. At first she was a bit startled and frightened but, conquering her distrust, she gazed curiously at the sleeper. "My son would have been about the same age," she reflected. "I will wait until this young man awakes and speak with him." She stood by his prostrate form and it seemed as if she were unable to take her eyes from his face. Finally, unable to be patient any longer, and after satisfying herself that no one was watching her, she decided to wake the strange traveler.

어느 날 슬픈 순례에서 돌아오는 중이었던 여승은 한 청년이 깊은 잠에 빠져 좁은 산길에 뻗어 있는 것을 보았다. 처음에는 그 모습을 보고 약간 놀랍고 두려웠지만 의심을 누르고 잠자는 이를 호기심을 가지고 지켜보며 생각했다.

"내 아들도 저 정도 나이가 되었겠구나. 이 청년이 깨어날 때까지 기다렸다가 말을 걸어봐야겠다."

잠자는 청년 옆에 서서 그녀는 그 얼굴에서 눈을 뗄 수 없었다. 마침내 더 이상 기다릴 수 없었던 그녀는 보는 사람이 아무도 없다는 것을 확인하자 이 낯선 여행자를 깨우기로 했다.

"Pardon my curiosity, sir — but this situation is a strange one."

"What situation?" demanded Yeng-So-Yei.

"How comes it that you are sleeping here on this road?"

"It comes — because I was very tired."

"Where do you live?"

"At Yen-Yu, but I am on my way to the Capital."

"To the Capital? But you are not on the right road."

"Am I lost? Oh, what shall I do?"

Tears came into the poor girl's eyes. Yeng-Si was moved also.

"How," she asked again, "does it happen that you are traveling alone in this way? It is hardly safe for you."

"I know that, but I am forced to do so for I am an orphan."

"Would you like to come with me?"

"Yes, but I can accept your hospitality for a short time only. I must be on my way."

"내 호기심을 용서하세요. 허나 이 상황은 이상합니다."

"어떤 상황요?" 연소이가 물었다.

"어째서 지금 이 길에서 자고 있습니까?"

"사실, 너무 피곤했습니다."

"어디에 사는지요?"

"연유지만 수도로 가는 중입니다."

"수도요? 이 길은 서울 가는 길이 아닙니다."

"길을 잃었나요? 오, 이를 어쩌나?"

가여운 처녀의 눈에서 눈물이 흘렀다. 연씨 또한 마음이 아팠다.

"어째서," 그녀가 다시 물었다. "이렇게 혼자 여행을 하게 되었어요? 당신에게 안전하지 않아요."

"알고 있지만 고아라 어쩔 수가 없습니다."

"나와 함께 가겠어요?"

"네. 하지만 잠시만 호의를 받겠습니다. 다시 길을 떠나야 하니까요."

At these words, they walked together toward the temple of Ro-Ja.

Ou-Pung, the sister, consented to take the young traveler in, but made it very plain that it was impossible for her to keep a man about the house for more than two or three days.

Yeng-So-Yei asked no more than that. After she was installed in her room, she went to seek Yeng-Si. The latter related the tale of her sad life and this pitiful story so touched the young woman that she wept with her new friend in sympathy.

이 말을 끝으로 그들은 함께 노자(Ro-Ja)사를 향해 걸어갔다. 우펑 (Ou-Pung) 자매는 젊은 여행자를 들이는 것에 동의하였지만 3-4일 이상 집에 남자를 둘 수 없다는 점을 분명히 했다.

연소이는 그 이상을 요구하지 않았다. 방에 짐을 푼 후 그녀는 연 씨를 찾아갔다. 연씨는 자신의 슬픈 삶을 이야기했고 이 슬픈 이야 기를 듣고 마음이 안 된 젊은 여인은 새로운 친구와 함께 울었다.

The next morning Yeng-Si stopped at the traveler's room. Picking up a ring which she saw lying on the table, she examined it closely and demanded, sharply:

"Perhaps, I may be a bit inquisitive, but I would be very much obliged to you if you would tell me where you obtained this ring?"

"It is a keepsake from my best friend."

"Where is your best friend?"

"He has gone to the Capital. I want to join him as soon as I can."

"How old is he?"

"We are almost the same age — both of us. But why do you ask these questions?"

다음날 아침 연씨는 여행자의 방에 들렀다. 식탁에 놓인 반지를 본 그녀는 반지를 들어 꼼꼼히 살펴보다 별안간 물었다.

"캐묻는 것 같지만, 이 반지를 어디서 얻었는지 말해준다면 매우 감사하겠습니다."

"내 가장 친한 친구가 정표로 준 것입니다."

"그 친한 친구는 어디 있어요?"

"수도로 갔습니다. 나는 가능한 한 빨리 그를 만나고 싶습니다."

"그는 몇 살이죠?"

"우리는 둘 다 거의 동갑입니다. 그런데 왜 이런 질문을 하는지요?"

Yeng-Si did not reply, at once. Her eyes filled with tears, and suddenly she broke out, sobbing:

"My son! My poor son! Where are you?"

These words made a vivid impression on Yeng- So-Yei. "Can it be that this poor woman is my husband's mother?" she thought to herself.

She tenderly took her tearful companion in her arms and asked gently,

"Was your son called San-Syeng?"

At the sound of this name, Yeng-Si, more agitated than before, cried:

"Yes, that was the name I gave him and I personally inscribed the name of San-Syeng on my baby's arm in characters that could not be removed. This ring, which I hold in my hand, I placed in his clothes when I was obliged to abandon him."

"Mother, my dear mother," cried Yeng-So-Yei, throwing herself in Yeng-Si's arms. "Your son is my husband and I am on my way to find him."

"Do my ears hear aright?" cried Yeng-Si. "But, what in the world does this costume mean?"

"I put it on so as to be able to travel with more security."

연씨는 바로 대답하지 않았다. 눈에 눈물이 가득하더니 그녀는 갑자기 흐느끼기 시작했다.

"내 아들! 내 불쌍한 아들! 어디에 있느냐?"

이 말은 연소이에게 깊은 인상을 남겼다.

"이 불쌍한 여인이 내 남편의 어머니란 말인가?" 그녀는 마음속으로 생각했다.

그녀는 눈물이 가득한 친구를 다정하게 안으며 가만히 물었다.

"당신의 아들 이름이 상성인가요?"

이 이름을 듣자 연씨는 더욱 괴로워하며 외쳤다.

"맞아요. 내가 지어진 준 이름이에요. 내가 직접 상성이라는 이름이 없어지지 않도록 그 애의 팔에 글자로 새겼어요. 내 손에 쥐고 있는 이 반지는 그를 어쩔 수 없이 버려야 했을 때 내가 그의 옷에 넣어둔 것이에요."

"어머니, 나의 어머니," 연소이는 연씨의 품에 뛰어들며 외쳤다. "어머니의 아들이 내 남편이고 나는 그를 찾으려 가는 중입니다."

"내 귀가 똑바로 들은 것인가?" 연씨가 외쳤다. "그런데, 도대체 이 옷은 어떻게 된 것인가요?"

"안전하게 여행하기 위해 이렇게 입었어요."

The two women embraced each other tenderly, mingling their warm tears. Ou-Pung, the sister, who was passing outside, hearing the sound of sobs, entered the room.

"What are you crying about?" she asked.

"Good friend, we have been showing hospitality not to a young man, but to the wife of my own lost son," replied Yeng-Si.

"How happy I am for your sakes!"

Yeng-So-Yei then explained to the nun why she had assumed the garb of a man.

"You were right," rejoined the sister, "but what motive impelled you to leave the town where you were living?"

두 여인은 서로를 다정하게 끌어안고 뜨거운 눈물을 함께 흘렸다. 우평 자매는 바깥을 지나다 흐느끼는 소리를 듣고 방으로 들어왔다.

"무엇 때문에 울고 있습니까?" 그녀가 물었다.

"친구여, 우리가 호의를 베풀고 있던 사람이 젊은 남자가 아니라 내 잃어버린 아들의 아내였어요." 연씨가 대답했다.

"그렇다면 참으로 잘된 일이군요."

그리고 나서 연소이는 남자 옷을 입은 이유를 그 여승에게 설명했다.

"잘 생각했어요." 우평 자매가 거들었다. "그런데 어떤 연유로 살던 마을을 떠나게 되었나요?"

The young wife briefly told the story of her misfortune. She was now more anxious than ever to find her husband and she wasted few words in her recital.

"I shall find him easily," she added, "no matter how changed he may be. He has probably kept the horse which I gave him when he left me and if I cannot recognize the husband, I will know my father's horse."

"Well," said the nun to Yeng-Si, "the end of all your sorrows is at hand. Follow your daughter and together you will find San-Syeng."

"Yes, it will not be our fault if we do not find him."

Accustomed to having lived together for so long, Yeng-Si and the sister experienced keen regret at parting from each other. But Ou-Pung was the first to suggest that Yeng-Si leave with her daughter-in-law for she was happy at the good fortune which had come to her deserving companion.

젊은 아내는 간략하게 자신의 불행한 과거를 이야기했다. 그녀는 그 어느 때보다 더 남편을 찾고 싶은 마음이 간절하여 쓸데없는 이야기는 거의 하지 않았다.

"나는 그를 쉽게 찾을 것입니다." 그녀가 덧붙였다. "그가 아무리

변했다 해도 말이지요. 그는 떠날 때 내가 준 말을 가지고 갔으니 만약 내가 남편을 못 알아본다 해도 아버지의 말은 알아 볼 수 있어요.”

“잘되었군요.” 여승이 연씨에게 말했다. “당신의 모든 슬픔이 곧 끝나겠군요. 며느리를 따라가면 함께 상성을 찾을 수 있을 거예요.”

“네. 그를 찾지 못한다 해도 그것은 우리 잘못이 아니겠지요.”

연씨와 그 여승은 아주 오랫동안 함께 사는 것에 익숙했기 때문에 헤어지는 것이 매우 아쉬웠다. 그러나 우평은 연씨가 며느리와 함께 떠나야 한다고 먼저 제안했다. 그녀는 복을 받아 마땅한 친구에게 행운이 온 것에 기뻤다.

So it came to pass that Yeng-Si and Yeng-So-Yei set out together for the Capital. When they came close to the grove of bamboo, San-Syeng's mother could not suppress her tears.

“Why are you crying so, mother?”

“It was here, my child, that seventeen years ago I gave birth to him who is now your husband. A short distance from here I abandoned him to go with Ou-Pung, the nun. These recollections pain me greatly.”

The two women continued on their way. After several hours' walking, they came to the shores of a wide lake. Yeng-Si paused by the water's edge, and raising her eyes to Heaven, cried in a weak and trembling voice:

“Dear and unfortunate friend, what has become of you?”

She told Yeng-So-Yei of the sublime devotion of the woman, who had enabled her to escape from the hands of Su-Rung.

그리하여 연씨와 연소이는 서울을 향해 함께 길을 나섰다. 그들이 대나무 숲 가까이에 이르자 상성의 모친은 눈물을 참을 수 없었다.

"왜 그렇게 우세요, 어머니?"

"아가, 17년 전에 여기에서 나는 지금 너의 남편이 된 그 아이를 낳았다. 여승인 우평과 함께 가기 위해 여기서 조금 떨어진 곳에 그를 버렸다. 이런 기억들이 나를 매우 고통스럽게 하는구나."

두 여인은 길을 계속 갔다. 몇 시간 더 걸은 후 그들은 넓은 호숫가에 도착했다. 연씨는 물가에 멈추더니 눈을 들어 하늘을 보며 낮고 떨리는 목소리로 울었다.

"불쌍한 내 친구여, 어떻게 지내나요?"

그녀는 연소이에게 수령의 손에서 도망칠 수 있게 해준 그 여인의 숭고한 희생에 대해 말해주었다.

During the few following days their trip was without incident until they came to the town of San-Jon. Here they resolved to remain for a day as they were fatigued by their journey and they entered the first inn which they stumbled upon.

The inn-keeper's son was at once smitten by Yeng- So-Yei who was, as we know, a marvel of grace and beauty. Finding his attentions repulsed, he resolved to obtain revenge —the mark of a small mind. One of the maid-servants was ordered to place in the young wife's apartment some jewels which belonged to the young man. The thing was done without difficulty —and the servant swore under threats of punishment that she would tell the plot to no one.

Next morning the rejected suitor entered Yeng- So-Yei's room, saying:

"Madame, you will pardon me? Some one has stolen my jewels. I have searched in all the other rooms of the house and I ask your permission to do the same in yours."

"Willingly, sir."

다음 며칠 동안 여행은 별 탈 없이 계속되었고 마침내 그들은 산전(San-Jon)이라는 도시에 오게 되었다. 그들은 여행으로 피곤하여 여기서 하루 머물기로 하고 처음 보이는 여관으로 들어갔다.

여관 주인의 아들은 우리도 알다시피 최고의 우아함과 아름다움의 소유자인 연소이를 보자마자 홀딱 반하였다. 그는 자신의 관심이 거부당하자 속 좁게 복수를 하기로 했다. 그는 하녀를 시켜 자기의 보석 몇 가지를 젊은 아내의 거처에 놓아두라고 했다. 이 일은 어려움 없이 진행되었다. 하녀는 발설하면 벌을 주겠다는 협박을 받고는 어느 누구에게도 그 음모에 대해 말하지 않겠다고 맹세했다.

다음날 아침, 거절당한 구애자는 연소이의 방에 들어와 말했다.

"부인, 실례합니다. 누군가 나의 보석을 훔쳐갔습니다. 집의 다른 모든 방을 찾아보았으니 당신 방도 그렇게 할 수 있도록 허락해 주시오."

"그렇게 하세요."

It can be readily imagined that the two women were greatly astonished to see the young man discover in their rooms, as if by magic, the jewels which he claimed had been stolen from him. They asserted that they were innocent, but it was useless. They were arrested in the name of the Mandarin and were taken before him for a preliminary examination.

They renewed vigorously their denials, the Mandarin meanwhile listening attentively. He had been impressed by the singular beauty of Yeng-So-Yei, but gave no visible evidence of it, and committed the two women to prison. A few moments after, he had word brought to them that if Yeng-So-Yei would consent to marry him, no mention would ever be made of the theft. In case of refusal－it was to be -death.

젊은이가 마술을 부린 듯 그가 도둑맞았다고 주장하는 보석이 그들의 방에서 나오자 두 여인이 얼마나 놀랐는지 쉽게 상상할 수 있다. 그들은 결백하다고 주장했지만 소용이 없었다. 그들은 만달린의 이름으로 체포되어 예비 조사를 받기 위해 그 앞으로 끌려갔다.

그들이 아니라고 완강하게 거듭 말하는 동안 만달린은 주의 깊게 듣고 있었다. 그는 연소이의 특별한 아름다움에 매료되었지만 아무런 내색을 하지 않다가 두 여인을 감옥에 가두었다. 잠시 뒤 그는 그들에게 연소이가 자신과 결혼하는데 동의한다면 이 도둑질에 대해서는 전혀 언급하지 않겠다는 전갈을 보냈다. 만약 거절할 경우 남은 것은 죽음이었다.

The young wife spurned the Mandarin's messenger with great indignation.

"Tell your master that he is a villain. I am married and I will never be unfaithful to my husband, not even to escape torture and death."

The Mandarin, very much irritated, gave orders that the execution of the prisoners should take place in three days. The keeper of the prison, who was also the executioner, went about his sinister preparations. Keenly touched by the plight of the two women, he visited them and said:

"I shall be very glad to render you any service that you ask. I am obliged to obey the commands of the Mandarin, but I do not hesitate to say that he is one of the vilest of men."

The jailer's voice trembled as he spoke. Yeng-Si and her daughter-in-law, torn with anguish, were wailing and sobbing. Was it thus that they were to leave the world — one without having seen her son — the other without embracing her husband?

"Oh, my San-Syeng! Oh, my San-Syeng!" they cried. Their grief was so poignant that it overmastered their strength and they lost consciousness.

젊은 부인은 크게 분개하며 만달린의 제안을 일축했다.

"너의 주인에게 그는 악한이라고 전해라. 나는 결혼했고 남편을 결코 배신하지 않을 것이다. 고문과 죽음을 피할 수 없다고 해도 말이다."

몹시 화가 난 만달린은 삼 일 안에 죄인들을 처형하겠다는 명을 내렸다. 사형 집행인이기도 한 간수는 불길한 준비를 시작했다. 두 여인의 곤경에 큰 아픔을 느낀 그는 그들을 방문하여 말했다.

"부탁할 일이 있으면 기꺼이 들어드리겠습니다. 만달린의 명을 따를 수밖에 없지만 그가 사람 중에 가장 나쁜 사람이라고 주저 없이 말할 수 있습니다."

간수의 목소리는 말하면서 떨렸다. 연씨와 그 며느리는 비통함으로 마음이 찢겨 울부짖으며 흐느꼈다. 한 사람은 아들을 보지 못하고 다른 한 사람은 남편을 안아보지도 못하고 이렇게 세상을 떠나야만 하는가?

"오, 나의 상성! 오, 나의 상성!" 그들은 소리쳤다. 그들은 너무도 격심한 고통에 시달려 마침내 힘이 다하여 의식을 잃고 말았다.

Here the eighth stage of our legend cometh to a close.

여기서 우리 이야기의 여덟 번째 단계는 끝난다.

IX

ON leaving the Capital, San-Syeng had a three-fold mission in view: to make certain of the faithful execution of the King's commands, to find his parents, and to rejoin his wife. The young man did not make light of the difficulties that lay before him, but he resolved to bend all his efforts toward accomplishing his heart's desires. He was optimistic and cherished the brightest hopes of having his wishes crowned with success.

수도를 떠날 때 상성은 마음속에 세 가지 임무를 품고 있었다. 즉 왕의 명령이 충실히 시행되는지 살피는 것, 부모를 찾는 것 그리고 아내를 다시 만나는 것이었다. 젊은이는 그 앞에 놓인 어려움을 가볍게 여기지 않았고 마음속의 바람을 이루기 위해 모든 노력을 기울이겠다고 결심했다. 그는 낙관적이었고 그의 소원이 성공의 관을 쓸 것이라는 가장 밝은 희망을 품었다.

His adorable Yeng-So-Yei obviously had the first claim to his attention, and he set out with haste to see her. When but a short distance from the town of Yen-Yu where his wife dwelt, the new General learned that the place had been given over to revolt and pillage. San-Syeng immediately mobilized the royal troops from the neighboring towns and order was restored in a few days. The Mandarin, whose exactions had been the primary cause of the revolt, was arrested and sent to the Capital together with the ring-leaders in the disturbance.

그의 사랑 연소이에 가장 먼저 관심이 갔기에 서둘러 그녀를 만나기 위해 떠났다. 아내가 살았던 연유시에서 조금 떨어진 곳에서 신임 대장군은 그곳이 반란과 약탈을 당했다는 것을 알았다. 상성은 즉시 이웃 도시에서 왕의 군대를 동원하여 며칠 내로 질서를 바로잡았다. 반란의 주 원인이었던, 강제로 세금을 거둔 만달린을 체포하여 반란 주모자들과 함께 수도로 보냈다.

This task accomplished, San-Syeng made pleasant preparations to surprise Yeng-So-Yei by his home coming. Alas the house where he expected to find his beautiful little wife had been burned to the ground, as if blasted by a dragon's fiery breath. He could not master his sorrow and burst into sobs. His orderly, who accompanied him, endeavored to console him, but in vain, and was at last obliged to lead his master away from the heap of charred embers and ashes. He learned that Yeng-So-Yei's mother was dead and that the orphan, when the fire broke out, had fled and no one could tell whither she had gone.

이 일을 마무리하자 상성은 집에 돌아감으로써 연소이를 놀라게 할 채비하며 즐거워했다. 아아, 아름다운 예쁜 아내가 있을 것이라고 기대했던 집은 마치 용이 내뿜는 불을 맞은 듯 불에 타 없어졌다. 그는 슬픔을 다스리지 못하고 울음을 터뜨렸다. 그를 수행한 부하는 그를 위로하고자 했으나 소용이 없었다. 결국 새까맣게 탄 불씨와 재 무덤에서 그를 끌고 나와야 했다. 상성은 연소이의 어머니가 죽고 그 고아는 화재가 발생했을 때 도망쳤지만 그녀가 어디로 갔는지 어느 누구도 모른다는 것을 알았다.

San-Syeng naturally determined to travel in search of his wife, but his body was tired and weary and he resolved to indulge in the luxury of a short nap before leaving the town. During his slumbers, San-Houni appeared before him for the third time, saying:

"My poor child! You are looking for your parents and you are unable to find them. It is now time to tell you that I am your father. In the olden days I enjoyed a great deal of influence at the Court, but my enemy, Ja-Jo-Mi, had me sent into exile, with my best friend, Sun-Yen. I was murdered by Su- Rung whom I hired to take me to Ko-Kum-To. As for your mother and your wife, you will find them at San-Jon. A cruel Mandarin has condemned them to death. Hurry to their rescue; the slightest delay may be fatal."

　　상성은 당연히 아내를 찾아 나서기로 결심했지만 몸이 피곤하고 지쳐 마을을 떠나기 전 사치인 듯하지만 잠시 잠을 청하기로 했다. 잠을 자는 동안 상훈이 세 번째로 그 앞에 나타나 말하였다.

　　"불쌍한 내 아들아. 너는 부모를 찾고 있지만 찾을 수 없다. 이제 내가 너의 아버지라는 것을 밝혀야 할 때가 되었구나. 지난 날 나는 궁정에서 상당한 세력을 누렸지만 나의 적 자조미가 나와 나의 가장 친한 벗인 순연을 추방시켰다. 나는 고금도로 가기 위해 고용한 수령에게 살해당했다. 너의 엄마와 아내를 산전으로 가면 찾을 수 있을 것이다. 어떤 잔인한 만달린이 그들에게 사형을 선고했다. 서둘러 가서 구해라. 조금이라도 늦으면 아주 위험하다."

San-Syeng awoke with a start, shook himself and started on his journey. Presently he reached the town referred to in his dream. He was not long in learning that his mother and his wife, unjustly accused of theft, were in a prison cell and were to be put to death the very next morning.

The young man ran to the prison where, of course, he found it impossible to enter, so he had recourse to a wise little trick. He entered a merchant's shop near by, threw his robe over a random object and dashed out of the doorway. He was soon caught, arrested, and thrown into prison.

Before employing this ruse, San-Syeng had ordered his servant to come early the next day with his master's horse and take his place before the prison gates.

상성은 깜짝 놀라 깨어나 몸을 털고 길을 나섰다. 곧 그는 꿈에서 말한 도시에 도착했다. 그는 얼마 지나지 않아 엄마와 아내가 도둑 누명을 쓰고 감옥에 있으며 바로 다음날 아침이 사형집행일이라는 것을 알았다.

젊은이는 감옥으로 달려갔지만 당연히 들어갈 수가 없었다. 그는 작은 속임수를 쓰기로 했다. 그는 근처 상인의 가게에 들어가서 아무 물건 위로 옷을 던진 후 문 밖으로 달려 나왔다. 그는 곧 체포되어 감옥으로 보내졌다.

이 책략을 시행하기 전에 상성은 종자에게 내일 아침 일찍 주인의 말을 끌고 감옥 문 앞에 와 있으라고 명했다.

The room into which the young man was thrust after his arrest was very dark and small. Several persons were already occupying it but it was too dark to distinguish any of them clearly. He joined one of the inmates in a loud protest for some light – the inevitable result of which would be to bring the jailer, who indeed did come running to see what their outcries portended. He stepped between the two men to quiet them.

"I shall report you to the Mandarin," he declared, turning to San-Houni's son. "What's your name, anyway?"

"San-Syeng."

Yeng-So-Yei and Yeng-Si were naturally very much surprised at hearing this name. They whispered to each other:

"That's my son's name, sure enough," said Yeng- Si, "but it cannot possibly be he for he is no thief."

젊은이가 체포된 후 내던져 진 감옥은 너무 어둡고 좁았다. 몇 사람들이 이미 그곳을 차지하고 있었지만 너무 어두워 누가 누구인지 명확히 구분이 되지 않았다. 그는 간수를 불러들이기 위해 수감자한 명과 같이 조금 밝게 해달라고 큰 소리로 항의 시위를 벌렸다. 그 결과 간수가 그들이 왜 소리치는지 알아보기 위해 정말로 달려왔다. 그는 두 사람을 조용히 시키기 위해 그들 사이에 들어섰다.

"당신들을 만달린에게 보고하겠다." 그는 상훈의 아들에게 돌아서며 선언했다. "이름이 뭔가?"

"상성."

연소이와 연씨는 이 이름을 듣고 당연히 아주 놀랐다. 그들은 서로에게 속삭였다.

"저건 내 아들의 이름이야, 확실해." 연씨가 말했다. "그런데 내 아들은 도둑이 아니니 내 아들 일리가 없어."

The night passed without San-Syeng being recognized by the two women. At daybreak, they were startled by the loud neighing of a horse and Yeng- So-Yei, who had gone to the narrow opening which served as a window to their cell, cried:

"Mother, come here. That horse which has been neighing is the very one which I gave my husband, or at least it resembles it very much."

Yeng-Si, by way of reply, moaned:

"Oh, where can my poor son be?"

Thereupon, San-Syeng approached his mother and inquired the cause of her grief. Yeng-Si told him of the many sad experiences she had undergone since her departure into exile with San-Houni up to her arrest and condemnation to death by the Mandarin of San-Jon.

두 여인이 상성을 알아보지 못한 채 그 밤이 지났다. 동이 트자 그들은 말의 큰 울음소리에 깜짝 놀랐다. 연소이는 감옥의 창문으로 쓰이는 좁은 입구 쪽으로 가본 뒤 소리쳤다.

"어머니, 여기로 와 보세요. 저기 우는 말은 내가 남편에게 주었던 바로 그 말이에요. 아무튼 아주 많이 닮았어요."

연씨는 대답 대신 한탄했다.

"오, 내 불쌍한 아들은 어디에 있단 말이냐?"

이에, 상성은 그의 어머니에게 다가가 왜 괴로워하는지 물었다.

연씨는 그에게 상훈과 함께 유배지로 떠난 이후부터 산전의 만달린
에게 체포되어 사형선고를 받기까지의 그 많은 슬픈 이야기를 해주
었다.

When she had finished, the young man in turn told his story. His
concluding words were — "I have on my arm the name of San-Syeng,
but I do not know how it is that I bear these characters which I have
tried in vain to remove."

Yeng-So-Yei who had been listening to the conversation could
restrain herself no longer and cried:

"Tell me, what was your wife's name and where did she live?"

"Yeng-So-Yei was my wife's name; she lived in the village of
Yen-Yu, but I found her home burned to the ground."

"Oh, my dear San-Syeng," cried the young woman. "Have I found
you at last," and turning to Yeng-Si, "Mother mine, here is your son!"

그녀가 말을 마치자 이번에는 젊은이가 자신의 이야기를 했다. 그
는 이야기를 끝내며 말했다.

"내 팔에 상성이라는 이름이 있는데 어째가 이런 글자가 새겨져
있는지 모르겠어요. 지우려고 했지만 소용이 없네요."

그 대화를 듣고 있었던 연소이는 더 이상 참지 못하고 소리쳤다.

"말해보세요. 당신 아내의 이름은 무엇이고 그녀는 어디에 사는
지요?"

"연소이가 내 아내의 이름으로, 연유 마을에 살았습니다만 그 집

이 불에 타 없어진 것을 알았습니다."

"오, 내 사랑 상성," 젊은 여인이 외쳤다. "결국 당신을 찾았단 말인가요?"

그녀는 연씨를 돌아보며 말했다.

"어머니, 이 사람이 어머니의 아들이에요."

Their greetings naturally consumed some time — their hearts were glad and they were not ashamed to display their emotion. And yet the two women felt bitter and sad to think that soon they were about to die after having touched the threshold of that happiness which their reunion promised. San-Syeng ultimately succeeded in calming them. He enjoyed, he said, certain extraordinary powers of which he intended to make instant use.

Presently the young General's orderly visited his master's prison where he received orders to announce to the village the arrival of San-Syeng, a special envoy of the King, and to arrest the Mandarin at once.

'Twas but a brief while and the orderly came to report to his master that his commands had been carried out. Meantime, the town officials had rushed to the prison where they surrounded San-Syeng and paid him their homage. At their urging, San-Houni's son left the prison and betook himself to the town-hall.

당연히 그들의 인사에는 약간의 시간이 소모되었다. 기쁜 마음에 그들은 감정을 드러내는 것을 부끄러워하지 않았다. 그러나 두 여인은 재회가 약속한 행복의 문을 살짝 건드린 직후 죽을 것이라 생각하니 비통하고 슬퍼졌다. 상성은 마침내 두 사람을 진정시키는데 성공했다. 그는 긴급할 때 사용할 수 있는 어떤 특별한 힘이 있다고 말했다.

그 순간 젊은 대장군의 종자가 주인의 감옥을 방문하자 상성은 그에게 왕의 특사인 그의 도착을 마을에 알리고 그 만달린을 즉시 체포하라는 명을 내렸다.

잠시 뒤 종자는 주인에게 와서 명을 이행하였음을 보고하였다. 감옥으로 달려왔던 그 도시의 관리들은 상성을 에워싸고 그에게 경의를 표하였다. 그들의 재촉에 상훈의 아들은 감옥을 떠나 시청으로 갔다.

Yeng-So-Yei, catching sight of the horse she had given her husband, ran to the stately looking steed and imprinted a kiss on the end of its nose. The animal seemed to understand her message, for its eyes as they turned toward the young wife, seemed moist with tears.

"No tears now, my good fellow," laughed Yeng- So-Yei. "You are happier than I for you can continually accompany him whom I love, while I am to be separated from him."

San-Syeng, a witness of his wife's gentle act, tenderly drew her to his heart, and kissing her hair said:

"Henceforth we shall never part from each other."

연소이는 남편에게 주었던 말을 본 후 기품 있어 보이는 말에게 달려가 그 코끝에 키스를 하였다. 동물은 그녀의 뜻을 이해한 듯 젊은 아내를 바라보는 그 눈이 눈물로 촉촉했다.

연소이가 웃었다.

"이제 울지 마라, 내 친구여. 내가 그와 헤어져 있는 동안 너는 내 사랑하는 그와 계속 함께 했으니 나보다 네가 더 행복하다."

부인의 온화한 행동을 지켜본 상성은 부드럽게 그녀를 가슴에 안으며 머리에 입을 맞추며 말했다.

"이제부터 우리 다시는 헤어지지 맙시다."

San-Syeng, his cup overflowing with happiness at having found his mother and his wife at one and the same time, desired to be told about his father, and, at his urgent request, Yeng-Si, with tears in her eyes and a faltering voice, related to him the misfortunes of San-Houni.

"Don't worry, mother dear," pleaded San-Syeng. "After so much suffering, you are going to have happiness in abundance. I shall do everything I can to make life pleasant for you. Suppose that first we go visit Ou-Pung, the sister, who was so kind to you."

상성의 인생의 잔은 어머니와 아내를 한 날 동시에 찾았던 행복감으로 넘쳐 흘렀고 그는 아버지에 대한 이야기를 듣기를 바랐다. 그의 끈질긴 요구에 연씨는 눈에 눈물을 담고 떨리는 목소리로 아들에게 상훈의 불행에 대해 말해주었다.

"걱정 마세요. 사랑하는 어머니." 상성이 애원했다. "그토록 많은 고통을 당한 후이니 어머니는 앞으로 행복만 가득 누리게 될 것입니다. 어머니의 행복을 위해 할 수 있는 모든 일을 다 할 생각입니다. 먼저 어머니에게 매우 친절했던 우펑 자매를 만나러 가요."

This suggestion was very pleasing to Yeng-Si and they started on their journey to the temple of Ro-Ja. When they were passing by the lake which recalled so many bitter memories, Yeng-Si bade her son to pause. The little party halted while she told the melancholy tale of the devotion of the old lady who had sacrificed herself without hope of recompense or reward.

"Mother," declared San-Syeng, "I am going to place a memorial in this spot to perpetuate the sublime sacrifice of your poor companion." The General's orderly was at once commissioned to employ workmen who were to begin immediately to erect a suitable tribute to the old lady's memory.

연씨는 이 제안에 크게 기뻐하였고 그들은 로자사를 향해 출발했다. 그토록 많은 고통스런 기억을 불러일으키는 호수 근처를 지나갈 때 연씨는 아들을 멈춰 세웠다. 일행이 서 있는 동안 연씨는 보상이나 보답을 기대하지 않고 스스로를 희생했던 노부인의 헌신에 대한 슬픈 이야기를 해주었다.

"어머니," 상성이 말했다. "어머니의 불쌍한 친구의 숭고한 희생을 영원히 기리기 위해 이 자리에 기념비를 세우도록 하겠습니다."

그 즉시 장군은 종자에게 일꾼들을 고용하여 노부인을 기념할 적
절한 기념비를 곧 세우라는 명을 내렸다.

Before reaching the shrine of Ro-Ja, Yeng-Si related to her son,
while they were passing by the grove of bamboo, which figures so
conspicuously in our story, under what pitiful circumstances he had
been bom.

Ou-Pung, the sister, did not count upon seeing Yeng-Si and her
daughter-in-law so soon again. "This is my son," proudly declared
the nun's former companion.

San-Syeng showered warm and profuse thanks upon the sister for
all the attentions and kindnesses she had shown to Yeng-Si.

"Do not thank me, sir," replied the sister. "I have only done my
duty in sheltering an unfortunate woman. Buddha has taken pity
upon her and has rewarded her piety and her long suffering by
permitting her to find you."

그들이 로자사에 도착하기 전, 우리의 이야기에서 크게 부각된 대
나무 숲을 지날 때 연씨는 아들이 어떤 고통스러운 상황 하에서 태어
났는지 그에게 말해주었다.

우평 자매는 연씨와 그 며느리를 이렇게 빨리 다시 만나게 되리라
곤 생각지도 못했다.

"이 애가 내 아들이에요." 여승의 옛 친구는 자랑스럽게 말했다.

상성은 여승이 연씨에게 보여준 그 모든 관심과 친절에 대해 열렬

한 감사를 아낌없이 표했다.

"나에게 고마워하지 않아도 돼요." 자매가 말했다. "나는 불행한 여인을 보호함으로써 내 의무를 다했을 뿐이에요. 부처님이 어머니를 불쌍히 여겨 그녀의 신앙심과 오랜 고통에 대한 보답으로 당신을 찾을 수 있게 허락했어요."

Under the supervision of the orderly, a magnificent pagoda was rapidly built by the water's edge. Upon it could be read this inscription:

WITH EVERLASTING GRATITUDE TO
THE BENEFACTOR OF MY MOTHER.

Ou-Pung consented to go with her visitors to see the temple that had just been completed. San- Syeng had directed that an altar for sacrifices be placed before the pagoda and that Su-Rung be arrested and brought to him. All of the thief's property was to be seized.

종자의 감독 하에, 으리으리한 탑이 호숫가에 신속히 세워졌다. 탑에 새겨진 비문은 다음과 같다.

"어머니의 은인께

영원한 감사를 드리며."

우평은 손님들과 함께 방금 완공된 탑을 보러 가는데 동의했다. 상성은 탑 앞에 제물 제단을 놓고 수령을 체포하여 자기 앞에 데려올 것을 이미 지시했었다. 그 도둑의 재산을 모두 몰수하도록 했다.

This very moment, strange to say, Su-Rung was telling his brother, Su-Yeng, of a peculiar dream he had had the preceding night. He had seen himself surrounded by tongues of flame and his head, severed from his body, was boiling in a large copper kettle.

"It signifies that your end is near and that you will die through the will of man," asserted Su-Yeng. "Why must you continue to lead this sinful life? It would be more fitting that you experience remorse and fear for an envoy of the King is in the neighborhood."

Scarcely had Su-Yeng uttered these words, when there came a loud rapping at the door. After a brief struggle, Su-Rung was reduced to helplessness and securely bound. All the stolen objects that could be found were collected, thrown in a heap, and the party turned their steps toward the pagoda.

바로 이 순간, 이상하게 들리지만, 수령은 동생 수영에게 지난 밤 꾸었던 기이한 꿈에 대해 이야기하고 있었다. 그는 꿈속에서 혓바닥 같은 불길에 에워싸인 채 몸에서 절단된 그의 머리가 큰 구리 솥에서 끓고 있는 것을 보았다.

"형의 마지막이 다가왔고 어떤 사람이 형을 죽이겠다는 의지를 가지고 있다는 뜻이야." 수영이 단언했다. "형은 왜 이토록 죄 많은 삶을 계속 살아가야 하는 거야? 왕의 특사가 인근 마을에 있으니 형 이 양심의 가책과 두려움을 느끼는 것이 더 맞을 거야."

수영이 이 말을 채 끝내기도 전에 문을 두드리는 시끄러운 소리가 들렸다. 약간의 저항이 있었지만 수령은 힘이 빠졌고 단단히 포박되

었다. 훔친 물건들을 발견하는 대로 모두 모아 무더기로 쌓은 후 일
행은 탑으로 향했다.

When the criminal was brought face to face with the young
General, the latter demanded:

"My name is San-Syeng. You know me, don't you?"

Su-Rung, much surprised, could not imagine that his adopted son
had been elevated to the dignity of a King's envoy, so he replied,
coolly:

"Your name is not unfamiliar to me. My son was called San-
Syeng."

"You have a son, then?"

"Yes, he left me three years ago, to go to the Capital and since that
day I have had no news of him."

"Well, you may know that I am the man of whom you boast being
the father. But I am not the son of a murderer. I have found my
mother who has told me about my birth and your infamous crimes.
There, do you recognize my mother?" added San-Syeng, indicating
Yeng-Si to the brigand with a gesture of his hand.

범죄가가 젊은 대장군의 면전에 끌려오자 대장군이 물었다.

"나의 이름은 상성이다. 너는 나를 알지 않느냐?"

수령은 아주 놀랐지만 그의 양자가 왕의 특사의 자리에 오를 것이
라곤 생각지도 못했기에 냉랭하게 대답했다.

"당신의 이름은 나에게 낯설지는 않습니다. 내 아들의 이름도 상성입니다."

"아들이 있단 말이지?"

"네. 삼 년 전에 나를 떠나 서울로 갔고 그 이후 그 아이의 소식을 들은 적이 없습니다."

"그런가. 네가 아들이라고 자랑하는 자가 나일지도 모른다. 그러나 나는 살인자의 아들이 아니다. 나는 어머니를 찾았고 나의 출생과 너의 후안무치한 범죄에 대해 들었다. 저기, 나의 어머니를 알아보겠느냐?"

상성이 손짓으로 강도에게 연씨를 가리키며 말했다.

Yeng-Si, who had been watching Su-Rung attentively for some time, burst out with:

"You vile wretch, so you're still alive! Thank Heaven it is granted me to satisfy my thirst for vengeance. My son, there stands your father's murderer. Kill him, strike him down, with your own hand! I could tear the very eyes from his head!"

San-Syeng's mother was beside herself and he sought to calm her, representing that he had no authority to put any man to death without an order from the King. Yeng-Si did not insist; her mind was crowded with other more charitable thoughts when, in company with her friends, she knelt in the beautiful pagoda to pray for the soul of the martyred woman to whom she owed her life.

한동안 수령을 자세히 살펴보던 연씨가 소리쳤다.

"이 나쁜 놈, 아직도 살아 있구나. 복수에 목마른 내 갈증을 풀어 줄 기회를 주셔서 하늘이여 감사합니다. 아들아, 저기 서 있는 자가 너의 아버지를 살해한 자다. 네 손으로 그를 쳐서 죽어라. 나는 그의 머리에서 바로 그 눈을 뽑아 버릴 수 있어."

상성은 어머니가 제정신이 아니었으므로 왕의 명 없이는 사람을 죽일 수 없다고 말하며 어머니를 진정시키고자 했다. 연씨의 마음은 보다 자비로운 생각들로 가득했기 때문에 더 이상 고집을 부리지 않았다. 연씨는 친구들과 함께 자신을 위해 목숨을 희생한 여인의 혼을 기도하기 위해 탑 앞에 무릎을 꿇었다.

Su-Rung was immediately dispatched to the Capital under heavy guard. When the troops and their prisoner were about to depart, San-Syeng, turning to Su-Yeng, said:

"You have always been an honest, loyal man. Take these things which your brother has unlawfully appropriated. They are yours."

"Thank you so much, sir. But I no longer am in need of anything, for I am going to die with my brother."

"What is that? I do not comprehend your decision."

"When a tree is brought to the ground by the woodsman, can the branches continue to live?"

"But if your brother was a criminal, you have nothing to reproach yourself with."

"That may be true, but nevertheless I am determined to leave this life with the brother I have always loved and with whom I have always lived." And San-Syeng found it useless to endeavor to dissuade Su-Yeng from his fatal purpose.

수령은 삼엄한 호송을 받으며 수도로 즉시 이송되었다. 군대와 죄인이 떠나려고 했을 때 상성은 수영을 보며 말했다.

"당신은 항상 정직하고 충성스러운 사람이었습니다. 당신의 형이 불법으로 착복한 이것들을 가지고 가십시오. 당신 것입니다."

"대단히 감사합니다만 나는 이제 아무것도 필요 없습니다. 나는 형과 함께 죽겠습니다."

"무슨 말입니까? 당신의 결정을 이해할 수 없군요."

"나무꾼이 나무를 잘라버리는데 어떻게 가지가 살 수 있겠습니까?"

"형이 범죄자라고 해도 당신은 비난받을 일을 전혀 하지 않았습니다."

"그 말이 맞을 지도 모르지만 그래도 나는 항상 사랑하고 항상 함께 살았던 형과 함께 이 생을 떠나고자 합니다."

상성은 이 위험한 계획을 단념하도록 수영을 설득했지만 소용이 없었다.

Before returning to the Capital, San-Houni's son visited several more of the provinces, looking after the King's business. When his mission was concluded, he sought audience with the King for the purpose of reporting what he had seen, heard, and done. The Queen was a patient and attentive listener while the young General was telling the story of his adventures. However, when San-Syeng had finished speaking, Cheng-Si, with a sob in her voice, cried:

"Oh, you are so much happier than I!"

Her strength failed her and she slipped from her seat to the floor. Those in the Royal Chamber crowded about the prostrate Queen-at a respectful distance, however–who was not ling in regaining her consciousness. Thereupon San-Syeng asked her tenderly, as he bowed before her, what had been the cause of her sudden swoon.

서울로 돌아가기 전 상훈의 아들은 왕의 일을 살피며 몇 군데 지방을 더 방문했다. 그는 임무를 완수하자 보고 듣고 행한 것을 보고하기 위해 왕과의 알현을 요청했다. 왕비는 젊은 대장군의 모험을 인내심을 가지고 주의 깊게 들었다. 그러나 상성이 말을 마치자 청씨는 흐느끼며 소리쳤다.

"아, 장군은 나보다 훨씬 더 행복하군요."

힘이 소진한 왕비는 자리에서 바닥으로 쓰러졌다. 왕실 사람들이 누운 왕비 주위를 적당한 거리를 유지하며 몰려들었다. 왕비는 금세 의식을 회복하였다. 이에 상성은 왕비에게 절을 하며 갑자기 기절한 이유가 무엇인지 다정하게 물었다.

"Alas !" mourned Cheng-Si. "It has been three years since I have seen my father, and in all that time I have had no word of him. That is why I am so sad and down-hearted."

The King and his General assured her that they would use all possible means within their power to find the Queen's father. The Queen's pretty and shapely head was bowed in deep meditation, when suddenly she cried:

"Well, let's collect all the blind men in the Kingdom; invite them to a big feast. I'm going to give every one of them a little token."

"Majesty," replied San Syeng, "it shall happen as you have wished."

No time was lost; orders were issued to every Mandarin to send every blind man in his jurisdiction to the Capital. And thus it came to pass that Cheng- Si collected all the blind men of Korea in order to give them a token.

　　"아아!" 청씨는 울었다. "아버지를 본 지 삼 년이 지났어요. 그동안 아버지의 소식을 전혀 듣지 못했습니다. 이로 인해 슬프고 마음이 아픕니다."

　　왕과 대장군은 왕비의 아버지를 찾기 위해 백방의 조치를 취하겠다고 그녀를 안심시켰다. 왕비는 예쁘고 둥근 머리를 숙이고 깊은 생각에 잠겼다 갑자기 소리쳤다.

　　"그럼, 나라 안의 모든 맹인을 모으고 대연회에 초대해요. 나는 그들 모두에게 작은 선물을 주겠어요."

　　"마마," 상성이 대답했다. "원하시는 대로 하겠습니다."

　　지체 없이 관할 지역 내의 모든 맹인을 수도로 보내라는 명이 모든 만달린에게 내려졌다. 이리하여 청씨는 한국의 모든 맹인들에게 선물을 주기 위해 그들 모두를 모으게 되었다.

But more anon, for here endeth the ninth step of our legend.
여기가 우리 이야기의 아홉 번째 단계이니 이야기는 곧 끝난다.

X

MANY months had come and gone since the day when the unfortunate and broken-hearted Sun-Yen had seen his daughter pass away to certain death. He led a wretched existence — his strength being sustained only by the promise of the disciple that his sight would be restored to him at the end of three years. But the allotted time had passed and the poor victim of Ja-Jo-Mi, the unscrupulous, had not recovered his sight. His dejection was pitiful to behold, and he awaited with impatience the death that would free him from his constant misery.

불행하고 상심한 순연이 딸이 어떤 죽음을 향해 멀리 사라진 것을 본 그날 이후 여러 달이 오고 갔다. 그는 삼 년 후에 시력을 되찾을 수 있다는 제자의 약속을 믿고 겨우 몸을 지탱하며 비참한 삶을 연명했다. 그러나 정해진 시간이 지났지만 파렴치한 자조미의 불쌍한 희생자는 시력을 회복하지 못했다. 그의 비참함은 불쌍해서 볼 수 없을 지경이었다. 그는 이 계속된 비참함에서 벗어나게 해 줄 죽음을 초초하게 기다렸다.

Now, one day Sun-Yen was disturbed in the midst of his morbid meditations by the arrival at his poor dw

elling of the Mandarin of the province.

"The King," declared this dignitary, "desires to assemble all the blind men of the Kingdom at a banquet. You must go to the Capital."

"My strength will never permit me to make such a long journey," replied Sun-Yen. "As it is, I can scarcely take a few steps from my own door."

"You need not be troubled about that. I will provide you with a horse and guide."

"I thank you from the bottom of my heart, but is it really necessary to spend so much on my account?"

"It is the King's order. Everything is prepared and you can start this very moment."

Sun-Yen was easily persuaded. A few days and he was in the Capital.

어느 날 병적인 명상에 빠져있던 순연을 흔든 것은 그의 거처를 방문한 그 지방의 만달린이었다.

"왕께서," 관리가 선언했다. "나라의 모든 맹인들을 잔치에 모으고자 합니다. 당신도 수도로 가야합니다."

"내 힘으로는 그렇게 먼 여행을 할 수 없습니다." 순연이 대답했다. "사실 내 집 밖도 몇 발짝 가지 못합니다."

"그건 걱정할 필요 없습니다. 말과 안내인을 내어주겠습니다."

"진심으로 감사합니다. 그런데 나 때문에 그렇게 많이 쓸 필요가 있을까요?"

"왕의 명령입니다. 모든 것이 준비되었으니 지금 당장 떠나도 됩니다."

순연은 쉽게 그 말을 받아들였다. 며칠 후 그는 수도에 도착했다.

At the orders of San-Syeng, an elaborate and tasty feast had been prepared. The ladies of the Court had been instructed to see that nothing was lacking for the comfort of the blind men who had come from all corners of Korea. They watched over them and came to their assistance when － on account of their blindness － they were awkward and clumsy. The banquet was nearing an end when Sun-Yen arrived － tired and travel-stained. The servants led him to one of the ladies who could not conceal a grimace of disgust when she saw him. In fact, the old gentleman did present a very disagreeable appearance to the eye. The lady made a disparaging remark which Sun-Yen overheard and to which he replied:

상성의 명령에 따라 세심하고 솜씨 있게 대연회가 준비되고 있었다. 궁의 부인들은 한국의 전역에서 오는 맹인들의 안락함에 부족함이 없도록 살피라는 명을 받았다. 그들은 맹인들을 지켜보다 그들이 보이지 않아 어색해하고 서툴 때면 도왔다. 연회가 끝이 날 쯤 지치고 여행으로 더러워진 순연이 도착했다. 하인들이 그를 한 부인에게

427

데려가자 그를 본 그녀는 얼굴을 찡그리며 혐오감을 숨기지 않았다. 사실 그 노신사는 보기에 매우 불쾌한 모습을 하고 있었다. 그 부인은 험담을 하고 이를 엿들은 순연이 대답했다.

"I am well aware of what you are saying, but kindly listen to what I have to say. The actions and outer garb of men may differ much, but good hearts and good manners should be in the bosoms of us all. The wicked and crafty often conceal a cowardly and vile disposition beneath a beautiful exterior. People of wisdom pay no attention to form, but probe to the bottom where kindness and gentleness often abide. When you see an apple that looks attractive but contains a worm, you may contemplate its beauty but you keep your mouth away. Heaven alone is of lasting beauty and nothing beside it matters. I have been deceived by a so-called religious man who had no other intention but a selfish desire to supplant his Master.

"부인이 무슨 말을 하는 지 잘 알고 있습니다만 나의 말을 부디 들어주시오. 사람의 행동과 겉옷은 서로 상당히 달라도 착한 마음과 착한 예절은 우리 모두의 가슴에 있어야 합니다. 사악하고 교활한 사람들은 때로 아름다운 외양 밑에 비겁하고 악한 성질을 숨기지도 하지요. 지혜로운 사람들은 겉모습에 신경 쓰기 않고 친절함과 온화함이 때로 거하는 그 아래를 살핍니다. 매력적으로 보이지만 벌레가 든 사과를 볼 때 당신은 그 아름다움을 바라는 보겠지만 입에 대지는 않을 것입니다. 하늘만이 영원히 아름답고 그 외 아무 것도 중요하

지 않습니다. 나는 스승의 자리를 넘보는 이기적인 욕망만을 가진
소위 종교인이라는 자에게 속았습니다.

"I planted a beautiful fruit tree and it bore a single flower of
exquisite beauty and charm. A gust of wind swept this flower toward
the sea where it was peacefully rocked in the cradle of the waves. The
flower often thought of the poor tree from which it had been stolen
and the latter, shorn of its only child, was slowly dying of a broken
heart.

"The crescent of the moon seems to emerge from the waters. The
fishes are frightened, believing they see a golden hook on a gigantic
line which will lift them from their homes in the sea.

"Every month the moon is hidden from our sight for a brief season.
Then soon its light reappears in all its wondrous glory. But I, on the
contrary, have never seen the light of day since I was stricken by
blindness.

"For three years my eyes have shed tears more abundant than the
rain which comes from the Heavens. My sighs are sadder than the
night wind that whistles through the forest tops."

Concluding, the blind man said, with a sigh: "If my lack of a
comely appearance and a rich garb displeases you, put me in a corner
by myself, please."

"아름다운 과일나무를 심었더니 너무도 아름답고 매혹적인 한 송

이 꽃이 피었답니다. 거센 바람이 이 꽃을 바다로 몰고 갔고 꽃은 파도의 요람에 평온하게 흔들렸습니다. 꽃은 때로 자신을 도둑맞은 불쌍한 나무를 생각했고 유일한 아이를 빼앗긴 나무는 큰 슬픔으로 서서히 죽어갔지요.

"초승달이 바다 위로 떠오르는 것 같습니다. 물고기들은 겁에 질려 바다의 집에서 그들을 들어 올릴 거대한 줄의 황금 낚시 바늘을 보았다고 믿습니다.

"매달, 달은 짧은 순간 우리의 시야에서 사라지고 곧 달빛은 놀라운 광채로 다시 나타납니다. 반대로 나는 실명을 한 이후 낮의 빛을 전혀 보지 못하지요.

"삼 년 동안 내 눈은 하늘에서 내리는 비보다 더 많은 눈물을 흘렸습니다. 나의 한숨은 숲 위를 지나가는 밤바람보다 더 그 구슬픈 소리를 냅니다."

마지막으로 맹인은 한숨을 쉬며 말했다.

"단정한 외양과 비싼 옷이 내게 없어 당신을 불쾌하게 했다면 나를 구석에 혼자 두시오."

The lady was surprised to hear such profound and poetic speech from the mouth of this old man. She begged his pardon for having treated him with so little respect. At the request of Sun-Yen he was placed at a table by himself.

While he was eating, the lady went to the Queen and repeated to her the strange speech of the blind visitor.

Cheng-Si was very much struck by the recital. She told her

impressions to her husband and then expressed a desire to have all the blind men in the Palace pass before her — one by one.

"I wish to make a present to each one," she said.

부인은 이 노인의 입에서 그토록 심오하고 시적인 연설이 나오는 것을 보고 놀랐다. 그녀는 그에게 무례했던 점에 대해 용서를 구했다. 순연의 요청으로 그는 상을 혼자 받았다.

그가 식사를 하는 동안 그 부인은 왕비에게 가서 맹인 방문객의 이상한 말을 그대로 들려주었다.

청씨는 그 말에 매우 큰 충격을 받았다. 그녀는 자신의 인상을 남편에게 말하고 궁궐의 모든 맹인들이 그녀 앞을 한 사람씩 지나갔으면 좋겠다는 소망을 드러냈다.

"나는 각 맹인에게 선물을 주고 싶습니다." 그녀가 말했다.

Immediately, the long file began to form, Sun-Yen being the last of the line. When he stood before the Queen, the lady said:

"Majesty, here is the blind man whose startling words I brought you."

Cheng-Si summoned the old man closer and said to him:

"Why do you express such radical views against our government, our religion and the world?"

"Because, my Queen, the world and religion and the government have caused me evils without number. I was powerful and I was exiled. I had the best of wives and I lost her. I became blind and my only consolation, a little daughter, was taken away. She furnished a beautiful example of filial love, sacrificing her life on the promise that I would regain my sight. The poor girl is dead and I am still deprived of the light of day."

즉시 긴 줄이 만들어졌고 순연은 그 줄의 마지막에 있었다. 그가 왕비 앞에 서자 그 부인이 말했다.

"마마, 이 사람이 제가 마마에게 말씀드린 놀라운 말을 한 맹인입니다."

청씨는 노인을 더 가까이 불러 말했다.

"어찌하여 당신은 우리의 정부와 종교 그리고 세계에 대해 그토록 급진적인 견해를 나타냅니까?"

"왜냐하면, 왕비님, 세상과 종교와 정부가 나에게 수많은 악을 주었기 때문입니다. 저는 힘이 있었지만 저는 추방되었습니다. 저는 최고의 아내가 있었지만 저는 아내를 잃었습니다. 저는 눈이 멀게 되었지만 저의 유일한 위안인 딸을 빼앗겼습니다. 딸은 부모를 사랑하는 자식의 아름다운 예를 보여 주었습니다. 딸은 저의 시력을 되찾아 줄 것이라는 약속을 믿고 자신의 목숨을 희생하였습니다. 그 불쌍한 딸은 죽었지만 저는 여전히 낮의 빛을 빼앗겼습니다."

These words moved Cheng-Si profoundly for in this sordid old man she recognized her father. She uttered a cry.

"Don't you know Cheng-Si?"

"My daughter," stammered Sun-Yen, and instantly his eyes opened and he saw before him the daughter that he had thought forever lost.

The prediction of the disciple was at last fulfilled and under these happy circumstances, shaken by emotion and joy, father and daughter fell into each other's arms.

The King, a witness of this scene — to him incomprehensible — did not delay long in finding out the cause, and he cried:

"Stop the banquet. This requires no witnesses."

When alone with her father and her husband, Cheng-Si told the King the story of her family.

이 말은 청씨에게 깊은 감동을 주었는데 이 더러운 노인에게서 그녀의 아버지를 보았기 때문이었다. 그녀는 소리를 질렀다.

"청씨를 모르겠어요?"

"내 딸." 순연이 더듬거렸다. 순간 눈이 뜨이면서 그는 영원히 잃은 줄 알았던 딸이 앞에 있는 것을 보았다.

제자의 예언이 마침내 이루어졌고 이 행복한 상황에서 감격과 기쁨에 동요된 아버지와 딸은 서로를 부둥켜안았다.

왕은 이 장면을 보고 있었지만 처음에는 이해하지 못하다가 곧 그 이유를 알고 소리쳤다.

"연회를 중지하라. 다른 사람들이 이 장면을 목격해서는 안 된다."

아버지와 남편만 남게 있자 청씨는 왕에게 가족에 대한 이야기를 해주었다.

Sun-Yen was completely transformed with delight as he heard his daughter speaking. When she had finished her story he asked, "How did you escape death? How did you come to marry the King?"

So Cheng-Si told her father of her adventures from the time of her embarkation on the merchant's vessel up to her arrival at the Capital with the King.

"Then," cried Syn-Yen, "it was San-Syeng who saved you?"

"Yes, father."

"What's he doing? Where is he?"

"The King has appointed him General. I shall have him brought to you."

When San-Syeng arrived, Sun-Yen asked him:

"What was your father's name?"

"San-Houni."

순연은 딸이 말하는 것을 들으면서 기쁨으로 완전히 딴 사람이 된 듯했다. 그녀의 이야기가 끝나자 그는 물었다.

"어떻게 죽음을 피했느냐? 어떻게 왕과 결혼하게 되었느냐?"

청씨는 상선이 출항할 때부터 왕과 서울에 도착할 때까지의 모험을 이야기했다.

"그럼," 순연이 외쳤다. "너를 구해준 이가 상성이라 말이냐?"

"예, 아버지."

"그는 무엇을 하느냐? 어디에 있느냐?"

"왕이 그를 대장군으로 임명하였어요. 그를 부르도록 하겠어요."

상성이 도착하자 순연은 그에게 물었다.

"아버지의 이름이 어찌됩니까?"

"상훈입니다."

On hearing this name, Sun-Yen embraced the young man, crying, "Oh, son of my dearest friend, tell me quickly where your father is."

"Alas, he is no longer in the world. He was exiled when you were, but he was murdered by Su-Rung, the thief, before reaching Ko-Kum-To. He sleeps with his ancestors."

"What, he is dead?" cried the old man, bursting into tears.

San-Syeng's eyes also moistened at the mention of the father whom he had never known.

이 이름을 듣자 순연은 젊은이를 껴안으며 소리쳤다.

"오, 내 가장 친한 친구의 아들아. 아버지는 어디 있는지 빨리 말해다오."

"아아, 그는 더 이상 이 세상에 없습니다. 당신과 함께 유배되었지만 고금도에 도착하기 전 수령이라는 도둑에게 살해되었습니다. 그는 조상들과 함께 자고 있습니다."

"뭐, 상훈이 죽었다고?" 노인은 눈물을 쏟으며 소리쳤다.

상성의 눈 또한 한 번도 본 적이 없는 아버지에 대한 언급으로 촉촉해졌다.

The King offered them a few words of condolence and said: "You shall be my Prime Minister," indicating Sun-Yen. The old man accepted

this responsible charge with a bow and a few well chosen words of
gratitude.

"Now, proceed with the banquet," said the Queen.

The other blind men had been informed of what had taken place
and a few among them envied the good fortune of Sjan-Yen.

"Alas," they cried, "We cannot even see the recipient of this good
fortune."

Sun-Yen the benevolent, spoke to them in a gentle tone and in the
name of the King invited them to stay several days at the Capital, and
the blind men, you may believe, accepted with joy, for they knew
they would be well taken care of.

왕이 그들에게 몇 마디의 위로를 건네고 순연을 가리키며 말했다.

"나의 재상이 되어주십시오."

노인은 절을 하고 엄선된 감사의 몇 마디의 말을 한 후 이 막중한
책임을 수락했다.

"자, 연회를 계속하도록 해요." 왕비가 말했다.

다른 맹인들도 무슨 일이 있었는지 알게 되었고 그들 중 몇 사람
은 순연의 행운을 부러워했다.

"아아," 그들은 외쳤다. "우리는 이 행운을 얻은 자조차 보지 못하
는구나."

자애로운 순연은 그들에게 다정하게 말을 하며 왕을 대신해 그들
이 수도에 며칠 더 머물도록 청했다. 맹인들은 대접을 잘 받을 것이라
는 것을 알기에 이를 기쁘게 수락했다는 것을 여러분들은 알 수 있다.

The new Prime Minister was not long in assuming his office. The King constantly summoned him to his councils. Now it came to pass one day that he sent for him and said, "I am intending to lead an army against Jin-Han. My father suffered a severe defeat while attacking that country and it is my duty to avenge him. What do you think of it?"

"Sire," replied Sun-Yen, "May I have permission to reflect upon this matter for a few days before giving you my opinion?"

The same day, San-Syeng questioned the King's father-in-law upon the subject of Ja-Jo-Mi and Su- Rung. The young General was thirsting for revenge. He expected to find Sun-Yen in a similar frame of mind but the Prime Minister spoke to him as he had done to the King.

"You will know my decision in a few days. I must consider this."

When he was alone Sun-Yen considered the problem from every angle.

신임 재상은 오래지 않아 재상직을 맡았고 왕은 계속해서 그를 불러 조언을 구했다. 어느 날 왕은 재상을 불러 말했다.

"나는 진한(Jin-Han)을 칠 군대를 이끌 작정입니다. 나의 아버지는 진한을 공격하는 동안 크게 패했습니다만 아버지를 대신해 복수하는 것이 나의 의무입니다. 어떻게 생각하십니까?"

"전하," 순연이 대답했다. "제 의견을 드리기 전에 이 문제에 대해 생각할 시간을 며칠 주시겠습니까?"

그날 상성은 왕의 장인에게 자조미와 수령의 문제에 대해 질문했다. 젊은 대장군은 복수에 목말라 있었다. 그는 순연이 그와 비슷한 마음이기를 기대했지만 재상은 왕에게 했듯이 상성에게 말했다.

"내 결정은 며칠 후에 알게 될 것이네. 나는 생각할 시간이 필요하네."

혼자 남자 순연은 그 문제를 다각도로 생각했다.

Although misfortunes aplenty had been his share, he did not hold any resentment against humanity. He felt a great tolerance for his most bitter enemies. "Of what good is revenge," he thought. "What will it profit us to declare war which sooner or later will bring reprisals?" Inspired by such sentiments, the Prime Minister went to the Sovereign. "Sire," he said, "do you not believe that it would be advisable to know what your subjects think of this war before undertaking the campaign?"

"Assuredly," replied the King. "I would gladly be informed upon that question, but how can we learn the opinion of all the Koreans?"

"That will be very easy, sire. Have a grand meeting of your people here at the Capital. Their sentiment will be the sentiment of the country at large. I shall have a few words to say, and then if you persist in your intentions, we shall begin the war."

비록 많은 불행이 그의 몫이었지만 그는 인간에 대한 어떤 적개심을 품지 않았다. 그는 자신에게 가장 큰 고통을 준 적들에게 너그러운 마음을 가졌다.

"복수가 무슨 소용이 있을까?" 그는 생각했다. "곧 보복을 부를 전쟁을 선포하는 것이 우리에게 무슨 이익이 된다 말인가?"

그런 생각이 품고 재상은 군주에게 가서 말했다.

"전하, 이 전쟁을 시작하기 전에 전하의 백성들이 이 전쟁을 어떻게 생각하는지 아는 것이 좋지 않겠습니까?"

"물론입니다." 왕이 대답했다. "그 문제에 대한 의견을 기꺼이 듣겠습니다. 그런데 모든 한국인들의 의견을 어떻게 알 수 있습니까?"

"아주 쉽습니다, 전하. 여기 수도에 있는 백성들이 모일 수 있는 큰 회합을 여십시오. 그들의 생각이 나라 전체의 생각일 것입니다. 제가 몇 마디 할 것이고 그런 다음에도 전하의 뜻이 그대로라면 전쟁을 시작하지요."

The King approved Sun-Yen's suggestion and orders were issued that an immense feast be prepared. Hundreds of tables were decorated and filled with food. The guests were to be divided into five groups: the Royal Family, the Governors, the Army, the common people and the criminals and other unfit. The repast, the first of this kind in all Korea, was a merry one. Before the guests separated, Sun-Yen asked for silence, and in a powerful voice pronounced the following words:

"By virtue of my office as Prime Minister, I have taken it upon myself to put one question to all of you. Our Master, the King, wishes to undertake an expedition against Jin-Han to avenge his father's defeat. Is this expedition opportune? To me, war is the worst of evils. It causes destruction beyond measure, and it is impossible to count the innocent ones who perish on the battlefield and at home. What is the cause of your heavy taxes if not the need of maintaining a large army?

왕은 순연의 제안을 승인하였고 대규모 연회를 준비하라는 명이 떨어졌다. 장식된 수백 개의 식탁이 음식으로 채워졌다. 손님들은 왕족, 지사, 군인, 일반 백성, 범죄자와 부적응자, 이렇게 다섯 집단 으로 나뉘었다. 한국의 모든 연회에서 그러하듯 첫 번째 순서인 식 사는 흥겨웠다. 손님들이 가기 전 순연은 조용히 해 달라고 요청하 고는 힘 있는 목소리로 다음을 말하였다.

"제게 주어진 재상의 권한으로 여러분 모두에게 한 가지 질문을 직접 던지겠습니다. 우리의 주군인 왕께서 선왕의 패배를 복수하고 자 진한 토벌을 감행하기를 원하십니다. 이 토벌이 시의적절한가 요? 저에게 전쟁은 최악의 악입니다. 헤아릴 수 없는 파괴가 발생하 고 전쟁터와 집에서 죽어가는 무고한 사람들의 수를 셀 수 없습니다. 대군을 유지할 필요가 없다면 세금을 많이 낼 이유가 있겠습니까?"

"With peace all is different. The public welfare increases. Mankind, created to love and not to slaughter, may enter into relations which will increase mutual happiness. Nature furnishes us an example of peace, does it not? When we see a ferocious dog on the highway attacking another dog, incapable of defending itself, we hasten to help the weaker. Why should we be more cruel with our fellow men than with our animals? Perhaps the stronger dog will always seek to oppress the weaker, but are we not superior beings and do we not possess reason which teaches tolerance and mercy to our neighbors? Therefore, it is my opinion, sire, that we should not declare war.

"I do not wish the punishment of our guilty neighbors although several of them have done me a great deal of harm. Let us pardon them. May this example serve as a lesson to those peoples who have similar wicked thoughts."

"평화 시에는 모든 것이 다릅니다. 공공복지가 증가합니다. 도륙이 아닌 사랑을 위해 창조된 인간은 서로 간의 행복을 증진할 관계를 시작할 수 있습니다. 자연은 우리에게 평화의 예를 보여주었습니다. 그렇지 않습니까? 사나운 개가 도로에서 스스로를 방어할 수 없는 다른 개를 공격하는 것을 보면 우리는 서둘러 가서 약한 개를 돕습니다. 어째서 우리는 동물에게 보다 동족 인간들에게 더 잔인하게 굴어야 합니까? 아마 더 강한 개는 더 약한 개를 제압하고 싶겠지만 그러나 우리는 동물보다 우월한 존재가 아닙니까? 우리에겐 이성이 있어 자비와 관용을 이웃에 가르쳐야 하지 않겠습니까? 전쟁 선포를 하지 않아야 한다는 것이, 전하, 저의 의견입니다.

"비록 몇몇 이웃들은 저에게 엄청난 해를 입혔지만 저는 죄를 지은 이웃의 처벌을 원하지 않습니다. 그들을 용서합시다. 오늘의 예시가 비슷한 사악한 생각을 가진 다른 민족들에게 교훈이 되기를 바랍니다."

These words met with unanimous approbation. Every one seemed to be of Sun-Yen's opinion and loud shouts of approval went up from the crowd. "What happiness is ours! We are like the grass which the Springtime brings to life, like the beneficial rain after a long drought." From the tremendous crowd arose cries of gladness which were a token of thanks, a hymn of joy and a fervent prayer for the future of the land.

순연의 말은 만장일치로 받아들여졌다. 모든 사람이 순연의 견해에 동의한다는 듯 군중들은 큰 소리로 외쳤다.

"우리는 얼마나 행복한가! 우리는 봄에 소생하는 풀과 같고 오랜 가뭄 끝에 내리는 은혜로운 비와 같구나."

엄청난 인파들의 환호성이 터져 나왔다. 이는 감사의 표시, 기쁨의 찬미가, 조국의 미래를 위한 열렬한 기도이었다.

'Twas a happy epoch for our country. Content reigned everywhere. Under the benevolent influence of Sun-Yen, everybody in Korea worked and lived in peace.

One day the Prime Minister disappeared. He could not be found. Possibly he had been carried to Heaven in a cloud — to his last and well-deserved home with his ancestors.

우리나라를 위한 행복한 시절이었다. 사방에 만족이 충만했다. 순연의 자애로운 치세 하에 모든 한국인들이 일하며 평화롭게 살았다. 어느 날 재상이 사라졌다. 어디에서도 그를 찾을 수 없었다. 아마도 그는 구름 속의 천국(Heaven)으로 간 것 같았다. 이곳은 그가 선조들과 함께 머물 자격이 충분한 그의 마지막 집이었다.

For it has been proclaimed by The Great Teacher and Venerable Philosopher from the depths of his Wisdom, that all things having the appearance of Evil are transient and that Goodness will overcome and Virtue triumph.

So —having passed through the ten stages of its life —our legend here cometh to an end.

위대한 스승이자 덕망 있는 철학자가 그의 심오한 지혜로 이렇게 선언했다. "악으로 보이는 모든 것은 한 순간이고 결국 선이 이기고 덕이 승리한다."

이리하여 인생의 열 단계를 지나온 우리의 이야기는 여기서 끝난다.[9]

---

9 이 마지막 구절은 불역본에는 없다. 테일러가 불역본을 영어로 번역하는 작업을 마친 뒤, 자신의 총괄적인 느낌을 덧붙인 것으로 보인다. 한국 고전소설의 전형적 결말인 권선징악의 수법을 잘 알고 있었던 것으로 볼 수 있다.